Mythen und Magie waren schon immer Teil von Lyoness,

Wahlheimat der sagenumwobenen Großen Drachen, die das Inselreich seit jeher beschützen. Doch seit der Machtübernahme der Druiden ist jegliche Zauberei verboten und nur der herrschenden Klasse erlaubt. Für die 20-jährige Sara und ihre magiebegabten Freunde ein schweres Schicksal, das sie dazu zwingt im Untergrund zu leben. Bis zu dem Tag, an dem alles anders kommt und die Macht der Druiden gekippt wird – und zwar ausgerechnet durch die selbstlose, unscheinbare Sara. Nun will das Volk sie zur Herrscherin und Sara ist alles andere als bereit. Dabei muss sie sich beeilen, denn der Schutz der Insel bröckelt. Doch sie ahnt nicht, dass noch eine viel größere Gefahr aufzieht ...

SANDRA REGNIER

Die magische Krone von
LYONESS

CARLSEN

FÜR PIA

PROLOG

Ausgerechnet heute sah das Meer um die Landzunge besonders hübsch aus. Das Wasser spiegelte azurblau unter dem wolkenlosen Himmel bei ungewöhnlich warmem Sonnenschein. Wellen schwappten leise auf den kleinen Sandstrand am Fuß der hohen Klippen, die die kleine Halbinsel umrandeten und diesen Bereich für Menschen unerreichbar machten.

Diese Landzunge war sein Zufluchtsort – und nun ihre letzte Ruhestätte. Er wandte dem Wasser den Rücken zu und rollte mit lautem Knirschen den Stein vor das Grab in die vorgesehene Mulde. Augenblicklich brachen sich kleine Wellen daran. Die Flut würde bald kommen und den weißen Sand, der die gesamte Landzunge einfasste, unterspülen, doch im Grab wäre es trocken. Kein Wasser konnte mehr in die Höhle eindringen.

Der Stein sah aus, als wäre er Teil der Klippe. Nur er wusste, dass dahinter ein geliebtes Wesen zur letzten Ruhe gebettet lag, und mit seinem Tod fühlte sich die Welt brüchiger an.

Seine Schwester lag in diesem Grab. Seine quirlige, schöne, liebenswerte Zwillingsschwester, mit der er seit Anbeginn der Welt verbunden gewesen war. Als er sich über das Gesicht wischte, merkte er, dass es voller Tränen war.

Doch ihr Tod war nicht nur für ihn eine Tragödie. Er könnte für ganz Lyoness der Untergang sein. Das Land, das ihm und seiner Schwester so viel bedeutete.

Bedeutet hatte.

Das Meer stieg schnell, überschwemmte innerhalb von Minuten den kleinen Sandstrand. Er blieb stehen, obwohl ihm das Wasser bereits bis zur Hüfte reichte. Panik machte sich in ihm breit, als ihm ein Gedanke kam. Wo war die Brosche? Ihre Brosche?

Was, wenn er sie übersehen hatte? Was, wenn sie hier am Strand lag und das Wasser sie nun ins Meer sog? Er hoffte – wenn auch mit immer größer werdenden Zweifeln – dass sie sich oberhalb der Klippen auf der grasbewachsenen Ebene befand und er sie noch finden würde.

Dass Drachen seine Schwester ermordet hatten, lag auf der Hand. Niemand sonst hinterließ solche Spuren, nur ausgewachsene Drachen in ihrer wahren Form. Sollten diese jedoch von der Brosche gewusst und sie an sich genommen haben, wäre sein schlimmster Albtraum wahr geworden. Dann wäre ganz Lyoness in Gefahr.

Er musste nachdenken, eine Lösung finden, doch es fiel ihm schwer. Seine Schwester hätte die Wahrheit erspüren können, doch diese Gabe war ihm verwehrt worden. Der Gedanke an sie riss an seinem Inneren, schmerzte, als hätte ihm jemand ein Messer in den Leib gerammt. Er stieß einen lauten Schrei aus, der zwischen den Klippen widerhallte und das Wasser in Bewegung versetzte.

Was hatte seine Schwester ihm gesagt, als er sie das letzte Mal lebend gesehen hatte? Sie hatte von dieser jungen Frau gesprochen, wie schon so oft. Von einer jungen Frau, über die die ganze

Welt einst reden würde. Dieser Frau namens Sara. Es war eine ihrer Prophezeiungen gewesen und doch anders als sonst, denn seine Schwester hatte nicht deuten können, ob diese Frau für Lyoness eine glorreiche Zukunft oder den Untergang bedeutete. Der Name Sara wäre für alle Ewigkeit im Gedächtnis aller Menschen, aber seine Schwester hatte nicht erkannt, ob er mit einem Segen oder einem Fluch ausgesprochen werden würde.

Ihm war bewusst, dass sein eigenes Artefakt, das so lange gemeinsam mit der Brosche den Schutz von Lyoness ausgemacht hatte, allein nicht ausreichte, um das Land zu sichern. Die dünne Aura war spürbar, die Luft kälter, die Strömung mächtiger.

Er musste seine Heimat retten. Er musste Lyoness erhalten.

Er musste diese Sara finden.

DAS URTEIL

Die Stille wog schwer.

Ich sah mich um und konnte vor lauter Menschen kaum etwas erkennen – außer dem leeren Podest, das zwei Reihen vor mir emporragte und auf dem der Folterpfahl prangte. In der heißen Sommerluft war die Beklemmung der Menge beinahe greifbar. Es mussten mehrere Hundert Menschen versammelt sein, die gemeinsam mit mir auf Grady und seine Strafverhandlung warteten. Auf Erbarmen und Freilassung hofften.

Zwischen der grauen Kleidung, die für unser Eisenviertel typisch war, stachen mir auch unzählige blau, rot und gelb gekleidete Menschen aus dem Holz-, Nahrungs- und Wollviertel ins Auge. Aber Grau überwog bei Weitem. Gefühlt hatte sich das ganze Eisenviertel von Yslion hier eingefunden.

Niemand sprach. Ernst und angespannt starrten die Anwesenden zum Podest, in der Erwartung, dass es endlich begann. Die Sonne brannte auf uns hernieder und ganze Wolken an Insekten tummelten sich über unseren Köpfen. Ich konnte ihr Summen nicht hören, vernahm nur mein pochendes Herz.

Mein Inneres war seit einer Woche in völligem Aufruhr. Ich war noch nie so lange von Grady getrennt gewesen. Eine unheilvolle Besorgnis schien seit seiner Festnahme meinen Magen zusammenzupressen. Von dreißig Peitschenhieben war die Rede, wegen unerlaubten Waffenbesitzes. Was für ein Irrsinn! Ich war dabei gewesen. Grady hatte die frisch angefertigte Lanze nur seinem neuen Besitzer überbringen wollen, und dann war dieser Druide aufgetaucht, hatte ihm unterstellt, sie gestohlen zu haben und Grady trotz aller Proteste verhaften lassen.

Wir alle befürchteten, dass dieses übermäßig drakonische Urteil in Wirklichkeit an Gradys aufrührerischen Reden lag. Der regierende Erzdruide und seine Anhänger beseitigten konsequent jeden, der deren Machtstellung auch nur ansatzweise infrage stellte. Die gesamte Bürgerschaft in Lyoness wusste, dass Gerichtsverhandlungen schon seit Beginn der Druidenherrschaft vor vierhunderteinunddreißig Jahren stets zu ihren Gunsten ausgingen.

Schon lange schwelte die Unzufriedenheit über die Willkür und gleichzeitig die Machtlosigkeit gegen die Flüche unserer Unterdrücker im Volk. Grady hatte uns aufgerüttelt. Obwohl er der Sohn eines Schmieds war, konnte er so mitreißende Reden halten und derart überzeugend argumentieren wie für gewöhnlich nur die studiertesten Druiden. Seine Visionen waren ansteckend. Grady träumte seit Jahren von einem freien Land. Einem Lyoness, das gerecht regiert wurde und in dem alle ihre Magie ausleben durften, statt sie zu verstecken. Einem Lyoness, in dem niemand verhaftet wurde, der eine andere Meinung vertrat als die Obrigkeit, und in dem Kinder mit magischen Fähigkeiten nicht geraubt und gewaltsam zu gefügigen Druiden erzogen wurden oder spurlos verschwanden. Diejenigen unter uns, die Kinder mit magischen Fähigkeiten aufzogen, lebten immer in Angst um sie. Von meiner Freundin Gwyned wusste ich, dass ihre Mutter und Großmutter geweint hatten, als sie die besonderen Kräfte ihrer kleinen Schwester entdeckten. Magie konnte etwas Wunderbares sein, aber nicht in Lyoness. Hier war sie streng verboten und Grady seit Jahren die Lichtfigur für alle Menschen, die diese Unterdrückung beendet sehen wollten.

Es machte nicht nur mich stutzig, dass die Druiden ihn nach all den Jahren, in denen er nie bei seinen Ansprachen erwischt worden war, wegen einer Nichtigkeit verhaftet und zu einer Bestrafung verurteilt hatten, die man sonst Dieben und Betrügern zuwies.

Hatten die Druiden tatsächlich von seinen Reden gegen sie gehört? Oder – noch schlimmer – hatte ihn jemand verraten?

Zwar konnte ich es mir nicht vorstellen, dennoch zog sich mir der Magen bei dem Gedanken noch enger zusammen. Dafür war Gradys Magie eigentlich zu stark, wenn auch nicht leicht einzuordnen. Zumindest nicht so offensichtlich wie bei Bran, der mit seiner Magie sein Erscheinungsbild verändern konnte, um nicht erkannt zu werden. Obwohl er genauso alt war wie Grady und ich, sah er heute wie ein vierzigjähriger Mann aus.

Ich blickte mich um und entdeckte Keenans blonden Schopf in der Menge hinter mir. Auch seine Magie lag auf der Hand, sofern er sie zeigte. Ich kannte niemanden, der schneller und stärker war als er. Wenngleich er das Aussehen eines schlaksigen Burschen besaß, konnte er ein Pferd heben oder einen Falken überholen, wenn er wollte.

Gradys Magie hingegen lag in seiner Fähigkeit zu begeistern, die Menschen an sich zu binden und sie zu loyalen Anhängern zu machen. Vielleicht waren es nicht einmal besondere Kräfte, sondern nur seine Persönlichkeit oder die Leidenschaft, mit der er für seine Überzeugungen eintrat.

Mit jeder Rede gegen die Druiden hätte Grady verhaftet und wegen Hochverrats hingerichtet werden können. Stattdessen war die Anzahl seiner Zuhörer stetig gewachsen. Ich sah hier in der Menge viele, die regelmäßig seinen Ansprachen gelauscht hatten. War einer darunter, der nicht dichtgehalten hatte? Doch dann hätte es kein Urteil auf Peitschenhiebe gegeben, sondern eine Hinrichtung wegen Hochverrats.

Mit einem Mal wurden die Menschen um mich herum unruhig. »Sie kommen!«, rief jemand und ich reckte den Kopf, um über die Menge hinwegschauen zu können. Tatsächlich, da kamen sie.

Ein Druide in einer langen weißen Kutte führte die Prozession an. Direkt hinter ihm marschierten vier Soldaten wie ein Kleeblatt formiert und in ihrer Mitte ging Grady.

Ich erstarrte. Er sah so anders aus. Seine Kleider waren fleckig, stellenweise zerrissen, und sein sonst so schimmerndes blondes Haar hing strähnig und stumpf hinab. Doch er selbst ging aufrecht. Sein Blick war so klar und sprühend wie eh und je. Ich drängte mich weiter nach vorn. Grady sollte wissen, dass ich da war, ihn nicht im Stich ließ und er – wie immer – auf mich zählen konnte.

Kurz vor dem Podest schweifte sein Blick suchend über die Menge. Ich brauchte nicht meine Hand zu heben, damit er mich fand. Grady und ich waren seit so vielen Jahren miteinander verbunden, dass er mich wohl auch im Stockfinstern finden würde. Unsere Blicke trafen sich und ein Lächeln huschte über sein Gesicht. Ich hielt seinen Blick fest, versuchte ihn allein dadurch wissen zu lassen, dass wir alle hier waren, um ihm zu helfen und ihn zu beschützen. Er schien es zu verstehen, denn er zwinkerte mir aufmunternd zu. Ich versuchte sein Lächeln zu erwidern, was katastrophal misslang. Meine Sorge um ihn war viel zu groß und wuchs von Sekunde zu Sekunde. Er war der wichtigste Mensch in meinem Leben. Mein bester Freund, mein Vertrauter, der Bruder, den sich jeder wünschte. Ich hatte mehr Angst um ihn als um mich, hier mit meinen versteckten Waffen erwischt zu werden. Der weiche Gesichtsausdruck, mit dem er mich ansah, verriet mir ganz deutlich, dass er es wusste – und ebenso empfand. Für einen kurzen Moment löste sich der Knoten in meinem Magen. Das änderte sich schlagartig, als ein Soldat ihn schubste und unseren Blickkontakt damit unterbrach.

Würden wir es schaffen, seine Strafe zu verhindern?

Der Druide und vier Soldaten führten Grady auf das Podest. Erst jetzt sah ich, dass der Carnifex, der die Bestrafung durchführen würde, und einige weitere Soldaten hinzukamen. Es mussten ungefähr dreißig Männer sein, die sich wachsam in einer Reihe vor dem Podest aufstellten und die ersten Zuschauer zurückdrängten. Was war hier los? War es normal, derart viele vom Militär bei einer Auspeitschung zu postieren? Ich wusste es nicht, da ich diese Versammlungen bisher immer gemieden hatte. Ich schaute über die Schulter. Keenan stand mit versteinertem Gesicht vier Reihen hinter mir und beobachtete die Situation angespannt. Er nahm mich nicht wahr. Auch die anderen Anwesenden schienen über die Vielzahl der Soldaten nicht wirklich erstaunt. Als ich mich wieder umwandte, legte der Carnifex die Peitsche sorgfältig auf ein bereitgestelltes Fass. Mein Herz begann zu rasen.

Für einen Augenblick wurde die Menge wieder unruhig und schob sich leicht in Richtung Podest. Hoffentlich sahen die Soldaten die Waffen nicht, die wir alle unter unseren Kleidern trugen. Das würde unseren Plan zunichtemachen, Grady vor der Auspeitschung zu retten.

Ich blickte mich schnell nach den anderen um. Zuerst fand ich Bran ein wenig weiter links. Er stand direkt neben Sive und starrte wie sie stur geradeaus. Sive musste genauso schlecht sein wie mir – immerhin war sie Gradys Schwester. Riona und Gwyned konnte ich nicht ausmachen, wusste aber, dass sie irgendwo rechts von mir standen. Auch die anderen Umstehenden warfen immer wieder Blicke in unsere Richtung. Aber weder Keenan noch ich oder die anderen vier von uns gaben das verabredete Zeichen. Es war noch nicht so weit. Wir sollten warten.

Auch jetzt, wo Grady zerlumpt neben dem Druiden in dem leuchtend weißen Gewand stand, wirkte er wie der strahlende Held eines Epos, der künftige Retter von Lyoness – so wie ihn all die Menschen, die hier zu seiner Unterstützung eingetroffen waren, seit Jahren sahen.

»Ihr alle hier versammelten Menschen«, sprach nun der Druide mit einer hohen, nasalen Stimme, die mich an das Geräusch von schleifendem Eisen erinnerte, »heute vollziehen wir die Strafe über den hier anwesenden Grady, Sohn des Schmieds Aodh, der unerlaubt eine Waffe getragen hat. Diese Art von Zuwiderhandlungen werden mit –«

»Ich habe sie ausgeliefert«, unterbrach ihn Grady. Er war gut einen Kopf größer als der Weißgewandete und sah ihn von oben herab durchdringend an. Dann sprach er zu der Menge vor sich, ohne dass der Druide auch nur die Chance hatte weiterzureden. »Ihr alle kennt mich. Ihr kennt meinen Vater, den Schmied Aodh, und wisst, dass ich bei ihm arbeite und gegen keine Regeln verstoße, wenn ich Ware auslie–«

Wir alle keuchten auf.

Der Soldat hinter Grady hatte ihm so brutal in den Rücken geboxt, dass er sich vor Schmerzen zusammenkrümmte.

Plötzlich wurden erste Stimmen aus der Menge laut.

»Lasst ihn frei!«

»Ungerecht!«

»Willkür!«, erschallte es vereinzelt. Die Soldaten richteten ihre Waffen aus und einer setzte dem Mann direkt vor mir eine Lanze auf die Brust.

Doch dieses Mal gab die Menge nicht nach. Sie wurde unruhiger, schubste energischer. Einer aus der ersten Reihe spuckte dem drohenden Soldaten vor die Füße. Ich erstarrte und auch der Mann und die Frau an meinen Seiten sogen scharf die Luft ein. Niemals zuvor hatte jemand so offen gewagt seinen Unmut zu zeigen.

Murmelnd hob der Druide auf dem Podest seine rechte Hand, streckte einen Finger und wies auf den Spucker. Der Mann schrie und krümmte sich augenblicklich vor Schmerzen. Der Druide drehte die Hand, sodass sich im nächsten Moment der Mund des Leidenden verschloss und das Schreien verebbte. Er ging mit einem gequälten Gesichtsausdruck zu Boden, während seine Hände an den Brustkorb gepresst waren, unfähig seine Schmerzen noch einmal laut werden zu lassen. Ein paar Frauen und Männer um ihn herum versuchten ihn zu stützen, sprachen ihm gut zu, aber wir alle wussten, dass er verloren war. Der Fluch des Druiden hatte ihn getroffen.

Wieder legte sich Stille über den Platz. Dieses Mal war sie noch angespannter als zuvor. In mir wechselte sich Wut mit Angst ab. Wut, weil der Druide seine Macht der Flüche missbrauchte, und Angst, weil er sich nun wieder Grady zuwandte.

Jener hatte sich inzwischen erholt. Aufrecht stand er da und sah sein Gegenüber missbilligend an. Er wirkte plötzlich größer, imposanter. Der Druide hingegen schien ein paar Zentimeter geschrumpft zu sein. Übel gelaunt blickte er in die Menge, als wüsste er, dass er dabei war, ein unausgesprochenes Machtduell zu verlieren. Dennoch schwieg er, wandte sich zu dem vortretenden Carnifex und nickte ihm zu. Mein Herz begann augenblicklich heftig zu pochen. Kalter Schweiß bildete sich an meinen Handflächen.

Wieder spürte ich, wie sich die Augen der Umstehenden auf mich und meine Freunde hefteten.

Noch nicht. Noch ein klein wenig länger.

Als mich jemand von der Seite anrempelte, sah ich, dass der Mann neben mir unter sein Hemd griff und die Hand dort ruhen ließ. Es war offensichtlich, dass er etwas festhielt. Die Menschen neben ihm machten es ihm nach. Bei einem konnte ich eine Klinge unter der Kleidung erkennen. Sie wappneten sich. Unsere Rettungsaktion würde jeden Moment beginnen.

Mit zittrigen Fingern tastete ich nach dem Bogen und dem Köcher mit Pfeilen unter meiner grauen Tunika und streifte bei der Bewegung das Kurzschwert, das in meine Hüfte pikste. Gleich sollte Grady ausgepeitscht werden. Ich machte mich innerlich bereit, den Druiden, den Carnifex und hoffentlich auch ein paar Soldaten mit einem Pfeil so weit abzulenken, dass sie überwältigt werden konnten. Erst dann würden wir das Zeichen geben. Noch ein bisschen Geduld.

Der Druide ignorierte die aufgeladene Stimmung mit der für sie so typischen Überheblichkeit. Ein kleines Lächeln umspielte seine Lippen.

»Grady, Sohn des Aodh, du hast gegen das Gesetz verstoßen. Ganz offensichtlich erkennst du dein Vergehen nicht an und sorgst bei der Bevölkerung für Aufruhr. Im Namen des Erzdruiden wird eine solche Respektlosigkeit nicht geduldet und bedarf eines gesonderten Verfahrens«, verkündete er laut. »Vollstrecke das Urteil.«

Nach einem vielsagenden Blick des Druiden setzte sich der Carnifex in Bewegung.

Es war plötzlich unheimlich still, selbst mein Herz schien stumm. Dafür nahm ich nun das Summen der Insekten über uns wahr, die sich auf einmal anhörten wie ein wütender Gewittersturm. Was hatte er gemeint mit *gesondertem Verfahren*? Ich umklammerte den Bogen unter meinem Umhang. Der Carnifex riss Grady das schmutzige graue Hemd auf. Sein von der Arbeit in der Schmiede und unseren geheimen Kampfübungen gestählter Brustkorb glänzte in der untergehenden Sonne, während ich erbleichte. Uns blieb keine Zeit mehr.

Jetzt!, dachte ich. *Jetzt müssen wir eingreifen!* Ich drehte mich zu Keenan um, wollte wissen, ob er das geheime Zeichen des Angriffs geben würde, wie es verabredet war. Zwar lag seine Hand bereits auf der unter seinem Hemd versteckten Waffe, allerdings erwiderte er meinen Blick nicht. Die Soldaten umschlossen derweil ihre Lanzen fester und lehnten sich vor, um der nach vorne drängenden Menge standzuhalten. Doch dieses Mal ließ sich die erste Reihe nicht einschüchtern. *Bei den Großen Drachen, wenn weiter so geschubst wird, werden die Ersten aufgespießt werden*, dachte ich. Es würde unschuldige Tote geben, dabei wollten wir nur ein Chaos auslösen, um Grady zu retten. Mein Atem wurde immer kürzer, weil mein ganzer Brustkorb so angespannt war.

Ich richtete meine Augen wieder aufs Podest, bereit loszustürmen, sobald Keenan oder Bran oder sonst einer meiner Freunde dazu aufrief. Und dann geschah etwas, das mich verwirrte:

Der Carnifex zog unter der Peitsche etwas hervor, das kurz im Sonnenlicht aufblitzte.

Ehe ich erkennen konnte, was er in der Hand hielt, hatte er damit eine blitzschnelle Bewegung an Gradys Hals entlang ausgeführt.

Augenblicklich spritzte Blut hervor – tiefrot und einer Fontäne gleich.

Sein geschockter Blick suchte mich, und zum ersten Mal in all den Jahren, die ich ihn kannte, sah ich Furcht darin. Er fasste sich an den Hals, als wollte er das Blut stoppen, das wie Wasser durch seine Finger strömte. Der Carnifex hingegen übergab den Dolch dem Druiden, der ihn triumphierend nach oben hob, um ihn der Menge zu zeigen.

Niemand regte sich. Wir waren alle wie erstarrt.

Dann sackte Grady zusammen, versuchte krampfhaft den Blickkontakt zu mir aufrechtzuerhalten, doch bald konnte ich ihn durch die Menschen vor mir nicht mehr ausmachen. Dabei wollte, *musste* ich ihn sehen, musste ihm helfen.

Ich hatte das Gefühl, der Dolch hätte mich ins Herz getroffen. Mein Kopf war auf einmal ganz leer und gleichzeitig erschien mir alles zu laut. Jemand schrie so hoch und schrill, dass es mir in den Ohren gellte. Panik und Angst vermischten sich darin, während das Echo in der unheilvollen Stille über den Platz fegte.

Erst da wurde mir bewusst, dass ich es war, die so schrie. Es war, als wäre ich nicht mehr eins mit mir selbst.

»GRADY!«, brüllte ich seinen Namen und drängte mich nach vorn, alle Lanzen außer Acht lassend. Da endlich erhaschte ich wieder einen Blick auf ihn.

Er lag leblos mit wachsweißer Hautfarbe in einer Blutlache. Seine Augen waren offen, doch sie sahen mich nicht mehr.

»Verräter! Nieder mit den Druiden!«, schrie ich außer mir und wiederholte dann Gradys Parole: *»Freiheit für Lyoness!«*

Ich holte den Bogen unter meinem Umhang hervor, spannte in einer tausendfach geübten Bewegung einen Pfeil ein und traf den Druiden auf dem Podest mitten in die Brust. Das schneeweiße Gewand färbte sich augenblicklich rot.

Es war nicht das vereinbarte Zeichen gewesen. Aber nun fuhr ein Ruck durch die Menge.

»*Freiheit für Lyoness!*«, erklang es von überall her. Alle zückten ihre verborgenen Waffen.

Im nächsten Moment stürmte die Menschenmasse das Podest und trampelte die Soldaten sowie den Henker nieder. Ein heftiger Kampf entbrannte. Die über Jahrzehnte oder eher Jahrhunderte aufgestaute Wut entlud sich im Hier und Jetzt. Ich hatte mein Kurzschwert gezogen und schlug gezielt um mich. All die Stunden geheimen Trainings bewährten sich nun.

Wir kämpften verbissen und gnadenlos. Bald lagen die meisten unserer Widersacher überwältigt auf dem Boden, doch als hätten wir in ein Ameisennest gestochen, kamen von allen Seiten weitere Soldaten und auch Druiden auf den Platz.

Ich erspähte die fliegenden schwarzen Haare Rionas, die ihr Schwert schwang und sich umwandte, noch während ihr Gegner zu Boden ging, um einen Angriff von hinten abzuhalten. Gwyned hatte ihre blitzenden grünen Augen zusammengekniffen und stach mit einer Lanze in der Hand um sich. Gradys kleine Schwester Sive sah leichenblass aus und ihr Gesicht war tränenüberströmt, trotzdem schwang sie mit äußerster Präzision einen Morgenstern gegen ihre Feinde. Auch Brans dunkelroten Schopf konnte ich in dem Gewühl entdecken. Er hatte sein ursprüngliches, zwanzigjähriges Ich angenommen und focht zwei Soldaten auf einmal nieder.

Jetzt näherten sich weitere Druiden in weißen Kitteln, brüllten etwas und fuchtelten mit den Händen. Über das Geschrei hinweg hörte ich sie Flüche ausstoßen, doch sie konnten kaum jemanden zu Fall bringen. Die Menge war zu aufgebracht und schlug sie einfach nieder. Die meisten hatten zu den Lanzen der toten Soldaten gegriffen, andere kämpften mit primitiven Werkzeugen wie Eisenstangen und Hämmern.

Als die ersten Druiden die Flucht ergriffen, stieg eine fast ohnmächtige Wut in mir auf. Sie durften nicht entkommen. Nicht einem sollte es gelingen. Sie mussten büßen!

»Schnappen wir sie uns«, zischte Keenan, während er vorbeistob. Ohne länger zu zögern, rannte ich ihm hinterher, mit Riona an meiner Seite. Gemeinsam kämpften wir uns durch die Straßen.

DAS ENDE

Ich sah rot. Vor meinen Augen war alles rot. Wohin musste ich? Was kam als Nächstes? Was sollte ich tun? Was würde Grady tun? Wie lange kämpften wir schon? Wo waren Bran, Gwyned und Sive? Als Keenan, Riona und ich den Druiden hinterhergeeilt waren, hatte ich sie aus den Augen verloren.

Plötzlich krachte es gewaltig und Sekunden später vibrierte der Boden. Steine, Staub und Holzsplitter flogen durch die Luft, weswegen ich mich Schutz suchend hinter einen nahe gelegenen Marktkarren warf, der vor einer hohen Mauer stand.

Hatten wir uns etwa schon bis zum Palastplatz vorgekämpft? Benommen blinzelnd strich ich mir meine langen, strähnigen Haare aus dem Gesicht und sah den Kampf, der um mich herum tobte, zum ersten Mal seit Langem wieder klar. Männer und Frauen gegen Streitkräfte, gegen Druiden und Druidinnen. Ich hatte jegliches Zeitgefühl verloren. Die Sonne färbte sich bereits orange und senkte sich in Richtung des Palasts, doch niemand von uns hatte aufgehört zu kämpfen. Noch immer drängten wir unsere Gegner gewaltsam und entschlossen zurück. Sie sollten büßen. Sie sollten wissen, dass wir uns das alles nicht länger gefallen ließen.

Die Druidenschaft hatte vor Kurzem sogar das Schlingenkatapult eingesetzt und als ich mich umsah, erkannte ich, dass der letzte vom Katapult geschossene Felsbrocken die Straße hinunter in ein Haus gedonnert war. Ich ließ den Blick schweifen und entdeckte viele Druiden, die zu Boden gingen, während sich die ehemals weißen Druidengewänder rot färbten und die ledernen Harnische der Soldaten durchstochen wurden wie Stoff. Aber ich sah auch graue, rote, gelbe und blaue Kleidungsfetzen am Straßenrand liegen und Menschen aus allen Vierteln ihr Leben verlieren. Mein Herz krampfte sich zusammen.

Stahl blitzte in der Sonne, Pfeile regneten unablässig, Lanzen, Speere und Steine flogen durch die Luft, Streitäxte hieben, Morgensterne schwangen und Keulen schlugen zu. Es war ein einziges Inferno.

Ich atmete hektisch ein und aus, blickte mich weiter um, suchte … Mein Blick blieb an einem jungen Mann hängen, der etwa in meinem Alter war. Ein Druide rammte ihm soeben einen Dolch zwischen die Finger. Der Mann ließ die Keule fallen, die er in der anderen Hand gehalten hatte, und griff nach der Wunde, da holte der Druide erneut aus, um ihm den Dolch ins Herz zu stoßen.

Ich rannte los, warf mich dazwischen und den Druiden mit voller Kraft um. Er fiel unter meinem Gewicht und wir rutschten beide ein paar Meter über den Boden. Ich wollte ihn entwaffnen, doch ein Soldat kam von der Seite und ließ seine Klinge durch die Luft fahren. Sofort duckte ich mich unter seinem Schwerthieb, ergriff sein Handgelenk und verdrehte es, woraufhin die Waffe zu Boden fiel.

Schnelligkeit war die einzige Fähigkeit, mit der ich mich in einer direkten Auseinandersetzung gegen diese kampferprobten Männer behaupten konnte. Schnelligkeit und Entschlossenheit.

Mit einem Mal wusste ich wieder, was Grady tun würde: Er würde weiterkämpfen. Bis zum Sieg oder zur Niederlage. Auf keinen Fall würde er aufgeben.

»*Freiheit für Lyoness!*«, stieß ich aus, um mir selbst Mut zu machen, und mein Schrei pflanzte sich fort, wurde aufgegriffen, weitergegeben.

»Freiheit!«

»Für Lyoness!«

»Freiheit!«

Es gellte in meinen Ohren, während sich Keenan direkt neben mir der Menge anschloss. Und als würde dieser Schrei noch einmal ihre Lebensgeister beflügeln, sah ich, wie die Menschen, die um mich herum kämpften, nun energischer dreinschlugen als noch vor ein paar Sekunden. Der riesige Platz wimmelte vor Einwohnern mit Schwertern, Mistgabeln, Dolchen, Pfeilen und Bögen und überhaupt allem, was man als Waffe verwenden konnte.

Die Zahl der Soldaten hatte sich bereits deutlich verringert, so langsam hatten sie kaum noch eine Chance gegen die aufgebrachten Einwohner in all den unterschiedlichen Farben, die das jeweilige Stadtviertel von Lyoness verrieten. Und das trotz ihrer militärischen Ausbildung und hochwertigen Waffen.

Inzwischen waren auch unzählige Druiden und Druidinnen in der Menge. Ihre weißen, langen Roben waren dreck- und blutbeschmiert und ich hörte sie immer verzweifelter Flüche schreien. Nur wenige besaßen die nötige Konzentration, um sie auch wirken zu lassen, wodurch es den Bewohnern nach und nach gelang, sie unschädlich zu machen. Überall auf dem Boden lagen leblose oder zuckende Leiber. So viele Tote! Hatte Grady je geahnt, wie blutig die Befreiung sein würde? Gesprochen hatte er darüber nie. In mir zog sich wieder alles zusammen, genau wie in dem Moment, als er …

»Sara, pass auf!«, rief Keenan und ich wandte mich um.

Von rechts griff mich ein Druide an. Schnell sprang ich einen Schritt zurück und stieß den Angreifer in die Seite, sodass er strauchelte. Um ihm keine Gelegenheit zu geben, sich aufzurichten, trat ich ihm kraftvoll in den Rücken. Er fiel zu Boden, und jemand, der vorbeirannte, rammte ihm eine Mistgabel zwischen die Schultern.

Mir blieb kaum Zeit, nach Atem zu ringen, denn im nächsten Moment musste ich mich mit meinem Kurzschwert vor dem nächsten Angreifer schützen – Metall prallte auf Metall. Mein Arm zitterte unter dem harten Schlag. Ich war zu schwach, um dem stämmigen Soldaten standhalten zu können. Also rollte ich mich weg und Keenan sprang an meine Seite, so wie wir es unzählige Male in den vergangenen Jahren geübt hatten. Er erledigte den Mann.

Als ich aufstand, bemerkte ich im Schlachtgetümmel, wie ein weiterer Feind seine Lanze hob, bereit zum Wurf. Auf Riona, wie ich schockiert feststellte. Ich hatte sie erst nicht erkannt, denn ihr aufwendig besticktes Oberteil war zerrissen, und der mit feinen Ziselierungen verzierte Brustharnisch, den sie zum Schutz darunter trug, schimmerte in der Sonne. Sie sah den hinterhältigen Angreifer nicht, kämpfte gerade gegen einen jungen Druiden im weißen Gewand.

»Gib mir Deckung!«, schrie ich Keenan zu, nahm meinen Bogen und einen Pfeil aus dem Köcher über meiner Schulter, legte blitzschnell an und ließ die Sehne los. Mein Pfeil traf den Soldaten direkt ins Herz. Er hielt die Lanze noch immer umklammert, als er zu Boden fiel. Zum Glück war Riona nichts geschehen. Sie besiegte in diesem Moment den Druiden und stellte sich einem neuen Angreifer.

Um mich herum fielen weitere Gegner. Keenans übernatürliche Schnelligkeit war für sie nicht fassbar. Er wirbelte umher, schlug zu, ehe sie ihn richtig ausmachen konnten. Selbst ich, die ihn kannte und wusste, welche Fähigkeiten er besaß, war überrascht, wie viel Tempo er im Ernstfall noch zulegen konnte.

Ich blieb einen Moment in der mich schützenden Menge grau gekleideter Kämpfer stehen, um mich zu orientieren. Wo sollte ich hin? Seit der Hinrichtung waren so viele Stunden vergangen und ich bemerkte die Erschöpfung in meinen Gliedern. Der Kampf hatte sich auf die gesamte Stadt ausgeweitet, doch nun sah ich, dass sich ein großer Teil der Kämpfenden auf dem Platz vor dem Palast und Tempel befand. Wir hatten uns zum Regierungsviertel vorgearbeitet.

Ich erkannte die edlen Steinhäuser mit den schön verzierten Fassaden und die Mauer, die den Palast von der Stadt trennte. Dann bemerkte ich die weißen Gewänder von Druiden und Druidinnen, die durch die Gassen in Richtung Fluss rannten. Sie flohen! Sie flohen zum Stadttor.

»Duck dich!«, schrie in diesem Moment Keenan und warf sich über mich.

Wir fielen zu Boden, ich schluckte dabei etwas aufwirbelnden Staub und fühlte schließlich, wie der Boden unter mir vibrierte. Keenan legte seine Arme schützend um mich, während ich die Augen zusammenpresste.

Eine weitere Erschütterung erfasste den Boden.

»Sie schießen schon wieder«, zischte er mir ins Ohr. »Das wievielte Mal? Das sechste oder siebte?«

»Feuer!«, hörte ich jemanden schreien. »Es brennt!«

Wo? Ich wand mich unter Keenans langem Körper und wollte sehen, ob das Feuer auf uns zusteuerte. Er begriff, sprang auf und reichte mir die Hand. Der ganze Palastplatz war voller Staub. Ich erkannte kaum noch die hellgrauen Steinhäuser rundum und nur dunkle Löcher dazwischen verrieten die Straßen. Der Stein des Katapults musste in unmittelbarer Nähe in ein Gebäude eingeschlagen sein, denn die schwarze Brandwolke kam aus einem anderen Viertel.

»Der Palast«, rief Keenan, und tatsächlich! Als ich mich umdrehte, entdeckte ich, dass die riesige Kuppel in einer Staubwolke verschwunden war.

»Der Schuss ihres Katapults ging dieses Mal nach hinten los. Sie hatten den Stein nicht richtig in die Schlinge gelegt«, jauchzte eine Frau in Blau neben mir. Ich folgte ihrem Blick. Eine der goldenen Flügeltüren des Palastes stand offen, Soldaten hatten das Katapult in die Toröffnung geschoben. Die Schlinge, die das Wurfgeschoss beinhaltet hatte, zappelte noch so aggressiv wie eine Schlange, die man am Schwanz festhielt. Eine Eingebung überfiel mich.

»Das Katapult«, rief ich. »Keenan, Riona, wir nehmen das Katapult ein!«

Ich stürmte los.

Sie hatten mich anscheinend nicht gehört, doch zu meiner Erleichterung kamen mir andere hinterher, sodass wir schnell zu einer großen Traube Menschen anwuchsen. Wir stürmten auf das offene Palasttor zu und sahen das Entsetzen in den Gesichtern der Soldaten, die gerade dabei waren, die lange Schlinge mit einem weiteren schweren Stein zu beladen. Sie hielten inne, ließen das Geschoss fallen und wollten schnell den Eingang verschließen, doch das Katapult stand ihnen im Weg.

Nun hatte auch Keenan uns erreicht. Er rannte unsere Widersacher einfach über den Haufen, ehe sie das drachengroße Gefährt auch nur einen Meter bewegt hatten.

Die vielen Männer und Frauen, die mit mir in dieselbe Richtung gerannt waren, agierten schnell. Sie öffneten den zweiten Torflügel und schoben das Katapult weiter nach vorn, auf den Platz hinaus.

»Ist hier jemand, der es bedienen kann?«, rief ich, als ein paar Männer den von den Soldaten zurückgelassenen Stein in die Schlinge legen wollten. »Wer kann es bedienen?«

Ich wollte keinesfalls, dass wahllos in die Stadt geschleudert wurde und es womöglich die Häuser der Einwohner traf.

»Ich kann es bedienen«, sagte ein Mann, der neben mir erschien.

»Woher?«, wollte ich wissen. Ich wollte kein Risiko eingehen. Immerhin hatten unsere Gegner gerade selbst einen fatalen Fehler begangen.

»Ich habe es vor zwei Jahren repariert und dann ausprobiert. Ich habe auf die Berge hinter dem Palast geschossen und jedes Mal mein anvisiertes Ziel getroffen.«

»Dann zerstöre das Stadttor. Die Trümmer werden die Druiden zumindest ausbremsen.«

Mein Gegenüber zögerte nicht und lief zu Keenan, der die Schlinge ganz allein mit einem Stein, so groß wie ein Kalb, belud. Verblüfft blinzelte der Mann.

»Das Katapult muss ein bisschen weiter nach rechts«, wandte er sich an Keenan und der richtete mühelos das riesige Gefährt aus. Der Mann zog bedacht, aber so kraftvoll am Hebel, dass der Felsbrocken mit Schwung in die Luft geschleudert wurde und das Gerüst des Katapultes ein paar Zentimeter vom Boden abhob.

Ich fühlte den Aufprall in meinem Rückgrat und musste mein Gewicht ausgleichen, um nicht hinzufallen. Der Stein war genau dorthin verschwunden, wo das Stadttor lag.

Eine dichte Rauchwolke stieg auf. Hatte er getroffen?

Im nächsten Moment hörte ich ein röchelndes Geräusch in der Nähe und sah mich um.

Der Mann, der Keenan angeleitet hatte, sank in die Knie. Sein Gesicht war schmerzverzerrt und kreidebleich, die Augen vor Schreck geweitet, und noch ehe er den Boden berührte, wurden sie blicklos.

Hinter ihm stand mit ausgestreckter Hand der Erzdruide, der Oberste aller Druiden, der Regent von Lyoness.

Er trug die Robe aus Goldfäden, in der er sich sonst nur am allerheiligsten Fest der Großen Drachen zeigte.

Langsam drehte er sich um und stand mir plötzlich genau gegenüber. Den Arm noch immer erhoben, deutete er mit seinem ausgestreckten Finger nun auf mich. Ich wusste, er würde mich jetzt verfluchen. Ich würde sterben. Mir wurde heiß, und gleichzeitig fühlte es sich an, als würde alles Blut aus meinem Körper weichen. Doch ehe er einen Fluch aussprechen konnte, gellte wieder ein lautes »Freiheit für Lyoness!« über den Platz. Jäh wandte er sich ab und schritt grimmig auf die Männer und Frauen zu, die den Ruf ausgestoßen hatten.

Wortlos und ohne dass er eine Waffe benutzte, setzte er drei von unseren Mitkämpfern außer Gefecht. Sie kippten um wie Marionetten, denen man die Fäden durchtrennt hatte.

Der Erzdruide schritt in seinem Goldgewand weiter auf den Platz hinaus. Er schien überhaupt keine Angst zu haben. Links und rechts sackten Männer und Frauen in grauen, roten, blauen und gelben Gewändern leblos zu Boden. Es war beängstigend.

Keiner der anderen Druiden schaffte es, mehr als einen Menschen auf einmal zu verfluchen, das kostete zu viel Kraft. Aber die Magie des Erzdruiden schien so viel stärker zu sein und ihm keinerlei Anstrengung zu bereiten.

»Keenan, was sollen wir tun?«, fragte ich und mir wurde speiübel. Das konnte alles ändern. Das konnte alles zunichtemachen! Den ganzen Kampf, Gradys Tod … alles, wenn wir ihn nicht aufhielten.

Keenan antwortete nicht, also drehte ich mich zu ihm um und sog überrascht die Luft ein. Er kniete am Boden und blickte entsetzt zu mir hoch.

»Der Erzdruide, Sara«, sagte er tonlos. »Ich kann es nicht glauben. Der Erzdruide höchstselbst. Hast du seine Macht gesehen?«

Keenan wirkte wie festgefroren und seine Augen waren riesig. Er starrte dem goldenen Gewand hinterher. Der Wirbelwind, der vorhin noch so tapfer und selbstbewusst gekämpft hatte, schien allen Mut verloren zu haben. Hatte der Erzdruide einen Fluch gegen ihn gewirkt?

Da! Ich konnte es genau sehen! Ein einziger Fingerzeig genügte, um vier weitere Menschen in seiner Nähe zu töten.

Der jetzige Herrscher war für uns so unerreichbar wie die Götter, deren Stellung er hier verkörperte. Und seine Macht schien nach wie vor unbegrenzt. Wenn er sich weiter persönlich in diesen Kampf einmischte, würde das seinen Soldaten neuen Mut geben, die geflohenen Druiden würden zurückkommen und erneut ihre gefährlichen Flüche aussprechen.

Sobald sich seine Gegenwart herumgesprochen hatte, würden zudem unsere Mitkämpfer in kürzester Zeit genauso reagieren wie Keenan.

Wie konnten wir ihn aufhalten?

Ich wandte mich um und suchte die goldene Robe. Trotz des Staubs leuchtete und funkelte sie, und da, wo der Erzdruide entlangschritt, pflasterten Leichen den Boden.

Plötzlich erkannte ich, dass er auf Riona zusteuerte, die mit dem Rücken zu ihm mit einem Soldaten kämpfte. Er hob langsam den Arm.

Ich reagierte, ohne nachzudenken, und griff nach meinem Bogen und einem Pfeil. Riona durfte nichts geschehen. Ihr nicht und auch sonst keinem von meinen Freunden.

Ich legte an, zielte kurz und wusste schon, als der Pfeil durch die Luft sirrte, dass er sein Ziel treffen würde.

Mein Pfeil bohrte sich mit voller Wucht in sein Genick.

Der Erzdruide hielt abrupt inne. Einen Augenblick lang fürchtete ich, er könnte den Pfeil herausziehen, doch dann sah ich, wie Blut aus der Einschussstelle hervorquoll. Er ging in die Knie und fiel vornüber auf den staubigen Boden.

Dort blieb er liegen und rührte sich nicht mehr.

Blut bedeckte das Gold seiner Robe und die Kämpfer rundum ließen nach und nach ihre Waffen sinken. Ich beobachtete, wie alle zu dem regungslosen Erzdruiden blickten. Für einen Moment sah es so aus, als wären alle erstarrt. Niemand bewegte sich, während sich die Staubschicht in der Luft auf uns herabsenkte.

Die Kampfgeräusche aus den anderen Stadtteilen klangen, als kämen sie aus einem fernen Land, aus einer anderen Welt. Auf dem Palastplatz war es erschreckend still nach all dem Lärm. Nicht einmal das Stöhnen der Verletzten war zu vernehmen.

Endlich bewegte sich jemand. Es war Riona, die in ihrem knöchellangen gelben Rock vorsichtig auf den ehemals mächtigsten Mann von Lyoness zuging.

Als sie ihn erreichte, stieß sie ihn zaghaft mit der Stiefelspitze an. Er rührte sich nicht. Vorsichtig beugte sie sich über ihn, legte ihre Hand an sein Gesicht. Dann richtete sie sich wieder auf.

»Er ist tot«, sagte sie fassungslos. Weil es so still war, konnte ich es ganz deutlich über die Entfernung hinweg hören.

Der Pfeil in seinem Rücken war für jedermann sichtbar, und nun drehten sich alle in die Richtung, aus der der Pfeil gekommen war. Die rebellischen Einwohner in ihren roten, blauen, grauen und gelben Gewändern, die Druiden in Weiß, die Soldaten in Schwarz-Braun. Alle Augen richteten sich auf mich.

Ich ließ meinen Bogen langsam sinken und griff nach dem Schwert an meinem Gürtel, bereit, den übrigen Anhängern des Erzdruiden entgegenzutreten. Ich würde bis zum letzten Atemzug kämpfen und niemals aufgeben. Ich glaubte an das, wofür wir hier unser Leben riskierten, und ich wollte nie wieder in einer unterdrückten und korrupten Welt leben. Das leise Klacken des zu Boden fallenden Bogens hallte so laut über den Platz, als hätte erneut ein Stein des Katapults eingeschlagen.

Und dann trat etwas ein, wovon ich schon nicht mehr zu träumen gewagt hatte: Die Soldaten und Druiden ließen ihre Waffen sinken und warfen sich zu Boden.

Ich sah durch den immer dünner werdenden Staubnebel hindurch die verdutzten Gesichter unserer Mitstreiter, die das Schauspiel offenbar genauso wenig fassen konnten wie ich.

Bevor einer von ihnen reagierte, wurde ich von hinten gepackt.

»Sara, du Unglaubliche! Du hast den Erzdruiden besiegt. Wir haben gewonnen!« Keenan hatte seine Starre offenbar abgelegt. Den letzten Satz schrie er mir regelrecht ins Ohr, hob mich hoch und wirbelte mich durch die Luft.

»Freiheit für Lyoness! Wir haben gewonnen!«, rief er und sein

Schrei hallte über den Platz. »Wir haben gesiegt! Der Erzdruide ist tot!«

»Der Erzdruide ist tot«, wiederholten die Ersten seine Worte. Es klang unsicher und so, als könnte es niemand glauben. Weil Keenan mich so umherschwang, wurde mir schwindelig und alles erschien noch unwirklicher. Ich sah den Platz, die Häuser und den Palast in Schlieren durch die gelösten Strähnen meiner Haare hindurch.

Die Rufe schallten fort und fort, wurden lauter und lauter.

Wir hatten gesiegt!

Der Erzdruide war tot!

Als Keenan mich absetzte, mussten wir uns hinsetzen, weil uns beiden so schwindelig war. Im nächsten Augenblick stand Riona auch schon vor uns und fiel erst mir, dann Keenan um den Hals.

»Riona, Schatz, ist das ein berauschendes Gefühl!«, rief Keenan. »Ich fühle mich, als hätte ich fünf Liter Wein getrunken. Ich höre sogar schon die Glocken läuten.«

»Das tun sie ja auch«, sagte Riona und ich lauschte. Über das Rauschen in meinen Ohren hinweg konnte auch ich die Klänge ausmachen.

Trotz ihrer Tränen lachte Riona losgelöst.

»Sara, du bist die Heldin des Tages. Warum weinst du?«, fragte sie mich.

Ich fuhr mit den Fingerspitzen über meine Wangen und fühlte tatsächlich Tränen.

»Dasselbe wollte ich dich fragen«, sagte ich und wir lachten beide. Langsam drang die Botschaft zu mir durch, doch ich konnte noch nicht wirklich daran glauben. Das sollte es gewesen sein? Wir hatten wahrhaft gesiegt!

Das Geläut wurde lauter, bis wenig später alle Glocken in der ganzen Stadt ertönten. Jubelrufe mischten sich darunter.

Der Erzdruide ist tot! Die Druiden sind besiegt! Die Schreckensherrschaft hat ein Ende.

»O Drachen, da sind Bran und Sive!«, rief Riona auf einmal.

Ich konnte die beiden nicht richtig sehen. Meine Haare, die mir ins Gesicht hingen, und der helle Staub, der noch immer wie ein leichter Schleier über uns hing, vernebelte mir die Sicht. *Vermutlich auch die Tränen,* dachte ich.

Ich rappelte mich mühsam auf, denn meine Knie waren noch immer so weich wie Milchbrötchen. Dann endlich sah ich sie.

Sive stützte Bran, der sein Bein hinter sich herzog. Ich wankte ihnen entgegen, mein Gang genauso unsicher wie bei Bran. Über seinem Knie prangte eine extrem tiefe Wunde, bei der man die Fasern sehen konnte und die den Rest seiner Hose samt Lederstiefel vollblutete.

»Drachen, es ist tatsächlich vollbracht!« Bran strahlte über das ganze Gesicht. Er schien nicht zu merken, wie stark er verletzt war.

»Sara hat den Erzdruiden erschossen!«, verkündete Keenan stolz.

Sive löste sich von Bran und fiel mir um den Hals.

»Grady wäre so stolz auf dich«, flüsterte sie mir ins Ohr.

DER ANFANG

Grady … In meinem Inneren ballte sich etwas zusammen, das noch größer und bedrohlicher war als der Anblick des Erzdruiden auf dem Weg zu Riona. Fast einen ganzen Tag lang hatten wir gekämpft. Fast ein Tag war seit dem hinterhältigen Mord an Grady vergangen. Ich löste mich aus Sives Umarmung, um mich Bran zuzuwenden. Er hatte sich auf den Boden gesetzt, augenscheinlich trug sein Bein ihn nicht mehr.

Er tätschelte mir den Arm und ich fühlte, dass ihn die Kraft langsam verließ.

»Was ist geschehen?«, fragte ich ihn.

»Er hat mit vier Soldaten auf einmal gekämpft und sie besiegt«, antwortete Sive für ihn. Bran grinste so breit, als hätte es ihm einen Höllenspaß bereitet. Das kannte ich sonst nur von Keenan.

»Ich habe ihn ein wenig betäubt«, erklärte Sive leise. »Er sollte die Schmerzen nicht so spüren.«

»Das ist dir wohl gelungen«, meinte Keenan und kniete sich neben Bran. »Vier auf einmal, ich bin beeindruckt.«

»Jetscht würde isch sogar disch besiegen«, nuschelte Bran.

»Er fantasiert. Du hast ihn zu stark betäubt«, sagte Keenan grinsend.

»Nisch kamisch sschoppen.«

»Was redet er da?«, fragte ich verwirrt. »So stelle ich es mir vor, wenn einer der Großen Drachen reden würde.«

»Die würden ihn garantiert verstehen.« Keenan zwinkerte Bran zu. »Viel Wasser im Hirn und den Mund voll mit Koboldfäden.«

»Phhfff«, machte Bran. »Seemannsgarn, Duwischtel.«

Keenan zog seine Augenbrauen hoch. »Ich habe dich nicht verstanden, mein Freund.«

Bran gickelte wie ein zehnjähriges Mädchen.

»Hoffentlich bekommst du das wieder hin«, murmelte Riona zu Sive, und wir alle sahen besorgt zu Bran, der sein Kampfmanöver nuschelnd mit Keenan durchging.

»Ganz bestimmt«, sagte ich zuversichtlich. Wir wussten alle, wie stark Sives Heilkräfte sein konnten. Ich wohnte schon seit meiner Kindheit mit ihr und Grady bei deren Vater und hatte ihr viele Male beim Versorgen der Kranken und Verletzten unseres Viertels geholfen. Es gab niemanden im Eisernen Viertel, der Sives magische Heilkräfte nicht kannte, und ich bewunderte sie sehr dafür. Sie war das, was mir einer Schwester am nächsten kam. Doch es fehlte noch jemand aus unserem Kreis. Ihr würde doch nichts geschehen sein?

»Wo ist Gwyned? Wo habt ihr sie zuletzt gesehen? Wie lange ist es her?«

Der Kampf war so hart gewesen. So brutal. Ich hatte viele sterben sehen, Unzählige waren verwundet worden. Angst ergriff mich.

»Da kommt sie«, beruhigte mich Riona und deutete auf die Straße, die zur Brücke führte.

Ich blinzelte. Da waren viele Menschen, die zurück zum Palastplatz kamen. Ich konnte unsere Freundin allerdings nicht zwischen ihnen ausmachen, alle sahen aus dieser Entfernung wie Schemen aus. Ich erinnerte mich, dass sie den roten Rock aus dem Nahrungsviertel getragen hatte und eine braune Bluse, doch ich konnte keine einzelne Person in dieser Aufmachung erkennen. Zumal immer noch ein leichter Staubschleier in der Luft lag.

»Dahinten, Sara«, sagte Keenan. »Schau genau hin, du hast doch die Adleraugen von uns!«

Da entdeckte ich Gwyned. Kein Wunder, dass ich sie nicht sofort erkannt hatte, sie war nicht allein. Sie führte eine besiegte Druidin neben sich, deren Hände auf dem Rücken gefesselt und deren Mund geknebelt war. Das ehemals weiße Kleid der Druidin war schmutzig und hatte damit beinahe die gleiche Farbe wie mein grauer Rock. Sie versuchte nicht, sich zu befreien. Sie ging einfach stumm und starr neben Gwyned her.

»Wen bringt sie da mit?«, fragte ich verwundert.

Doch Gwyned war nicht die Einzige mit einer Gefangenen im Schlepptau. Alle Druiden, Druidinnen und Soldaten wurden nun von unseren Mitstreitern zusammengetrieben wie eine Herde Schafe.

»Das Stadttor scheint zerstört«, murmelte Keenan. »Alle vorhin Geflüchteten sind wieder da.«

Als Gwyned nahe genug war, konnten wir sehen, dass nicht nur die von ihr in Gewahrsam genommene Druidin bleich war. Gwyned selbst war so aschfahl, dass man meinen konnte, sie sei tödlich verletzt. Bei ihrer dunklen Haut fiel das noch extremer auf als bei anderen. »Sie wollen die besiegten Druiden und Druidinnen umbringen«, keuchte sie.

»Umbringen?«, hakte Riona nach. »Was meinst du damit?«

»Dahinten, seht ihr?«, Gwyned drehte sich um und deutete

auf die versammelte Menschenmenge. »Sie wollen sie allesamt abstechen.«

»Aber … sie haben sich ergeben!«, sagte ich perplex.

Doch dann hörte ich einen Schrei. Als ich mich der Menge zuwandte, sah ich, wie sie auf die eingekesselte Druidenschaft einschlug. Auf Frauen, sogar auf Kinder – ich konnte Blut spritzen sehen. Deren Hände waren auf den Rücken gebunden, sie konnten sich nicht wehren, nicht schützen und ihre Münder waren geknebelt. Garantiert, damit sie keine Flüche ausstoßen konnten.

Nicht noch mehr Tote!, dachte ich. *Nicht weitermorden!*

»Riona, das ist eine Aufgabe für dich«, zischte ich und ergriff Rionas Hand, zog sie hinter mir her auf die Menschenmenge zu.

»AUFHÖREN!«, schrie ich und rannte schneller.

Je näher wir kamen, desto deutlicher wurden die Schemen, die Gesichter nahmen Konturen an.

Wir erreichten die Menge und blieben stehen. Die Augen der Menschen waren hassverzerrt und voller Wut. Niemand schien mich zu hören, alle prügelten auf die weißen Gestalten in der Mitte ein. Ich warf Riona einen warnenden Blick zu, doch ihr entschlossener Gesichtsausdruck zeigte mir, dass sie bereits wusste, was zu tun war. Auch wenn Grady von uns allen immer der Wortgewaltigste und Charismatischste gewesen war, schickten wir stets Riona vor, wenn es etwas wirklich Schwerwiegendes zu klären gab. Das lag zum einen daran, dass sie als Tochter einer reichen Kaufmannsfamilie unheimlich diplomatisch und geradezu fabelhaft im Schlichten war, zum anderen aber auch daran, dass sie die magische Gabe besaß, jedwede Folgen von Entscheidungen einsehen zu können. Was ihr nicht selten dabei half, genau die richtigen Worte zu finden.

Sie mischte sich unter die Menge, schubste Männer und Frauen zur Seite und begann zu sprechen. Doch die aufgebrachten Menschen hörten sie nicht. Jemand schlug ihr sogar mit einem Knüppel auf die Schulter. Sie knickte ein und schrie gleichzeitig: »Hört auf! Es reicht!«

Ich sah eine Mistgabel auf mich zukommen und reagierte blitzschnell. Einen Schritt zur Seite tretend packte ich den Stiel direkt über den Zacken und zog ihn mit voller Kraft zu mir, wodurch der Halter der Mistgabel vornüberfiel. Ich setzte mich kurzerhand auf ihn und verschränkte seine Hände unsanft auf dem Rücken, sodass er sich nicht mehr wehren konnte. Er schrie auf.

Riona stemmte sich hoch. Dieses Mal wurde sie wahrgenommen.

Die Menschen hielten inne und drehten sich dann nacheinander zu uns um. Bald bildete sich ein Kreis um uns und den Mann, auf dem ich saß.

»Was soll das?«, fragte jemand. »Ihr seid keine Druidinnen. Seid ihr ihre Spitzel?«

»Nein, das sind wir nicht«, antwortete Riona vehement. »Lass ihn los, Sara.«

»Hörst du auf zu schlagen? Dann stehe ich jetzt auf«, wandte ich mich an den Mann, auf dessen Rücken ich kniete. Als der Mann unter mir versuchte, sich zu rollen, um mich loszuwerden, zog ich seinen Arm stärker zu mir, bis ich ihn vor Schmerzen jammern hörte und er schließlich Ruhe gab.

»Hörst du jetzt auf?«, hakte ich nach.

Er wimmerte und nickte dann.

Leichtfüßig sprang ich auf und stellte mich mit etwas Abstand zu ihm aufrecht hin.

Die Druiden, deren ehemals weiße Gewänder nun grau verstaubt und vor allem blutverschmiert waren, standen allesamt gekrümmt, angstvoll zitternd und geknebelt beisammen. Ein junges Mädchen blieb auf dem Boden sitzen. Ihr Knebel hing am Kinn und sie wimmerte. Niemand von ihnen war in der Lage, auch nur einen Fluch zu wirken, da war ich mir sicher.

Riona stellte sich vor die Druidenschar, um in die Gesichter ihrer Mitstreiter sehen zu können.

»Das ist nicht, wofür ich in dieser Schlacht gekämpft habe. Und es ist nicht, wofür ihr gekämpft habt«, sagte sie laut. »Wir haben den Tyrannen und seine Helfer besiegt. Wir können Lyoness die Freiheit zurückgeben. Freiheit bedeutet allerdings auch Verantwortung. Und ein Sieg bedeutet, dass das Morden ein Ende hat. Ihr habt nicht gekämpft, um die Freiheit von Lyoness mit neuem Blut zu beginnen. Ihr habt gekämpft, um dem Terror ein Ende zu setzen. Wir alle haben gekämpft, um Frieden zu erlangen. Und den erreicht man nicht, indem man die Besiegten tötet. Damit würden wir die alte Ordnung nur wieder aufleben lassen.«

Ich hörte Gradys Worte in meinem Kopf und wiederholte sie laut für alle. »*Eine Ordnung, die wir von Kindheit an verabscheuen. Gesetze, die wir alle nicht mehr ertragen konnten. Wir alle kämpfen, um Lyoness wieder zu dem zu machen, was uns aus alten Legenden bekannt ist: ein Land der Zuversicht, der Hoffnung, der Blüte. Wir alle sehnen uns nach Freiheit und Gerechtigkeit. Wir alle haben den Wunsch, dass fortan niemand mehr Angst wegen seiner Magie haben muss und wer ihn verraten könnte.*«

Ich hielt einen Moment inne.

Sie hörten mir zu.

Mir.

Dabei war ich es überhaupt nicht gewohnt, vor Menschen zu sprechen. Das übernahmen immer Grady oder Riona. Ganz still und aufmerksam lauschend standen sie da. Niemand rührte sich. Nicht einmal die drangsalierten Druiden und Druidinnen versuchten sich aus dem Griff ihrer Häscher zu befreien. Mir wurde heiß. Doch dann warf mir Riona einen Seitenblick zu und lächelte aufmunternd. Das gab mir die Kraft weiterzureden, auch wenn meine Stimme nun leicht zitterte.

»Ich kann euren Wunsch nach Rache verstehen. Ich habe meine Mutter an sie verloren.« Nun kam ein wenig Bewegung in die Menge. Ich sah Mitgefühl, Trauer und bei ein paar Druiden sogar Schuldgefühle in die Augen treten. Ich setzte erneut an. Kämpferischer, energischer, aber nicht mehr so beherrscht wie vorhin. Ich war nun mal nicht Grady.

»Und doch habe ich nicht gekämpft, um meine Mutter zu rächen. Ich habe gekämpft, um Gewalt und Unterdrückung zu unterbinden. So wie wir alle. Und wir haben gesiegt – aber nicht, um ein neues Lyoness auf dem Blut von Gefangenen zu gründen.«

Alle starrten mich an. Ich blickte entschlossen zurück.

»Willst du sie einfach laufen lassen?«, rief jemand aus der Menge.

»Nein, natürlich nicht«, antwortete ich spontan.

Der Mann, den ich umgehauen hatte, schaltete sich ein: »Sie werden ihre Kräfte wieder bündeln, und dann kann niemand mehr was gegen ihre Flüche ausrichten. Es wird noch schlimmer werden als vorher.«

Zustimmendes Gemurmel, das schnell anschwoll.

»Sag was«, raunte Riona mir zu. »Lass sie nicht wieder laut werden.« Sie wusste, wozu sie riet, denn sie sah die Konsequenz, die sich ergab, wenn ich das jetzt nicht unterband.

Ich hob eine Hand und sofort wurde es still.

Schnell ließ ich sie wieder sinken. Wer hätte gedacht, dass eine Bewegung so viel Wirkung zeigen konnte?

Als ich zu sprechen begann, zitterte meine Stimme ganz deutlich, aber ich musste Rionas Rat folgen.

»Diese Druiden und Druidinnen werden Gerechtigkeit erfahren. Aber nicht indem wir handeln, wie *sie* handeln würden.«

»Der Karzer«, raunte mir Keenan ins Ohr. Wie lang stand er schon neben mir? Ich hatte ihn nicht einmal kommen gehört. Aber das war die Idee!

»Der Karzer«, wiederholte ich laut. »Sie kommen in den Karzer, die Felsengruft. Dort können sie niemandem schaden, bis ein Gericht über eine rechtmäßige Strafe entschieden hat.«

Beim Karzer handelte es sich um ein Gefängnis, das tief in den Fels des Ys-Gebirges eingelassen war, an das unsere Hauptstadt Yslion gebaut war. Er war nur selten genutzt worden, weil die druidischen Flüche mächtiger und weniger aufwendig waren, als Gefangene in dieser Tiefe zu versorgen. Aus Erzählungen wusste ich, dass kein Sonnenlicht dorthin vordrang und es modrig und feucht war. Dort unten wären ihre Flüche wirkungslos.

Die Menge nickte zustimmend. Sie war mit der Entscheidung einverstanden. Zumindest vorerst.

Die Druiden selbst schienen darüber nicht sonderlich beunruhigt. Vielleicht waren sie auch nur froh, erst einmal mit dem Leben davongekommen zu sein.

Doch dann zerschnitt eine scharfe Stimme das zustimmende Raunen der Menge. »Wer bist du und warum sollten wir auf dich hören?« Ich kniff meine Augen zusammen und konnte sehen, dass die Frau, die ihre Stimme erhoben hatte, ein rotes Oberteil trug. Aus dem Nahrungsviertel stammte sie also. Ich konnte auch erkennen, dass der Ärmel zerrissen war und sie blutete.

Ehe ich antworten konnte, ergriff Keenan das Wort. »Das ist Sara«, sagte er laut, damit es auch die in den hintersten Reihen deutlich hören konnten.

»Sara?«, fragte der Mann, den ich zu Boden geworfen hatte. Er hatte seine Mistgabel mittlerweile aufgehoben und hielt sie so fest umklammert, als hätte er in meiner Gegenwart Angst um sie. »Die Ziehschwester von Grady?«

»Genau die«, sagte Keenan und klang stolz.

»Und ihr anderen ... seid ihr die *magischen Freunde* von Grady?«, fragte eine zarte Stimme, und ein vielleicht dreizehnjähriges Mädchen lugte hinter dem Rücken einer Bäckersfrau hervor.

»Ich bin Riona und das ist Keenan – und dahinten sind Sive, Gwyned und Bran«, antwortete Riona dem Mädchen freundlich. »Und ja, wir alle haben magische Fähigkeiten. Hast du auch welche?«

»Ich? Nein!«, antwortete das Mädchen etwas zu schnell und warf einen angsterfüllten Blick auf die geknebelten Druiden. Bei Kindern zeigten sich magische Begabungen frühestens mit acht Jahren. Das Mädchen musste seitdem panische Angst haben, von den Druiden entdeckt zu werden. Aber dann nahm sie ihren Mut zusammen und flüsterte: »Oder vielleicht ein bisschen ... Wegen euch dürfen wir sie ja jetzt zeigen, sagt mein Papa ... Grady ist ... war unsere Hoffnung, sagt Papa.«

Mir knotete sich der Magen zusammen, als ich sah, wie sich sämtliche Gesichter bei den Worten des Mädchens staunend und ehrfürchtig verzogen. Natürlich. Grady war ihr Held gewesen. Aber wir gehörten dazu.

»Dann soll es so sein, Sara. Alle hier und woanders in Yslion gefangenen Druiden kommen in den Karzer«, sagte ein Mann um die fünfzig mit grau durchzogenen Haaren. Er trug eine

Augenbinde und betrachtete mich aus seinem freien, stechend blauen Auge. Viele Striemen und Schrammen zogen sich über seinen Körper und sein lederner Panzer war stark ramponiert. Man konnte sehen, wie hart er gekämpft hatte. »Gradys Visionen haben uns Mut gemacht. Sie haben uns hoffen lassen. Sein Tod ist nach wie vor eine Gräueltat, die hinterhältiger nicht hätte sein können«, sagte er und sah mir in die Augen. »Und doch empfinde ich seinen Tod als eine Befreiung. Er hat uns endgültig die Augen geöffnet und unsere Unerschrockenheit entfacht. Du kannst stolz auf dich sein, Sara.«

»Auf mich?«, fragte ich verblüfft. »Was habe ich denn damit zu tun?«

»Du hast uns seine Worte wieder in Erinnerung gerufen, als wir im Begriff waren, uns zu vergessen«, erklärte er. »Du hast uns vorhin deutlich gemacht, wofür wir kämpfen. *Freiheit für Lyoness!*«, schrie er und alle rundum stimmten lauthals mit ein.

»*Freiheit für Lyoness!*«

Die Druiden und Druidinnen zuckten dabei zusammen, sahen allerdings ein wenig zuversichtlicher aus als noch vor ein paar Minuten.

Ehrlich gesagt ärgerte es mich. Sie mochten mit ihrem Leben davonkommen, aber dennoch sollten sie büßen. Für all die Verbrechen, die sie am Volk von Lyoness begangen hatten.

»Ich kümmere mich darum, dass sie in den Karzer kommen«, sagte der grauhaarige Mann mit der Augenbinde, dem meine Reaktion nicht entgangen war. »Ich bin Rois.« Er streckte mir seine Hand hin. »Es freut mich, dich und deine berühmten Freunde kennenzulernen, Sara.«

»Danke für deine Unterstützung, Rois«, sagte ich ernst. »Und nicht nur dir danke ich, sondern euch allen«, fügte ich schnell hinzu, denn hinter ihm standen all die zerrissenen, blutenden Menschen, die ebenso gekämpft und alles riskiert hatten. Für Grady. Für die Freiheit. Für einen Kampf, den meine Freunde und ich im Untergrund begonnen hatten, den wir aber nie ohne sie hätten gewinnen können.

»Ein Hoch auf Sara!«, schrie plötzlich jemand. Es war eine Frau. Ich erkannte sie. Sie hatte vorhin gegen einen der Soldaten gekämpft. »Sie hat den Erzdruiden getötet. Sie hat damit den Kampf beendet. Hoch lebe Sara!«

»Und ein Hoch auf ihre *magischen Freunde*!«, führte jemand den Ruf der Frau weiter und übernahm damit die Worte des kleinen Mädchens. »Ein Hoch auf Sara, Keenan, Riona, Bran, Gwyned und Sive, die Lyoness von einem Tyrannen befreit haben!«

Statt *Freiheit für Lyoness* riefen sie nun unsere Namen. Ich fühlte, wie mir der Mund aufklappte, und sah verlegen zu Riona und Keenan, die über beide Ohren strahlten. Dann nahm Keenan mich hoch, setzte mich auf seine Schultern und stimmte lauthals in die Rufe mit ein: »Ein Hoch auf Gradys *magische Freunde*!«

»Was soll das? Du machst dich lächerlich!«, zischte ich ihm zu, doch er lachte nur.

Verzweifelt sah ich zu Riona, doch auch sie jubelte. »Ein Hoch auf Sara!«

Nein, nein, nein! Das lief alles verkehrt. Ich war keine Heldin. Ich wollte diese Aufmerksamkeit nicht. Grady hatte sie verdient. Er sollte so gefeiert werden. In diesem Moment wurde mir seit seiner Hinrichtung das erste Mal so richtig bewusst, dass mein bester Freund nicht mehr wiederkehren würde. Nie wieder. Und während die Jubelrufe um mich herum immer lauter wurden, fühlte ich mich so schwer und trostlos wie noch nie zuvor.

Als Keenan mich endlich absetzte, begann sich die Menge bereits zu zerstreuen. Die ersten Fackeln waren an den Häusern entzündet, der Himmel hatte sich lila gefärbt, die ersten Sterne blinkten auf, und hinter dem Tempel war noch ein letzter blutroter Streifen zu sehen, wo vor wenigen Augenblicken die Sonne untergegangen war. Der Abend war da, die erste Nacht in Freiheit würde beginnen.

Rois hielt sein Wort und brachte die gefangenen Druiden und Druidinnen mit ein paar anderen Bewaffneten fort in Richtung Karzer. Er meinte, er habe einen tauben Neffen, dem die Flüche nichts anhaben konnten und der die Gefangenen mit Wasser und Essen versorgen würde. Sicherlich würde sich noch jemand finden, der seinen Neffen dabei unterstützte.

Auch Gwyned hatte ihre gefangene Druidin Rois übergeben, nun trat sie zu uns. Ihre braune Bluse, die ihr Gradys Nachbarin Delma geschenkt hatte, war von Blut getupft, und der rote Rock, den Riona ihr erst vor wenigen Tagen besorgt hatte, hatte einen langen Riss und der Saum war ausgefranst. Doch das Blut konnte nicht von ihr sein, denn ihre Augen leuchteten. »Ich habe eure Reden von dahinten mitbekommen. Es ist wahrhaft zu Ende!« Ihre Stimme war warm und klang ungewohnt aufgeregt. Sie strahlte erst Keenan an, dann Riona und schließlich mich. Ihr Blick blieb an mir hängen. »Das sieht dir gar nicht ähnlich, Sara«, meinte sie und klang nachdenklich. »Ich meine, normalerweise stehst du immer hinter Grady und sagst nicht viel.«

»Grady ist tot«, sagte ich tonlos, denn ich spürte, wie mir der Gedanke an ihn wieder die Luft nahm.

»Ja«, sagte Riona und ich sah ihre Augen gefährlich wässrig werden.

»Hat Sara vielleicht doch irgendwas abbekommen in der Schlacht?«, fragte Keenan zu Riona gewandt. »Sie ist so anders. Von ihr kam auch die Idee, das Schlingenkatapult einzusetzen. Und dann diese Rede!«

»Das war eine brillante Idee. Ich bin mir sicher, das hast du von Grady«, sagte Riona, nickte mir zu und blinzelte ihre Tränen weg. »Ehrlich, Sara, dein Eingreifen kam genau richtig. Ich hätte sie allein nicht überzeugen können. Und Grady hätte die Worte nicht besser gewählt.«

»Es waren seine Worte, ich habe sie nur wiederholt«, sagte ich ernst. »Er hätte nicht zugelassen, dass den Druiden so etwas widerführe.«

»Nein, das hätte er nie«, stimmte Keenan zu. »Ich habe mir immer vorgestellt, dass er ihnen auch noch Milch und Kekse in der Gefangenschaft servieren lässt, wenn wir die Druiden wirklich besiegt haben.«

»So weit würde ich nicht gehen, aber sein Sinn für Menschenwürde war sehr ausgeprägt«, meinte Riona.

War. *Grady war.* Sie sprachen schon von ihm in der Vergangenheit.

Meine Brust wurde eng, während sich meine Augen mit Tränen füllten. Nein, nicht weinen. Nicht jetzt, nicht hier.

Es verbrauchte nur Energie. Ich musste mich schnell ablenken, sonst würde die Trauer mich doch überwältigen. Gwyned drückte mitfühlend meine Hand.

»Was ist mit dem Brand, der während der Schlacht ausgelöst wurde?«, fragte ich schnell, um das Thema zu wechseln. »Wer geht mit mir dorthin, um beim Löschen zu helfen?«

»Ich glaube, der war im Holzviertel, doch das hat sich erledigt«, meinte Keenan und rauschte davon, ehe wir etwas sagen konnten. Gwyned und ich sahen uns an, und als sie den Mund öffnete, war er schon zurück. »Jepp, der Brand ist weitestgehend gelöscht«, berichtete er, noch immer kein bisschen außer Puste. »Allerdings hat das Feuer massiv gewütet. Viele Häuser sind nicht mehr bewohnbar, mindestens zehn komplett abgebrannt – ich plädiere dafür, dass das Holzviertel künftig nicht mehr nur aus Holz erbaut wird, um so was zu vermeiden. Und wisst ihr was? Beide Brücken haben was abbekommen, um nicht zu sagen: Sie sind komplett zertrümmert. Da wurden Boote zusammengebunden, um auf die andere Seite des Pughs zu kommen. Ich bin über den Fluss gelaufen«, fügte er breit grinsend hinzu.

Der Pugh teilte unsere Stadt Yslion in zwei Hälften und war für seine gefährlichen Strömungen bekannt. Es waren schon so einige Wagemutige und Badelustige dort ertrunken. Ohne eine Brücke würde es auf Dauer schwierig werden, die Stadt zusammenzuhalten.

»Brauchen die Menschen dort jetzt noch unsere Hilfe oder nicht?«, hakte Riona nach. Ihre Familie lebte im Wollviertel, das an das Holzviertel grenzte.

»Nein, nicht solange es nur noch kokelt, und das bisschen Glut wird überwacht. Die Aufräumarbeiten müssen warten, bis alles erkaltet ist. Ich würde sagen, es ist vollbracht.«

»Wie ist dieser Brand ausgebrochen?«, hakte ich nach und spürte ein ungutes Ziehen im Hals.

»Auf jeden Fall im Laufe der Schlacht – wie genau, werden wir wohl noch erfahren. Grundgütiger Drache, Sara, du siehst aus, als seist du dafür verantwortlich.«

Ich fühlte mich auch so. Ich sah auf all die leblosen oder sich windenden Körper, die über den Platz verstreut lagen. Opfer, die in dieser Schlacht gefallen waren. Menschen in Blau, Rot, Gelb und Grau gekleidet halfen denen, die sich bewegten, doch noch immer konnte man Schreie und Wimmern hören. Jäh schoss mir durch den Kopf, dass ich diese Schlacht angestoßen hatte. Ja, wir alle hatten vorgehabt, Grady vor den Peitschenhieben zu bewahren, aber ich hatte als Erste einen Druiden getötet.

Schlagartig fühlte ich meine Beine schwach werden. *Was habe ich getan?*

»Sara, das Holzviertel ist jetzt wirklich in Sicherheit«, fügte Keenan hinzu. »Und Yslion ist frei. Das, was wir seit Jahren wollten, was Grady immer wollte, erinnerst du dich?«

Natürlich erinnerte ich mich. Seit meine Mutter Grady und mir als Kindern die Märchen zu den Ursprüngen von Lyoness erzählt hatte. Von den bösen Lindwürmern, die unsere Insel bedroht hatten und von den Großen Drachen und dem ersten König verjagt worden waren. Sie erzählte, der gute König habe Lyoness erbaut und geschützt, lange bevor die Druiden die Herrschaft übernommen hatten und die Drachen getötet worden waren. Grady war fasziniert gewesen. Seither wollte er Lyoness wieder frei sehen. Frei von der Gewaltherrschaft. Als Kind träumte er sogar von einem Drachen, der ihm half, die Druiden zu besiegen.

Und er war so euphorisch bei seinen Plänen, so ansteckend begeisternd. Wer hätte ihn nicht unterstützt?

Alle hatten an seinen Lippen gehangen. Bran, der von seiner Stiefmutter verraten worden war und mit seinen magischen Fähigkeiten vor den Druiden hatte flüchten müssen. Gwyned, die als Kind aufgrund ihrer hellseherischen Fähigkeit von den Druiden zu der Schule nach Deira verschleppt worden und von dort entkommen war. Die reiche Kaufmannstochter Riona, deren kleine

Schwester der Familie gewaltsam genommen worden und seither verschwunden war. Und Keenan, der seine Fähigkeiten seit jeher eisern hatte verstecken müssen und von uns allen am meisten darunter gelitten hatte. Selbst Grady, Sive und ich, die wir nur deshalb seit meiner Kindheit unter einem Dach lebten, weil meine Mutter von den Druiden verflucht worden war. Wir alle und Zehntausende Menschen mehr hatten einen sehr guten Grund für den Wunsch, die Druidenschaft fallen zu sehen. Und Grady mit seinen feurigen Reden, seinen Visionen und Vorstellungen, wie ein Lyoness mit freier Magie sein sollte, hatte Unzählige mitten ins Herz getroffen.

Doch mein Blick hing immer noch an den vielen Toten, deren Leichname nach und nach auf Karren geladen wurden. Ein mulmiges, schuldbeladenes Gefühl machte sich in meiner Körpermitte breit.

»Lasst uns nach Bran sehen«, schlug Gwyned vor, die meinem Blick gefolgt war.

»Sive kümmert sich um ihn«, sagte Riona und schaute zu unseren Freunden. Auch ich sah hinüber und konnte erkennen, dass Sive sich über Bran beugte.

»Damit ist er genau da, wo er seit jeher am liebsten sein wollte – in Sives Armen«, kommentierte Keenan augenzwinkernd. »Ich denke, es ist an der Zeit, den Sieg gebührend zu feiern. Verdammt noch mal: Wir haben gewonnen! Ich will jetzt tanzen, singen und was essen und trinken, bis ich umkippe.«

»Dir fehlt es wie immer an Feingefühl, Keenan«, sagte Riona trocken. »Sieh dich um. Das ist keine Zeit, um zu feiern. Es gibt Tote aufzubahren und Verletzte zu versorgen.«

Doch davon ließ sich Keenan nicht abschrecken und stimmte ein fröhliches Kinderlied über zwei Drachen an, die besonders tief tauchen und besonders hoch fliegen konnten und damit Lyoness vor allem Bösen beschützten. Die angespannte Stimmung, die noch vor wenigen Minuten geherrscht hatte, kippte augenblicklich. Ausgelassen und mehr euphorisch als wirklich schön stimmten die umstehenden Menschen lauthals in dieses Siegeslied ein.

Eine Gänsehaut überkam mich, als ich hörte, wie rasant sich der Gesang fortsetzte. Wenige Sekunden später war es aus den Nebengassen zu hören und irgendwann brummte sogar die ganze Stadt dieses Lied. Die Glocken schienen dazu einen eigenen Takt zu finden. Es herrschte eine Stimmung voller Frohlocken und Hoffnung – ich ahnte, dass dieser Moment noch Jahre später erzählt werden würde.

Hier, in diesem Augenblick, inmitten von Glockengeläut sowie Singen und Rufen, war die Zukunft gekommen.

Riona und ich sahen uns an und grinsten unwillkürlich. Dann beobachteten wir Keenan dabei, wie er zu tanzen und herumzuhüpfen anfing – teils in menschlicher Geschwindigkeit, teils mit seiner ihm eigenen Magie so unglaublich schnell, dass wir nicht mitbekamen, wie er von einer Ecke des Platzes zur anderen kam.

DER STURM LEGT SICH

Alle Überlebenden, die noch über genügend Kraft und Gliedmaßen verfügten, waren auf den Beinen und kümmerten sich um die Toten und Verletzten. Aus dem geschäftigen Summen heraus erklangen immer wieder Klagelaute und heftiges Weinen, wenn jemand eine Person entdeckte, die er kannte und die nicht mehr zu retten war.

Mit schwindendem Sonnenlicht nahmen aber auch Gelächter, Gesänge, die Klänge von Fideln, Flöten und Harfen zu. Die Menschen tanzten über den mittlerweile leer geräumten Platz, ein Feuer war in der Mitte entzündet worden und Getränke und Essen wurden herumgereicht. Man sah viel mehr bunt gekleidete Menschen, so wie man es sonst nur zu dem heiligen Fest der Großen Drachen kannte.

Es war schon kurz vor Morgengrauen, als ich mich mit meinen Freunden direkt an der Mauer vor dem Palast niederließ. Wir hatten die ganze Nacht lang kleine, behelfsmäßige Lazarette gebaut und Verletzte versorgt. Nun waren wir todmüde und konnten uns nicht mehr aufrecht halten.

Aus dieser Sicht war nichts mehr von den Gefechten zu erkennen, die in den letzten achtzehn Stunden getobt hatten. Die

Häuserfassaden zum Platz hin hatten ihre hübsche Bemalung und alle Dächer behalten. Die Verwundeten und Toten waren mittlerweile alle fortgebracht worden.

Nur wenn man sich umdrehte, zeugte der offene und zerstörte Herrscherpalast davon, dass der Kampf wirklich stattgefunden hatte. Die goldene Kuppel war verschwunden, die weißen fensterlosen Mauern der verschiedenen Stockwerke hatten dunkle Risse und teilweise große Löcher, wodurch man ins Innere blicken konnte.

Aber was das Ganze noch offensichtlicher machte, war, dass viele bunt gekleidete Menschen das weit geöffnete goldene Tor durchschritten, das normalerweise nur für Druiden einen Spalt weit geöffnet wurde.

Wir alle saßen im Kreis bei Bran, ein paar Meter weiter neben dem Schlingenkatapult, und ließen alles auf uns einwirken: das Gefiedel von Flöten, Geigen und Trommeln, die immer noch umhertanzenden, singenden Menschen und die ausgelassen jauchzende Stimmung, die mit Sicherheit noch über die ganzen Dächer der Hauptstadt hinweg zu hören war. Ab und an sah ich, wie jemand auf uns zeigte. Wenn ein Tanzreigen vorüberkam, warfen uns viele große Blicke zu. Wir waren Gradys *magische Freunde,* die Helden der Stunde. Das gefiel mir überhaupt nicht und ich versuchte es zu ignorieren.

Uns allen war nicht wirklich zum Feiern zumute. Jetzt, da wir nicht mehr geschäftig umherliefen und Bedürftige versorgten, kehrte unsere Trauer überwältigender denn je zurück. Sive und Gwyned weinten, und auch Riona hatte rote Augen, obwohl sie nie, wirklich nie weinte oder sentimental war. Sogar Keenan hatte zum Anbruch der Nacht mitten in seinem ausgelassenen Tanz plötzlich innegehalten, einen für ihn ganz ungewöhnlich ernsten

Gesichtsausdruck angenommen und war verschwunden. Ich vermutete, dass er nach seinen Eltern im Nahrungsviertel schaute und lieber allein trauerte.

Ich hätte ebenfalls gehen und mich um Gradys Leichnam kümmern sollen. Bei ihm sein. Aber alles in mir sträubte sich dagegen, das geliebte Gesicht blicklos und leichengrau zu sehen.

Ich wollte nicht an Grady denken, diesen Gedanken nicht einmal zulassen. Also schob ich die Erinnerung an den Pranger und die Ereignisse von mir und schloss erschöpft die Augen.

Alle Glocken der Stadt schwangen ihre Schlegel. Das Geläut war lästig, da es seine Worte übertönte. Dabei wollte ich unbedingt hören, was er sagte. Zu gern wäre ich länger in seiner innigen Umarmung geblieben, doch er löste sich langsam von mir und betrachtete mich mit einem Blick, den ich bislang nicht gekannt hatte. Warmherzig, zärtlich, liebevoll. Kein Mann hatte mich je so angesehen. Nie zuvor hatte ich mich so behütet, beschützt und geliebt gefühlt wie bei diesem außergewöhnlich schönen Mann mit azurblauen Augen und hellblonden Haaren. Ich wollte mich in seinem Blick verlieren, wollte die Wärme seiner Umarmung spüren und vor allem seiner melodischen Stimme lauschen – doch das lautstarke Geläut der Glocken machte alles kaputt.

Genervt, weil ich nicht hören konnte, was er sagte, wandte ich den Kopf ab – und blinzelte ins Sonnenlicht.

Erst jetzt wurde mir bewusst, dass ich geträumt hatte. Während ich an der Erinnerung an den Fremden festzuhalten versuchte, durchforstete ich meinen Kopf nach einem Hinweis darauf, warum er mir so bekannt vorkam. So unendlich vertraut. Doch das warme Gefühl in meiner Brust wurde schnell von einem fiesen Knoten im Magen abgelöst. Der letzte Tag fiel mir wieder ein – und dass Lyoness nun endlich frei war.

Wir mussten an der Palastmauer eingeschlafen sein, denn die Sonne stand bereits recht hoch am Himmel und Keenan war zurückgekehrt. Er sah unendlich erschöpft, aber auch sehr zufrieden mit sich aus. Im Gegensatz zu Bran.

Sein Zustand hatte sich über Nacht verschlechtert. Auch wenn er mittlerweile aus seinem komatösen Schlaf aufgewacht war, schwitzte er heftig und jede Bewegung ließ ihn aufstöhnen. Die Wunde an seinem Bein war so tief, dass man den weißen Knochen darin sehen konnte. Ich riskierte einen Blick und mir wurde schlagartig übel. Eigentlich hatten wir ihn zu Aodh bringen wollen, zu Sives und Gradys Vater, der ihn im Gegensatz zu Brans Stiefmutter immer mit offenen Armen empfing, doch als wir ihn angehoben hatten, hatte er vor Schmerzen geschrien und sich an Sive geklammert. Während Keenan der Meinung war, er hätte das absichtlich getan, um ihr endlich nahe zu sein, war Riona davon überzeugt, dass Bran in dem Fall nicht so unromantisch geschrien hätte.

»Gwyned, wach auf! Kannst du sehen, wie ich Bran helfen kann?«, fragte Sive, die schon wieder auf den Beinen war. Sie wollte ihre Hand aus Brans lösen, doch er hielt sie fest umklammert.

Gwyned blinzelte verschlafen, erfasste die Situation und schüttelte den Kopf. »Du weißt doch, ich sehe nichts von euch. Ihr steht mir zu nah«, erklärte sie. »Allerdings habe ich den Palast gesehen.«

»Den sehe ich auch«, sagte Keenan. »Du musst dich dafür nur umdrehen.«

Gwyned warf einen kleinen Stein nach ihm. »Das meine ich nicht, Witzbold. Ich habe gesehen, dass die Kuppel vollständig wiederhergestellt war. Allerdings anders als bisher. Schöner und runder. Und sie war blau.«

Sive wandte sich wieder Bran zu und murmelte ihm etwas zu – einerseits Beschwörungen, andererseits beruhigende Worte, um ihm Mut zu machen. Er atmete hektisch, unregelmäßig und sehr laut.

Es dauerte eine Weile, bis er sich entspannte und seine Gesichtszüge weicher wurden. Sive hatte es anscheinend geschafft, ihn wieder einzuschläfern und die Wunde zu schließen. Auch wenn sie keine ausgebildete Heilerin war, denn das war nur den Druiden von Deira vorbehalten, besaß sie die entsprechende Magie.

Meine Gedanken überschlugen sich, als ich so dasaß, das Treiben beobachtete und mich seltsam einsam fühlte. Endlich wurde mir etwas bewusst. Ich wollte zu Grady.

Einen Moment haderte ich, doch ich musste zu ihm, mich noch einmal überzeugen, Abschied nehmen. Ich erhob mich.

»Wo willst du hin?«, fragte Riona, als ich mich abwandte.

»Zu Grady«, erwiderte ich tonlos.

»Das brauchst du nicht«, sagte Gwyned. »Er liegt nicht mehr da.«

Verständnislos sah ich sie an. »Ich dachte, du kannst niemanden von uns sehen? Hat Keenan ihn zu Aodh gebracht?«

»Dafür brauche ich kein drittes Auge, meine Ohren taugen auch noch etwas«, entgegnete sie geduldig und fügte hinzu: »Nein, Aodh hat ihn mithilfe von Delma weggetragen. Sive war vorhin bei ihrem Vater und hat ihnen geholfen, Gradys Leichnam in Aodhs Schmiede zu bringen. Delma meinte, sie wolle ihn waschen und sofort begraben. Wegen der aufkommenden Hitze … du weißt schon.«

Ein Kloß bildete sich in meinem Hals.

»Ihr hättet mich wecken sollen. Ich wäre mitgekommen«, sagte ich mit gepresster Stimme. »Sei's drum, dann gehe ich jetzt, Delma braucht bestimmt noch Hilfe.« Ich sprang auf. Delma war unsere Nachbarin und selbst nicht mehr gut zu Fuß. Aber das war nicht der einzige Grund, warum ich ihr helfen wollte. Ich musste Grady sehen.

»Bleib hier, Sara, bei uns«, sagte Sive und griff nach meiner Hand. »Es ist mehrere Stunden her. Grady liegt bereits unter der Erde, in unserem Garten, an seinem Lieblingsplatz. Sein … Körper hat den ganzen Tag in der Sonne gelegen … Er war in einem ganz schlechten Zustand … Es ist besser so.«

Ich starrte sie an. Sie hatten Grady ohne mich begraben. Einfach so. Wahrscheinlich gab Aodh mir die Schuld und hatte mich nicht dabeihaben wollen. Eine andere Erklärung konnte es nicht geben … Ich musste das geradebiegen, ich musste zu Aodh. Ich versuchte mich loszureißen, doch Sive ließ sich nicht abschütteln.

»Sara, du kannst noch heute Nachmittag hin. Aber jetzt brauche ich eure Unterstützung, frisches Wasser, frische Leinentücher, etwas zu essen, falls Bran wieder mal bei Bewusstsein sein sollte … Wir können nicht warten, sein Bein ist …« Ehe sie den Satz zu Ende führen konnte, schrie jemand hinter mir.

»WO? Wo ist sie?«

Aus der Menschenmenge vor dem Palast bahnte sich eine stämmige Frau einen Weg direkt auf mich zu. Ihr Gesicht war rußverschmiert und Tränen hinterließen helle Bahnen auf den

Wangen. Strähnige Haare fielen ihr um die Schultern, während die ehemals blauen Kleider fleckig und angesengt waren.

»DU!«, schrie sie, als sie mich erblickte. »Du bist schuld.«

Sie war mit Riesenschritten bei mir, und ehe ich auch nur eine Hand heben konnte, hatte sie mir zwei kräftige Ohrfeigen verpasst. Das Klatschen tönte lautstark, denn alle Menschen am Platz waren plötzlich totenstill. Alle starrten auf mich und die aufgebrachte Frau.

Wie aus dem Nichts heraus wirbelte Keenan heran und war in Sekunden hinter ihr. Er hielt ihre Arme auf dem Rücken fest. Auch Gwyned und Riona waren bereits auf den Beinen und stellten sich schützend links und rechts neben mir auf.

»Meine beiden Söhne sind gestern verbrannt«, schluchzte die Frau und versuchte sich aus Keenans Griff zu befreien. »Sie waren erst vier und sechs Jahre alt. Sie sind gestorben, weil du gestern bei der Hinrichtung den Kampf ausgelöst hast. Nur deshalb hat die Druidenschaft das Katapult eingesetzt. Ohne dich würde mein Haus noch stehen. Und meine Söhne würden leben. Verflucht seist du!«

»Sara hat nur den ersten Schritt in Richtung unser aller Freiheit getan … Sie hat …«

»Sie hat den Erzdruiden umgebracht«, kreischte die Frau. »Jetzt sind wir alle verloren!«

Sie spuckte mir ins Gesicht.

»Aufhören!«, rief ich und hob abwehrend die Hände. »Ich musste meine Freundin retten, die er im Begriff war zu verfluchen.«

Ich fühlte Riona neben mir erstarren.

»Du verstehst es nicht, überhaupt gar nichts verstehst du«, zischte die Frau und ihr Blick bohrte sich in meine Augen. Als sie weiterredete, wurde ihre Stimme ganz rau und tief. »Der Erzdruide war unsere Sicherheit. Wegen dir werden wir alle sterben! Die Insel wird untergehen! Er war alles, was uns am Leben hielt, und du –« Sie brach jäh ab. Ihr Gesicht war eine einzige Grimasse aus Wut und Trauer. Rotz rann ihr aus der Nase, und sie konnte ihn nicht abwischen, weil Keenan sie festhielt.

»Das sind doch Ammenmärchen! Etwas, das im Volk erzählt wird und das wahrscheinlich die Druiden selbst in Umlauf gebracht haben!« Keenan stützte sie, aber die stämmige Frau knickte kraftlos ein, fiel auf die Knie und begann haltlos zu weinen.

»Jetzt werden sie kommen! Die bösen Drachen! Sie werden uns alle holen!«, schrie sie dann plötzlich und begann wild um sich zu schlagen.

Nach und nach näherten sich ein paar Menschen und beobachteten die Szene neugierig.

»Kennt jemand diese Frau? Kann ihr jemand helfen?«, rief Riona zu den Schaulustigen.

Ein Mann und eine Frau in blauer Kleidung traten näher. Keenan ließ die immer noch um sich schlagende Frau los und machte ihnen Platz.

»Bitte entschuldigt unsere Schwester. Sie hat ihre Kinder verloren … Es geht ihr nicht gut …«, sagte die Frau leise und half dem Mann dabei, die immer noch schreiende Mutter vom Platz zu bringen.

Die Menge um uns herum zerstreute sich wieder, aber mir ging es gar nicht gut. Meine Muskeln waren eingefroren, alles in mir fühlte sich steif an. Auf meiner Nase lief die Spucke der Frau hinab, die ich mir hastig abwischte.

»Sara, lass das nicht an dich heran«, sagte Riona aufmunternd. »Die ist außer sich vor Trauer und sucht einen Schuldigen. Du hast dir nichts zuschulden kommen lassen, sondern uns alle gerettet. *Mich* gerettet«, schloss sie im ehrfürchtigen Flüsterton.

Ich erwachte langsam aus meiner inneren Starre und winkte ab. »Das hättest du auch für mich getan.«

»Vielleicht … aber ich hätte wohl kaum den magischen Schutzschild des Erzdruiden durchbrochen. Ich glaube, wir haben deine verborgene Fähigkeit gefunden.«

»Das glaube ich auch«, sagte Sive staunend.

»Da war kein Schutzschild. Der Erzdruide hat uns alle erstarren lassen. Ich konnte keinen Finger mehr rühren … Nur Sara schien das nicht zu betreffen«, murmelte Keenan.

Gwyned sagte nichts. Sie war noch ganz bleich wegen der Vorwürfe der Frau und drückte mitfühlend meine Hand.

Gerade als ich dagegen argumentieren wollte, liefen auf einmal Kinder aus dem Palasttor heraus. Sie waren zwischen acht und zehn Jahren alt, trugen die braunen Sackkittel der Druidenzöglinge und hatten geschorene Haare.

Schreiend und jubelnd rannten sie über den Platz, verschwanden in verschiedene Richtungen und wurden von den umherstehenden Menschen lauthals begrüßt.

»Was war das?«, fragte Keenan.

Wir alle waren sprachlos, und es dauerte einen Augenblick, ehe ich begriff. Ich sah zu Riona. Sie war erstarrt und blickte mit offenem Mund zu einem Kind von ungefähr neun Jahren, das langsamer als seine Kumpane hinterherhumpelte. Es sah ganz verloren aus und weinte.

»Riona, warte …«, sagte Gwyned, die sich unwillkürlich durch ihre langen schwarzen Haare fuhr. Kein Wunder. Sie war einst auch eines dieser Kinder gewesen. Eine angehende Druidin, die ihrer Familie beraubt und weggesperrt wurde, den Kopf kahl geschoren bekam, damit ihre Magie nur den Großen Drachen dienen konnte. Gefangen gehalten fern ihrer Familie, die sie seither nicht mehr gesehen hatte. Eines dieser Tausende von Kindern, die aufgrund ihrer magischen Fähigkeiten von den Druiden fortgebracht wurden und nie wieder zurückkehrten.

Wie Rionas kleine Schwester.

Doch Riona hatte sich bereits erhoben und eilte mit riesigen Schritten auf das Palasttor zu.

»Ich suche jetzt meine Schwester«, rief sie.

»Ich dachte, all die entführten Kinder wären in Deira?«, fragte Sive perplex. Das hatten wir alle gedacht. Aber eigentlich ergab es Sinn, dass ein Teil hier untergebracht wurde. Der Palast war riesig und der Tempel nicht minder groß.

Wenn, dann wäre die Kleine eingesperrt und könnte sich nicht allein befreien. Solange die heranwachsenden Kinder nicht vollends dem Erzdruiden untergeben waren, durften sie nicht in die Öffentlichkeit treten. Nur loyalen Anhängern, die ihre Pflicht im Dienst der Großen Drachen ausübten, war es gestattet, sich außerhalb der Tempel und Paläste in Lyoness zu bewegen.

Das war der Grund gewesen, warum sich Riona damals an Grady gewandt hatte: Man hatte ihre kleine Schwester geraubt. Ein Spitzel hatte sie wegen ihrer magischen Fähigkeiten verraten und dafür gesorgt, dass sie von Soldaten abgeholt worden war, um sie in den Dienst des Tempels zu stellen. Vier Jahre war das nun her. Sie musste jetzt zwölf Jahre alt sein.

Gwyned und ich wechselten einen Blick, dann erhoben wir uns.

»Wir helfen ihr bei der Suche und bringen frisches Wasser, Essen und Leinentücher mit«, erklärte ich Sive. »Bleibst du bei ihm?«

Sie sah zu Bran, der zwar schlief, aber stark schwitzte. »Ja, ich bleibe. Beeilt euch.«

»Aber ich komme mit. Ich weiß sogar, wo man bei den Druiden hervorragende Speisen findet!« Mit der Aussicht auf Essen folgte Keenan uns in Richtung Palast.

Wir hörten nur noch Rionas schnelle Schritte über den Steinboden nachhallen, als wir das einst so prunkvolle und nun fast zerstörte Tor durchschritten. Über einen kleinen Innenhof hinweg führte eine breite Treppe hinauf in das riesige Gebäude. Dort sahen wir Riona durch die weit geöffnete Flügeltür ins Innere verschwinden.

Keenan hatte sie in einem Wimpernschlag eingeholt.

Gwyned und ich mussten in normaler Geschwindigkeit die Stufen erklimmen. Sie waren aus weißem Stein und leuchteten im Dunkeln der tief liegenden Schatten des Vormittags.

Die Doppeltür bestand aus geschnitztem Holz. Viele Gesichter waren in Quadraten darauf abgebildet, während die zwei Großen Drachen sie umgaben. Ihre Körper waren lang gezogen wie die von Schlangen und hatten sehr kleine Flügel. Nur die Köpfe ähnelten den Tempelbildern.

Das Sonnenlicht fiel durch ein paar hohe, schmale Luken und ein großes Loch in der Decke nur spärlich ins Innere. Wir standen in einem Saal, dessen Wände sich im hinteren Bereich in der Dunkelheit verloren. Meine Augen brauchten einen Moment, ehe sie sich nach der grellen Mittagssonne an die hier herrschende Dämmerung gewöhnt hatten und ich auch die hinteren Wände erkennen konnte. Erst dann bemerkte ich, dass wir nicht die Einzigen waren, die sich im Palast umsehen wollten. Einige Menschen hielten Gegenstände in den Händen, die im Fackelschein golden oder silbern aufblinkten. Sie wichen hier und da ein paar herumliegenden Brocken aus, die von der eingestürzten Decke stammten.

»Hier ist es noch viel beeindruckender als im Tempel von Deira«, hauchte Gwyned neben mir.

Sie blickte nach oben. Die Deckenfresken waren aufgrund der Löcher, die das Katapult hineingeschlagen hatte, kaum zu erkennen.

Doch plötzlich vergaß ich Gwyned. Und Riona. Einen Moment lang schob ich alles beiseite, denn was ich nun endlich im schummrigen Licht zu sehen bekam, war unglaublich. Der Prunk, der hier herrschte, überwältigte mich. Wenn mir jemand erzählt hätte, dass hier Götter oder die Großen Drachen höchstpersönlich wohnten, hätte ich es sofort geglaubt.

Ich erinnerte mich, wie oft Grady von diesem Ort gesprochen hatte, weil er gern einmal einen Blick hier hereingeworfen hätte. Seiner Vorstellung nach waren die Wände mit den Bildnissen aller Regenten bemalt, die Lyoness je hervorgebracht hatte. Und damit war er ziemlich nah dran gewesen.

Ich schritt staunend die Wände ab und erkannte in diesem diffusen Licht eine Bordüre rundherum, die die Großen Drachen zeigte. Alle Gemälde, Fresken und Reliefs mussten älter sein als die Druiden, denn sie zeigten oftmals zwei Drachen und einen Gott. Zwar hatte der Gott ein goldenes Gewand, wie es der Erzdruide trug, doch das war eindeutig nachträglich angebracht worden. Die Farben konnten die ursprüngliche Version nicht vollständig übertünchen, außerdem entdeckte ich mehrere Risse und schlecht ausgeführte Spachtelarbeiten.

Interessanterweise gab es auch ein Fresko, auf dem zwei Götter – wieder dilettantisch in Druiden gewandelt – und eine Göttin mit rotgoldenen Locken abgebildet waren. Der eine Gott war sehr markant, mit strahlend blauen Augen und sattem goldenen Haar. Ein Schauer lief mir über den Rücken. Irgendetwas löste sein Anblick in mir aus, aber ich bekam es nicht ganz zu fassen. Hinter ihm und der Göttin waren Schatten in Form von goldenen Drachen abgebildet. Nur der, der in den ersten Erzdruiden umgewandelt worden war, hatte keinen Drachenschatten. Ich vermutete, dass dieser ursprünglich den ersten König und Gründer von Lyoness darstellte.

Vor ihm stand ein jugendliches Mädchen, das ihm wie aus dem Gesicht geschnitten war. Ihre zierlichen Hände umschlossen eine Sanduhr. Das musste Aoife sein, die erste und letzte Prinzessin von Lyoness. Sie wurde immer mit einer Sanduhr dargestellt, dem Symbol der Zeitreise.

In Lyoness mochte es viel Magie geben, doch den Erzählungen zufolge konnten bislang nur drei Wesen durch die Zeit springen: die erste Prinzessin von Lyoness und die zwei Großen Drachen. Diese einzigartige Fähigkeit erhob Zeitreisende in den Augen aller zu Göttern. In den Geschichten, die meine Mutter Grady und mir früher erzählt hatte, hieß es, dass der erste König nur aufgrund seiner zeitreisenden Drachen das Inselreich Lyoness erbauen und gegen böse Mächte hatte schützen können.

»Das ist der helle Wahnsinn!« Keenan stand auf einmal neben mir. Seine Augen waren weit aufgerissen. »Hast du die Drachen gesehen? All die blauen Schuppen sind mit echtem Gold umrahmt! Und sieh mal die Schmuckstücke! Sind das Juwelen?«

Er deutete aufgeregt auf die Seiten des Wandgemäldes, wo türkisblaue Steine in Gold eingefasst waren. Doch ich machte gleich wieder ein paar Schritte zurück. Denn das Gemälde war riesig und aus der Nähe überhaupt nicht zu erfassen.

Es zeigte zwei augenscheinlich gerade getötete Drachen mit in der Tat imposant glänzenden Schuppen aus Blattgold. Zwischen ihnen stand der erste König von Lyoness. Er hielt den Kopf gesenkt und seine Krone in den Händen. Gleich neben ihm stand ein junger weiß gekleideter Mann. Eindeutig ein Druide. Er hielt triumphierend zwei Schmuckstücke in der einen Hand und zeigte mit dem Zeigefinger der anderen Hand warnend auf die rechte Seite des großen Gemäldes. Ich blinzelte, aber diese Seite lag im tiefen Schatten und war nicht zu erkennen.

»Meinst du, man kann das Gold abpulen und verkaufen?«, drang Keenans begeisterte Stimme an mein Ohr. Erschrocken kam ich wieder zu mir und wandte den Blick vom Wandgemälde ab. Sofort erinnerte ich mich wieder daran, warum wir hierhergekommen waren.

»Wo ist Riona?«, fragte ich.

»Ich habe sie verloren«, gab Keenan zerknirscht zu. »Sie hatte keinen Blick hierfür, sondern ist schnurstracks weitergelaufen. Ich wette, sie kennt bis heute Abend den kompletten Palast inklusive des Tempels, aller Nebengebäude und Kerker.«

Da konnte Keenan recht haben. Hoffentlich vergaß sie dabei nicht, etwas zu essen und zu trinken. Wenn Riona sich etwas in den Kopf setzte, war sie unaufhaltsam. Das ließ mich wieder an Sives Bitte und Brans Zustand denken.

»Wo hast du denn vorhin die Speisen gesehen?«, fragte ich Keenan und schaute mich suchend um.

»Unten im Hof gibt es rechts rüber viele Gebäude, in denen

wahrscheinlich die Küchen waren. Da liegen unzählige Lebensmittel herum.«

Ich fühlte, wie Gwyned neben mir schauderte.

»Was ist?«, fragte ich sie.

»Wir alle sollen ihm folgen«, sagte sie mit einer plötzlich ganz eigenartigen Stimme und ging wie eine Schlafwandlerin weiter.

Keenan und ich wechselten einen kurzen Blick. Ich begriff, dass Gwyned überhaupt nicht gehört hatte, worüber wir sprachen. Sie hatte eine Vision.

»Ihm?« Keenan wollte nach ihr greifen, doch ich hielt ihn zurück.

»Dem Mann mit der Krone«, erwiderte Gwyned nur und ging weiter. Sie hatte Keenans Versuch, sie aufzuhalten, gar nicht mitbekommen.

»Eine Krone? Beschreib sie uns, bitte«, bat ich Gwyned leise. Der Erzdruide hatte nie etwas in der Art getragen. Ein solcher Kopfschmuck war Königen und Königinnen vorbehalten, keinem Druiden in Lyoness.

Was für eine Vision war das?

Sie legte den Finger an die Lippen. »Seid still. Ich will hören, worüber sie reden.«

Ich blieb dicht hinter ihr, ohne sie zu berühren, und lauschte.

»Sie gehen direkt in den Saal voller Menschen und der Mann mit der Krone steigt auf den Thron. Alle im Raum verneigen sich.« Gwyned machte es unbeholfen nach und bewegte sich durch den leeren Palast, als ob sie Teil dieser Szene wäre und sich gerade an mehreren Personen vorbeidrängen würde. Dabei benutzte sie ihre Ellbogen und schob sich seitlich vorwärts. Plötzlich machte sie unerwartet einen Schritt zur Seite und fiel schwungvoll über ein Trümmerteil der heruntergefallenen Decke. Keenan kicherte los.

Als wir Gwyned aufhalfen, schien sie wieder im Hier und Jetzt zu sein. Es ärgerte mich, dass ich nicht besser auf sie achtgegeben hatte.

»Verdammt, es wurde gerade spannend«, maulte sie und rieb sich die Handflächen.

»Tut mir leid«, sagte ich sofort.

»Wo ist denn die Tür hin?«, fragte sie gereizt. »Da war doch vorhin noch eine Pforte. Verflixt, tut das weh!«

Keenan tippte sich mit dem Zeigefinger an die Stirn. Er nahm Gwyned selten ernst.

»Habe ich da eine Beule?«, fragte Gwyned und drehte sich zu mir um. Ich fuhr über ihre Stirn und schüttelte den Kopf.

»Habt ihr gesehen, was für einen prächtigen Sessel der Mann dahinten rausschleift?«, rief Keenan in dem Moment. »So einen hätte ich auch gern. Der hat das Kissen fest drauf angenäht.«

»Darf er das? Sachen aus dem Palast stehlen?«, fragte Gwyned staunend.

»Wer will ihn denn aufhalten?«

Keenan hatte recht. Da war niemand mehr, der diese Plünderungen verhindern würde.

»Der nächste Regent wird zwar in einem Palast leben, aber er wird ganz armselig hausen«, stellte Keenan fest und sah zur Decke. »Eine leere Ruine. Garantiert nimmt man als Nächstes die Steine der Mauern zum Wiederaufbau der zerstörten Häuser.«

»Wäre sinnvoll«, sagte ich, obwohl das bedeuten würde, diese wunderbaren Gemälde und Reliefs zu zerstören. Wenn Gwyneds Vision eine Zukunftsvision und kein Tagtraum gewesen war, könnte sie vielleicht offenbaren, ob etwas gerettet werden würde.

»Gwyned, kannst du uns irgendeinen Hinweis darauf geben,

ob der Mann mit der Krone in der Zukunft oder in der Vergangenheit gelebt hat?«, fragte ich sie.

Gwyned sah mich mit großen Augen an und wirkte unsicher, ob sie es sagen sollte oder nicht.

»Ich weiß nicht, wer er war, denn ich konnte sein Gesicht nicht erkennen, aber ich würde sagen, in der Gegenwart.«

»In der Gegenwart?«, hakte Keenan nach. »Schwerlich möglich.«

»Dann war es halt die nahe Zukunft.« Gwyned sah mich immer noch seltsam an, sodass mir ein wenig mulmig zumute wurde.

»Sara, er ist durch die Menge auf einen Thron zugeschritten.«

»Logisch, oder? Er hatte ja eine Krone auf dem Haupt.« Keenan wirkte nicht beeindruckt, aber das war vermutlich nicht alles, was Gwyned gesehen hatte.

»Nein, Keenan. Er trug die Krone nicht auf dem Kopf, sondern vor sich her. Der Thron war besetzt.« Sie verstummte kurz, als müsste sie sich sammeln, und wandte sich dann mir zu. »Du hast darauf gesessen, Sara. Die Krone war für dich.«

ALLES UMSONST?

Gwyned, Keenan und ich hatten noch etwas Zeit im Palast verbracht und Riona gesucht. Doch der Palast hatte sich schnell als zu groß und unübersichtlich herausgestellt. Also hatten wir uns in den ehemaligen Küchen der Druiden mit Essen, Wasser sowie frischen Leinentüchern eingedeckt und waren zu Bran und Sive zurückgegangen.

Ich hatte Letzterer nichts von Gwyneds Vision erzählt, und Keenan wohl auch nicht, andernfalls hätte sie mich garantiert darauf angesprochen. Das erleichterte mich, denn ich versuchte diese Bilder zu verdrängen. Keenan hatte nach Gwyneds Schilderung von mir auf dem Thron einen endlos erscheinenden Lachanfall bekommen und sich nur langsam wieder beruhigt. Ich war ein wenig beleidigt gewesen, konnte ihn aber auch verstehen. Zum einen, weil ich niemals eine solche Position würde einnehmen können. Königinnen wurden als solche geboren und ich war die Tochter einer einfachen Eisenpoliererin. Zum anderen weil Gwyned mich verwechselt haben musste, immerhin behauptete sie seit jeher, niemanden sehen zu können, der ihr nahestand. Außerdem war sie oftmals sehr verträumt. Sie hatte einmal erzählt, sie habe einen Schmetterling entdeckt, der aus Ägypten über Griechenland bis hin zum Nachbarland Armorica geflogen sei. Sie sähe ihn über blau blühende Felder flattern. Ihre Interpretationen waren oftmals sehr weit hergeholt, denn jeder wusste, dass ein Schmetterling nicht so weit fliegen konnte.

Die letzte halbe Stunde hatte ich damit verbracht, Brans Stirn und Lippen mit kühlem Wasser zu benetzen und ihm notdürftig das Gesicht zu waschen. Nun richtete ich mich langsam auf. Nach dem Kampf und den wenigen unbequemen Stunden Schlaf tat mir jeder Muskel, jeder Knochen weh.

Sive kniete neben mir und untersuchte aufs Neue Brans Wunde.

Abgesehen davon, dass er immer noch stark schwitzte, roch sein ganzer Körper nach faulem Fleisch. Mir wurde übel.

»Das Bein … es … es ist brandig …«, sagte Sive leise und rieb sich über die feuchte, gerunzelte Stirn. Man konnte ihr ansehen, dass die Pflege von Bran nicht spurlos an ihr vorbeiging und einiges an Kraft raubte. »Ich habe einen Fehler gemacht. Ich hätte die Wunde nicht schließen dürfen. Sie … eitert und … fault.«

Ich warf einen Blick auf Brans Augen, doch die waren fest verschlossen. Er schlief.

»Sive, kann ich etwas tun, etwas besorgen? Kräuter? Salben? Verbände? … Eine Decke für dich?« Denn Sive zitterte. Sie zitterte so stark, wie ich sie sonst nur im Winter als Kind im Schnee hatte zittern sehen. Dabei knallte die Nachmittagssonne vom Himmel.

»Er w-w-wird st–«, sie schluckte und versuchte es erneut. »Er … er … stirbt«, stotterte sie.

Nein!

Nein, *nicht Bran*. Nicht auch noch er. Nach allem, was geschehen war, das wäre … ich konnte nicht …

Sara, denk nach!

»Nein«, rief ich so entschieden wie möglich. »Wir werden ihn nicht sterben lassen. Was sind die Möglichkeiten? Was würden andere Heiler jetzt tun?« Ich versuchte ihren Blick festzuhalten, damit sie wieder klarer denken konnte.

In ihren Augen lag so viel Schmerz. »Sie würden ihm das Bein abnehmen«, hauchte sie und schlug sich sofort die Hand vor den Mund, als würde es allein durch ihre Worte geschehen.

Ich erstarrte.

Bran ein Bein amputieren?

Ich kannte ihn, seit er mit zwölf Jahren vor seiner Stiefmutter geflohen war, die ihn an die Druiden verraten wollte. Er hatte mit Gwyned abwechselnd bei uns allen übernachtet, um sich vor ihr und den Druiden zu verbergen, oder bei engen Vertrauten wie unserer Nachbarin Delma. Aber die Angst davor war Bran für immer geblieben. Ich war mit ihm, Sive und Grady durch die Straßen von Yslion gelaufen und außerhalb der Stadt über Wiesen und Bäche gehüpft. In den letzten Jahren hatten wir alle zusammen vermehrt das Kämpfen mit Waffen wie Schwertern, Stöcken oder Pfeil und Bogen geübt. Ich wusste, wie viel Spaß er dabei hatte, sich mit Keenan zu messen – obwohl das unmöglich war. Doch er, Grady und Keenan hatten endlose Stunden damit verbracht, sich zu umkreisen, anzugreifen, zu üben.

Bran hatte uns das Tanzen beigebracht. Sein Vater war ein reicher Kaufmann im Wollviertel gewesen und bis zu dessen Tod hatte Bran sehr behütet und wohlhabend gelebt. Er beherrschte die Tänze der Adligen sehr viel besser als Riona, die sie zwar gelernt, aber nie etwas dafür übriggehabt hatte. Das alles sollte für immer vorbei sein?

»Es muss eine andere Möglichkeit geben.«

»Vielleicht in Deira«, schlug Sive vor. »Aber bis dorthin schafft er es nicht mehr.«

»Auch nicht, wenn Keenan ihn trägt?«, fragte ich. »Oder noch besser: Keenan bringt einen Heiler von dort hierher.«

Sive antwortete nicht.

»Woran denkst du?«, fragte ich sie.

»Im Karzer sitzen Heiler. Einer davon könnte ihm helfen.«

»Du meinst, einer der Druiden, gegen die wir gekämpft haben?«

Sie nickte und biss sich verzagt auf die Unterlippe.

»Und du glaubst, die helfen uns?«, fragte ich zweifelnd.

»Vermutlich nicht«, gab sie zu. »Aber wenn ihn jemand retten und vor allem sein Bein wiederherstellen kann, dann nur ein ausgebildeter Heiler. So …« Sie stockte, und die folgenden Worte waren kaum zu verstehen, weil ihre Stimme beinahe versagte. »So wird er nicht mehr lange überleben. Ich fühle, dass er nur noch ein paar Stunden hat.«

Ich sah zu Bran. Sein Atem ging flach und hektisch. Ab und an entfuhren ihm Schmerzenslaute, als würde ihm jemand eine Nadel ins Fleisch stechen.

»Ich versuch's«, sagte ich entschlossen.

Sive sah mich irritiert an. »Was versuchst du?«

»Einen Druiden zu finden, der bereit ist, ihn zu heilen.«

»Wo willst du einen finden? Ich glaube ja auch nicht, dass alle im Karzer sitzen, aber …« Sie hielt inne und sah mich ungläubig an.

»Du willst in den Karzer gehen?«, fragte sie entsetzt.

Ich nickte. »Was bleibt uns anderes übrig?«

Sive legte mir eine Hand auf den Arm und sah mich eindringlich an. »Sara, bitte nicht. Nicht du auch noch. Die Druiden sind gefährlich!«

Etwas unbeholfen tätschelte ich ihre Hand. »Ich muss alles versuchen, was in meiner Macht steht. Andernfalls werde ich es mir den Rest meines Lebens vorwerfen.«

Lange betrachtete sie meinen entschlossenen Blick. Dann seufzte sie und beugte sich über eine Kiste mit allerlei Arzneien. Es dauerte einen Augenblick, bis sie zwei kleine milchig weiße Klumpen hervorgeholt hatte.

»Das ist Wachs. Steck es dir in die Ohren, damit du ihre Flüche nicht hören kannst.« Ohne abzuwarten, legte Sive sie mir in die Hände und zog mich fest in ihre Arme. Als ich mich löste, wandte sie sich sofort ab und beugte sich wieder über Bran. Sie sah auch nicht auf, als ich mich auf den Weg machte.

Ich begann zu laufen. Für Bran kam es nun auf jede Stunde an.

Außerhalb der Stadtmauer erstreckte sich vor mir das gewaltige Felsmassiv, in dem sich die unterirdischen Gefängniszellen befanden. Ich war noch nicht oft hier gewesen, denn diese Gegend mied jeder. Mir fiel auf, dass die Pforte zum Karzer in dasselbe Felsmassiv eingelassen war wie der Palast. Auf diese Weise umgab ihn von beiden Seiten eine natürliche, uneinnehmbare Mauer. Obwohl sich das Massiv äußerlich nicht von anderen Berglandschaften unterschied, fühlte ich die Endgültigkeit, die der Karzer verkörperte. Kaum ein Tier verirrte sich an diesen Ort, nur ein paar Krähen hüpften umher. Hier zu sein, jagte mir einen Schauer über den Rücken.

Als ich die Pforte fast erreicht hatte, entdeckte ich einen Schemen auf mich zurasen. In seinem magischen Tempo blieb Keenan direkt vor mir stehen, sodass die Pflastersteine Striemen von seiner Bremsung davontrugen.

»Was tust du da?«, fragte er. Nicht ein Hauch von Anstrengung war in seiner Stimme zu hören.

»Ich kann Bran nicht sterben lassen.«

»Ich bin der Letzte, der ihn verlieren will«, sagte er eindringlich, »aber dich will ich auch nicht verlieren. Die Druiden werden versuchen, dich mit einem Fluch zu belegen. Sie könnten einen Bannfluch wirken, der dich fortan von allen Menschen isoliert. Und du weißt genau, dass du damit noch gut davonkommen würdest. Im schlimmsten Fall sprechen sie einen Todesfluch aus, und du liegst morgen tot im Bett – oder kommst gar nicht mehr da raus. Oder den Zerstörungsfluch, wie bei der Familie, deren Haus letzte Woche abgerissen wurde. Vielleicht stoßen sie auch einen Manipulierungsfluch gegen dich aus, damit du sie freilässt. Dann bist du die meistgehasste Frau von ganz Lyoness.«

Ich sah Keenan an. Die Fröhlichkeit, die ich von ihm kannte und die er zum ersten Mal in vollem Umfang am Abend des Sieges gezeigt hatte, war komplett verschwunden.

»Sara, bitte. Erinnere dich, so viele Menschen sind auf diese Weise gestorben. Du willst doch nicht auch so enden?«

Mir wurde kalt – trotz der warmen Sonne, die auf uns herabschien. Doch auch die Wärme vermochte nicht die Beklemmung des Ortes zu mildern. Die seltsame Stille, nur ab und an unterbrochen vom Krächzen einer Krähe, verlieh der Umgebung einen bedrohlichen Schatten.

Ich schluckte, bevor ich zu einer Antwort ansetzte: »Du hast recht. Viele sind so getötet worden. Aber ich will wenigstens alles versucht haben, selbst wenn …« Den Rest des Satzes beendete ich nicht. Ich würde es nicht ertragen, noch jemanden zu verlieren, der mir am Herzen lag. Auch für Keenan, Riona, Gwyned und Sive würde ich das hier tun, genauso wie sie für mich.

Keenan sah mir wohl an, was ich dachte. Er wandte den Blick ab und fuhr sich durch seine Haare. »Kann nicht ein anderer da hinuntergehen? Rois zum Beispiel?«

Ich starrte ihn an. Er konnte doch nicht ernsthaft in Erwägung ziehen, einen anderen da hinunterzuschicken, nur um mich zu schonen?

»Oder noch besser, dieser taube Neffe«, schlug er vor.

Ich schüttelte den Kopf. »Und wie soll der erklären, was oder wen wir suchen?«

Keenan rang die Hände. »Bei den Drachen, ich weiß es nicht! Auch wenn Grady tot ist, bedeutet das nicht, dass du jetzt leichtsinnig werden darfst.«

»Keenan, ich will gerade nicht an Grady denken«, sagte ich scharf. »Ich will Bran retten.«

Keenans Gesichtszüge wurde augenblicklich weich.

»Natürlich. Entschuldige. Es ist nur … Wir brauchen dich, Sara. Wir alle. Ich werde mit dir gehen.«

»Nein, das wirst du nicht!«, entgegnete ich energisch. »Sollte ich dort unten tatsächlich mit einem Fluch belegt werden, vor allem mit dem der Manipulation, dann musst du verhindern, dass die Druiden den Karzer verlassen. Du bist mein Wächter.«

Keenan atmete tief aus. »Ich könnte dich nie da unten lassen, selbst wenn du manipuliert wurdest.«

Entschlossen legte ich ihm eine Hand auf die Schulter. »*Freiheit für Lyoness*, Keenan. Das war alles, was wir je wollten. Denk an Grady. Denk an gestern. Es ist alles eingetroffen, was wir uns erhofft haben. Nur das zählt. Aber ich werde keinen weiteren

Menschen sterben lassen und versuchen mit den Druiden zu reden. Vielleicht sind sie einsichtiger als vorher, denn sie wissen nun, dass das Volk nicht mehr alles hinnimmt.«

Er schloss für einen kurzen Moment die Augen, dann holte er etwas aus seiner Hosentasche und hielt es mir hin.

»Hier, steck das ein.« Keenan reichte mir eine kleine Silbermünze, auf der ein paar Zeichen eingraviert waren. »Sie soll angeblich vor Flüchen schützen – meine Mutter hat sie mal von einem fahrenden Händler gekauft. Ich hoffe wirklich, sie wirkt.«

Ich ließ sie in die Tasche meines Rocks gleiten. Eigentlich glaubte ich nicht an solche Talismane, doch schaden konnte es nicht. »Danke, Keenan. Darf ich nun endlich gehen?«

Er sah noch immer so aus, als wolle er mir den Zugang versperren. Doch endlich nickte er, und ich reichte ihm den Schlüssel, den ich auf dem Weg hierher geholt hatte, damit ich meine Fackel anzünden konnte.

»Das werde ich vermutlich bereuen«, murmelte er, als er mir die Pforte zum Karzer aufsperrte.

DER KARZER

Der Karzer war seit jeher berüchtigt. Schon als Kinder hatten meine Freunde und ich uns von diesem Ort ferngehalten, weil er uns gruselte. Dabei empfanden wir nie dieses angenehme Gruselgefühl wie bei manchen Schauergeschichten von Geistern und Kobolden, sondern immer eines, das wie Endgültigkeit, Finsternis und Verlorenheit angemutet hatte.

Direkt hinter dem Felseingang führte eine steile Treppe in die Tiefe. Das Sonnenlicht reichte nur bis zur dritten Stufe, der Rest verlor sich in nachtschwarzer Dunkelheit.

Um Keenan keinen Anlass zu geben, mich doch zu begleiten, nahm ich ihm entschlossen den Schlüsselbund ab und betrat schneller die Treppe, als ich es ohne ihn getan hätte. Dabei steckte ich mir Sives Wachs in die Ohren.

Mir schnürte sich die Kehle zu, während ich die Stufen hinabstieg und die riesigen Felsmassen aus grauem, dunklem Stein wahrnahm. Wenn ich wollte, konnte ich mit ausgestreckten Armen beide Wände berühren. Die Decke lag etwas höher, aber noch immer im Schein meiner Fackel.

Nachdem ich ein paar Meter gegangen war, verlosch das Sonnenlicht hinter mir, und mich überkam das Gefühl, als würden die Wände sich hinter mir zusammenziehen. Mein Herz raste, und obwohl es immer kühler wurde, begann ich zu schwitzen.

Am liebsten hätte ich angestrengt auf Atemgeräusche oder andere Anzeichen gelauscht, dass ich mich den Gefangenen näherte, doch das Wachs ließ nichts zu mir durchdringen. Die Unruhe in mir stieg. Ich ging und ging, setzte vorsichtig einen Fuß vor den anderen, während das Gefühl der Enge blieb. Der Tunnel schien viel tiefer unter die Erde zu führen, als ich gedacht hatte. In dieser Finsternis fürchtete ich den Mittelpunkt von Lyoness zu betreten oder das Ys-Gebirge unterirdisch zu durchwandern und in Trevlys, der nordöstlichsten Stadt von Lyoness, herauszukommen.

Ich begann die Stufen zu zählen, um mich etwas abzulenken. Doch eine Frage drängte sich immer wieder auf: Was mochte mich bei den Druiden erwarten?

Ich wusste, es war gefährlich, den Karzer zu betreten, doch ich würde niemanden sterben lassen. Vor allem niemanden, der mir so nahestand und so unschuldig war wie Bran.

Auch Grady war unschuldig gewesen. Wie Rionas kleine Schwester und so viele andere, die die Druiden fürchteten, weil sie eine Furcht einflößende Magie besaßen.

Endlich hatte ich die letzte Stufe erreicht. Der Gang blieb so schmal und führte mich weiter in den Berg hinein, mindestens genauso weit, wie die Stufen mich in die Tiefe geführt hatten. Dann erkannte ich auf beiden Seiten des Ganges Türen aus dicken Eichenbohlen. Der Lichtschein meiner Fackel beleuchtete nur die ersten vier Türen, zwei zu jeder Seite, doch als ich weiterging, reihte sich Pforte an Pforte. Sie führten wohl in einzelne Zellen. Kein Wunder, dass man dieses Gefängnis auch *Das Grab* nannte. Hier war es unmöglich, ohne fremde Hilfe zu entkommen.

Angeblich waren viele der Rebellen von Lyoness zuletzt gesehen worden, als Druiden sie in den Karzer geführt hatten.

Ich fand an den Türen kleine Sichtluken, die nur von außen geöffnet werden konnten, und auf einmal erkannte ich umherhuschende Schatten im schwachen Schein meiner Fackel, als wären Hunderte von Mäusen oder dicken Spinnen in Bewegung geraten. Daran hatte ich gar nicht gedacht! Vielleicht gab es hier Höhlenspinnen! Die waren selten und so groß, dass sie Ratten, Fledermäusen, Katzen und sogar Kleinkindern das Blut aussaugen konnten.

Ich warf einen Blick an die Decke. Da waren Spinnen, zwar größer als die, die ich kannte, aber nicht größer als meine Hand. Keine Höhlenspinnen. Trotzdem war mir mit einem Schlag noch mulmiger zumute als beim Eintritt in dieses Gewölbe. Ich zog mein Kurzschwert, das nach wie vor an meiner Seite war, und ging, den Blick auf die Spinnen gerichtet, vorsichtig voran – und stolperte.

Der Boden war sehr uneben, der Gang war in den Fels gehauen worden, aber nicht überall sonderlich gleichmäßig. Ich musste mich entscheiden, ob ich die Spinnen im Auge behalten oder verhindern wollte zu fallen. Bran brauchte Hilfe. Spinnen waren keine Hilfe.

Als ich mich wieder den Türen zuwandte, bemerkte ich, dass sich das Holz immer wieder ein kleines Stück nach vorn bewegte, als würde jemand mit voller Kraft dagegenhämmern. Das mussten die Gefangenen sein.

Jetzt wurde mir richtig unwohl. Ich versuchte mich gegen einen Fluch zu wappnen, während ich die Luke der ersten Tür öffnete, vor der ich stand.

Ein warmer Wind wehte mir entgegen und zugleich ein übler Geruch nach Exkrementen und Fäulnis, wie ich ihn aus der Gerberei von Keenans Eltern kannte. Unwillkürlich hielt ich die Luft an und trat einen Schritt zurück. Meine Fackel warf durch die Luke einen schwachen Schein – die Zelle war leer. Wo war der Gefangene?

Plötzlich tauchte ein Mann direkt vor der Luke auf, der mich mit hasserfülltem Blick anstarrte. Er war mittleren Alters, seine Glatze hatte einen Kranz struppiger Haare und seine Nase war breit und fleischig. Er zischte etwas, doch seine Worte konnte ich dank des Wachses in meinen Ohren nicht verstehen.

Wieder sprach der Druide zu mir, doch es drangen nur gedämpfte Töne zu mir durch.

»Ich schreie gleich vor Übelkeit, wenn du nicht auf Abstand gehst«, sagte ich und hörte meine eigene Stimme dumpf und unwirklich, als wäre sie hinter einer geschlossenen Tür. Noch mehr warmer Wind wehte mir ins Gesicht und gleichzeitig ein fauler Mundgeruch, der mich einen weiteren Schritt zurücktreten ließ – und prompt stolperte ich erneut über die unebenen Felsbrocken am Boden. Erschrocken verlor ich das Gleichgewicht und plumpste rückwärts hin. Die Fackel fiel mir dabei aus der Hand.

»Du wirst jetzt sofort diese Tür öffnen und mich rauslassen! Dann werde ich dich und all die Rebellen verfluchen. Alle werden sterben. Alle werden es bereuen!«

Mein Herz setzte einen Schlag aus, als ich begriff, dass mir eines meiner Wachsstückchen aus dem Ohr gefallen war. Schnell schloss ich die Luke wieder und wich zurück.

Die Tirade des Druiden wurde dadurch zu einem undeutlichen Murmeln.

Keenan hatte recht. Die Druiden zeigten keine Reue. Sie würden mich verfluchen. Morgen wäre ich tot. Ich musste hier raus.

Hektisch wirbelte ich herum, um loszurennen, doch dann blieb ich stehen.

Bran.

Wenn ich versagte, würde Bran sterben.

Bran durfte nicht sterben.

Ich atmete ein paarmal tief durch und versuchte mein Herz zu beruhigen, das heftig in meiner Brust pochte. Nachdem ich die Fackel aufgehoben hatte, suchte ich nach dem herausgefallenen Wachsstück, doch es war nirgendwo zu finden. Vermutlich war es bei meinem Sturz in die gegenüberliegende Zelle gerollt. Was sollte ich jetzt tun? Die nächste Luke öffnen, in der Hoffnung, dass der Insasse etwas freundlicher wäre? Ich konnte nur hoffen, dass Keenans Talisman mich schützte. Ich entfernte das zweite Wachsstück. Eines allein würde mich nicht retten und so konnte ich wenigstens besser hören.

»Ist hier jemand, der heilen kann?«, rief ich laut und horchte. Es war augenblicklich etwas ruhiger geworden, doch aus einigen Zellen hörte ich Gemurmel und Singsang.

»Ich brauche einen Heiler! Wer von euch besitzt die Magie des Heilens?«

»Ich!«, erklang es gedämpft durch die geschlossene Holztür.

»Ich! Nur ich. Er lügt!«, rief ein anderer.

Wie ein Echo pflanzte sich der Ruf fort. Und die warme Luft nahm immer mehr zu. Es wurde stickig. Doch dann hörte ich ein Flehen.

»Mädchen! Bitte hilf mir. Bitte bleib stehen und hör mich an!«

Das klang ganz anders als die anderen Rufe. Ich hielt inne und haderte einen Moment, bevor ich mich dazu entschloss, die Luke zu öffnen.

Vor mir sah ich das besorgte Gesicht eines älteren Mannes.

Sein Druidengewand war nicht länger weiß, sondern grau und voller Schmutz am Kragen.

Als der Druide mich sah, seufzte er erleichtert auf. »Der Junge da, mein Schützling, ist ganz heiß. Er fiebert und wird sterben, wenn ihm nicht geholfen wird!«

Der Gefangene trat zurück und kniete sich auf den Boden. Das Licht meiner Fackel erhellte nur schwach die Mitte der Zelle, wo der Junge lag.

Sogar von hier aus konnte ich sehen, dass der Junge unnatürlich stark schwitzte.

»Ich bin kein Heiler und kann ihm nicht helfen«, sagte der ältere Druide. »Er ist noch so jung. Er hat es nicht verdient zu sterben. Bitte hilf ihm!«

Das Gesicht des Druiden war eingefallen und seine Bartstoppeln ließen ihn ungepflegt wirken. Doch seine Stimme klang aufrichtig und voller Sorge um den Jungen.

»Wie kam es dazu?«, fragte ich.

»Vor zwei Jahren ist Anson zu uns gekommen, da war er gerade einmal dreizehn. Bei der Rebellion wurde er verletzt, obwohl er nicht mitgekämpft hat. Glaub mir, er ist ein guter Junge und vollkommen unschuldig. Aber in diesem Zustand wird er keine zwei weiteren Tage überleben.«

Ich sah zwischen dem Jungen und dem alten Druiden hin und her. Mit einem einigermaßen sauberen Zipfel seines Gewandes wischte er ihm über das Gesicht.

»Bitte, Mädchen, bring ihn hier raus. Er war nicht freiwillig bei uns, wie so viele andere, und er ist noch nicht gebrochen worden. Bitte rette ihn.«

Ich sah die alten, wässrigen Augen des Mannes verdächtig blinzeln. Es lag ihm augenscheinlich viel an dem kranken Jungen.

»Ich suche selbst einen Heiler«, antwortete ich.

»Such Mellan«, sagte der alte Mann, ohne zu zögern. »Er war der größte Heiler unter den Druiden in Yslion, wurde in Deira ausgebildet und beherrscht sehr mächtige Magie. Wenn jemand Sterbende noch retten kann, dann Mellan.«

Das war ein großes Versprechen, doch der alte Mann sagte das mit einer Selbstverständlichkeit, die mich überzeugte.

»Ich komme wieder«, versprach ich ihm. Um die richtige Zelle zu finden, ließ ich die Luke in der Tür offen.

Nach ein paar Schritten den Gang weiter hinunter kam ich an eine Kreuzung. Alle drei Gänge – geradeaus, nach links und nach rechts – schienen noch tiefer ins Gebirge hineinzuführen. Aus allen Richtungen hörte ich das Flehen und Fluchen der Gefangenen und spürte den seltsamen, warmen Wind.

Mellan, hatte der alte Druide gesagt. Wie sollte ich ihn finden? Hier mussten Hunderte von Zellen sein, und wenn ich an die letzte große Prozession zum Geburtstag der Großen Drachen dachte, an der alle Druiden und Druidinnen teilgenommen hatten, musste jede Zelle von mindestens einem Druiden belegt sein.

»Ich suche Mellan!«, rief ich an der Kreuzung stehend. »Wer von euch ist Mellan? Ich brauche den Heiler Mellan!«

Für einen kurzen Moment echote mein Ruf durch die Gänge, bis sich die ersten Stimmen meldeten. Durch das schwere Holz der Türen klangen die Rufe gedämpft, waren aber dennoch zu verstehen.

»Ich bin Mellan!«

»Nein, ich bin Mellan!«

Auf einmal antworteten unzählige Stimmen. Ich begriff, dass ich einen Fehler begangen hatte und den richtigen nicht ohne Hilfe finden würde.

Also ging ich zurück zu der Tür mit dem alten Druiden und dem schwer verletzten Jungen.

»Ich bitte dich um deine Hilfe«, sagte ich durch die Luke. »Hilf mir, Mellan zu finden, und ich werde dich und den Jungen hier rausbringen.«

»Mädchen, ich möchte nur, dass der Junge überlebt. Hilf Anson und wir sind quitt.«

Ich schloss die Tür auf und öffnete sie weit.

»Ich kann Anson nicht allein nach oben schaffen. Schon dafür braucht er dich. Aber hilf mir zuerst, den Heiler zu finden, damit der Junge dann auch geheilt werden kann.«

Der Druide nickte und erhob sich. Außerhalb der Zelle verharrte er einen Moment und horchte. Ich wusste nicht genau, was er zu hören hoffte, denn alles, was ich vernehmen konnte, war leises Gemurmel. Währenddessen kroch eine fette Spinne an der Wand in Richtung Decke. Ein Schauer lief mir den Rücken hinab. Ich hoffte, er würde sich beeilen. Der Alte schien sich lange zu konzentrieren, doch als ich schon vorschlagen wollte, einfach jede Luke nacheinander zu öffnen und einen Blick hineinzuwerfen, wandte er sich in Richtung des rechten Ganges. Vorsichtig setzten wir einen Schritt vor den anderen, und als wir die Kreuzung weit hinter uns gelassen hatten, überkam mich plötzlich das Gefühl, hereingelegt worden zu sein.

Was, wenn er mich hier überwältigte und alle Gefangenen freiließ? Dann wäre alles umsonst gewesen. Wie hatte ich ihm nur so leichtfertig vertrauen können? Er war ein Druide, der seit Jahrzehnten seinen Dienst verrichtete. Und der kranke Junge könnte alles gespielt haben. Vielleicht schlich er sich von hinten an mich ran. Zu zweit hätten sie mich schneller überwältigt, als ich auch nur *Lyoness* sagen konnte.

Ich wappnete mich, hielt mein Kurzschwert in der einen, die Fackel in der anderen Hand. Ich ließ ihn keine Sekunde aus den Augen, horchte angestrengt auf die Geräusche hinter mir, auf Schritte im Gang, ob sich jemand näherte.

Ich war so angespannt, dass ich die Fackel mit beiden Händen umfasste, als der Druide stehen blieb. Schwert und Fackel bildeten eine Einheit. Ich sollte mich verteidigen können. Doch der Druide sah gar nicht in meine Richtung. Er öffnete die Sichtluke vor sich und nickte nach einem kurzen Blick hinein.

»Herr Mellan, wir brauchen deine Heilkünste«, sagte er freundlich.

»Für wen?« Die Stimme aus der Zelle klang befremdlich warm und weich.

»Hier ist ein Mädchen, das einen Heiler für die Verwundeten braucht, und einer meiner Schützlinge fiebert. Er liegt hinten in einer Zelle, kann nicht richtig atmen und ist ebenfalls verwundet. Ich bitte dich, ihm zu helfen.«

Es blieb still. Musste er etwa überlegen, ob er helfen wollte?

Der alte Druide lächelte noch immer freundlich durch die Luke. Es schien, als hätte er mich vergessen. Einen Moment lang war ich irritiert, denn ich hatte immer gedacht, Druiden seien hart, arrogant und selbstherrlich, so wie der Gefangene an der ersten Karzertür. Doch diese beiden strahlten etwas ganz anderes aus.

»Nun gut, ich helfe euch. Öffne die Tür.«

Der alte Druide trat einen Schritt zurück und nickte mir zu.

Fackel und Schwert in einer Hand schloss ich die Tür auf. Mellan war ein schlanker Mann, der wie so viele ausgewachsene Druiden seine Haare schulterlang trug und ungefähr dreißig Jahre alt war. Obwohl er gekämpft hatte und schmutzig war, wirkte er gepflegter als viele andere Männer, die ich früher in ihrer Festkleidung gesehen hatte. Sogar die Bartstoppeln behinderten das Bild nicht. Auf einmal erinnerte ich mich an ihn. Er war in der Prozession zum Fest der Großen Drachen im direkten Gefolge des Erzdruiden gewesen. Riona hatte ihn sehr hübsch gefunden.

Er schien mich ebenfalls zu kennen.

»Du bist die Rebellenanführerin«, stellte er fest. Seine Stimme war noch immer melodisch, nicht gehässig. »Was bekomme ich dafür, wenn ich dir helfe, deine Rebellenfreunde zu heilen?«

Ich war darauf gefasst gewesen, dass man mich angriff, verfluchte oder beschimpfte. Mit einer Forderung hatte ich nicht gerechnet. Daher sagte ich: »Das kann ich nicht allein entscheiden. Ich kann dich jetzt mit nach oben nehmen, und wenn du uns hilfst, wird dir das bei der Verhandlung später angerechnet. Dafür werde ich sorgen.«

Mellan sah mich an. Seine Augen waren grün und durchdringend.

»Mehr kann ich dir nicht versprechen«, sagte ich und versuchte, ruhig zu atmen. Ein Druide neben mir, einer vor mir. Ich umfasste mein Schwert fester und fühlte, wie meine Handflächen zu schwitzen begannen.

»Herr Mellan, es gibt Menschen, die deine Hilfe brauchen. Sind wir als Druiden nicht in erster Linie für das Wohlergehen der Menschen von Lyoness da?«, fragte der alte Mann.

Mellan blinzelte. Einen winzigen Moment lang hatte ich das Gefühl, er wäre erstaunt, so als hätten die Worte des Druiden ihn aus einer Trance gerissen. Aber ich konnte mich auch geirrt haben, denn sogleich hatte er wieder einen undurchsichtigen Ausdruck aufgesetzt.

»Ich verlasse mich auf dein Wort, Mädchen«, sagte er.

Als ich einen Schritt zurück machte, um ihn vorausgehen zu

lassen, merkte ich erst, wie sehr mein Herz pochte. Schlagartig wurde es kühler.

»Gehen wir zu der Zelle des Jungen«, sagte ich mit heiserer Stimme.

Ich wollte nur noch hier raus.

Mellan und der alte Druide gingen vor mir her. Obwohl ich darauf lauerte, wagte niemand von ihnen einen Fluchtversuch.

Als wir die Zelle erreichten, wo der Junge noch immer bewusstlos und heftig atmend auf dem Boden lag, ging Mellan ohne Umschweife zu ihm. Er kniete sich neben ihn und fuhr mit beiden Händen über seinen Körper.

»Du kannst selbst heilen«, sagte er zu dem alten Mann und sah ihn an.

»Nur wenig«, gab er ohne Überraschung zu. »Ich konnte ihn am Leben erhalten, aber ich kann ihn nicht heilen. Wenn er gerettet werden kann, dann nur durch einen Heiler wie dich.«

»Er muss ins Sonnenlicht.« Mellan erhob sich. »Seine Haut braucht Sonne, und dort ist meine Magie am mächtigsten.«

»Dann tragt ihn«, sagte ich, ohne nachzudenken. »Ihr beide. Tragt ihn nach oben.«

Der alte Mann sah mich erstaunt an. »Wird es nicht Ärger geben, wenn du zwei weitere Gefangene mitbringst?«

Natürlich würde es Ärger geben. Und was für einen Ärger.

»Ich will keinen weiteren Toten«, presste ich zwischen zusammengebissenen Zähnen hervor. »Allein kann Mellan ihn nicht tragen. Und ich behalte euch im Auge.«

Ich glaubte nicht länger, dass der Alte mich hinhalten wollte. Außerdem merkte ich aufgrund der Ausdünstungen des Jungen, dass er wirklich krank war. Er war zu jung zum Sterben. Und irgendwie fühlte ich mich verantwortlich. Wenn ich den Aufstand nicht begonnen hätte, wäre er nicht verletzt worden. Und Bran auch nicht.

Der Alte und Mellan zögerten nicht länger. Sie hoben den Jungen an und nahmen ihn in ihre Mitte. Die Arme um die Schultern geschlungen, zogen sie ihn nach oben. Doch als sie standen und Anstalten machen wollten, die Zelle zu verlassen, ließen sie ihn beinahe fallen.

Ihre vor Schreck geweiteten Augen ließen mich herumwirbeln. Ich vermutete einen entflohenen Druiden oder wenigstens einen Geist. Stattdessen baumelte direkt vor mir eine riesige Spinne – noch größer als die, die ich vorhin an der Felsendecke gesehen hatte. Ich konnte deutlich ihre acht Augen sehen und die Zangen waren so groß wie meine Daumen.

Reflexartig schlug ich mit dem Schwert nach ihr. Ihr Faden riss, während sie sich an der Klinge festhielt. Mit der Fackel schlug ich auf die Klinge ein, bis die Funken sprühten und die Spinne sich zurückzog.

»Raus hier!«, rief ich. Die beiden Männer zögerten keine Sekunde und zogen den Jungen zügig in den Gang. Ich blieb dicht hinter ihnen.

Ich wusste, was sie so erschreckt hatte: Das war eine Höhlenspinne gewesen. Die saugten nicht nur kleineren und größeren Säugetieren das Blut aus. Sie waren ein schlechtes Omen.

Sie standen für Tod und Untergang.

TAGESLICHT

»Gleich haben wir es geschafft, Anson«, sagte der alte Druide, als wir die Treppe schon ein gutes Stück hinaufgestiegen waren. Endlich erleuchtete nicht nur meine Fackel, sondern auch erstes Sonnenlicht unser Blickfeld. Außerdem erkannte ich einen Schatten, der übernatürlich schnell hin und her huschte, am Ende der Treppe. Keenan war da! Ich fühlte mit einem Mal unendliche Erleichterung. Gleich hatten wir es geschafft und waren an der frischen Luft – aus dem Karzer und den erdrückenden Felswänden heraus. Alle Höhlenspinnen lägen weit hinter mir. Nur noch ungefähr zehn Stufen.

Die beiden Männer mit dem bewusstlosen Jungen in der Mitte waren nur ein kleines Stück vor mir. Jetzt waren es für mich nur noch fünf Stufen.

Die Druiden erreichten das Sonnenlicht und blieben – wohl aufgrund der Helligkeit, die mich schon hier blendete – stehen.

Und im selben Moment überschlugen sich die Ereignisse.

Für einen Wimpernschlag fiel ihr Schatten noch auf mich, im nächsten wurden sie von Händen gepackt und weggezerrt. Die Sonnenstrahlen schienen plötzlich ungehindert in den Tunnel hinein, sodass ich einen Augenblick lang nichts mehr erkennen konnte. Schreie wurden laut und ich hörte Gwyned angstvoll rufen:

»Wo ist Sara? Wo ist sie?«

»Ich bin hier!« Die letzten beiden Stufen erklomm ich zügig und brauchte am Karzereingang einen Moment, ehe sich meine Augen an die Helligkeit gewöhnt hatten. Dann erkannte ich, was los war.

Keenan war nicht mehr allein. Er, Rois sowie ein mir unbekannter Mann drückten jeweils einen der drei Druiden zu Boden, während eine weitere Frau ihnen drohend die Lanze entgegenstreckte. Sogar der bewusstlose Junge blieb nicht verschont.

»Aufhören!«, schrie ich. »Lasst sie los!«

Rois' Kopf ruckte herum. Seine Augen weiteten sich staunend, als er mich entdeckte. Dennoch hörte niemand auf mich. Der vernarbte Mann drückte Mellans Kopf so fest auf den Grund, dass dessen Gesicht Falten warf und er kaum Luft bekam.

Währenddessen wies Keenan auf mich und rief: »Gwyned, halt sie fest! Sieh nach, ob sie verflucht wurde!«

»Wie soll ich das denn machen?«, quietschte Gwyned hektisch und stellte sich vor mich.

»Ich habe ihr eine Münze gegeben! Ein Schutz-Amulett. Sie hat es in ihrer Rocktasche.«

Ich griff selbst hinein und zog die Tasche nach außen, doch die Münze war weg. Die war bestimmt während meines Sturzes mit dem Wachsstück verloren gegangen.

»Da ist keine! Was soll ich jetzt tun?«, rief Gwyned.

»Was weiß ich? Sieh in die nächste Woche oder noch besser ins nächste halbe Jahr, wie Sara sich verhält!«, schrie Keenan.

»So funktioniert das nicht«, erwiderte sie, verlor für einen Moment ihre Fahrigkeit und wandte sich empört zu ihm um.

Das war meine Chance. Energisch schob ich sie beiseite und lief zu den Männern. »Lasst die Druiden aufstehen«, rief ich. »Ich habe Mellan extra geholt, damit er uns hilft. Ich bin nicht verflucht!«

Gwyned packte mich am Ellbogen und sah mich an.

»Wie und wann ist deine Mutter gestorben?«, fragte sie und studierte mein Gesicht sorgfältig.

Ich fühlte das altbekannte Magengrummeln, sobald dieser Tag zur Sprache kam, wusste aber, was sie bezweckte.

»Das weiß niemand genau. Wahrscheinlich wurde sie verflucht. Ich war sieben Jahre alt, wir begutachteten gerade einen Lyoness-Kristall an Aodhs Marktstand, ein Druide kam auf sie zu und sie drängte mich plötzlich ins Innere, fiel dort um und bewegte sich nicht mehr«, ratterte ich die schmerzhafte Erinnerung herunter. Ich sah auf Mellan, der meinen Blick erwiderte. Weil sein Gesicht durch den Druck von Rois so deformiert aussah, konnte ich nicht erkennen, ob Mitleid oder Furcht in seinen Augen lag.

»Ich brauche genauere Informationen. So etwas ist vielen passiert«, sagte Gwyned leise.

Also fuhr ich fort: »Kurz bevor sie starb, begann ihr ganzer Körper merkwürdig zu flackern. Als wäre sie kurz weg und wieder da. Dabei wiederholte sie mehrmals, dass ich auf mich aufpassen und nie wieder einen Lyoness-Kristall berühren sollte …« Wie immer merkte ich, dass ich kurzatmiger wurde, wenn ich an dieses Ereignis dachte. Ich sah noch heute die weit aufgerissenen Augen meiner Mutter, mit denen sie meinen Blick festhielt, kurz bevor sie sich zu bewegen aufhörte.

Gwyneds mitfühlender Druck an meinem Ellbogen ließ den Moment in meinem Kopf verlöschen und brachte mich in die Gegenwart zurück.

Sie nickte aufmunternd. »Sara wurde nicht verflucht.«

Nur zögernd ließ Rois von dem Druiden ab, der sich im Karzer als Mellan vorgestellt hatte, und trat einen Schritt zurück. Doch Keenan und der andere Mann hielten deren gefangene Druiden weiterhin am Boden. Als ich meinen Blick über die kleine Gruppe schweifen ließ, bemerkte ich, dass Mellan mich mit schreckgeweiteten Augen anstarrte. Ich schaute an mir hinunter. Hing da noch eine Höhlenspinne? Doch mein graues Kleid war zwar schmutzig und staubig, aber ungezieferfrei, und Mellan hatte seinen Kopf schon wieder abgewandt. Ich räusperte mich.

»Lasst den älteren Druiden aufstehen. Der Junge ist ohnehin bewusstlos und liegt im Sterben. Es sei denn, wir helfen ihm.«

Der Mann betrachtete den Jungen kritisch, bevor er langsam von ihm abließ.

Keenan hingegen schien noch immer nicht überzeugt. Er hielt den alten Druiden weiter am Boden fest und musterte mich dabei eingehend. Auch Gwyned sah mich erneut durchdringend an.

»Ich glaube, die Flüche haben dir nichts anhaben können«, sagte sie erstaunt. »Ich meine, es sieht Sara ähnlich, Menschen zu retten, die in Not sind. Dafür muss man sie nicht verfluchen.«

Der alte Druide schnaubte und stöhnte gleich darauf auf, denn Keenan drückte ihn fester zu Boden. Ich wusste, wie stark Keenan sein konnte, und hatte mit einem Mal Angst, er würde dem Mann das Rückgrat brechen.

»Bitte, lass ihn aufstehen. Er hat mir da unten geholfen«, sagte ich eindringlich. »Ohne ihn hätte ich den Heiler nie gefunden.«

»Sie ist nicht verflucht worden«, nuschelte der Druide. Dabei schluckte er etwas Erde und hustete. Da ließ Keenan endlich von ihm ab, sodass der Druide sich aufsetzen konnte, aber am Boden sitzen blieb und sich den schmutzigen Mund abwischte.

»Sie kann nämlich nicht verflucht werden«, erklärte er und spuckte den Dreck aus.

»Die Münze hat also gewirkt.« Keenans Gesichtszüge entspannten sich, während er sich durch die Haare fuhr.

Der Druide schüttelte den Kopf. »Solche Amulette sind unnützer Tand und wirken nie.«

»Und wie kann sie dann nicht verflucht sein?«, fragte Keenan scharf.

Der Blick des alten Mannes wanderte zu mir. Im Sonnenlicht wirkte sein Gesicht genauso gütig wie unten im finsteren Karzer. Vielleicht sogar noch freundlicher, denn er hatte unzählige kleine Fältchen um Augen und Mund, die verrieten, dass er in der Vergangenheit viel gelächelt hatte.

»Du bist immun gegen Flüche«, erklärte er.

»Wie meinst du das?«, fragte Rois. Er hielt Mellan noch immer am Arm fest und war näher getreten.

»Da unten wurden beim auftauchenden Fackellicht unzählige Flüche ausgesprochen«, erzählte der Druide. Er saß noch immer am Boden und schien nicht die Kraft zu haben aufzustehen. »Jeder wollte, dass Sara die Tür zu seiner Zelle öffnet und ihn freilässt. Manipulationsflüche aller Art wurden ausgestoßen, die nur ein sehr mächtiger Schutzzauber abhalten könnte. Doch dem Mädchen konnte nichts davon etwas anhaben.

Kein einziger Fluch ließ sie zögern oder auch nur ansatzweise das ausführen, wozu sie ausgesprochen wurden.« Jetzt wandte er sich mir zu. »Du bist das Mädchen, das die Rebellion angestoßen hat, nicht wahr? Du bist die, die den Erzdruiden getötet hat?«

Aus den Augenwinkeln nahm ich wahr, dass Mellan zusammenzuckte. Rois packte ihn sofort fester, als hätte er Angst, der Heiler könnte fliehen – oder jemanden angreifen.

»Ich konnte die Ungerechtigkeit nicht mehr ertragen«, erwiderte ich vage. »Ihr habt meinen besten Freund getötet. Ohne Urteil. Ohne Gericht.«

Das Gesicht des alten Mannes verdunkelte sich. »Das tut mir leid, Mädchen. So etwas hätte nie passieren dürfen«, sagte er mit klarer Stimme und betonte dabei jedes Wort. Mit gerunzelter Stirn sah er mich an. Mir war, als würde er gleich nach meiner Hand greifen, um sie zu drücken.

So seltsam es schien, ich glaubte, dass dieser Mann den Tod von Grady nicht guthieß.

»Wie heißt du?«, fragte ich ihn.

»Paidraig.« Nun rappelte er sich doch auf. »Ich war einer der Betreuer für die neuen Druiden und Druidinnen hier in Yslion.«

»Er hat versucht, den Kindern, die in seiner Obhut waren, die Trennung von ihren Familien so angenehm wie möglich zu machen.« Letzteres kam von Gwyned. Erstaunt drehten wir alle uns zu ihr um. Als sie unsere Aufmerksamkeit bemerkte, blinzelte sie ein paarmal und wurde rot.

»Ich … ich konnte gerade sehen, wie er die weinenden Jungs und Mädchen nachts beruhigt hat und ihnen warme Milch und süße Semmeln brachte«, stotterte sie verlegen.

»Ach, jetzt auf einmal kannst du doch wieder etwas sehen.« Keenan verschränkte beleidigt die Arme.

»Ich kann es nicht, wenn ich angeschrien werde«, konterte sie, während sich die Röte auf ihren Wangen verstärkte. »Oder Angst habe.« Gwyned sah mich an, als müsse sie sichergehen, dass ich wirklich nicht verflucht war.

»Mir geht es gut«, beschwichtigte ich sie und verdrehte die Augen. Dann kam ich wieder auf das eigentliche Thema zurück.

»Wenn dort unten tatsächlich Flüche ausgesprochen wurden,

warum haben sie dich dann nicht getroffen?«, fragte ich skeptisch an Paidraig gewandt. »Du hättest mich überwältigen und alle befreien können.«

Ehe der alte Druide antworten konnte, schaltete sich Mellan ein. Dieses Mal klang seine Stimme weder weich noch freundlich, sondern hart und warnend: »Vergiss nicht, Paidraig, du wurdest geweiht und darfst die heiligen Geheimnisse unserer Brüder und Schwestern nicht an Unwissende weitergeben.«

»Druide, du hast keine Befugnisse mehr. Das alles ist nun Vergangenheit«, fuhr Rois den Heiler an und schüttelte ihn.

Paidraig blinzelte ein paarmal, als wäre er unsicher, was er tun sollte. Dann schwieg er.

»Hör auf, ihn zu schütteln, Rois«, mahnte ich. Das Letzte, was wir gebrauchen konnten, war, dass er den Heiler dazu brachte, die dringend benötigte Hilfe zu verweigern oder aufgrund einer Verletzung nicht leisten zu können. Doch er hörte nicht auf mich, weswegen Gwyned einen Versuch startete und zu Rois herantrat.

»Bitte, Mellan ist unser Gast. Er hat eine Begabung, die vielen Menschen helfen kann. Und aus diesem Grund möchte ich, dass er höflich behandelt wird.«

Beide Männer sahen erst Gwyned und dann mich an. Der eine, als wolle er trotzdem seinen Willen durchsetzen, der andere neugierig, wenn auch wachsam. Ich war solche Blicke nicht gewohnt. Obwohl sie mich verunsicherten, hielt ich ihnen stand. Bran schwebte noch immer in Lebensgefahr und die Zeit rann uns davon.

»Hilf dem Jungen«, drängte ich Mellan und deutete auf den noch immer am Boden liegenden Anson.

Die Frau, die neben dem Jungen kniete, sagte: »Ich fürchte, es ist zu spät. Er liegt im Sterben. Seine Atmung setzt zeitweise aus und sein Herzschlag ist kaum noch zu spüren.«

Rois lockerte seinen festen Griff um Mellans Schulter nur langsam, bevor er zurücktrat. Der Heiler schüttelte mit einem gequälten Gesichtsausdruck seine Schultern und Arme aus und ging dann zu dem Jungen, um sich bedächtig neben ihn zu hocken.

Die Frau wich zurück, als hätte sie Angst, verflucht zu werden. Mellan ignorierte das. Stattdessen sah er konzentriert auf den Bewusstlosen, hob die Hände und fuhr mit ihnen, ohne den Körper zu berühren, von den Füßen zu seinem Kopf und wieder zurück.

»Du hast den Erzdruiden getötet«, sagte Mellan derweil langsam und warf mir einen kurzen Blick zu. »Dir ist nicht bewusst, was du damit ausgelöst hast.«

Ich blinzelte. »Ich wollte für Gerechtigkeit sorgen.«

»Gerechtigkeit?« Mellan lachte kurz und rau. »Euch allen ist nicht bewusst, was sein Tod für das Land bedeutet.«

»Und was bedeutet er?«, fragte Keenan unbeeindruckt.

Mellan blickte ihn an. »Lyoness wird ohne ihn untergehen, es sei denn, ein anderer Druide wurde bereits *eingeweiht* und rückt nach. Und zwar schnell.«

»*Eingeweiht?*« Ich runzelte die Stirn.

»Das wollen wir doch mal sehen«, sagte Rois kalt. »Lieber sterbe ich, als dass ich noch einmal einen von euch Weißkitteln an der Macht sehe.«

Mellan setzte ein überhebliches Lächeln auf, als wolle er sagen: *Du wirst auch sterben.* Wusste er wirklich etwas? Oder versuchte er nur, sich wichtig zu machen?

Ohne Rois Aussage weiter zu beachten, begann der Heiler etwas zu murmeln und führte weiter Bewegungen über dem Jungen aus. Zum Schluss hielt er die Hände über Ansons Gesicht, als wolle er es vor der Sonne abschirmen.

Nachdem er sie weggezogen hatte, sagte er laut: »Bei den Großen Drachen: Du bist Anson, du bist gesund. Du wirst leben.«

Er schnippte mit den Fingern und umgehend schlug der Verletzte blinzelnd die Augen auf.

Gwyned, die Frau und auch ich keuchten erschrocken auf. Sogar Keenan und die Männer zuckten zusammen, als sich Anson abrupt aufsetzte und ratlos umschaute.

»Paidraig!«, rief er mit heiserer Stimme, als er ihn erblickte. Der Junge schlang die Arme um den herbeigeeilten alten Mann, während Paidraig ihm beruhigend über den Kopf und das Haar streichelte.

»Alles ist gut«, murmelte der Druide. Tränen liefen über seine faltigen Wangen.

»Er fiebert nicht mehr«, hauchte die Frau und sah uns alle nacheinander an. In ihrem Blick lag ungläubiges Staunen. »Ich schwöre, dass er kurz vorm Sterben war. Er war glühend heiß und sein Atem hatte Aussetzer. Und jetzt ...«

Sie vollendete den Satz nicht, sondern deutete auf den Jungen, der sich mit rosigen Wangen an Paidraig klammerte. Nur noch seine feucht an der Kopfhaut klebenden verschwitzten Haare zeugten von seinem soeben überstandenen hohen Fieber.

»Wenn ihr mich nun zu eurem Freund bringt, versuche ich auch ihm zu helfen«, sagte der Heiler mit höflicher, melodischer Stimme.

Also machten wir uns alle auf den Weg zurück in die Stadt.

DIE ENTSCHEIDUNG

Zum Glück hatten in der Zwischenzeit ein paar Bewohner die Trümmer vom Stadttor fortgeräumt, sodass wir ungehindert hindurchgehen konnten. Als wir den Palastplatz erreichten, entdeckte ich ein Zelt, dessen orangefarbene Tücher den Blick auf das Innere verbargen.

»Sieh nur, Sive hat Bran etwas abgeschottet«, sagte Gwyned. »Vermutlich gegen die heiße Sonne.«

»Oder gegen die Blicke der anderen«, fügte Keenan hinzu und wies auf ein paar Menschen nicht weit von uns entfernt. Anstatt Geröll und Steine zu beseitigen, starrten sie uns hinterher. Einerseits sahen sie finster zu den drei Druiden, andererseits stupsten sie sich gegenseitig an und deuteten mit dem Finger auf Keenan, Gwyned und mich.

Ich war erleichtert, als wir das Zelt erreichten. Leider nur für einen kurzen Moment, denn die zurückgeschlagenen Stoffbahnen auf der Rückseite offenbarten nun das Innere. Brans Hautfarbe war gefährlich grau geworden und es stank so ähnlich wie in der Gerberei von Keenans Eltern. Sive hockte neben ihm und wusch sein Gesicht sowie seinen Oberkörper. Er schwitzte nach wie vor unnatürlich stark und war wieder bewusstlos.

Sive erstarrte, als sie die weißen Gewänder der Druiden erblickte.

»Wir haben Hilfe geholt«, erklärte ich.

Doch Keenan rollte mit den Augen. »Sara hat Hilfe geholt und direkt den halben Karzer befreit.«

Das Entsetzen in Sives Gesicht war beinahe komisch.

»Das hat sie nicht«, korrigierte Gwyned ihn sofort. »Sie hat einen todkranken Jungen und seinen Betreuer befreit. Der Druide hier hat den Jungen sofort geheilt.« Sie strahlte. »Sive, wenn er den Jungen, der schon im Sterben lag, heilen konnte, wird Bran bestimmt auch wieder gesund.«

Sive wirkte prompt etwas hoffnungsvoller.

Der Heiler trat ungefragt näher, ohne Sive zu beachten. Konzentriert sah er auf Bran, streckte die Hand aus und ließ sie über seiner Brust schweben. Sive öffnete den Mund und wollte gerade eingreifen, da sagte er ganz unvermittelt an sie gewandt: »Du hast ihn sehr gut stabilisiert. Ich bin mir sicher, dass ich sein Leben retten kann.«

Sive lächelte.

»Darf ich die Wunde sehen?«, fragte Mellan. Sie nickte und hob die Decke an, die Brans Unterkörper verbarg. Sofort wurde der Gestank heftiger.

Ich hatte den Blick zu spät abgewandt. Der Anblick von dem geschwollenen, schwarzen Fleisch direkt oberhalb seines Knies und dem Eiter, der aus den offenen Stellen floss, rief augenblicklich Übelkeit in mir hervor. Ich begann die Säure meines Mageninhalts zu schmecken.

Keenan ging es anscheinend ähnlich. Er machte einen Satz zurück, was bedeutete, dass er mit einem Wimpernschlag zehn Meter entfernt stand. Für diese Reaktion erntete er von Mellan einen nachdenklichen Blick, dann wandte sich Letzterer wieder dem Bein zu.

Er betrachtete es ausgiebig, schnippte mit einem Finger dagegen und roch daran. Es dauerte lange, bis er sagte: »Das ist eine sehr schwere Wunde, die sofort behandelt werden muss. Sein Herzschlag ist zu schnell für seinen Körper. Der Eiter dringt tiefer ein.«

Ich sah, dass Keenan das Weite suchte. Der Gestank war für ihn unerträglich. Obwohl er aus einer Gerberei stammte, wurde ihm stets übel bei dem Geruch von Verwesung.

»Aber du wirst ihn heilen können, oder?«, fragte Sive.

Mellan hatte wieder diesen nachdenklichen Gesichtsausdruck angenommen. »Ich werde sein Leben retten können«, bestätigte er.

»Und was ist mit seinem Bein?«, hakte ich nach.

Er schüttelte den Kopf: »Sein Bein werde ich nicht retten können.« Es dauerte einen Augenblick, bis die Worte bei uns sackten.

Umsonst, dachte ich. *Ich bin umsonst in den Karzer gegangen.* Wenn Bran sein Bein verlor und nicht mehr tanzen konnte, würde er eingehen wie eine Rose im Frost.

»Du musst sein Bein retten«, forderte ich nachdrücklich.

»Dann wird er sterben.« Mellan verschränkte die Arme.

»Der Kerl lügt doch. Druiden ist nicht zu trauen.« Rois sah aus, als wolle er Mellan sofort zurück in den Karzer bringen. Seine Augenklappe verrutschte etwas und ließ vernarbtes Gewebe sichtbar werden und ihn sehr gefährlich wirken. »Denk dran, du Verräter, wir haben euch besiegt. Ihr könnt uns nichts mehr anhaben. Wir haben die Macht.«

»Wer genau hat die Macht?«, fragte Mellan und blickte ihn kühl an. »Habt ihr eine Regierung gebildet? Wisst ihr überhaupt, wie man regiert? Was es bedeutet, ein Land wie Lyoness zu führen? Was ihr zurzeit habt, ist eine Anarchie. Und die wird wieder jene zurückkehren lassen, die ihr angeblich besiegt habt. Oder das Land wird vorher untergehen, weil ihr gar nichts begreift.«

Rois sah aus, als wolle er sich auf ihn stürzen. Ich stellte mich schnell dazwischen. Dabei blieb mein Blick an Sive hängen. Sie sah mich an, und ich erinnerte mich, was sie mir vor meinem Besuch im Karzer gesagt hatte. Es musste etwas unternommen werden, denn Bran hatte nicht mehr viel Zeit. Sein Gesicht war schon so aschfahl wie bei den Toten nach der Rebellion.

»Rois, bitte bring Paidraig und den Jungen hier weg, irgendwohin, wo sie zu essen und zu trinken bekommen und sich waschen können«, sagte ich, während mein Herz heftig in der Brust schlug.

Rois schüttelte den Kopf. »Ich lasse euch mit dem da nicht allein.«

Ich wollte keinesfalls unnötige Diskussionen führen, die alles hinauszögerten – bis alles zu spät war. »Tut, was ich euch sage«, fuhr ich ihn an. »Ich bleibe. Wenn es stimmt, was Paidraig vorhin gesagt hat, kann mir ohnehin nichts geschehen. Aber Bran soll gerettet werden. Geht endlich!«

Rois warf mit seinem einen Auge Mellan einen letzten warnenden Blick zu, dann hob er Anson auf die Beine und entfernte sich gemeinsam mit dem alten Druiden.

»Ich brauche absolute Ruhe«, sagte der Heiler mit Blick auf Gwyned und Keenan, der immer noch ganz grün im Gesicht war.

»Ihr könnt ihm nicht sein Bein abnehmen«, brachte Keenan hervor. »Wäre Bran bei Bewusstsein, würde er euch sagen, dass er lieber sterben möchte.«

Ich starrte ihn an. »Wenn wir jetzt nichts tun, wird er wahrscheinlich nie wieder aufwachen. Ist es das, was du dir für ihn wünschst?«

Keenan sprang unruhig von einem Bein aufs andere. »Ich wünsche ihm, ein Leben zu führen, mit dem er glücklich werden kann. Und ich kenne ihn zu gut, als dass ich glauben könnte, dies wäre auch mit nur einem Bein möglich.«

»Du willst also, dass wir ihn sterben lassen, weil er nicht in der Lage ist, uns persönlich zu sagen, ob er sich ein Leben mit nur einem Bein vorstellen könnte? Wir sollen für ihn über Leben und Tod entscheiden?« Ich merkte, dass meine Stimme eine Oktave höher gekippt war, weil mich Keenans Ansicht so fassungslos machte.

Nun wurde Keenan plötzlich ganz ernst. »Du bist diejenige, die über Leben und Tod entscheiden möchte. Ich bin dafür, der Natur ihren Lauf zu lassen, wenn der Betroffene nicht gerettet werden will.«

Ich brachte kein Wort mehr heraus. Mit meinem Blick wandte ich mich Hilfe suchend an Gwyned.

Sie zögerte, nickte dann aber. »Keenan hat nicht ganz unrecht. Dies ist eine Entscheidung, die wir nicht für Bran treffen sollten. Tun wir es doch, wird er es uns womöglich nie verzeihen.« Sie schlug die Augen nieder.

Ich schaute zu Sive, doch die schüttelte sofort den Kopf. »Ich kann das nicht entscheiden, bitte haltet mich da raus. Ich würde alles für Bran tun, wie für jeden von euch. Aber ich kann diese Entscheidung nicht treffen. Auf keinen Fall.«

Die Stille, die sich nun zwischen uns legte, war fast greifbar. Als sich Mellan irgendwann leise räusperte, zuckten wir so heftig zusammen, als ob er geschrien hätte.

»Ein *interessanter* Austausch. Wenn ihr noch ein wenig länger verharrt, muss keine Entscheidung mehr getroffen werden. Euer Freund stirbt. Ich kann ihn retten, aber ich muss es *jetzt* tun.«

Eine plötzliche Ruhe kehrte in mir ein, und ich traf die Entscheidung, die keiner treffen wollte.

»Rette ihn, Mellan, rette sein Leben.« Ich wandte mich an meine Freunde und fühlte ein furchtbares Brennen in meinen Augen. »Ich kann keinen sterben lassen. Ich kann nicht noch jemanden verlieren.«

Noch nie waren mir die Blicke meiner Freunde so unangenehm gewesen wie in diesem Moment. Aber ich hielt ihnen stand.

»Komm, Keenan, wir gehen in den Palast und helfen Riona bei der Suche nach ihrer Schwester«, sagte Gwyned schließlich, drehte sich um und entfernte sich schnellen Schrittes. Keenan schien noch kurz zu zögern, schoss ihr aber dann hinterher.

Sie alle, auch die Frau und der andere Mann, trollten sich endlich.

»Operier ihn«, sagte ich, trat einen Schritt auf Bran zu und strich ihm über die Wange.

»Dann sollte es schnell geschehen«, sagte Mellan ungeduldig und schob mich zur Seite, um Brans Wunde freizulegen.

Plötzlich schnürte sich mir die Luft ab, als ich realisierte, dass es nun wirklich passierte.

Bran würde operiert werden. Jetzt.

Er würde sein Bein verlieren.

Ohne sich abzusprechen, begannen Mellan und Sive sich in einer der vielen Wasserschüsseln zu waschen. Der Druide reinigte ausgiebig Hände, Arme sowie Gesicht und inspizierte anschließend die Instrumente, die Sive schon bereitgelegt hatte – inklusive einer Säge und Zange. Hatte ihr Gwyned aufgetragen, diese Werkzeuge zu besorgen, oder hatte sie es von sich aus getan, weil die Magie ihr das eingeflüstert hatte? Ich hielt Letzteres für wahrscheinlicher.

»Fangen wir an«, sagte Mellan und trat mit einem scharfen kleinen Messer an den Tisch, wo Brans Bein offen dalag.

Es ging los.

»Was kann ich tun?«, fragte ich und wollte eigentlich nur weinen und weglaufen. Aber auf keinen Fall würde ich Bran in dieser dunklen Stunde im Stich lassen. Er sollte das nicht allein durchmachen müssen.

»Gar nichts«, sagte der Druide leise. »Halt seinen Kopf fest und leg ihm etwas zwischen die Zähne, damit er seine Zunge nicht abbeißt.«

»WAS?«, schrie ich auf. Mir wurde klar, dass Bran sofort aufwachen und die Operation miterleben würde. »Du kannst ihn vorher betäuben! So was musst du doch beherrschen, oder?«

Der Druide musterte mich, und ich glaubte, ein wenig Genugtuung in seinen Augen zu sehen. »Meine magischen Fähigkeiten umfassen nicht die Betäubung«, erklärte er ruhig. »Ich kann nur heilen.«

Mellan log. Ganz bestimmt log er.

Wir starrten uns an, doch ich konnte keinen Hinweis auf eine Lüge erkennen.

»Ich werde Bran betäuben. Das kann ich.« Sive strich mir sanft über den Rücken. Dann murmelte sie etwas und legte eine Hand auf seine Stirn. Brans Lider zuckten, als wolle er sie öffnen, um noch einmal Sive zu sehen, doch ihre Magie war stark. Seine Augen wurden ruhiger, er holte noch zweimal tief Luft und dann atmete er wie im Tiefschlaf.

»Jetzt kannst du anfangen«, sagte Sive zu Mellan.

Ich mochte den Blick nicht, mit dem er sie beäugte.

Sive ignorierte es und stellte sich neben ihn. »Sara, bist du dir sicher, dass du das kannst? Normalerweise wird dir schon bei einem Schnitt in den Finger schlecht.«

»Erinnere mich nicht daran.« Ich fuhr mir unruhig durchs Haar.

»Das Letzte, was ihm hilft, ist ein bewusstloses Frauenzimmer, das unsere Arbeit stört«, erklärte Mellan unumwunden.

Ich gab ihm recht, obgleich mir der Begriff *Frauenzimmer* sauer aufstieß.

Ich war keine Hilfe. Bran schlief. Sive würde achtgeben, dass alles gutging.

Ich nickte den dreien ein letztes Mal zu und verließ das Zelt.

DER BESUCH

Seit einer gefühlten Ewigkeit lehnte ich nun schon an der Wand außerhalb des Zeltes, als Sive endlich den Kopf rausstreckte und nach zwei Trägern verlangte.

»Du nicht, Sara«, sagte sie, als ich den ersten Schritt in ihre Richtung tat. »Ich kenne dich. Dir wird übel werden. Bran geht es gut. Er wird wieder gesund.«

Rois und die Frau, die auch am Karzer gewesen war, eilten sofort zum Zelt. Beide hatten ganz in der Nähe gestanden, um den Druiden im Auge zu behalten. Während Sive die Stoffe zur Seite schob und sie hineinließ, warf sie mir einen mahnenden Blick zu, damit ich blieb, wo ich war. Wenig später verließen Rois und die Frau das Zelt mit einem in Laken gewickelten Bündel, aus dem Zehen hervorlugten. Der obere Teil war blutdurchtränkt.

Meine eigenen Beine hatten auf einmal keinen Halt mehr. Ich sackte an der Mauer zu Boden.

Was hatte ich getan? Bran würde fortan durchs Leben humpeln, ohne zu laufen, zu springen und vor allem zu tanzen.

Mühsam, weil meine Knochen nicht mehr fest zu sein schienen, rappelte ich mich vom Boden auf und betrat das Zelt.

Bran atmete wesentlich ruhiger. Er schwitzte auch nicht mehr.

Der Heiler wusch gerade seine Hände und warf mir kurz einen abschätzigen Blick zu, bevor er sich wieder übers Waschbecken beugte.

»Wie geht es ihm?«, fragte ich Sive und näherte mich der Liege.

Ehe sie antworten konnte, trat Rois ein. Das eingewickelte Bein hatte er nicht mehr bei sich. Den Drachen sei Dank.

»Ich bringe dich zurück«, sagte er zu Mellan.

»Sie hat gesagt, ich käme nicht mehr in den Karzer.« Der Druide wies mit dem Kopf auf mich.

»Ich habe es versprochen«, bekräftigte ich leise und wechselte einen Blick mit Rois.

Dieser zögerte einen Augenblick, bevor er nickte. »Ich habe die anderen beiden im höchsten Turmzimmer des Palastes eingesperrt. Dahin werde ich den da auch bringen. Wenn sie fliehen wollen, müssen sie dreißig Meter in die Tiefe springen.« Den letzten Satz fügte er mit einem gehässigen Lächeln hinzu, packte Mellan am Arm und zerrte ihn hinaus. Der Druide versuchte sich loszureißen, doch Rois packte nur noch fester zu, angelte sich eine der noch sauberen Bandagen, die auf einem Stapel neben dem Waschbecken lagen, und knebelte Mellan damit. »Damit du gar nicht erst in Versuchung kommst, mich zu verfluchen«, hörte ich Rois durch die Zeltplane im Weggehen sagen.

Ich trat zu Bran. Seine Gesichtsfarbe besserte sich langsam und der beißende Geruch nach faulem Fleisch war verschwunden.

Sive trat neben mich. »Er wird leben.«

»War es die richtige Entscheidung?«, fragte ich sie.

Sie zog das Laken ein wenig zurecht und sah mich dann an.

»Er wird schwer daran zu tragen haben.«

Das war nicht unbedingt die Antwort, die ich mir erhofft hatte. Doch mir fiel etwas anderes an ihr auf.

Ihre Augen leuchteten und sie wirkte aufgekratzt.

»Was ist los?«, fragte ich sie. »Wird das Bein nachwachsen?«

Sie gab mir einen leichten Schlag gegen den Arm. »Natürlich nicht. Du und dein Humor.«

Ehe ich erklären konnte, dass das im Angesicht ihres Lächelns eine durchaus ernst gemeinte Frage gewesen war, immerhin besaß der Druide magische Fähigkeiten, platzte es aus ihr heraus: »Sara, Mellan ist wirklich sehr gut ausgebildet in der Heilkunst.« Sie nahm mich an der Hand und führte mich zu einem kleinen Tisch, auf dem ein Teller mit Brot und Käse stand. Jemand musste es ihr gebracht haben, damit sie sich nach der Operation stärken konnte.

»Hast du etwas dazugelernt?«, fragte ich neugierig und setzte mich. Für mich war Sive seit jeher eine der fähigsten Heilerinnen von ganz Lyoness.

»Er hat mir Sachen erklärt, von denen ich noch nie gehört habe.« Ihre Augen leuchteten. Und das sollte schon etwas heißen. Sive verfügte von klein auf über eine Magie, die unsere aufgeschürften Knie, eingewachsenen Splitter, Platzwunden und sogar einmal Gradys gebrochenen Arm über Nacht verschwinden lassen hatte – ohne Narbenbildung. Kaum vorstellbar, dass irgendjemand ihr das Wasser reichen konnte.

»Er könnte mir so viel beibringen. Überleg mal, was ich als voll ausgebildete Heilerin bewirken könnte! Wir wussten bislang immer nur von ein paar wenigen Heilern, die nicht mehr konnten als ich. Alle anderen Druiden waren nur für ihre Drohungen und Flüche bekannt. Doch dieser Mellan«, sie stockte und sah mich direkt an, »der weiß viel mehr. Er hat in Deira studiert und konnte mir bei der Operation genau erklären, welche Muskeln wohin führen, welche Blutadern und Venen wo entlanglaufen und was sonst so im menschlichen Körper alles vorhanden ist und miteinander arbeitet. Es war faszinierend.«

Ich freute mich über ihre Begeisterung. Sive hatte nicht nur die magischen Fähigkeiten, sie hatte seit jeher auch das Interesse, mehr über den menschlichen Körper zu lernen. Sie warf einen verlangenden Blick auf Brot und Käse auf dem Tisch, bevor sie danach griff und zu essen begann.

»Würde er dir denn noch mehr beibringen? Die Schule in Deira ist ja eher keine Option.«

»Wenn Deira und die anderen größeren Städte in ihren Aufständen so erfolgreich sind wie wir, könnte man die Schule wieder aufleben lassen.« Sives Augen glänzten.

»Aufstände? In den anderen Städten?«

»Ja! Überall! Hat Keenan es dir gar nicht erzählt? Er ist in der Nacht nach unserem Sieg ganz Lyoness abgelaufen und hat den Bevölkerungen vom Tod des Erzdruiden erzählt. Auf der ganzen Insel tobt der Kampf gegen die Druiden. Keenan gilt in ganz Lyoness als großer Held!«

Deswegen war er in der Nacht so plötzlich verschwunden und hatte am Morgen so unendlich erschöpft ausgesehen. Das war tatsächlich beeindruckend. Ich wusste ja, dass er schnell laufen konnte und selten aus der Puste kam, aber *ganz Lyoness* abzulaufen, zeugte schon von einer ganz besonderen Durchhaltekraft. Oder einem sehr starken Willen.

»Stell dir vor, was ohne die Druiden nun alles möglich ist! Es wird eine Regierung geben, die die Interessen des Volks vertritt! Die Magie darf endlich so gelebt werden, wie sie uns geschenkt wurde, und ist nicht mehr nur auf Flüche beschränkt! Heiler können ihre Kräfte einsetzen, ohne dass sie ihren Familien entrissen werden.«

Sive wurde immer euphorischer, doch ich verspürte Skepsis. Wer würde das tun? Wer würde die Regierung von Lyoness übernehmen, und wer wollte dann solche Institutionen wie Deira erlauben, wo Seher und Heiler geschult wurden, was ganz eindeutig mit der verhassten Druidenschaft verbunden war? Gewiss würde dort kein Druide mehr geduldet werden. Denn ein Lehrer hatte immer Macht. Schüler übernahmen seine Ansichten, wenn ihnen keine andere Wissensquelle zur Verfügung stand – ob sie es wollten oder nicht.

Sive schien meinen Gedanken gefolgt zu sein. Ihr Gesicht verdunkelte sich.

»Ein blöder Gedanke. Gwyned würde uns töten, so sehr hasst sie diesen Ort«, meinte sie selbst. Sie aß das letzte Stück Brot mit Käse, bevor sie aufstand, um nach Bran zu sehen. »Es geht ihm gut genug, dass ich ihn mal für zwei Stunden allein lassen kann. Ich werde nun endlich zu Vater gehen. Kommst du mit?«

Mein Magen sackte unwillkürlich eine Armlänge Richtung Boden. Wir würden in das Haus gehen, in dem ich die letzten dreizehn Jahre gelebt hatte. Doch Grady wäre nicht mehr da. Ich würde nur noch sein Grab antreffen. Wollte ich das?

Nein, nicht wirklich. Aber Grady hatte immer die Worte seines Vaters wiederholt, wenn wir uns vor wichtigen Aufgaben wegduckten: *Es ist unsere Pflicht. Sie schmeckt nicht immer, aber sie muss getan werden.*

Ich schluckte und nickte. »Natürlich komme ich mit«, sagte ich. Wir baten die Frau, die noch draußen wartete, bei Bran zu bleiben, und machten uns auf den Weg ins Eisenviertel. Dorthin, wo alles begonnen hatte.

Als wir durch die Straßen gingen, nahm ich die Verwüstung, die der Kampf und vor allem das Katapult angerichtet hatten, zum ersten Mal richtig wahr. Es gab keine Straße, die nicht wenigstens ein, meist aber sogar vier bis fünf zertrümmerte Häuser aufwies. Sive hatte den Weg entlang des Pughs eingeschlagen, und sogar im Wasser war die Verwüstung deutlich zu sehen. Eins der vielen Händlerschiffe war nur noch ein Wrack, bei den anderen Kähnen und Schiffen waren die Ruder und Segel abgeknickt wie morsche Äste an einem Baum.

Ich überlegte krampfhaft, ob ich den Fluss auch über diese schaukelnden, aneinandergebundenen Boote überquert hatte, um in den Karzer zu kommen, doch es fiel mir beim besten Willen nicht mehr ein. Mein einziger Gedanke hatte Bran gegolten.

Auf dem Rückweg hatten wir die provisorische Stegbrücke flussaufwärts genommen, aber die war auch nicht besser gewesen. Es schauderte mich. Die Strömung des Pughs war immer tückisch, aber heute schien der Fluss ganz besonders reißerisch zu sein und der Wasserspiegel war beängstigend hoch.

Da, wo das Holzviertel am gegenüberliegenden Ufer hätte sein sollen, standen nur noch rußgeschwärzte Balkenreste, und dazwischen lagen riesige Haufen von Asche. Der Anblick all dieser Zerstörung schnürte mir die Luft ab, und mir wurde klar, dass es Monate, teilweise sogar Jahre dauern könnte, bis der ursprüngliche Zustand wiederhergestellt sein würde.

Das hat Grady nicht bedacht, schoss es mir durch den Kopf. Er hatte ganz genaue Vorstellungen davon gehabt, wie Lyoness aufgebaut sein sollte, wie die Verwaltung geführt und die Wirtschaft angekurbelt werden könnte – dank der Magie, die wir nun frei einsetzen durften. Aber er hatte nie davon gesprochen, dass nach einer blutigen Machtübernahme erst einmal alles wieder aufgebaut werden musste, nie daran gedacht, woher das Geld dafür kommen sollte und wie man den Hinterbliebenen Trost spenden könnte.

»Sara, ich glaube, die beobachten uns«, murmelte Sive. Ich drehte meinen Kopf in ihre Richtung, doch sie blickte auf eine Reihe von Menschen, die am Ufer des Pughs standen und Schutt in Eimer schaufelten.

Viele hatten aufgehört zu arbeiten und starrten uns an.

Manche tuschelten, andere deuteten mit verhaltenen Gesten auf uns. Diejenigen, die unsere Anwesenheit noch nicht bemerkt hatten, wurden darauf aufmerksam gemacht.

Ich verkrampfte und suchte Sives Blick. »Warum reagieren sie so auf uns?«

»Ich bin Gradys Schwester und du hast den Erzdruiden erschossen«, erwiderte sie, ohne zu überlegen. Obwohl meine Ziehschwester noch immer einen grauen, mit Blut beschmierten Rock trug, schritt sie selbstbewusst neben mir her, als trüge sie ihr feinstes Festgewand und ginge zur Parade der Drachen. Ich sah zu Boden und hoffte, die Leute würden uns ignorieren und weitermachen.

Diese Situation war mir überaus unangenehm.

»Sara, du kannst stolz auf deine Leistung sein. Es gibt keinen Grund, sich zu verstecken«, raunte sie mir zu.

Das empfand ich nicht so. Vielmehr fühlte ich mich schuldig. Nicht weil ich den Erzdruiden getötet hatte, sondern weil ich die Schlacht und dieses Elend hier ausgelöst hatte. Die Abneigung gegen das Starren der Menschen wurde jedoch schlimmer, als ich mir meiner schmutzigen Aufmachung bewusst wurde, die noch voller Blut, Schweiß und Flecken war.

Meine Mutter hatte immer viel Wert auf Ordnung und Sauberkeit gelegt. Damals hatte ich sie ewig enttäuscht, weil ich viel lieber mit Grady auf Bäume und Mauern geklettert oder durch die Wiesen vor der Stadt getollt war. Danach waren meine Haare immer zerzaust und meine Kleider fleckig gewesen.

Sie wäre entsetzt, wenn sie mich jetzt so sehen würde.

Als wir in unsere Straße einbogen, atmete ich tief durch. Aodhs Schmiede befand sich am Ende des Viertels in der Nähe der Stadtmauer. Direkt dahinter lagen die kleinen Gärten mit vielfältigen Gemüsebeeten und blühenden Obstbäumen. Als ich die üppigen Büsche erblickte, fühlte ich, wie sich etwas in mir zusammenzog. Als Kind hatte ich es als großes Privileg empfunden, hier aufwachsen zu dürfen. Ich wünschte, ich könnte wieder mit der Sorglosigkeit von damals unter den Obstbäumen herumlaufen. Etwas, was ich immer für selbstverständlich gehalten hatte.

Mit einem Mal war mir noch unwohler zumute. Wie es Aodh wohl ging? Er hatte seine Frau wegen eines Fluchs verloren und nie wieder eine andere ins Auge gefasst. Und nun war auch Grady fort, auf den er so stolz gewesen war.

Sive schien ihren eigenen Gedanken nachzugehen. Mit festem Schritt ging sie zur Tür und öffnete sie.

Es war schlimmer, als ich gedacht hatte.

Aodh saß in der Stube und begann bitterlich zu weinen, als er uns erblickte. Der große drahtige Mann, den nie etwas aus der Ruhe hatte bringen können, egal was für Streiche wir ihm als Kinder beschert hatten, streckte die Arme nach Sive aus. Während er sich an seine Tochter, sein einziges überlebendes Kind, klammerte, nahm er mich nicht einmal wahr.

Unschlüssig blieb ich in der offenen Tür stehen. Schlagartig wurde mir bewusst, dass ich nicht dazugehörte. Grady war meine Familie gewesen, doch mit seinem Tod hatte ich auch mein Zuhause verloren. Ich fühlte, wie sich in mir ein Kloß im Hals festsetzte. Auch wenn Aodh mich damals aufgenommen hatte, so war mir immer bewusst gewesen, dass Sive seine Tochter war, nicht ich. Ich schloss die Tür und ging in den Garten.

Eine Weile saß ich vor Gradys frisch aufgehäuftem Grab hinter dem Haus, unter seinem Lieblingsmirabellenbaum. Hübsch hatten sie es ihm gemacht. Zwar zierte das Grab nur ein kleiner Felsbrocken mit eingeritztem Namen, aber die aufgehäufte Erde war von einer Flut von Blumen bedeckt. Wahrscheinlich hatten alle Nachbarn etwas aus ihren Gärten vorbeigebracht. Es duftete herrlich. Mir war bewusst, dass das Begräbnis schnell hatte gehen müssen und nicht geplant war, aber mein Herz zog sich bei dem Gedanken zusammen, dass ich nicht dabei gewesen war.

Ich brauchte einen Moment. Nie, nie niemals hätte ich es für möglich gehalten, dass Aodh, der sogar Gradys aufrührerische Reden gelassen genommen hatte, so bitterlich weinen konnte.

In meiner Brust zog sich alles schmerzvoll zusammen. Als meine Mutter gestorben war, hatte ich mich ähnlich elend gefühlt, doch damals hatte Grady mich in den Arm genommen und getröstet. Wenn ich jetzt zu weinen begänne, würde ich lauter weinen als Aodh und nie mehr aufhören. Ich musste es unterdrücken, sonst würde ich zusammenbrechen.

Also saß ich da, atmete und wartete darauf, dass das Engegefühl in meiner Brust nachließ.

»Sara?«

Ich sah auf. Delma stand am Gartenzaun. »Ich wusste doch, ich habe dich gesehen, Kind.«

Delma wohnte gegenüber. Sie war für mich da gewesen, als meine Mutter so plötzlich verstorben war und Aodh mich aufgenommen hatte. Und für Grady, Sive und Aodh, als deren Mutter und Frau verflucht worden war. Ihre Kinder waren vor langer Zeit von den Druiden entführt worden, wie Rionas Schwester, und ihr Mann schon so lange tot, dass ich ihn gar nicht erst kennengelernt hatte. Sie wohnte schon ewig in dem kleinen Häuschen und flickte Kettenhemden zusammen.

»Es tut mir leid, Sara«, sagte Delma mitfühlend. »Ich weiß, wie sehr du an Grady gehangen hast.«

Ich nickte nur, da meine Stimme versagte.

»Ich habe den Platz unter dem Mirabellenbaum vorgeschlagen.« Delma deutete auf das Grab vor mir. »Ich dachte, das wäre ein passender Ort, denn dort habt ihr beide immer so viel zusammengesessen und Ideen ausgeheckt.«

Selbst kurz vor seiner Verhaftung hatten wir noch an dieser Stelle gesessen, als Aodh ihn gebeten hatte, die Lanze auszuliefern, die ihm letztendlich zum Verhängnis geworden war.

»Sara, du weißt doch, was Grady alles für Lyoness geplant hat, oder?«

Der Baum wiegte sich sacht und trug Früchte. Grady hatte die erste Mirabelle vor ein paar Wochen gekostet und wieder ausgespuckt, weil sie noch zu sauer gewesen war.

»Sara?«

Ich sah zu Delma, die erwartungsvoll zu mir aufblickte.

»Was genau meinst du?«, brachte ich endlich hervor.

»Du bist doch mit allem vertraut, was Gradys Vorstellung von einer gerechten und vollkommenen Führung von Lyoness beinhaltete?«

Natürlich. Ich war seine engste Vertraute gewesen. Mit mir

hatte er all seine Pläne besprochen und gemeinsam hatten wir sogar viele Überlegungen für eine gewinnbringende Nutzung von Magie ausgetüftelt.

Also nickte ich.

Delma lächelte. »Das dachte ich mir. Ich lass dich nun allein.« Mit diesen Worten entfernte sie sich wieder.

Ich atmete noch dreimal tief durch. Grady war nicht mehr und er würde nie mehr zurückkehren, aber Delma hatte recht. Er war für seine Ideen gestorben. Ideen, die ich alle kannte und deren Ausführung ich erleben wollte.

Ich stand auf, durchschritt die Gartenpforte und machte mich wieder auf den Weg. Nicht mehr zurück zu Aodh und Sive oder zum Palastplatz. Ich hatte den Verdacht, dass mich keiner meiner Freunde gerade noch brauchte oder sehen wollte. Ich musste nachdenken und mich neu sortieren, denn ich hatte kein Heim mehr, und es war ungewiss, ob Aodh seine Schmiede wieder eröffnen konnte. Ich hatte für ihn gearbeitet, seit ich vierzehn gewesen war, und so zum Haushaltsgeld beigetragen, ohne viel zu verdienen. Ich würde mir etwas Neues suchen müssen, auch wenn ich nicht wusste, wo und womit.

Während die Sonne nach einem weiteren ereignisreichen, langen Tag langsam unterging, schlug ich einen ganz anderen Weg ein. In Richtung Stadttor, weg von den Trümmern und Verlusten, auf zu neuen Horizonten und einer anderen Perspektive.

DIE FLUCHT

Es war nicht einfach, Yslion zu verlassen. Auch ohne mein Gesicht auf allen umlaufenden Münzen, wie es beim Erzdruiden der Fall war, wurde ich erkannt. Die Menschen hielten in ihren Arbeiten inne, stießen sich gegenseitig an, zeigten auf mich und begannen zu tuscheln. Ich hatte das ungute Gefühl, dass sie mich über kurz oder lang als Übeltäterin und Verursacherin abstempeln würden. Am schlimmsten fand ich den Gedanken, dass sie meine Freunde mitverantwortlich machen könnten. Allein deshalb war es so wichtig, dass ich mir über die nächsten Schritte Gedanken machte. Darüber, wie es nun weiterginge. Wo ich wohnen würde. Ob ich überhaupt in Yslion bleiben konnte oder lieber woandershin ziehen sollte. Dabei wurde mir noch mulmiger zumute. Was konnte ich? Wie meine Mutter Waffen polieren. Und ich hatte oft genug Delma beim Zusammensetzen der Kettenhemden geholfen. Das konnte ich auch. Ich lief eine Weile am Flussufer entlang, bis ich bei der Behelfsbrücke ankam. Die Strömung des breiten, tiefen Pughs kam mir sogar noch stärker vor als vor wenigen Stunden, als ich mich mit klopfendem Herzen von Boot zu Boot gehangelt hatte, um das gegenüberliegende Ufer zu erreichen. Ungefähr auf halbem Weg löste sich der

Kahn, auf dem ich mich gerade befand, und trieb ab. Ich versuchte noch, Halt zu finden, doch die Strömung war zu stark. Es gab keine Ruder und ich wollte nicht noch mehr Aufmerksamkeit auf mich lenken. Daher hielt ich den Mund, klammerte mich verzweifelt an den Rand des kleinen Ruderbootes und hoffte, es würde irgendwann so nah an die Kaimauern getrieben werden, dass ich mich an einem der Ringe festhalten und hinausklettern konnte.

Doch es trudelte mitten auf dem Pugh in Richtung des nördlichen Wassertores, durch das die Handelsschiffe Yslion verließen. Zum Glück waren mehrere Boote unterwegs, sodass ich auf dem Wasser nicht weiter auffiel. Und auch mein Gesicht blieb unbemerkt, da die Matrosen damit beschäftigt waren, der Strömung standzuhalten.

Das Wassertor kam recht schnell in Sicht. Je näher ich kam, desto beißender wurde der Gestank, denn in dieser Gegend lagen die Gerbereien, unter anderem auch die von Keenans Eltern, die Schlachthäuser sowie andere Verarbeitungsbetriebe, deren Unrat ins Wasser gekippt und damit flugs aus der Stadt getrieben wurde.

Immer noch mitten auf dem Fluss schaukelnd durchfuhr ich das mächtige Wassertor, dessen Gitter erst nachts geschlossen wurde. Wie gut, dass die Sonne ein paar letzte Strahlen aussandte.

Außerhalb der Stadt wurde das Ufer langsam flacher. Einige Weiden wuchsen am linken Ufer, und endlich trieb mein Kahn nah genug an deren Zweige heran, sodass ich mich ans Ufer ziehen konnte. Erleichtert atmete ich auf, während ich aus dem Boot kletterte. Als ich den Blick schweifen ließ, wurde mir klar, dass der Gestank nicht allein von den Abfällen herrührte. Ein paar Leichen hatten sich in den teilweise ins Wasser hängenden Zweigen sowie Wurzeln verfangen und faulten. Sie mussten dringend begraben werden. Zum ersten Mal war ich froh, dass dieser Zustand Grady erspart geblieben war.

Schnell machte ich mich auf den Weg, weg von der Hauptstadt, von der Verwüstung und dem Leid, für das ich mich verantwortlich fühlte. Ich ging querfeldein in Richtung Gebirge, in der Hoffnung, mit einem Blick in die Ferne mehr Ruhe in meine Gedanken bringen zu können.

Die Sonne ging bereits unter, sobald ich die ersten Anhöhen erreichte, die sich oberhalb von Yslion bis zu den hohen Gipfeln des Ys erstreckten. Von hier hatte man einen guten Blick auf die Gerstenfelder der Kerys-Ebene, die sich – wie jeden Sommer goldgelb – im noch immer starken Wind wiegten. Und als die Umrisse der Stadt hinter mir langsam kleiner wurden, war es bereits dunkel.

Sommernächte wie diese hatten Grady und ich immer geliebt. Als Kinder hatten wir im Garten geschlafen und uns Geschichten über die strahlenden Sterne ausgedacht. Ich stolperte und verlor für einen Moment die Bilder aus meinem Kopf. Der Pugh lag weit unter mir, nun ging es steil bergan. Das vorhin noch so üppige Gras wuchs hier spärlicher, aufgrund von Steinen und Kies, die es bedeckten. Da immer wieder unterschiedlich große Steine und Felsbrocken im Weg lagen, kam ich nur langsam voran.

Sterne und Mondsichel ließen die Nacht nicht stockfinster sein, dennoch sah ich mittlerweile alles nur noch verschwommen. Die Felsen zu meinen Seiten wurden höher, der Weg schlängelte sich entlang mörtelloser, aufgesetzter Steinmauern, die das spärliche Licht nahmen. Obwohl ich gar nicht so weit von Yslion entfernt war, kannte ich diese Gegend nicht. Wie weit musste ich gehen, um eine gute Sicht zu haben? Ich merkte, dass es mir immer schwerer fiel, einen Fuß vor den anderen zu setzen, aber der Weg zwischen den engen Steinmauern führte einfach zu keinem Ausgang. Es gab immer noch eine Abbiegung und noch eine Abzweigung, es schien nicht enden zu wollen. Ein leichter Schwindel setzte ein, den ich mir nicht erklären konnte. Ich fasste mir an den brummenden Kopf.

Bald stolperte ich gegen jeden Felsbrocken, der etwas mehr als Knöchelhöhe hatte, und musste immer wieder innehalten, da sich meine Umgebung vor meinen Augen zu drehen schien. Meine Beine und Arme wurden taub. Das musste die Erschöpfung sein.

Als ich hinfiel, dabei gegen eine der Mauern knallte und mir die Hand aufschürfte, beschloss ich, hier zu schlafen. Die Wände zu beiden Seiten bescherten mir einen guten Sichtschutz, und direkt an einer von ihnen wuchs sogar ein Moosbett, auf das ich meinen Kopf legen konnte. Weiterzugehen kam nicht infrage, andernfalls würde ich mir alle Knochen brechen und nie irgendwo ankommen.

Müde räumte ich etwas Geröll zur Seite, sodass ich mich ausstrecken konnte. Mein Kopf hatte gefühlt noch nicht den Boden erreicht, da schlief ich auch schon ein.

Als ich aufwachte, summten Insekten und ein Adler kreiste über mir. Es dauerte einen Moment, bis ich begriff, wo ich war. Träge rieb ich mir über die Augen, blieb aber auf dem Moosbett liegen. Ich wollte weiterschlafen. Eine geeignete Anhöhe konnte ich auch morgen noch finden. Oder übermorgen.

Doch dann hörte ich, was mich geweckt hatte.

Es waren Menschenstimmen. Sie klangen aufgebracht.

Ich war schlagartig hellwach, sprang auf und rannte in die Richtung, aus der die Stimmen kamen. Die Steinmauern erschienen mir im Tageslicht weitaus weniger einengend als in der Nacht, zudem waren sie gar nicht so hoch, wie ich sie in Erinnerung hatte. Sie gingen mir gerade mal bis zur Brust, sodass ich mit dem jetzigen Überblick ausmachen konnte, dass es sich um ein Labyrinth handelte.

Dahinter führte der Weg einen kleinen Hügel bergan, und als ich dessen Kuppe erreichte, sah ich weiter unten eine Ansammlung von Menschen, die gegen einen einzigen Mann kämpften.

Unsicher, was ich tun sollte, blieb ich stehen. Fanden hier immer noch Kämpfe gegen die Druiden statt oder ging es dort um etwas anderes? Die Sonne stach mir in die Augen und ich konnte die Menschen nicht genau erkennen, aber deren Kleidung nach zu urteilen, hatte ich keine Druiden vor mir. Das weiß schimmernde Hemd sowie die blaue Hose des einzelnen Mannes konnte ich nicht zuordnen. Ob er aus dem Holzviertel stammte? Auch die anderen Männer, die ihn umzingelten, trugen allesamt seltsame Kleidungsstücke, bestehend aus langen Kitteln, Hosen und karierten Umhängen über den Schultern – trotz der Wärme. Das alles wirkte sehr fremdländisch auf mich.

Ich duckte mich hinter einen Felsen und beobachtete den Kampf.

»Gib ihn uns und wir verschwinden wieder!«, brüllte einer der Angreifer.

Es waren mindestens zehn Erwachsene gegen einen. Der junge Mann im weißen Hemd war jünger als seine Angreifer, ungefähr in meinem Alter. Normalerweise hätte sogar Keenan bei dieser Anzahl Probleme gehabt, doch dieser Fremde schlug sich gut. Er parierte, teilte aus, warf einen der Männer um und schlug mit einer gewandten Drehung einem anderen das Schwert aus der Hand, während er unmittelbar danach den nächsten Hieb auf sich abwehrte.

»Ihr Mörder! Ihr werdet für das büßen, was ihr getan habt!«, schrie er.

Der da brauchte keine Hilfe. Langsam begann ich mich rückwärtszubewegen, als ich sah, dass er getroffen wurde. Einer der Männer hatte ihm in die Kniekehlen geschlagen. Er ging zu Boden und im nächsten Moment prügelten alle wild auf ihn ein. Er hatte keine Chance mehr.

Unwillkürlich tauchte Grady vor meinem geistigen Auge auf, der ohne irgendeine Möglichkeit zur Rechtfertigung hingerichtet worden war.

Ohne zu überlegen, griff ich nach Bogen und Pfeil, die ich immer bei mir trug, legte an und zielte. Genau wie beim Erzdruiden wusste ich instinktiv, dass ich treffen würde – mitten in den Oberschenkel desjenigen, der am heftigsten auf den jungen Mann einprügelte.

Er fiel um, und es dauerte ein oder zwei Sekunden, bis seine Kameraden verstanden, was gerade geschehen war. In dieser Zeit hatte ich bereits den nächsten Pfeil angelegt und abgefeuert. Direkt in die Hand eines weiteren Angreifers.

Jetzt hielten alle in ihrer Bewegung inne und traten einen

Schritt zurück. Der junge Mann lag blutüberströmt in ihrer Mitte, während sie sich suchend nach dem Schützen umwandten. Es dauerte keinen Atemzug, bis sie mich entdeckten.

»Aufhören!«, forderte ich und zitterte leicht. Ob vor Wut über die Ungerechtigkeit, die sich mir bot, oder wegen meiner eigenen Courage konnte ich nicht sagen. Vermutlich beides.

»Sofort aufhören! Was denkt ihr euch dabei?« Ich spannte den Bogen abermals und richtete die Pfeilspitze in ihre Richtung.

Die Männer musterten mich grimmig. »Mädchen, nimm den Bogen runter. Wir haben dich schnell überwältigt, auch wenn du weitere Pfeile auf uns niederschießt.«

»Mag sein«, gestand ich ein. »Und trotzdem werde ich mindestens zweien noch ein Auge ausschießen, damit sie ihr Leben lang daran denken, welche Konsequenzen es hat, wenn zehn erwachsene Männer einen einzelnen angreifen.« Dass ich das niemals tun würde, konnten die Fremden zum Glück nicht ahnen.

»Du weißt nicht, mit wem du dich hier anlegst! Wäre dies nicht Lyoness, würdest du vor uns zitternd auf dem Boden liegen«, rief ein Mann. Er krümmte sich vor Schmerzen am Boden und hielt die Hand fest, aus der mein Pfeil herausragte.

»Ich sehe nur die Ungerechtigkeit, die hier soeben stattfindet«, erwiderte ich und versuchte meine Stimme fest klingen zu lassen.

Die Männer schienen sich untereinander zu beraten. Dann wandten sie sich wieder mir zu. Ein anderer bückte sich und steckte etwas unter sein kariertes Plaid.

»In Ordnung. Wir ziehen uns zurück.«

»Verschwindet!« Ich wollte weder eine Diskussion noch Streit, geschweige denn einen weiteren von ihnen verletzen. Das Wichtigste war in diesem Moment, den jungen Mann zu versorgen.

Die Männer traten ein paar Schritte zurück, zögerten aber

noch immer. Ich ließ meinen Pfeil unmittelbar vor ihren Füßen zu Boden gehen.

Das zeigte endlich Wirkung. Sie nahmen die beiden Verwundeten unter ihre Arme und traten den Rückzug an.

Als sie verschwunden waren, rannte ich zu dem Verletzten. Er atmete flach, kalter Schweiß rann ihm übers Gesicht, und er presste beide Hände auf seinen Oberkörper, dort, wo sie auf ihn eingeprügelt hatten.

»Was kann ich tun?«, fragte ich ihn. »Was brauchst du? Wo tut es am meisten weh?«

»Mein Gürtel!«, keuchte er.

Ich musterte ihn. Schnitt sein Gürtel in eine seiner Wunden ein? Aber da war kein Gürtel.

»Was meinst du damit?«

Doch der junge Mann keuchte nur noch. Ich griff nach meiner Wasserflasche und hielt sie ihm an den Mund. Er schien nicht einmal mehr in der Lage zu sein zu schlucken, denn mehr als die Hälfte rann aus seinem Mund den Hals hinunter und versickerte im Gras.

»Ans Meer«, murmelte er.

»Ich werde dich nicht den Fischen überlassen«, widersprach ich. Ich wusste zwar, dass ich keine Magie besaß, wollte aber trotzdem helfen. Vorsichtig tastete ich den Brustkorb ab.

Er stöhnte vor Schmerz und atmete hektischer.

Ich wollte ihn nicht sterben lassen. Es waren so viele in den letzten Tagen umgekommen, wenigstens ihn wollte ich retten!

Ich sah mich um und entdeckte einen der Umhänge, den einer wohl im Kampf verloren hatte. Oder gehörte er dem Fremden?

Kurzerhand ging ich zu den Sträuchern, die am Rand der Felsen wuchsen, und schnitt zwei starke Äste ab. Dann befestigte ich den Umhang daran mithilfe der Lederbänder meiner Stiefel. So vorsichtig wie möglich legte ich den jungen Mann auf die Trage. Er war ohnmächtig geworden.

Ich wusste nicht, ob das gut oder schlecht war. Zumindest verspürte er dann keine Schmerzen. Also machte ich mich daran, die Trage zu ziehen.

Zurück nach Yslion, wo ich sicher sein konnte, dass ihm geholfen wurde.

Er war so schwer wie ein toter Stier. Diesen Mann zu ziehen, war anstrengender als jedes Kampftraining, das ich je bewältigt hatte. Ich musste mich bei jedem Schritt darauf konzentrieren, genügend Kraft aufzuwenden und einen Fuß gezielt vor den anderen zu setzen, ohne auf den kleinen Steinen wegzurutschen. Dabei lauschte ich angestrengt auf den Atem des Fremden, weil ich Angst hatte, er würde zu hektisch werden.

Ich wählte wieder den Weg durch das Labyrinth, denn dort gab es zumindest noch ein wenig Schatten. Zudem konnte ich keine Route ausmachen, die an dem Irrgarten vorbeiführte und für eine Trage geeignet war. Unsere Umgebung war gesäumt von dicht nebeneinanderliegenden Felsen und so uneben, dass der junge Mann die Erschütterungen mit Sicherheit nicht überlebt hätte.

Mit meiner neuen Vogelperspektive schaffte ich es sogar, einen recht zügigen Weg durch das Labyrinth zu finden. Die Sonne war schon hoch oben am Himmel, als ich nicht mehr weiterkonnte und schweißüberströmt anhielt. Ich stand quasi schon am Ausgang, aber ich war so müde, so unglaublich müde. Ich brauchte eine Pause. Meine Arme, mein Rücken, mein Nacken, alles tat mir weh. Zudem war mir wieder so unglaublich schwindelig und ich brauchte unbedingt mehr Schlaf. Wenigstens zehn Minuten, sagte ich mir.

Ich schloss die Augen und schlug sie direkt wieder auf. So zumindest kam es mir vor, als mich jemand rüttelte und meinen Namen rief.

»Sara!«

Keenans blonder Schopf verdeckte die Sicht.

»Bei den Drachen, Sara, du hast uns vielleicht erschreckt.«

Ich blinzelte und wollte mich auf die Seite drehen, um weiterzuschlafen. Ich war völlig benommen. Was auch immer er damit meinte, ich würde mich später damit beschäftigen.

»Sara, du musst zu dir kommen.« Seine Stimme war nicht so freundlich wie sonst, sondern klang harsch und kühl. Das war nicht Keenan. Ich schloss die Augen, doch er rüttelte an meiner Schulter.

»Ich sehe, dass du wieder mal die Retterin gespielt hast. Wir müssen den Kerl zu Sive bringen, damit sie ihn heilen kann.«

Nun war ich zwar wach, aber noch immer ein wenig benommen. Vor mir kniete tatsächlich Keenan, wenn auch mit ungewohnt finsterem Blick. Ich richtete mich auf und beugte mich über die Liege. Der Verletzte atmete beinahe nicht mehr. Dafür war sein Gesicht mittlerweile stark angeschwollen und er hatte unterm Auge sowie an beiden Wangen violett-schwarze Hämatome. Außerdem waren seine Lippe und eine Augenbraue aufgeplatzt.

Ich griff nach meiner Wasserflasche und nahm erst selbst einen großen Schluck, bevor ich ein Stück Stoff seines Hemds benetzte.

Jenes zog ich hoch und legte es an seine Lippen, damit ein bisschen Wasser in seinen Mund tropfte.

»Uiuiui, das sieht gar nicht gut aus«, murmelte Keenan und betrachtete den nun freigelegten nackten Oberkörper des jungen Mannes, der über und über mit Hämatomen bedeckt war.

»Sara, wie schaffst du es immer wieder, die hilflosesten Gestalten zu finden? Der da hat doch bestimmt unter einem halben Berg gelegen.«

»Er wurde verprügelt«, erklärte ich mit rauer Stimme.

»Soll das bedeuten, du hast seine Angreifer in die Flucht geschlagen?« Keenan sah mich groß an. Jetzt klang er nicht mehr so kühl.

»Es waren zehn erwachsene Männer gegen ihn. Das war unfair«, rechtfertigte ich mein Verhalten.

Anstatt etwas zu sagen, sah Keenan mich nur an. Als ich trotzig seinen Blick erwiderte, drehte er sich zu dem Fremden und schüttelte besorgt den Kopf. »Wenn du mich fragst, sind sämtliche Rippen gebrochen, die sich auch noch in Leber oder Magen gebohrt haben, siehst du das hier?« Er deutete auf einen Bereich, wo sich normalerweise die Rippen spannten. Dort erstreckte sich eine schwarz-rot verfärbte Mulde über die Brust. »Er wird es nicht schaffen.«

»Aber ich muss es versuchen. Solange er atmet, hat er eine Chance«, beharrte ich.

Keenan seufzte.

»Bitte, Keenan. Du bist stark genug. Du kannst deine magische Kraft und Schnelligkeit einsetzen, um ihn zu Sive zu bringen. Bitte!«

»Ich bin eigentlich gekommen, um dich so schnell wie möglich zurückzuholen. Es gab eine Versammlung der Stadtteilrepräsentanten

sentanten heute Morgen. Deine Anwesenheit wird verlangt. Alle waren in heller Aufregung, als du nicht zu finden warst.«

Ich ignorierte ihn. Alles, woran ich denken konnte, war, dass ich diesen jungen Mann retten musste.

»Ich bitte dich, Keenan.«

»Sara, hast du überhaupt gehört, was ich gerade gesagt habe? Es ist wichtig, dass du mitkommst.«

Ich konnte mir denken, warum. Man hatte mich als Verursacherin der ganzen Verwüstung benannt. Ich würde mich rechtfertigen müssen, aber ich hatte keine Worte, mit denen ich meine Entscheidungen verteidigen könnte.

Ich atmete tief durch. »Wenn du ihn rettest, komme ich mit. Ich will, dass er gerettet wird, dann stelle ich mich allem, was da kommt.«

»Versprochen?«, fragte Keenan mit hochgezogenen Augenbrauen.

»Versprochen«, sagte ich fest.

»Also gut. Du wartest hier. Ich bringe ihn in die Stadt zu Sive und dann komme ich dich holen. Und wehe, du …« Er unterbrach sich. »Vergiss es. Ich weiß, dass du hier sein wirst.«

Keenan schulterte die Trage wie manche Männer im Nahrungsviertel ein halbes Schwein und hinterließ im nächsten Moment eine Staubwolke.

Erschöpft ließ ich mich wieder zurück ins Gras sinken und schloss die Augen. Hoffentlich konnte Sive den Fremden retten.

Was war geschehen, dass zehn Männer so brutal auf ihn eingeprügelt hatten? Was mochte er verbrochen haben?

Kleidung wie ihre hatte ich noch nie gesehen, nicht einmal bei ausländischen Händlern. Wo bekam man so etwas her? Waren sie alle mit einem weit gereisten Schiff angekommen?

Ich rappelte mich auf und schaute in Richtung Meer, aber mein Blick wurde durch die äußere Steinmauer des Labyrinths versperrt.

Schlagartig war ich wach.

Eben war mir die Mauer doch noch bis zur Brust gegangen. Jetzt ragte sie weit über meinen Kopf hinaus. Entweder ich war während des kurzen Schlafs geschrumpft oder …

Mein Herz pochte aufgeregt gegen meine Rippen und alle Erschöpfung war gewichen.

Doch ehe ich auch nur annähernd versuchen konnte die Situation zu verstehen, stand Keenan wieder vor mir und nahm mich huckepack.

Innerhalb eines Wimpernschlags waren wir in Yslion, und das, was mich dort erwartete, ließ mich die Steinmauern komplett vergessen.

DER ANTRAG

Ein warmer Wind wehte über den Platz und wirbelte etwas Staub auf, als wir einkehrten. Sie standen im Halbkreis neben Brans Zelt. Der zerstörte Palast im Hintergrund und der mit Menschen gefüllte Platz davor riefen mir die Schlacht sowie die Geschehnisse danach wieder in Erinnerung, was mir mehrere Schauer über den Rücken jagte – zwar auch vor Erleichterung, aber noch mehr leidvolle.

Als Keenan mich von seinem Rücken gleiten ließ, hatte ich das Gefühl, alle Anwesenden, auch die hintersten Reihen, würden mich anstarren.

Riona war wieder da, jedoch ohne ihre Schwester, weswegen ich befürchtete, dass ihre Suche erfolglos gewesen war. Gwyned warf mir ein erleichtertes Lächeln zu, als sie mich entdeckte. Dann wurde ihr Gesichtsausdruck wieder ernst und nachdenklich. Sive hob bei meiner Ankunft nur kurz den Kopf, da sie bereits dabei war, sich um den verletzten Mann zu kümmern. Noch immer lag er bewusstlos auf der Trage, die Keenan neben der von Bran unter der provisorischen Plane abgelegt hatte.

Die Zeltwände zu Brans Liege waren zurückgeschlagen, und ich hatte das Gefühl, seine geöffneten Augen blickten durch mich hindurch. Sie waren kleiner als sonst und lagen tief in den Höhlen. Einen Moment lang dachte ich, er wäre tot, doch dann wandte er den Kopf etwas ab und stierte an die Zeltdecke. Erleichterung floss wie warmes Wasser durch meinen Körper. Er mochte sauer auf mich sein, doch er lebte.

»Wo, bei den Schwänzen der Großen Drachen, warst du?« Rionas Ton war seltsam barsch und unbeherrscht.

»Nicht laut werden«, stieß Bran angestrengt hervor. Anscheinend hatte er noch immer starke Schmerzen. Sein Blick wanderte unwillkürlich zu der schwer beschäftigten Sive – sie war sein Mittelpunkt. So auch in diesem Moment.

»Jetzt, da ihr *alle* endlich da seid, können wir ja anfangen«, sagte Rois laut und wies auf ein Podest mitten auf dem Palastplatz. Das musste wohl in Windeseile zusammengebaut worden sein, denn gestern hatte ich es noch nicht gesehen.

Ich musste unwillkürlich an Grady denken und erstarrte. Riona, Gwyned, Keenan und Sive schienen die Situation dagegen um einiges gelassener aufzunehmen. Sie alle schritten ohne weitere Aufforderung zum Podest und stellten sich oben nebeneinander auf. Ich folgte ihnen klopfenden Herzens. Für Bran war ein Stuhl aufgestellt worden, zu dem ihn nun zwei Träger brachten. Er hatte eindeutig große Schmerzen, biss aber die Zähne zusammen und bemühte sich, würdevoll zu schauen.

Meine Befürchtungen waren eingetroffen – die ernsten Gesichtsausdrücke der Menge sprachen Bände. Nun käme das Urteil. Ich war zum Glück gewappnet, denn beim Warten auf Keenan hatte ich mir schon meine Rede zurechtgelegt.

»Ich nehme alles auf mich«, sagte ich schnell. Mein Herz pochte so heftig, dass mir übel wurde. Doch auf keinen Fall wollte ich meine Freunde für etwas bestraft sehen, das ich verursacht hatte.

»Ich habe den Aufstand angefangen. Ich nehme alles auf mich.«

»Das hättest du wohl gern«, sagte Sive neben mir entrüstet.

Ich ignorierte ihren Einwand und lehnte mich zu ihr, damit die restlichen Anwesenden meine folgenden Worte nicht hören konnten. »Sei so gut und rette den Mann, den Keenan hergebracht hat«, flüsterte ich und fühlte ein Brennen in meinen Augen. »Du kannst das, das weiß ich. Und danke Aodh von mir für alles, was er für mich getan hat.«

Bran blinzelte verwirrt und wechselte einen Blick mit Sive.

»Sag mal, kann es sein, dass du etwas nicht kapierst?«, fragte Riona langsam.

Gwyned hatte ein entrücktes Lächeln im Gesicht. »Doch, doch, es wird ganz wunderbar.«

Jetzt war ich mir plötzlich nicht mehr sicher, ob ich verurteilt werden sollte.

»Ich möchte, dass ihr frei seid, dass ihr lebt, dass ihr weiter an das glaubt, woran Grady und ich geglaubt haben.« Ich fühlte mich elend und verstand nicht, was an meiner Hinrichtung so wunderbar werden sollte. Meine Beine wurden weich, und ich hoffte, meine Freunde würden in Ruhe gelassen werden, wenn ich mich freiwillig als Sündenbock hergab. »Ich … ich nehme alle Schuld für den Kampf auf mich«, stammelte ich, wieder für alle vernehmbar.

»Macht sie Scherze?«, fragte Keenan nun hellhörig. »Ich meine, es ist so viel Unverhofftes geschehen in den letzten beiden Tagen. Vielleicht ja auch, dass Sara endlich verstanden hat, wie man scherzt.«

»Ich fürchte, sie meint das todernst«, sagte Sive.

»Siehst du, wie sie zittert?« Riona deutete auf meine wackeligen Knie.

Hinter mir räusperte sich jemand.

Es war Rois.

Doch er war nicht allein. Neben ihm standen vier unbekannte Personen, zwei Männer und zwei Frauen, die sich nun zusammen mit Rois zu uns auf die Tribüne gesellten. Aufgrund ihrer gepflegten Erscheinung sahen sie allesamt sehr einflussreich und wohlhabend aus. In der Abordnung der fünf, die nun unmittelbar vor uns standen, erkannte ich auch Delma. Klein, wie sie war, verschwand sie beinahe hinter den anderen.

Alle anderen machten ernste Gesichter. Ich schluckte. Bei den vier Personen handelte es sich um die sehr bekannten und reichen kaufmännischen Vertreter der vier Stadtviertel, die man höchstens beim Fest der Großen Drachen, sonst aber nur aus der Ferne oder auf einem prächtigen Pferd vorbeireiten sah. Sie dienten als Sprachrohr zwischen den Druiden und der Bevölkerung und vertraten in Versammlungen die Interessen der Stadtviertel. So edle blaue, rote, gelbe und graue Kleidungsstücke sah man in den Vierteln sonst nie. Ihre Ernsthaftigkeit schien meine Vermutung zu bestätigen. Doch Delma lächelte.

Delma würde nicht lächeln, wenn ich verurteilt werden sollte.

»Delma, was tust du da?«, fragte nun auch Sive.

»Ich arbeite seit Jahren für die Befreiung, Kindchen«, sagte sie. »Ich habe Gradys Worte hinausgetragen und Partner gesucht, die uns unterstützen, wenn es an der Zeit ist.«

»Die Viertelsvertreter?« Riona runzelte ungläubig die Stirn.

»Ihr solltet Gradys – und meinen – Einfluss nicht unterschätzen«, antwortete sie und zeigte ein zahnloses Lächeln.

Ich starrte sie an. Delma? Ja, sie hatte Grady ermutigt, hatte sich alles angehört und auch vertrauenswürdige Interessenten zu seinen geheimen Ansprachen geführt, aber dass sie so aktiv gewesen war, hatte ich nicht gewusst. Ich würde wetten, auch Grady nicht.

Delma zwinkerte mir zu. Rois' durchdringender Blick dagegen erinnerte mich unvermittelt an meine Mutter, wenn ich etwas ausgefressen hatte. Mit seinem einen Auge schien er noch stechender.

»Ladys, Edle«, begann er und mir wurde ganz seltsam zumute. So wurden in Lyoness nur hochrangige Druiden oder Adlige begrüßt. Würde man so jemanden betiteln, der zum Tode verurteilt werden sollte? Was ging hier vor?

Während mein Blick an den Gesichtern meiner Freunde hing, richteten sie ihre Aufmerksamkeit auf Rois und seine Begleiter, als könnten sie es kaum erwarten, seinem Vortrag zu lauschen.

Trotz der Menschenmenge vor uns war es mucksmäuschenstill auf dem Platz. Wir wurden, so kam es mir vor, von der ganzen Stadt beobachtet.

Rois fuhr fort: »Die Einwohner von Yslion haben die hier anwesenden Erlauchten gebeten, euch einen Antrag zu überbringen, damit unser Land schnell eine Führung erhält und nicht in der Zwischenzeit der Gesetzlosigkeit verfällt. Wir wollen, dass Lyoness zu dem wird, was wir uns seit Jahrzehnten erhoffen. Grady, der Sohn des Schmieds Aodh, war jedem Freiheitsliebenden in Lyoness ein Begriff und dank seiner Visionen besteht die Hoffnung, Lyoness zu seiner einstigen Größe zurückzuführen, wie wir sie aus den Legenden der Königsära kennen.«

Wieder fühlte ich Rois' Blick nur auf mir haften und auch die nach vorn fallende Haarsträhne, die eines meiner Augen verdeckte, schützte mich nicht vor seiner Aufmerksamkeit. Bei der Nennung meines besten Freundes lief mir ein Schauer über den Rücken.

»Ihr seid Gradys engste Vertraute«, fuhr Rois fort. Worauf lief das hinaus? Was sollte diese Ansprache? Nervös strich ich die Strähne zurück an ihren Platz. »Ihr habt viel Zeit mit ihm verbracht, seid besser und ausführlicher als jeder andere mit den Ideen vertraut, von denen er immerzu gesprochen hatte. Daher bitten wir euch …« Zu meiner größten Überraschung sank er auf die Knie, und alle auf der Tribüne machten es ihm nach, sogar Delma.

Und dann, als würde eine Welle sie niederdrücken, taten es ihnen alle anwesenden Menschen auf dem Palastplatz gleich.

Ein paar Sekunden lang hörte man nur das Rascheln von Stoffen, dann war es wieder still.

Alle Anwesenden senkten ihre Häupter. Nur wir – Sive, Keenan, Riona, Gwyned, Bran und ich – standen noch immer aufrecht auf der Tribüne. Mit offenem Mund starrte ich hinunter.

Rois hob aus seiner knienden Position heraus den Kopf und sah uns nacheinander an.

»Wir bitten euch, die Regierung zu übernehmen. Wir«, er deutete auf seine vier Begleiter hinter sich, »werden euch dabei unterstützen, wo wir nur können.«

Ob die anderen nickten oder nicht, bekam ich nicht mit. Meine Augen verschleierten sich vor Tränen der Ergriffenheit. Ich konnte nichts anderes hören als mein stark pochendes Herz und eine Krähe, die hinter uns über der Palastmauer laut krächzte. Das Geräusch hallte über den gesamten Platz.

Das hier träumte ich. Das *musste* ich träumen. Vielleicht war ich aber auch tot und befand mich im Reich der Großen Drachen, das alle Toten weiterleben ließ. Der warme Wind, der auf einmal zunahm und mir meine Haare ins Gesicht wehte, ließ mich alles wie durch einen halb geschlossenen Vorhang im Theater wahrnehmen. Ich fühlte mich wie bei einer Vorstellung. Einer seltsamen, absurden Theatervorstellung.

»Daher nun unsere Frage«, unterbrach Rois diese seltsame Stille. »Nehmt ihr die Regentschaft an?«

Ehe irgendjemand etwas sagen konnte, hörte ich mich laut sagen:

»Nein.«

Die Menge, die im Hintergrund die Luft angehalten zu haben schien, begann zu murmeln. Sofort bekam ich von hinten einen heftigen Stoß ins Kreuz. Riona schnalzte mir ungehalten ins Ohr.

Sive und Bran stöhnten frustriert, während Keenan düster zu Boden sah. Bei den Großen Drachen, ich hatte zu schnell reagiert. Ein Blick auf meine Freunde und deren teils ungläubige, teils wütende Gesichter machte deutlich, dass ich allein so dachte.

»Ich meine, wir müssen darüber nachdenken«, fügte ich stotternd hinzu, weil ich das Gefühl hatte, dass sie das erwarteten. Mein Herzschlag dröhnte mir immer noch in den Ohren.

Langsam, wie in Zeitlupe, erhoben sich Rois und die vier Viertelvertreter neben uns. Das Volk tat es ihnen nach. Delma brauchte etwas länger, weswegen ihr der Mann neben ihr aufhalf. Die angespannte Stimmung war schlagartig vorbei.

Rois und ich wechselten einen langen Blick, auch wenn ich dabei blinzeln musste.

»Das ehrt dich, Lady Sara«, sagte die Frau, die hinter Rois stand. Sie war ganz in Rot gekleidet und unschwer als Vertreterin des Nahrungsviertels zu erkennen. Allerdings klang sie überhaupt nicht so, als würde es mich ehren. Eher so, als wäre ich ein Quertreiber und lästig. »Wir hatten deinen Freunden den Antrag schon gestellt und sie haben ihn angenommen. Natürlich sollst du Bedenkzeit haben, wenn du sie brauchst.«

Sie nickten uns allen kurz zu, wandten sich um und verließen die Tribüne in Richtung des Palasts. Die Menge vor uns trat noch etwas unruhig auf der Stelle herum, bevor sie sich dann ebenfalls auflöste. Delma drehte sich im Weggehen noch einmal zu mir um und sah mich eindringlich an, als wolle sie mir etwas sagen.

Was verstand ich nicht? Was wollte sie mir sagen?

Ich wollte nicht regieren. So war es nicht abgesprochen gewesen.

Ich wandte mich zu meinen Freunden um und sagte – genauso spontan wie vorhin zu Rois: »Ihr spinnt.« Mehr fiel mir nicht ein. »Das ist das Letzte, was wir tun sollten. Das Allerletzte. Wir können vielleicht kämpfen und für unsere Ideen einstehen, aber wir haben keine Ahnung von Politik. Das Regieren sollten wir denen überlassen, die es können. Zum Beispiel den Viertelvertretern.« Ich nickte in Richtung des Palasts, in dem sie mittlerweile verschwunden waren.

Ich wusste, dass wir auf dem Platz noch immer in Sicht- und Hörweite von anderen Menschen waren, aber das war mir egal.

Es war absurd, was Rois, Delma und die anderen uns vorgetragen hatten. Wir sollten regieren? So ein Blödsinn!

Das war das erste Mal seit der Amputation, dass Bran mich direkt anschaute. Seine Augen waren so voller Hass, dass ich zusammenzuckte.

»Die Einwohner von Yslion dürfen zum ersten Mal in der gesamten Geschichte von Lyoness selbst über ihre Regierung entscheiden und bitten *uns* sechs darum, sie zu führen. Und du … DU … entscheidest mal eben auf eigene Faust, dass dir das nicht passt.«

Die Zweideutigkeit seiner letzteren Aussage entging mir nicht. »Ich entscheide mal eben auf eigene Faust …«, wiederholte ich zähneknirschend. »Ich will nur das Beste für uns alle. Und wir sind nicht zum Regieren gemacht. Grady hätte ich es zugetraut. Dass die Einwohner Yslions uns sechs fragen, liegt einzig und allein daran, dass wir in deren Augen die engsten Vertrauten von Grady waren, nicht daran, dass wir so fähig sind! Es ist unsere Pflicht, das auszuschlagen und jemand Besseres zu suchen!«

Ein eisiges Schweigen trat ein.

»Sara, überleg doch mal«, sagte Riona schließlich. Ihre Stimme war rauer als gewöhnlich und ihre Augen leuchteten. »Wir, ich sage ganz deutlich: WIR! Wir dürfen endlich Gradys Ideen umsetzen und regieren. Wir sollten es tun.«

»Wir können Yslion wiederaufbauen, ganz genau so, wie wir es uns vorstellen, wie Grady es sich immer vorgestellt hat!«, fügte Keenan hinzu. Auch er war Feuer und Flamme.

»Lass Grady da raus«, sagte ich hart, während die Wut in mir hochkochte. »Wir sind nicht er, und er kann uns nicht mehr helfen.«

»Sara, Schatz, du kanntest ihn besser als jeder andere von uns. Sogar noch besser als Sive. Du weißt alles über seine Ideen, Visionen und Vorstellungen, wie er Lyoness nach der Diktatur gesehen hat. Niemand stand ihm so nahe wie du und hatte so einen tiefen Einblick in sein Wissen und seine Gedanken«, wandte Keenan ein. Dass er mich *Schatz* nannte, zeigte mir, wie aufgeregt er war. Er hatte vermutlich vorübergehend vergessen, sauer auf mich zu sein.

»Das heißt aber nicht, dass ich es umsetzen kann«, sagte ich und fühlte mich plötzlich hilflos und klein.

Ich sah zu Sive. Sie blickte zu Boden, und ich glaubte zu wissen, was in ihr vorging. Das Gleiche wie in mir. Grady sollte hier sein, um es zu übernehmen.

»Dann sag ich dir ganz deutlich, dass ich es machen möchte«, erklärte Riona und kreuzte die Arme vor der Brust. »Ich habe hier die Gelegenheit, all das genauso umzusetzen, wie wir es uns seit Jahren erträumen. Das ist noch besser, als nur jemanden zu unterstützen, der es in etwa so macht, wie wir es uns vorgestellt haben. Wir dürfen es tun. Sie wollen *uns*. Ich bekomme hier das Angebot, etwas in die Hand zu nehmen, und ich will es verdammt noch mal auch annehmen und ausüben.«

Wir alle starrten Riona an. Sie hatte immer eine klare Linie gehabt, was ich an ihr schätzte, doch dieses Mal war sie regelrecht resolut.

Ihre Worte hallten nach und wir schwiegen.

Irgendwann unterbrach Sive die Stille.

»Ich sehe es genauso wie Riona«, sagte sie. »Ich habe für ein freies Lyoness gekämpft. Dafür ist Grady gestorben, und er hätte dieses Angebot angenommen, ohne zu zögern. Ich möchte ebenfalls annehmen.«

Ich hatte mich getäuscht. Sive wollte Grady vertreten. Wussten sie und Riona, worauf sie sich da einließen? Welche Verantwortung sie damit übernehmen wollten? Welche Entscheidungen zu treffen wären? Hier ging es nicht mehr darum, ob wir im Gartenbeet als Nächstes Möhren oder Kohl anpflanzen, welche Kampfübung wir morgen üben sollten und wo oder wen wir noch für unsere Sache gewinnen konnten, der uns helfen und besser unterstützen würde.

Hier ging es um Menschenleben. Um Existenzen. Nicht nur von einem oder zehn, nein, von Tausenden! Es ging darum, wie man viele Situationen in unterschiedlichen Regionen verbesserte, wie man die zerstörte Stadt und das Land drum herum wiederaufbaute, damit sich jeder gleichberechtigt fühlte. Hier ging es darum, Gerechtigkeit zu schaffen und keinen zu benachteiligen, auch wenn man dabei zwangsläufig manche vor den Kopf stieß, die andere Erwartungen hatten.

Eine Regierung musste bestimmen, welche Magie es gab und wie man sie förderte und bestmöglich zum Nutzen aller einsetzte. Sie musste entscheiden, was aus den gefangenen Druiden würde, und einzelne Verbrechen gesondert behandeln. Und sie musste mit den angrenzenden Ländern fortan neue Bedingungen aushandeln, damit Lyoness nicht weiter ausgebeutet wurde.

Ja, Grady hatte zu allem seine Visionen gehabt. Aber genau das waren sie gewesen: Visionen, Träume! Und vor allem: seine Träume, nicht unsere.

Niemand von uns wusste wirklich, wie man verhandelte.

Ich hatte Keenans Eltern, großzügige, ehrliche Menschen, einmal mit einem Händler feilschen sehen. Jener war gewieft, freundlich, hatte Vorzüge und Nachteile betont und letztendlich das Leder weit unter dem üblichen Preis bekommen. Leider waren wir genauso wenig wie Keenans Eltern auf den richtigen diplomatischen Handel vorbereitet. Riona könnte aufgrund ihrer Händlerfamilie noch am ehesten damit umgehen, aber auf dem politischen Parkett? Wo es um Aushandlungen von Seewegen, Importen und Exporten jedweder Waren ging?

»Gwyned, sag du doch mal was!«, rief ich verzweifelt, doch sie lächelte die ganze Zeit über nur versonnen den zerstörten Palast hinter uns an. »Es wird ganz wunderbar«, seufzte sie sehnsüchtig.

»Was?«, fragte ich genervt. »Was wird wunderbar?«

»Lyoness, wie du es aufbaust.«

Wir erstarrten alle.

Sie hatte gesagt: *So wie* ICH *es aufbaue,* nicht, *so wie* WIR *es aufbauen.*

Was zum Drachenflügel meinte sie damit?

»Es wird noch besser, als ihr es euch vorstellen könnt«, sagte sie und lächelte entrückt.

»Hast du sie irgendwie betäubt?«, flüsterte Keenan Sive zu.

Sie schüttelte den Kopf, dann sah sie mich direkt an.

»Ich weiß, was Gwyned sagen will«, sagte sie. »Sie sieht das Lyoness, von dem wir immer geträumt haben, *weil wir* es geträumt haben. Niemand hat Grady je widersprochen, wir haben ihn alle unterstützt, ganz besonders du, Sara. Und jetzt bietet sich die Chance und all seine Visionen sollen nur Schall und Rauch gewesen sein?«

Ich machte einen kleinen Schritt zurück.

»Natürlich nicht«, erwiderte ich sofort.

»Dann sei kein Feigling.« Riona stellte sich an Gwyneds Seite. »Wenn wir es nicht tun, werden wir es früher oder später bereuen. Wir haben es dann wenigstens versucht. Die Konsequenz kann nie so schlimm sein wie ein Leben unter dem Erzdruiden.«

Noch immer zweifelte ich. »Keenan, denkst du auch so?«, fragte ich ihn, denn bisher war er ungewöhnlich still gewesen.

Er lächelte breit und zuversichtlich. »Sara, ich glaube an uns und auch an dich. Du kannst mutiger sein, als du es dir selbst zutraust. Ich habe an deiner Seite gekämpft, vergessen? Ich habe gesehen, wie du den Erzdruiden mit einem einzigen Schuss niedergestreckt hast. Und wir sind zusammen. Wir alle.«

Ich holte Luft, wollte weiter widersprechen, doch mir fielen keine Argumente mehr ein. Ich hatte alles gesagt und trotzdem, *trotzdem* wollten sie es riskieren.

Ich sah ihre freudig erregten Gesichter und erinnerte mich an Grady, der mit dem gleichen Gesichtsausdruck von einem freien Lyoness gesprochen hatte.

Mein bester Freund, der es nun nicht mehr erlebte.

Einen Herzschlag später wurde mir bewusst, dass sein Traum wahr wurde. Nicht meiner, aber was wäre ich für eine Freundin, wenn ich ihm den nicht zugestände?

Ich schloss den Mund und ließ geschlagen den Kopf hängen. Sofort brachen alle in aufgeregten Jubel aus. Sive umarmte mich, während Riona Gwyned in die Arme fiel. Keenan klopfte Bran freudig, aber ein wenig zu fest auf die Schulter, wodurch sich sein staunendes Lächeln verkrampfte.

Ich war überstimmt.

ANGENOMMEN

Keenan rannte los, um Rois zu holen. Als die Delegation mit Rois an ihrer Spitze zurückkehrte und Sive ihnen unsere Zusage mitteilte, verneigten sich alle sehr tief vor uns, als wären wir der Erzdruide. Trotz des noch immer heftigen Windes hatten es alle vernommen. Wir würden ab sofort Lyoness regieren.

Rois lächelte mir freudig zu, nachdem er sich wieder aufgerichtet hatte. Es kostete mich große Anstrengung, sein Lächeln zu erwidern. In meinem Brustkorb hatte sich ein riesiger Druck aufgebaut, der wegen meines stark schlagenden Herzens immer schlimmer wurde. Ich konnte kaum atmen.

»Was ist denn die erste Amtshandlung, die euch vorschwebt?«, fragte Rois freundlich.

»Der Wiederaufbau von Yslion«, antwortete Keenan.

»Die entführten Kinder ihren Familien zurückbringen.« Rionas Miene wurde ernst.

»Ein großes Lazarett errichten, um die verbliebenen Verwundeten zu heilen«, sagte Sive.

Gwyned sagte nichts. Sie hatte diesen seltsam weltvergessenen Blick, wie in dem Moment, als wir den Palast zum ersten Mal betreten hatten.

Erste Amtshandlung … natürlich musste die Stadt aufgebaut werden. Natürlich sollte jede Familie wieder ein Heim haben. Selbstverständlich mussten die Verletzten geheilt werden.

Doch etwas fehlte. Etwas Entscheidendes. Ich dachte an meine Flucht durch das Wassertor und plötzlich wusste ich es.

»Die restlichen Toten müssen begraben werden. Ein paar Leichen liegen auch außerhalb der Stadt im Fluss.«

Alle wandten sich zu mir um, weswegen ich stotternd erklärte:

»Sie müssen schnell geborgen und beerdigt werden, ehe Tiere …« Ich stockte.

Ich brauchte nicht weiterzusprechen. Alle Anwesenden wussten, was ich sagen wollte.

»Ich meine, sie sollten würdevoll begraben werden. Immerhin haben sie für Lyoness gekämpft. Deshalb wäre eine Trauerfeier, nein, eine Heldenfeier schön.«

Rois' Gesicht erhellte sich. »Das ist eine wirklich sehr gute erste Amtshandlung, Sara«, meinte er. »Ein Zeremoniell, das alle Trauernden eint.«

Ein Zeremoniell? Sive und ich wechselten einen Blick. Ihr Mund stand offen, genau wie meiner.

Nur Druiden hatten bislang die großen Zeremonielle durchgeführt.

Ich blinzelte und fuhr mir durch die Haare.

Meine Nervosität wurde schlimmer, als Delma vorschlug, dass wir ab sofort im Palast wohnen sollten. Als Regenten von Lyoness stünde es uns nicht nur zu, es war auch seit jeher der zentrale Ort, um Belange vorzubringen und Verhandlungen zu führen.

Keenan, Riona, Sive und Gwyned, die damit aus ihrer Trance erwachte, strahlten von einem Ohr zum anderen. Sogar auf

Brans Gesicht erschien ein kleines Lächeln. Bei ihm konnte ich es sofort nachvollziehen, denn damit hätte er endlich eine feste Unterkunft. Seit seine Stiefmutter ihn verraten und er hatte untertauchen müssen, übernachtete er bei einem von uns oder in Schuppen oder Ställen, genau wie Gwyned, die sich seit ihrer Flucht aus Deira im Verborgenen gehalten hatte.

Und dann fiel mir ein, dass sogar ich mich ohne Grady nicht mehr bei Aodh heimisch fühlte.

Aber im Palast?

Sive brachte noch einmal ihr Anliegen vor, ein offizielles, großes Lazarett für alle Verwundeten zu errichten, damit sie mit dem Druiden Mellan die Verwundeten behandeln und heilen konnte. Sie begann bereits mit Rois darüber zu diskutieren, wie und vor allem wo man das am schnellsten verwirklichen könnte. Sives Art, die Dinge einfach anzugehen und nicht lange zu fackeln, beeindruckte mich zutiefst.

»Man könnte die Lagerräume im Palastinneren rund um dessen Hof dafür nutzen«, schlug Keenan vor. »Immerhin ist dort kaum etwas beschädigt und die Räume sind nun leer.«

Rois verneigte sich in unsere Richtung und versprach, alles vorzubereiten. Dann gingen er, Delma und die vier Viertelvertreter wieder ihrer Wege.

»Was geschieht eigentlich mit der Leiche des Erzdruiden?«

Überrascht sah ich Riona an. Daran hatte ich gar nicht gedacht.

»Wo hat man sie überhaupt hingebracht?«, wollte ich wissen.

»Zu den anderen Toten, die nicht von ihren Angehörigen abgeholt und begraben wurden. Die liegen draußen vor der Stadt. Ein paar Soldaten haben da ein Massengrab ausgehoben«, erwiderte Keenan an Rionas Stelle.

»Ich finde, der Erzdruide ist in einem Massengrab gut aufgehoben«, sagte Sive. »Dann kann niemand zu seinem Grab pilgern und einen Kult um ihn bilden.«

Riona runzelte nachdenklich die Stirn. Sie schien nicht überzeugt zu sein. »Im Gegenteil. Alle, die bei ihm liegen, werden damit zu Heiligen erklärt, egal ob sie für oder gegen ihn gekämpft haben. Das kann in ein paar Jahren niemand mehr unterscheiden.«

»Sollen wir ihn ausheben lassen und heimlich irgendwo anders begraben?«, fragte ich.

Riona sah in die Ferne, und ich ahnte, dass sie gerade ihre Magie der Konsequenz-Berücksichtigung anwandte.

»Ich glaube, das Gerücht darüber, ihn extra verbrannt und seine Asche verstreut zu haben, ist ausreichend und besser«, meinte sie gedankenverloren.

»Trägt er noch sein goldenes Gewand?« Sive blickte neugierig zu Keenan.

»Nein, das hat sich jemand unter den Nagel gerissen«, antwortete er prompt.

»Woher weißt du das?« Überrascht legte ich den Kopf schief.

»Ich wollte mich nach der Schlacht vergewissern, dass Saras Pfeil auch richtig getroffen hat«, erwiderte er achselzuckend. »Das hat er.«

»Und du hast dafür extra Yslion verlassen und dir freiwillig Leichen angeschaut?«, fragte Riona skeptisch.

Mit einem Mal schien Keenan etwas verlegen. »Ich wollte sichergehen, dass deine Schwester nicht dabei ist. Ich war erleichtert, dass überhaupt keine Kinder da waren.«

Riona umarmte ihn spontan. Das schien Keenan noch peinlicher. Etwas unbeholfen tätschelte er ihr den Rücken. »Lass mal gut sein. Wenn die kleine Göre so ist wie du, werde ich froh sein, wenn sie direkt wieder bei deiner Familie untergebracht ist. Zwei von euch auf einmal kann kein Mensch ertragen.«

Riona ignorierte seine Bemerkung und strahlte ihn an. »Du bist wirklich ein Held! Keine Sorge, ich umarme dich nicht schon wieder.« Sie lachte. »Wer von euch geht jetzt mit in den Palast, um sich ein Zimmer auszusuchen? Ich kann es gar nicht fassen! Hier werde ich zum ersten Mal im Leben ein eigenes Zimmer ganz für mich allein haben. Gwyned, du wirst überhaupt wieder ein festes Dach über dem Kopf haben und dich nicht mehr ständig irgendwo verstecken müssen so wie in den letzten Jahren.«

»Bran auch.« Gwyned strahlte. »Wir sollten zusehen, dass unsere Räume alle in einem Bereich sind. Bran, ich verspreche dir, dass ich nach einem ganz besonders schönen Raum für dich Ausschau halten werde. Ich sag euch, es wird wunderbar.«

»Du klingst, als wüsstest du mehr«, neckte Keenan.

»Und du musst nicht mehr in der Gerberei schlafen«, überging Gwyned seine Anspielung. »Kein Gestank mehr.«

»Worauf warten wir dann noch? Los geht's!« Keenan preschte vor. Gwyned und Riona folgten ihm aufgeregt schnatternd.

Sive, Bran und ich blieben zurück. Erstere warf zwar einen sehnsüchtigen Blick in Richtung des Palasts, winkte dann aber wieder die Männer heran, die Bran zum Podest getragen hatten, und wies sie an, auf dem Rückweg besonders vorsichtig mit ihm umzugehen. Bran musste sich dringend wieder hinlegen, er war leichenblass und stöhnte vor Schmerzen. Beim Transport hielt Sive unentwegt seine Hand. Als sie das Zelt erreichten, kümmerte sie sich sofort wieder um Bran sowie um den jungen Mann, der sich immer noch nicht geregt hatte.

»Sara, würdest du Mellan holen?«, bat sie mich, ohne den Blick von dem jungen Mann zu lassen. »Er sollte am besten noch einmal nach Bran sehen. Ich fürchte, dieser Auftritt war zu anstrengend für ihn.«

»Natürlich«, sagte ich schnell und lief los. Das gab mir außerdem die Gelegenheit, wenigstens kurzzeitig allein zu sein. Ich musste nachdenken. Am liebsten darüber, wie ich aus der ganzen Chose rauskam.

Aufgrund der Größe des Palastes verirrte ich mich auf dem Weg zum Turm zweimal, ehe die steile Wendeltreppe endlich auftauchte. Ich musste den Kopf in den Nacken legen, um die Spitze zu erkennen. Als ich die erste Rundtreppe hinter mir gelassen hatte, entdeckte ich auf dem Podest eine erste Kammer. Sie war zu weit unten, als dass Rois die Druiden hier eingesperrt hätte, denn durch ein Fenster hätten sie auf das Dach darunter steigen können.

Die Wendeltreppe, die von hier aus weiterführte, war viel enger und länger. Ich konnte mit den Händen die Wände zu beiden Seiten berühren. Mir wurde ein wenig schwindelig, als ich Runde um Runde nach oben erklomm. Beim nächsten Podest warfen kleine Fensterluken das Licht der späten Nachmittagssonne herein und ermöglichten mir abwechselnd einen Blick auf das Gebirge oder die Stadt, die bei jeder neuen Öffnung kleiner wurde, wohingegen die Berge näher zu kommen schienen.

Während ich die Stufen in raschem Tempo zurücklegte und das nächste Podest mit einer weiteren Kammer hinter mir ließ, schweiften meine Gedanken ab. Regieren. Wir würden regieren. Allein wenn ich daran dachte, wurde mir übel. Warum hatte Grady sterben müssen? Ich wünschte, er wäre hier, um diese Aufgabe zu übernehmen.

Derweil hatte der Wind zugenommen. Es zog erbärmlich in diesem Turm. Im Winter war es hier bestimmt nicht auszuhalten. Ich musste auch schon ziemlich hoch gestiegen sein, denn ich hatte das Gefühl, der Turm würde im Wind leicht zu den Seiten schwanken. Nein, das war kein Gefühl. Im nächsten Moment stolperte ich, als eine heftige Böe den Turm erfasste. Es war erstaunlich, wie selbst ein jahrhundertealtes Gebäude ins Wanken geraten konnte. Da hatten wir etwas gemeinsam, der Turm und ich.

Endlich kam eine weitere Ebene. Hier war ich auch richtig, denn auf dem schmalen Podest davor, ehe die Treppe weiter nach oben führte, saß ein Mann direkt gegenüber einer Tür auf einem Stuhl. Als er mich erblickte, stand er auf und verneigte sich.

Bei den Großen Drachen, warum tat er das?

»Ich möchte den Druiden Mellan mitnehmen«, sagte ich zu ihm. Er blinzelte verwirrt, dann griff er sich an die Ohren und zog zwei Wachsstückchen heraus. »Tut mir leid, Lady.«

Ich lächelte unsicher. Mit einem solchen Titel, der bislang nur sehr hohen Würdenträgern zustand, angesprochen zu werden, fühlte sich falsch an.

»Sive fragt nach dem Druiden Mellan«, sagte ich schnell.

Der Mann neigte den Kopf, griff an seinen Gürtel und holte mit lautem Klappern einen Schlüsselbund hervor.

Die drei Druiden erhoben sich, als sich die Tür öffnete, und sahen mir erwartungsvoll – Mellan wohl eher lauernd – entgegen.

Der dadurch hereinkommende Durchzug ließ ihre Kutten aufwirbeln. Die des jungen Druiden blähte sich auf und ließ ihn wie ein Kegel aussehen. Wenigstens wirkte er wieder völlig gesund, wenngleich sein Kopf bei meinem Anblick knallrot wurde.

»Sive benötigt noch einmal deine Hilfe«, wandte ich mich an Mellan. Er hob gelangweilt eine Augenbraue, sagte nichts.

Unter anderen Umständen wäre ich gegangen. Doch es ging

um Bran, daher schlug ich einen sehr höflichen Ton an. »Würdest du dir bitte noch einmal unseren Freund ansehen, dessen Bein …« Ich schluckte den Rest des Satzes hinunter. Auch wenn ich es angeordnet hatte, fiel es mir schwer, es auszusprechen.

»Herr Mellan, du kannst mit deiner Gabe sehr viel Gutes bewirken«, sagte der alte Druide. Paidraig war sein Name, glaubte ich mich zu erinnern. »Und du könntest die junge Frau mit den Heilkräften anleiten.«

Mellan atmete tief durch und erhob sich. In diesem Moment erschütterte ein weiterer Windstoß den Turm. Wir begannen zu wanken, Anson wurde sogar bleich im Gesicht und setzte sich augenblicklich wieder auf den Stuhl.

»Ich komme mit«, verkündete Mellan. Er tauschte einen Blick mit dem alten Druiden, bevor er sich mir zuwandte. »Aber zuerst möchte ich dir etwas zeigen. Lässt uns der Wächter eine Ebene höher gehen?«

Unsicher sah ich von dem Wächter zu Paidraig. Letzterer nickte mir aufmunternd zu. In seinen Augen lag etwas Flehendes, wodurch ich das Gefühl bekam, ich sollte Mellan zuhören. Also bat ich den Wächter, uns vorbeizulassen. Er verriegelte die Pforte wieder hinter uns, während Mellan bereits die Stufen hinaufstieg.

Hier oben auf der Plattform war man dem Wind schutzlos ausgeliefert. Hinter dem Ys-Gebirge ging die Sonne unter, während ich mich hinter die Zinnen stellte, die über die gesamte Stadt hinweg zu sehen waren.

»Spürst du das?«, fragte Mellan. Er musste beinahe schreien, um gegen den Wind anzukommen.

»Natürlich, der Turm schwankt und ist wohl doch nicht so stabil, wie ich immer dachte«, rief ich zurück und wischte mir die Haare aus dem Gesicht.

»Das doch nicht, du dummes Mädchen«, fuhr er mich an. »Ich meine den Wind. Findest du nicht auch, dass er viel zu stark ist für diese Jahreszeit? Hast du den Pugh in letzter Zeit beobachtet?«

Den Pugh? Hatte ich ihn richtig verstanden?

Anscheinend schon, denn er deutete zum Fluss, der unsere Stadt in zwei Hälften teilte.

»Ist er nicht höher und die Strömung kräftiger als sonst?«

Ich starrte ihn an. Woher wusste er das? Das konnte doch nur bedeuten … »Du hast ihn verflucht«, zischte ich.

Entnervt rollte er die Augen. »Nicht ich. *Du!* Du hast ihn verflucht! Du hast uns alle quasi verflucht. Ganz Lyoness ist wegen dir dem Untergang geweiht.«

Was redete er da?

Ich wollte mich schon abwenden und ihn in die Kammer zurückbringen, doch das erinnerte mich an den Blick des alten Druiden.

»Sag mir ganz genau, was du damit meinst«, forderte ich Mellan daher auf.

»Du hast den Erzdruiden getötet«, fauchte er. »Geht er unter, geht Lyoness unter. Das ist die uralte Botschaft, die seit dem Tod der Drachen übermittelt wird. Der Wind ist nicht normal. Der Wasserpegel steigt mit jedem Tag. Die Insel Lyoness wird im Meer versinken, weil einzig und allein der Erzdruide die Macht besaß, sie über der Wasseroberfläche zu halten. Der erste Erzdruide hat die verschlagenen Drachen, die Lyoness aus dem Wasser gehoben hatten, besiegt, als sie die Menschen vernichten und das Land für sich allein wollten.«

»Ich dachte, sie hätten die Insel dem Erzdruiden geschenkt«, wandte ich verblüfft ein. So lautete die Sage, wobei die Drachen als noch nie gesichtete Wesen, außer auf den Fresken, mir seit jeher suspekt waren.

»Natürlich bedarf es einer solchen Lüge, wenn das Volk von ihnen so eingenommen ist, einfältiges Ding«, höhnte er. »Doch jetzt haben wir den Fall, dass weder du noch irgendjemand sonst den Zauber kennt, um dieses Element zu zügeln, ehe die Drachen das dem Meer geraubte Land wieder dorthin zurückgeben. Das«, fügte er deutlich hinzu, »war allein dem Erzdruiden bekannt und wurde nur dem nächsten Erzdruiden übertragen.«

Sein Mundwinkel zuckte verächtlich, als er hinzufügte: »Wir konnten hören, dass ihr die neue Regierung bildet, du und deine magischen Freunde. Ihr werdet nicht viel Zeit zum Regieren haben. Lyoness wird bald untergehen. Dann wird das Volk sehen, was es von seiner Freiheit hatte.«

Ich starrte ihn an, unfähig, irgendetwas zu sagen. Als ob ein einzelner Druide zu so etwas fähig wäre! Sie konnten nur Flüche ausstoßen und unterdrücken.

»Und was wäre geschehen, wenn ein Erzdruide eines plötzlichen Todes gestorben wäre?« Ich konnte und wollte nicht glauben, dass sie alles immer auf eine Karte setzten.

»Zum Beispiel weil jemand ihm einen Pfeil heimtückisch in den Rücken geschossen hat?«, höhnte Mellan weiter. Ich starrte ihn an und sagte nichts. Ich brauchte ein paar Momente, um mich zu sammeln, denn sonst würde ich ihn von diesem Turm stoßen.

»Es muss dafür eine Vorsorgemaßnahme geben. Es gibt auch andere plötzliche Todesarten und Unfälle«, ließ ich nicht locker.

Mellan schwieg.

Ein weiterer Windstoß wehte mir mehrere Strähnen vor die Augen und hielt mich davor zurück, ihm meine Zweifel an den Kopf zu werfen.

Er schien so fest davon überzeugt, aber was mich noch immer beschäftigte und nicht mehr losließ, war der flehende Blick von Paidraig. Entweder waren sie alle gute Schauspieler – dass Druiden manipulieren konnten, war ja bekannt – oder an der Sache war etwas dran. Mellan hatte nicht ganz unrecht. Der Wind war zu dieser Jahreszeit ungewöhnlich heftig, zumindest wenn kein Gewitter im Anmarsch war. Gerade erschienen am rot-violetten Himmel aber die ersten Sterne und es war keine einzige Wolke zu sehen. Und die reißende Strömung am Pugh war mir auch schon aufgefallen.

»Was für ein Zauber soll das sein?«, fragte ich schließlich. »Ich bin nicht der Nachfolger des Erzdruiden«, sagte er leichthin. »Ich bin demnach nicht eingeweiht.«

Zauber, eine andere Art von Flüchen. Ich hatte noch immer das Gefühl, er wolle Zeit schinden. Oder uns verängstigen.

»Ich kann mir einfach nicht vorstellen, dass ein Sommergewitter direkt zum Untergang von Lyoness führen soll«, wandte ich ein.

Mellan schnaubte. »Wo bitte gewittert es denn? Siehst du Blitze? Hörst du Donner? Das hier sind die Winde, mit denen die Drachen die Insel verflucht haben. Das Meer wird kommen und sich das erbeutete Land zurückerobern.«

Eine heftige Böe blies mir wieder meine Haare vor die Augen, und ich schaffte es nicht, sie aus dem Gesicht zu halten. Der Wind schien von allen Seiten zu kommen, hart, schneidend und noch heftiger. Mit einem Mal wollte ich von diesem Turm herunter, nicht nur, um endlich wieder alles sehen zu können, sondern auch, weil er bedenklich wankte.

»Ich werde mich davon überzeugen, ob du recht hast«, sagte ich daher.

»Warte damit nicht zu lange«, mahnte er höhnisch. »Wenn in vier Wochen nicht der nächste Erzdruide eingeführt wird, werdet ihr Lyoness nicht mehr retten können.«

»Vier Wochen?«, hakte ich nach.

»Er braucht ja auch Zeit, um den Zauber auszuüben, aber zuerst muss er initiiert werden, um die Macht zu erlangen.«

»Lass mich raten, du willst initiiert werden und Lyoness retten«, dieses Mal konnte ich den Hohn nicht zurückhalten.

»Ich wäre zumindest dazu fähig, und ja, ich habe eine Idee, wo ich suchen müsste«, gab er freimütig zu. »Doch du brauchst gar nicht erst zu fragen. In meiner jetzigen Position gehe ich lieber unter, als euch zu helfen. Außerdem ahne ich schon, dass ihr alle zu kleingeistig seid, um die Wahrheit zu erkennen. Auch wenn dein Freund ohnehin sterben wird, bring mich ruhig zu ihm, damit ich ihn heile und er den Untergang in vollem Bewusstsein miterleben kann.«

Ich war versucht, ihn über die Zinnen zu stoßen.

Stattdessen führte ich ihn zähneknirschend zu Sive.

ERWACHEN

Die letzte Stunde war ich mir vorgekommen, als befinde sich mein Körper woanders und mein Geist blicke von oben auf alles hinab. Unschlüssig, was ich tun sollte, stand ich auf dem Palastplatz, während mein Blick immer wieder zum Turm wanderte. Mellans Worte gingen mir nicht mehr aus dem Kopf. Konnte ich ihm glauben? Es fiel mir schwer, einem Druiden zu vertrauen, doch er hatte durchaus recht damit, dass der Wasserspiegel des Pughs ungewöhnlich hoch lag. Und er war nicht der Einzige, der etwas in der Art angedeutet hatte. Plötzlich fiel mir die weinende Mutter ein, die um ihre Kinder getrauert hatte. Auch sie hatte kurz nach dem Tod des Erzdruiden vom Untergang der Insel gesprochen. Obwohl – sie war überaus aufgewühlt gewesen und hatte alte Legenden zitiert. Konnte man das erst nehmen? Unruhig fuhr ich mir durch die Haare.

Mit Grady wäre ich nicht so hilflos gewesen, schoss es mir durch den Kopf. Er hätte mir gesagt, was zu tun war. Mit ihm war das Leben immer einfach und trotzdem aufregend gewesen. Wie sollte es nun weitergehen?

»Das ist sie«, murmelte jemand und riss mich damit aus meinen Gedanken. Als ich mich umsah, fielen mir mit einem Mal die vielen Blicke auf, mit denen mich umhereilende Menschen mit Eimern und Schubkarren bedachten. Ich kam mir noch unbeholfener vor und wusste plötzlich, dass ich eine Aufgabe brauchte, etwas Nützliches, durch das ich mich einbringen konnte.

Das von Sive angeordnete Lazarett nahm langsam Gestalt an. Rois hatte viele Helfer organisiert und mit ihnen in den zwischenzeitlich leer geräuberten Lagerräumen im Inneren des Palastes Betten und Liegen errichtet. Ich packte mit an, wo gerade Hilfe nötig war. Einen Moment lang überlegte ich, mit Rois über die Schreckensbotschaft von Mellan zu sprechen, doch dann entschied ich mich dagegen. Ich wollte mir erst selbst darüber im Klaren sein, ob Lyoness tatsächlich in Gefahr war oder der Druide nur mit mir spielte.

Noch während wir aufbauten, wurden die ersten Verwundeten hereingebracht. Abseits von Sive traute Mellan niemand, insbesondere wenn so viele Unschuldige in seiner Nähe waren, die er problemlos verfluchen könnte. Ich beobachtete ihn. Er selbst heilte niemanden. Er stand neben Sive, sprach mit ihr viel freundlicher und gab ihr konkrete Anweisungen, wie sie den Patienten vor sich zu behandeln hatte. Das war auch eine Hilfe, denn so lernte sie von ihm.

Es waren so viele verletzt, und je länger ich mich im Lazarett aufhielt, all das Blut sah und den Eiter sowie Schweiß roch, desto übler wurde mir. Irgendwann übergab ich mich in einen Eimer.

»Sara, du konntest noch nie Blut sehen«, meinte Sive, die

mir kopfschüttelnd ein sauberes Tuch reichte, damit ich mir den Mund abwischen konnte. »Geh zu deinem Schützling. Ich komme gleich und sehe nach ihm.«

Ich trottete davon und fühlte mich schrecklich nutzlos. Mein Schützling, wie Sive ihn genannt hatte, lag in einer Kammer, die zu klein war für ein zweites Bett. Ich war froh darüber, dass Sive diese ausgesucht hatte, denn die Kammer war hell und ruhig, weil sie etwas abseits der anderen Räume lag und nur eine einzelne Außentür zum Innenhof führte. Ich hatte das Gefühl, der verletzte Mann war gern allein und nicht unter so vielen anderen Menschen. Immerhin war er auch ohne Begleitung im Gebirge gewesen.

Sive kam wenig später mit einem Eimer Wasser, frischen Laken und Nähzeug. Sie schaute ihn sich ruhig an, indem sie wieder mit ihren Händen an seinem Körper entlangfuhr, ohne ihn zu berühren. Dann half ich ihr, ihn zu entkleiden und zu waschen.

»Dreh dich um, ich muss die Wunde in seiner Brust nähen«, sagte sie, woraufhin ich eine kleine Ewigkeit an die Wand starrte, bis sie endlich fertig war.

»Er wird es überleben. Ich schicke Gwyned mit einer Arznei gegen die Prellungen.« Dann verließ sie den Raum. Ich schloss die Tür hinter ihr, setzte mich neben seine Liege auf den Boden und versuchte das Flirren meiner Gedanken irgendwie zu sortieren. In meinem Brustkorb hatte sich ein riesiger Druck aufgebaut. Ich bekam kaum noch Luft, weil mein Herz so hart gegen die Rippen pochte.

Meine gesamte Welt stand seit vier Tagen kopf.

Grady war tot.

Die Druiden waren gestürzt worden.

Wir sollten regieren.

Und Lyoness könnte im Meer versinken.

Ich schaute den bewusstlosen Mann an. Obwohl er gewaschen und seine Wunden versorgt waren, fiel mir auf, dass ich sein Gesicht gar nicht richtig ausmachen konnte. Seine Wangenknochen waren geschwollen, die Lippe aufgeplatzt und der Kiefer leuchtete schwarz-blau. Und trotzdem … er erinnerte mich ein wenig an Grady. Beide hatten eine ähnliche Größe, auf jeden Fall die gleichen goldblonden Haare, auch wenn die des Verletzten etwas kürzer waren, und eine schmale Statur. Grady war der hübscheste Junge gewesen, den ich bislang gekannt hatte. Vielleicht war ich auch voreingenommen, was ihn anbelangte. Wie mochte dieser fremde Mann ohne die Prellungen aussehen? Sein Brustkorb war trainiert, aber nicht in dem Maße wie bei Keenan, der mit einzelnen Muskeln spielen konnte.

Er war nicht wach, aber er atmete seit Sives Behandlung wesentlich ruhiger und tiefer als die ganze Zeit zuvor. Ich lauschte seinen Atemzügen und versuchte mich ihnen anzupassen.

Ich wollte allein sein, denn ich musste nachdenken.

Zumindest versuchte ich es, doch alles, was mir durch den Kopf schoss, war: Ich will nicht.

»O Götter!«, stöhnte ich und vergrub das Gesicht in meinen Händen. »Ich will, will, will das alles nicht.«

Laut zu reden, tat gut, stellte ich überrascht fest.

Zudem war hier niemand, der mir widersprechen oder meine Bedenken widerlegen konnte.

»Ich habe das Gefühl, dass sie überhaupt keine Ahnung haben, auf was sie sich da einlassen. Klar, Regieren klingt toll. Einmal Macht haben und sie ausüben können. Aber meine Mutter sagte immer: Macht birgt eine hohe Verantwortung. Auch wenn sie es damals natürlich auf Magie bezogen hat.«

Ich stützte die Ellenbogen auf den Oberschenkeln ab und atmete tief aus. »Allein die Sache mit Mellan, der uns das Ende von Lyoness prophezeit, zeigt schon, dass das alles eine Nummer zu groß für uns ist. Was soll ich nur tun?«

Ich sah den ohnmächtigen Mann an, als würde ich eine Antwort erwarten. Natürlich blieb es still.

»Ich muss unbedingt herausfinden, ob Mellan die Wahrheit sagt«, murmelte ich wieder mehr zu mir selbst.

Der Fremde hatte sich noch nicht bewegt und schlief friedlich. Eine Augenbraue hatte zwar eine kleine Platzwunde, doch beide waren dicht, gerade und etwas dunkler als seine Haare. Ich griff nach seinem Hemd, das Sive ihm ausgezogen und achtlos auf den Boden geworfen hatte. Es war ungewöhnlich weiß an den Stellen, wo kein Blut und Schmutz klebte. So weiß wie eine Wolke am Sommerhimmel oder frisch gefallener Pulverschnee. Als ich mit der Hand darüberstrich, fühlte es sich so an, als würde Wasser über meine Hand gleiten.

»Wenn du wach bist, musst du mir unbedingt verraten, woher man solche Kleider bekommt«, murmelte ich. »Das fühlt sich wunderbar an. Auf der Haut getragen ist es bestimmt noch besser.« Ich sah wieder zu ihm. »Ich wüsste gern, wie du heißt. Hast du Familie? Vermisst sie dich? Mir fehlt meine Mutter im Moment mehr als in den vergangenen dreizehn Jahren.« Ich seufzte und überlegte, was sie jetzt wohl zu mir sagen würde. Ob sie guthieß, was ich getan hatte. Ein Kloß bildete sich in meinem Hals und erschwerte mir das Atmen. Wenn ich den Gedanken weiterspinnen würde, kämen mir die Tränen. Also dachte ich lieber schnell an etwas anderes.

»Weißt du, ich erinnere mich sehr gut an ihren Lavendelduft, mit dem sie immer versuchte den Eisengeruch zu überdecken, der durch das Polieren von Metallen stets an ihr haftete. Ich erinnere mich auch daran, dass wir im Sommer am Fenster saßen und die Sterne beobachteten. Sie hat dann manchmal von meinem Vater erzählt, der Händler war. Aber sie sprach nicht oft von ihm. Ich glaube, sie hat ihn sehr geliebt und es hat ihr wehgetan, über ihn zu sprechen. Ich erinnere mich an die blauen Borten an den Ärmeln und am Saum, mit denen sie ihr graues Kleid verziert hatte. Sie hat immer Triskelen mit ganz fein säuberlichen Stichen gestickt, nie Blumen oder Ranken. Da kommt mir ihr dicker Zopf in den Sinn, der stramm zusammengebunden über der Schulter hing. Aber seltsamerweise erinnere ich mich nicht mehr richtig an ihr Gesicht. Das ist unscharf.« Ich seufzte bedrückt.

Ich betrachtete wieder das Gesicht des jungen Mannes und hatte urplötzlich das Gefühl, ihn schon einmal gesehen zu haben. Ich wünschte, ich könnte ihn unversehrt sehen, denn ich wollte Gewissheit.

»Als Kind war ich mit meiner Mutter in Deira, weil jeder sein Kind einmal dem Orakel vorstellen sollte. Ich erinnere mich zwar nicht an Deira, aber an Kerys, die Stadt am Meer, über die wir auf dem Weg nach Deira reisten. Als wir den Pugh entlangfuhren, kam ich wegen der Berge nicht mehr aus dem Staunen heraus. Und dann waren da noch die weiten, goldgelben Ackerfelder vor Kerys, so weit das Auge reichte. Wir kamen am Wald von Eilys vorbei. Dort standen Bäume mit solch breiten Stämmen, dass nicht mal meine Mutter sie hätte umarmen können. Sie hatten allesamt Äste, die weit in den Himmel ragten. Schon damals wusste ich, dass Lyoness etwas ganz Besonderes sein musste mit dieser wunderschönen Landschaft. Dass die wahre Magie im Land liegt. Wenn ich wie Keenan laufen könnte, würde ich alles besuchen, jeden Tag eine andere Region. Ich würde jeden Stein von unserer wunderschönen Insel kennenlernen wollen.«

Ich schwieg einen Moment und dachte plötzlich an eine Landzunge, umgeben von hellblauem und derart klarem Wasser, dass jede Muschel, jeder Stein am Grund zu erkennen war. Ein riesiger Schwanz mit türkisblauen Schuppen, die im Sonnenlicht aufblitzten, verschwand im Dunkelblau der Tiefen.

Ich schüttelte den Kopf. Woher kamen diese Bilder? Von einer solchen Gegend hatte ich noch nie gehört, geschweige denn sie jemals gesehen.

Ich legte das Hemd weg und schaute mir seine Hände an. Das waren nicht die eines Kämpfers, auch wenn sie momentan ein paar Schrammen und Striemen aufwiesen. Trotz der Umstände konnte ich keine Schwielen oder Narben erkennen und die Nägel waren sauber und sehr ordentlich geschnitten. Ich hatte noch nie so saubere Hände gesehen und schämte mich augenblicklich der meinen, die rau und deren Nagelränder dunkel waren.

»Ich sollte mal richtig baden gehen«, murmelte ich.

Plötzlich öffnete sich die Tür und ich zuckte zusammen.

Es war Gwyned, die mit einer Schüssel Wasser, sauberen Laken und einem Krug hereinkam.

»Sive hat mich geschickt, er soll mit diesem Salzwasser abgewaschen werden.«

»Nur waschen?«, hakte ich erstaunt nach.

»Frag mich nicht. Sive hat das im Gespür und glaubt, es hilft ihm, gesund zu werden.«

Gwyned deckte ihn auf und begann seinen Verband zu entfernen. Die Wunde war sauber und mit Sives akribisch kleinen Stichen zugenäht, aber man konnte an der Delle im Brustkorb sehen, dass er noch gebrochene Rippen hatte. Es sah unnatürlich aus.

»Er ist wirklich außergewöhnlich schön, nicht wahr?«, sagte Gwyned und betrachtete ihn versonnen lächelnd.

»Redest du von seiner Brust?«, fragte ich erstaunt.

»O nein!« Sie schüttelte den Kopf. »Ich habe noch nie ein Gesicht gesehen, dass so ebenmäßig ist wie seines. Nicht mal Bran ist so hübsch.«

Das überraschte mich, denn ich sah nur Schwellungen und Blessuren.

Mir kam ein Gedanke. »Kannst du ihn sehen?«, fragte ich neugierig. »Ich meine, auf deine besondere Weise sehen. Woher er kommt, oder seine Verwandten, Freunde?«

Sie berührte seinen Arm, hielt inne und schloss die Augen. Ich wusste, dass sie so manchmal etwas über jemanden herausfinden konnte, und schwieg, um sie nicht zu stören.

Zu meinem Bedauern schüttelte sie nach einer Minute den Kopf. »Alles, was ich sehe, ist Wasser. Eine Landzunge mit türkisfarbenem, durchsichtigem Wasser und irgendein großer Fisch oder so mit blaugrünen Schuppen, die in den Sonnenstrahlen im Wasser aufblitzen.«

Ich schluckte.

»Das habe ich vorhin auch gesehen«, erklärte ich staunend. Wir wechselten einen Blick, und an ihren weit aufgerissenen Augen konnte ich sehen, dass ihr das ebenso unheimlich war wie mir.

Gwyned trat einen Schritt zurück, als könne der bewusstlose Mann jeden Augenblick gefährlich werden.

»Ich glaube, es ist gut, wenn du ihn abwäschst«, meinte sie. »Ich frage Sive, wo ich noch helfen kann. Ansonsten begleite ich Riona auf der Suche nach ihrer Schwester. Ihre Familie ist vorhin gekommen und unterstützt sie dabei.«

Ich sah Gwyned skeptisch an. »Ich will ja nicht unken, aber die Kinder haben seit beinahe drei Tagen kein Wasser mehr …«

»Nur wenn man aufgibt, gibt es keine Chance mehr. Ich gehe in den Tempel, dort suchen sie momentan«, wandte Gwyned ein.

Mit der Erwähnung des Tempels kam mir ein Gedanke. »Fragt Paidraig«, sagte ich ihr.

Sie blieb erstaunt stehen. »Den alten Druiden, der so nett zu den Zöglingen war? Stimmt!« Ihr Gesicht leuchtete. »Er weiß, wo noch welche eingeschlossen sein könnten.«

»Nicht nur«, merkte ich an. »Er kann Menschen finden. Das ist seine Magie.«

Ihre Augen weiteten sich erfreut. »Ich werde Rois bitten, ihn mir anzuvertrauen«, sagte sie und eilte hinaus.

Ich blieb mit dem Mann allein zurück und sah dabei zu, wie sich sein Brustkorb langsam hob und senkte.

Mit Salzwasser abwaschen. Eine seltsame Heilsalbe.

Doch ich vertraute Sive blind in dieser Hinsicht. Ich hatte sie ausgemergelte Schwalben heilen sehen, die den Flug nach Süden nicht hatten antreten können. Nach einem Tag in ihrer Behandlung waren sie ihrem Schwarm hinterhergeflogen. Auch hatte sie sich um vergiftete Katzen gekümmert, die innerhalb kürzester Zeit wieder munter umhergesprungen waren.

Sive hatte schon vielen Menschen und Tieren im nahen Umfeld helfen können. Natürlich nur denjenigen, denen wir vertraut hatten, um sie vor Verrat zu schützen.

Ich krempelte meine Ärmel zurück und legte ein Bein des Mannes frei, um bei den Füßen anzufangen. Doch als ich gerade den nassen Lappen auf den Fuß legte, wurde ich erneut unterbrochen, weil es an der Tür klopfte. Anson kam zögernd mit einem Krug und einem Becher herein.

»Ich dachte, du willst vielleicht etwas trinken«, murmelte er verlegen.

»Danke, das ist nett von dir. Wie fühlst du dich?«, fragte ich freundlich.

Seine Augen weiteten sich. »Sehr gut. Du hast mir das Leben gerettet, Sara«, sagte er hastig.

»Nein, das war Mellan«, widersprach ich.

»Aber du hast mich aus dem Karzer geholt. Und Paidraig. Ich wollte mich die ganze Zeit schon bei dir dafür bedanken.«

Er trug noch immer den braunen, aber mittlerweile frisch gewaschenen Zöglingskittel der Druidenschüler und erste Haarspitzen waren auf seinem rasierten Kopf zu erkennen. Vor allem freute ich mich aber über seine rosige, gesunde Gesichtsfarbe.

»Du brauchst dich nicht zu bedanken«, sagte ich. »Wie alt warst du, als du von deiner Familie geraubt wurdest?«

Anson richtete den Blick zu Boden. »Ich bin nicht geraubt worden. Ich wurde dem Tempel übergeben, als meine Magie sichtbar wurde. Mein Onkel hat mich dorthin gebracht. Ich war neun.«

Entsetzt starrte ich ihn einen Moment an, doch damit er meine Reaktion nicht sah, blinzelte ich schnell.

»Und was für eine Magie ist das?«, fragte ich und versuchte den Zorn in meiner Stimme zu unterdrücken.

»Ich konnte Gegenstände bewegen, ohne sie zu berühren«, erwiderte er und fügte leise hinzu: »Jetzt kann ich nur noch fluchen. Das ist das Einzige, was wir bis zur Perfektion lernen mussten. So lange, bis unsere Ursprungsmagie verkümmerte.«

»Ich hoffe, dass du das Fluchen nicht mehr anwendest«, versuchte ich zu scherzen.

Perplex riss er die Augen auf.

»Nein, nie! Ich habe es gehasst, wenn wir an unseren Mitschülern üben sollten. Ich konnte es nie und habe deswegen immer Prügel bezogen und kein Essen bekommen«, erklärte er hektisch, als fühle er sich schuldig dafür, dass er die Anweisungen seiner Lehrer ausgeführt hatte.

Mein Scherz war anscheinend voll nach hinten losgegangen.

»Tut mir leid, ich hab's nicht so gemeint. Das war eine dumme Bemerkung von mir.« Ich seufzte leise und fühlte mich wieder elend.

Machte ich denn alles falsch?

Brans Vorwürfe kamen mir wieder in den Sinn.

Das Klagen der Mutter aus dem Holzviertel.

Und Mellans Schuldzuweisungen auf dem Turm.

Als mir wieder eine Strähne vor die Augen fiel, strich ich sie mir mit mehr Nachdruck als nötig hinters Ohr. »Ich muss mich um den Verwundeten kümmern«, erklärte ich lahm und wandte mich ab. Aus den Augenwinkeln sah ich, wie Anson mit einem enttäuschten Gesichtsausdruck den Krug samt Becher auf den Boden stellte und sich zurückzog.

Er ließ mich mit dem unguten Gefühl zurück, ihn vor den Kopf gestoßen zu haben. Und die wollten, dass ich regierte?

Das würde ein riesiges Desaster werden.

Ehe ich noch irgendetwas Kopfloses unternehmen oder sagen konnte, befolgte ich Sives Anweisung und nahm den sauberen Lappen, um ihn in die Schüssel zu tunken.

Vorsichtig rieb ich den verletzten Mann damit ab. Erst die Füße, dann die Beine, bis ich schließlich den Brustkorb erreichte.

Sive schien auch hier wieder richtigzuliegen. Er atmete tief ein und begann sich zu bewegen. Beim zweiten Mal wrang ich den nassen Lappen nicht aus und begann die Prozedur von Neuem.

Auf diese Weise wusch ich ihn mehrere Male. Ich versuchte dabei, jeden Zentimeter Haut mit Salzwasser zu benetzen, sachte und Stück für Stück.

Als ich ihm langsam über den Hals strich, erschrak ich.

Er hatte die Augen geöffnet und sah mich an.

»Äh … hallo«, stammelte ich und stoppte in der Bewegung.

»Hallo«, sagte er. Es war mehr ein Krächzen. Das eine Auge war aufgrund der Schwellung nur halb geöffnet. Doch beide waren so blau wie der Himmel an einem ganz besonders schönen Sommertag.

»Kann ich … etwas trinken?«, fragte er. Jede Silbe schien ihm Schwierigkeiten zu bereiten.

Sofort warf ich den Lappen in die Schale und füllte den Becher mit Wasser aus dem Krug, den Anson vorhin gebracht hatte.

Er trank auch den zweiten Becher gierig aus. Den dritten lehnte er ab.

»Wo bin ich?«, fragte er und ließ den Blick schweifen.

»In einem Lazarett in Yslion.«

»Yslion?«, wiederholte er verblüfft. »Wie bin ich denn hierhergekommen?« Er nuschelte nicht einmal, obwohl seine Unterlippe angeschwollen war.

»Du brauchtest dringend Hilfe, und meine Freundin Sive war die Einzige, die mir einfiel, die dich heilen könnte«, erklärte ich schnell.

Er schien sich langsam an das Geschehene zu erinnern, denn seine Augen leuchteten auf.

»Du hast mich gerettet, vor …«, sagte er, »vor den Männern.« Seine Stimme klang dank des Wassers nun etwas fester. Er musterte mich lange, sodass ich das Gefühl bekam, er würde darüber nachdenken, ob ich mutig oder lebensmüde war.

»Wie heißt du?«, fragte ich ihn, weil es mir unangenehm wurde.

»Kerr. Und du bist Sara.«

Ich blinzelte überrascht und dann ahnte ich es.

»Ich habe von dir gehört«, bestätigte er meine Befürchtung. »In meiner Vorstellung hast du anders ausgesehen.«

»Sauberer? Größer? Furchteinflößender?«, versuchte ich wieder zu scherzen.

»Nicht so jung und so hübsch«, erwiderte er schlicht.

»Ich glaube, dir geht es noch nicht gut«, murmelte ich, ihn nicht ernst nehmend.

Er trank einen weiteren Schluck. »Wie geht es …?« Weiter kam er nicht, weil er husten musste.

Ich wartete, bis er den Hustenanfall überwunden hatte. Mein Magen zog sich bei seinem Anblick zusammen, denn danach lag er mit schmerzverzerrtem Gesichtsausdruck ein paar Minuten da. Kein Wunder, der Husten musste seine gebrochenen Rippen gebeutelt haben.

Und da er sich wohl nach Bran erkundigen wollte, neben dem er gelegen hatte, musste ich davon ausgehen, dass er nicht ganz so bewusstlos gewesen war wie vermutet. Wie viel hatte er dann von meinem Selbstgespräch mitbekommen? Hatte ich etwas Heikles gesagt?

»Es geht ihm … den Umständen entsprechend«, wich ich aus.

Ich fühlte seinen durchdringenden Blick auf mir. Er rang sichtlich nach Worten.

»Vielleicht solltest du noch nicht sprechen«, schlug ich vor. »Wir können uns unterhalten, wenn deine Rippen verheilt sind.«

Er schwieg ein paar Sekunden, dann brachte er hervor: »Ich wollte wissen, wie es dir geht.«

Überrascht hob ich die Augenbrauen. »Mir geht es gut. Ich wurde nicht verwundet. Wie fühlst du dich? Hast du große Schmerzen? Womöglich beim Atmen?« Ich deutete auf seinen Brustkorb.

Kerr schüttelte leicht den Kopf, dabei war es offensichtlich, dass er mit seinen Verletzungen kämpfte. »Ich glaube nicht, dass es dir gut geht. Du siehst traurig aus.«

Ich blinzelte. Das war etwas, worüber ich nicht reden wollte. »Es geht mir gut«, bekräftigte ich daher.

Sein Blick lag unentwegt auf mir. Das war ich nicht gewohnt und fühlte mich seltsam unwohl dabei. Einmal mehr wurde ich mir meines ungepflegten Äußeren, meiner verschwitzten, grauen Kleider und der ungekämmten Haare bewusst.

»Wie konntest du mich nach Yslion bringen?«, durchbrach er die Stille.

»Keenan hat dich hergetragen«, erklärte ich, und als ich seinen fragenden Blick sah, fügte ich hinzu: »Er ist ein Freund von mir und stark wie ein Ochse. Er konnte dich ohne große Mühe tragen, weil er diese Magie besitzt.«

»Danke, Sara«, sagte Kerr unvermittelt und fasste nach meiner Hand. Allein diese Bewegung kostete ihn einiges an Anstrengung. »Danke, dass du mir das Leben gerettet hast.«

Ich drückte seine Hand leicht. »Gern geschehen.« Ich wollte ihn loslassen, doch er hielt mich weiter fest.

»Warum hast du mich gerettet?«

»Zehn erwachsene Männer schlugen auf einen einzelnen ein, der wesentlich jünger war«, sagte ich. »Das war ungerecht.«

»Also lag es an deinem Gerechtigkeitssinn?«

»Hätte ich dich sterben lassen sollen?«, fragte ich und zog beide Augenbrauen hoch.

Er lächelte und hinter der geschwollenen Lippe entdeckte ich seine ebenmäßigen, hellen Zähne. Der Ausdruck ließ mich ein wenig erahnen, was Gwyned in ihrer Vision gesehen hatte.

»Nein. Ich bin sehr froh, dass du mich gerettet hast. Danke nochmals.«

Ich winkte ab, lächelte aber zurück. »Was hast du getan, um diese Männer gegen dich aufzubringen?«

Kerr erstarrte für einen Moment, ohne etwas zu sagen. Es kam mir vor, als wäre ihm gerade wieder bewusst geworden, was an jenem Tag geschehen war. Unerwartet zuckte er dann allerdings mit den Schultern, während er den Blick über den Raum schweifen ließ. Suchend. »Ich glaube, ich war einfach zur falschen Zeit am falschen Ort. Der Tod ist momentan überall greifbar.«

Was war das denn für eine schwammige Aussage? Es war doch nicht so, als ob die Menschen angefangen hätten wild und grundlos zu morden. Deren Hass richtete sich ausschließlich gegen Druiden, aber mein Gefühl sagte mir deutlich, dass er kein Druide war.

Plötzlich tauchten Bilder des aufgebrachten Mobs, der direkt nach der Schlacht alle gefangenen Druiden hatte töten wollen, vor meinem geistigen Auge auf. Es war nicht auszuschließen, dass dieser über Jahrhunderte aufgestaute Groll weit um sich gegriffen hatte und sogar an anderen Bevölkerungsgruppen ausgelassen wurde.

Und ich hatte diese Konflikte ausgelöst.

»Du hast Schuldgefühle«, sagte Kerr unvermittelt. »Mir geht es genauso.« Er schwieg einen Moment, bevor er fortfuhr: »Ich habe das Gefühl, ich hätte etwas verhindern müssen. Ich hätte Vorsorge treffen und aufpassen müssen, aber weil ich es verbockt habe, ist jemand gestorben. Der Tod ist etwas Endgültiges, etwas, das niemand rückgängig machen kann, etwas, das man nicht wiedergutmachen kann, denn jeder Mensch ist einzigartig und für jemand anderen unersetzbar. Ich war zur falschen Zeit am falschen Ort. Weil ich so entschieden hatte.«

Eine Gänsehaut breitete sich von meinen Armen über den ganzen Körper aus.

Kerr hatte exakt wiedergegeben, was in mir vorging. Seine Worte trafen mich tief und ich fühlte mich wie paralysiert.

»So viele unausgesprochene Worte«, raunte Kerr. »Auf ewig ungesagt und verstummt.«

Die Gänsehaut verstärkte sich. Einige Augenblicke herrschte Stille zwischen uns, in der jeder seinen eigenen Gedanken nachzugehen schien.

Irgendwann ergriff Kerr meine Hand und sah mich an. »Würdest du mich noch einmal mit dieser Salbe einreiben?« Seine Stimme klang matt und müde.

»Die Salbe?«, wiederholte ich verwirrt. »Oh, du meinst das Salzwasser!«

Er blinzelte ein paarmal, und ich konnte nicht einordnen, ob er erstaunt oder erschrocken war.

»Kein Problem. Ruh dich aus, ich werde dich weiter abwaschen«, sagte ich daher schnell.

Er schenkte mir ein kleines Lächeln und schloss die Augen. Ich tunkte den Lappen erneut ins Wasser und begann ihn weiter abzureiben.

Als ich sein Knie erreichte, atmete er schon tief und gleichmäßig.

AMTSANTRITT

Als Kerr eingeschlafen war, nahm ich ein kurzes Bad und ging dann noch einmal zum Pugh, um mir die Strömung anzusehen. Irgendwie hatte mich dieser verletzte junge Mann wieder daran erinnert. Oder waren es diese Bilder vom Meer, die ich und sogar Gwyned gesehen hatte? Mellans Behauptung war auf einmal wieder höchst präsent und ließ mir einfach keine Ruhe. War der Wasserstand höher oder bildete ich mir das nur ein? Ich wollte Mellans Worten keinen Glauben schenken, doch dann sah ich, wie ein am Rand zersplittertes Boot abtrieb und durch einen reißerischen Strudel in die Tiefe gerissen wurde.

Der Anblick war beängstigend, auch wenn zum Glück niemand in dem Boot gesessen hatte. Ich wollte nun Gewissheit, und das brachte mich dazu, Keenan aufzusuchen.

»Könntest du mir einen Gefallen tun?«

Er war im Palast und richtete sich ein provisorisches Bett her.

»Willst du wieder in den Karzer? Vergiss es!«, sagte er.

»Nein, ich möchte, dass du mich für einen Moment ans Meer bringst«, erwiderte ich.

Keenan hielt in seiner Bewegung inne und sah mich an. »Du willst doch nicht schon wieder türmen, oder?«

»Nein, ich möchte etwas überprüfen. Ich weiß selbst nicht genau, worum es geht, aber es hat etwas mit einem erhöhten Wasserstand zu tun.«

»Und wie willst du das machen? Es gibt Gezeiten! Woher willst du wissen, ob gerade Flut oder Ebbe herrscht?«

Daran hatte ich nicht gedacht.

»Dann muss ich vorher herausfinden, welche der Gezeiten um diese Tageszeit normal ist.«

»Was stimmt nicht, Sara?« Er sah mich erwartungsvoll an und ich erzählte ihm von Mellan sowie seiner Drohung.

Keenan verdrehte die Augen. »Den sollte man schnellstens zurück in den Karzer bringen. Der macht nur Ärger.«

»Sive sagt, sie kann viel von ihm lernen«, wandte ich ein, obwohl ich zum Teil genauso dachte. »Würdest du mich hinbringen?«

»Lohnt sich das überhaupt noch? Es wird allmählich dunkel.« Er deutete aus dem Fenster auf den Himmel, der sich immer mehr verdüsterte. Er sah mich an, las wohl meine Unruhe und seufzte.

»Na schön. Dann steig mal auf.« Er ging in die Hocke und ließ mich auf seinen Rücken klettern. Im nächsten Moment blies mir auch schon der Wind ins Gesicht und wir rauschten durch die Dämmerung aus der Stadt hinaus. Ich konnte kaum etwas erkennen und wusste nicht, wohin Keenan lief, denn alles flirrte vor meinen Augen blau, orangerot und schwarz. Die Schnelligkeit war verblüffend und nicht sonderlich angenehm – zumindest nicht für meinen Magen.

Als er kurz einen Halt machte, erkannte ich das Meer in unmittelbarer Entfernung. Ein alter Seemann, der vor seiner Hütte Fischernetze flickte, sah Keenan mit großen Augen an und erzählte uns stotternd, dass jetzt gerade Ebbe herrschen müsse, auch wenn der Wasserspiegel höher liege als sonst. Außerdem nannte er uns einen Ort, wo die Gezeiten am offensichtlichsten waren.

Ehe ich irgendetwas dazu sagen konnte, rannte Keenan bereits weiter. Bei seinem nächsten Stopp standen wir auf einer Klippe, und vor uns senkte sich soeben die Sonne am Horizont, die in Yslion schon seit einer Stunde nicht mehr zu sehen war.

Keenan ließ mich absteigen. »Bitte erwarte nicht, dass ich zu nah an diesen Abgrund gehe. Der ist verdammt hoch«, sagte er.

Ich atmete ein paarmal tief durch, um den Schwindel in den Griff zu bekommen, und trat dann etwas näher, um hinunterzublicken. Der alte Mann hatte davon gesprochen, dass es hier eine Art Sandstrand gab, der zu dieser Zeit sichtbar sein musste. Doch alles war überflutet.

Die Wellen brachen sich, durch den noch immer heftigen Wind aufgebracht, an den Felsen unter mir. Höchstens fünf Meter trennten mich von den Wellen, weswegen die Gischt mich erwischte. Ich nahm etwas Abstand und in diesem Moment sah ich sie. Die junge Frau trat hinter einem der Dolmen, geformt wie ein riesiger unebener Tisch, hervor und kam zielstrebig auf uns zu.

Keenan hatte sich aufgrund meines erstaunten Gesichts umgewandt, eine Hand schon an seinem Schwertgriff. Er ließ die Hand auch darauf liegen, obwohl die Frau unbewaffnet zu sein schien.

»Hallo«, sagte sie freundlich. »Du kannst deine Waffe stecken lassen. Du siehst ja, ich tue dir nichts.«

Sie ging an uns vorbei zu ebenjener Stelle, wo ich vorhin noch gestanden hatte, und sah eine Weile hinab. Ihr undeutliches Gemurmel wurde vom Rauschen der Brandung übertönt, doch Fetzen wie »Brosche« und »noch da« drangen zu mir durch. Sie schien auf einmal wegen irgendetwas aufgebracht zu sein.

Ich wollte Keenan schon das Zeichen geben, dass wir zurückkonnten, als sie sich zu uns drehte. Die junge Frau trug eine in Gold eingefasste Brosche an ihrem Kleid, die in den letzten Sonnenstrahlen funkelte und mich blendete. Ich blinzelte.

»Was genau tut ihr hier?«, fragte sie, und der freundliche Tonfall war in einen lauernden umgeschlagen.

»Das Meer beobachten«, erwiderte Keenan wie aus der Pistole geschossen.

Sie sah erst ihn und dann mich durchdringend an. Ihre roten Locken verschmolzen mit dem Sonnenuntergang hinter ihr und ihre Augen waren so grün wie Blätter im Frühjahr. Mir wurde mulmig. Mein Magen rumorte, und ich wusste nicht, ob es noch von der Geschwindigkeit herrührte, mit der Keenan uns hierhergebracht hatte, oder von ihrem Blick. War sie eine Druidin?

»Du bist Sara«, sagte sie unerwartet und ich erstarrte. Ihre Augen waren mit einem Mal riesig.

»Du bist die prophezeite Sara«, fuhr sie staunend fort. »Bei den Sternen, du bist hier, weil du es weißt!« Sie wandte sich an Keenan. »Aber wer bist du? Dich habe ich noch nie gesehen.«

»Ich bin der prophezeite Keenan«, sagte Keenan hinter mir und fuhr in einem sehr nachsichtigen Ton fort, den ich ihn gegenüber kleinen Kindern schon mal hatte anschlagen hören: »Und ich habe dich auch noch nie gesehen.«

Ich warf ihm einen mahnenden Blick zu, während er mit dem Zeigefinger eine kreisende Bewegung am Kopf machte, die er manchmal auch wegen Gwyneds Tagträumereien zeigte. Die Frau bekam das nicht mit, da sie sich wieder dem Meer zugewandt hatte.

»Wieso ist sie hier? Wieso ist das Wasser so hoch? Ich habe die Brosche noch und … Das Wasser dürfte nicht so hoch sein!« Sie sprach offensichtlich zu sich selbst, während sie sich entsetzt die Haare raufte. Ich konnte Keenans Misstrauen nachvollziehen. Die Fremde wirkte völlig neben der Spur und mit einem Mal gefährlich. Zumindest so dicht an den Klippen.

Keenan schien genauso zu empfinden. Er berührte meinen Arm und ließ die Frau nicht aus den Augen. »Komm, Sara. Wir gehen.«

»Beide Artefakte müssen doch noch da sein!«, wiederholte die Frau geistesabwesend. »Das Wasser dürfte nicht so hoch sein. Der Wind dürfte nicht so heftig wehen! Die Artefakte sind doch da! Der Schutz sollte intakt sein.«

Sie nahm uns überhaupt nicht mehr wahr. Schnell kletterte ich auf Keenans Rücken und nur wenige Augenblicke später erreichten wir Yslion. Beim Anblick der Stadtmauern hatte ich kurz das Gefühl, ich hätte mir die Begegnung mit der Fremden nur eingebildet.

»Was hatte das zu bedeuten?«, fragte er, als er mich vor dem Palast absetzte.

»Dass Mellan recht hat.« Ich atmete tief ein und versuchte meinen flauen Magen zu beruhigen. »Das Wasser steht unnatürlich hoch, und ich bin schuld, weil ich den Erzdruiden erschossen habe.«

Aufgewühlt lief ich ins Lazarett. Der Mond strahlte mittlerweile so hell, dass er die Räume in ein sanftes Licht tauchte. Ohne zu wissen warum, betrat ich das Zimmer von Kerr und sah ihn noch immer tief schlafen. Ich wollte nicht zurück in die Prunkräume des Palastes gehen, sie erinnerten mich an meine Tat. Meinetwegen würde Lyoness versinken. Wenn ich den Erzdruiden nicht erschossen hätte, dann … Mein Herz raste, als ich mich neben Kerrs Bett setzte und seinen stetigen Atemzügen lauschte. Irgendwann ließ der Sturm in meinem Kopf langsam nach, sodass ich mich auf den Boden niederließ und in einen unruhigen Schlaf fiel.

Als ich erwachte, blieb ich trotz meines schmerzenden Rückens eine Weile liegen. Ich scheute mich noch immer davor, rauszugehen und mich allem zu stellen. Der Druck in meiner Brust wurde wieder größer. Nicht nur weil Grady mir bei dieser gewaltigen Aufgabe nicht mehr zur Seite stehen konnte, sondern insbesondere wegen all der Verantwortung, die nun auf uns allen lastete. Ich musste dringend mit den anderen sprechen.

»Guten Morgen«, hörte ich Kerrs Stimme plötzlich.

Erschrocken zuckte ich zusammen, weil ich mich erst jetzt wieder daran erinnerte, dass ich nicht allein war. Ich setzte mich ruckartig auf, strich mir eine Strähne hinters Ohr und sah zu ihm hoch.

Und stockte.

Er war schön.

Sogar mit etwas verschlafenem Gesicht und verstrubbeltem, blutverklebtem Haar.

Die blauen Flecken waren über Nacht komplett verschwunden, das Einzige, was noch von der Prügelei übrig geblieben war, war eine kleine Narbe an seiner linken Augenbraue.

Er war mit Abstand der schönste Mann, den ich je gesehen hatte.

»Was ist? Habe ich Petersilie zwischen den Zähnen?«, fragte er und leckte mit der Zunge über seine weißen, gleichmäßigen Schneidezähne, die mir gestern schon aufgefallen waren.

»Ich habe mein gutes Aussehen eingebüßt«, fuhr er stirnrunzelnd fort und betastete mit einer Hand vorsichtig sein Gesicht.

»Äh«, machte ich lahm, weil ich nicht wirklich wusste, was ich darauf sagen sollte. »Du bist nicht mehr blau.«

»Klingt, als wäre ich arg alkoholisiert gewesen. War es das, was deine Freundin mir verabreicht hat? Starker Alkohol?« Er tat entsetzt.

Ich konnte nicht anders, ich musste grinsen. »Nein, ich habe mich falsch ausgedrückt. Deine Prellungen. Sie sind nicht mehr blauschwarz, sondern komplett weg. Deine Haut ist ganz rosig.«

Tatsächlich war sein Teint sehr ebenmäßig und wies keinerlei Flecken auf. Er hatte nicht einmal eine Sommersprosse.

»Also habe ich mein gutes Aussehen noch?«, fragte er jetzt und richtete sich auf. Dabei fiel das Laken herunter und entblößte seinen Brustkorb.

Der war allerdings noch verfärbt, obgleich die Stelle mit den gebrochenen Rippen keine Vertiefung mehr aufwies.

»Ich sehe dein Gesicht gerade zum ersten Mal ohne Verfärbung und Schwellung«, sagte ich ernst. »Ich kann dir also nicht sagen, was du unter deinem guten Aussehen verstehst. Vielleicht fehlt dir ein Schnurrbart. Die sind angeblich attraktiv.«

Er stutzte einen Moment, und dann lachte er schallend, nur um sich sofort mit schmerzverzerrter Miene wieder auf den Rücken zu legen und den Bauch zu halten.

Erschrocken sprang ich auf und eilte zu ihm.

»Soll ich dich mit Salzwasser abreiben? Oder nein, noch besser, ich hole Sive.«

Ich wollte loslaufen, doch ein fester Griff um mein Handgelenk hielt mich zurück.

»Salzwasser wird reichen«, keuchte er und wischte sich mit der freien Hand übers Gesicht. Als er die Hand herunternahm, sah ich ihn breit grinsen.

»Mir gefällt dein Humor«, meinte er. Dann wurde er wieder ernst. »Danke, dass du über mich gewacht hast. Du hättest doch nicht auf dem Boden schlafen müssen.«

Ich winkte ab und wollte gerade gestehen, dass ich mich auch aus anderen Gründen hier versteckt hatte, da knarrte die Tür. Sive betrat mit einer Schüssel Wasser in den Händen die Kammer. Sie schien etwas abgehetzt, Strähnen hatten sich aus ihrem Zopf gelöst. Vermutlich war sie schon länger auf den Beinen und hatte sich um die Verwundeten gekümmert. Währenddessen hatte ich geschlafen, ich Selbstsüchtige.

Sie sah mich erstaunt an.

»Guten Morgen«, sagte sie mit einem fragenden Blick auf mein verschlafenes Gesicht. »War dir das Bett im Palast nicht weich genug?«

Ich biss mir auf die Lippe, weil ich vor Kerr noch nicht preisgeben wollte, was ich gestern erfahren hatte und wie aufgewühlt ich deswegen war.

»Sara hat mich gestern Abend noch einmal mit deiner Kur behandelt und wollte sichergehen, dass es mir gut geht«, sagte Kerr unvermittelt.

Sive sah ihn an und stutzte. Ein paar Sekunden später klappte ihr der Mund auf und sie blinzelte verblüfft.

»Eine so schnelle Heilung habe ich noch nie miterlebt«, brachte sie krächzend hervor.

»Das habe ich nur Sara zu verdanken«, antwortete Kerr und lächelte sie an. »Und vermutlich dir, du bist doch die Heilerin, oder?«

Sive regte sich nicht und starrte ihn mit geröteten Wangen an.

Als ich ihr die Schüssel abnehmen wollte, weil ich Bedenken hatte, dass sie jene gleich fallen lassen könnte, kam sie wieder zur Besinnung.

»Danke, Sara, ich werde ihn nun behandeln«, sagte sie und zog die Schüssel zurück. Etwas Wasser schwappte dabei auf ihr Kleid.

»Das wird nicht nötig sein.« Kerr lächelte und setzte sich auf. Dass er dabei noch Schmerzen hatte, konnte er jedoch nicht verbergen. »Ich muss mich wieder auf den Weg machen. Mir ist etwas Wichtiges gestohlen worden, was ich dringend wieder zurückholen muss.«

Als er Anstalten machte aufzustehen, eilte Sive zu ihm und drückte ihn entschlossen zurück auf die Liege. Dabei schwappte wieder ein Teil des Wassers zu Boden.

»Auf keinen Fall, du bist noch viel zu schwach. In diesem Zustand kommst du nicht weit.« Ihr Gesichtsausdruck duldete keinen Widerspruch.

»Bleib hier. Ich kann dir helfen die Männer zu finden, die dich angegriffen haben. Als Teil der neuen Regentschaft habe ich bestimmt mehr Möglichkeiten, etwas herauszufinden.« Sive warf mir einen Blick zu, der deutlich machte, ich solle ihr beistehen.

Ich nickte. »Ja natürlich. Wir helfen dir.«

Kerr hielt inne und überlegte. Schließlich nickte er. »Ich danke euch.«

»Aber erst werden wir uns um deine Verletzungen kümmern«, sagte Sive fröhlich und setzte sich neben ihn, um ihn wieder mit dem Wasser einzureiben.

»Ich komme so schnell wie möglich zurück.« Ich lächelte entschuldigend.

Er sah mich stirnrunzelnd an, als ob es ihm nicht gefiel, dass ich ginge.

Dann huschte ich aus der Kammer und ließ Sive ihre Magie wirken.

KERR

Ich musste unbedingt mit Riona reden und ihr schildern, was ich über das steigende Wasser herausgefunden hatte. Sie musste mir sagen, wie sie darüber dachte – nein, wohl eher ihre Magie einsetzen und sämtliche Auswirkungen erläutern. Davon mal abgesehen, sollten auch Bran und Gwyned darüber Bescheid wissen.

Wer weiß? Vielleicht konnte Gwyned mit ihrer hellseherischen Fähigkeit noch mehr sagen? Zum Beispiel, wie man das Wasser aufhalten konnte. Dass sie eventuell den tatsächlichen Untergang sehen könnte, wagte ich gar nicht in Erwägung zu ziehen.

Der Gedanke ließ mich schneller gehen, in einem Eiltempo sämtliche Säle und Räume durchqueren. Der Palast war das reinste Labyrinth. Durch das Eingangstor betrat man zwar direkt den fresken- und mosaikgeschmückten Saal, doch die Tür dahinter führte in einen langen Gang, von dem unzählige Korridore in unterschiedliche Etagen und weitere Räume abzweigten. Weil ich nicht wusste, wo ich anfangen sollte, ging ich einfach den ersten Flur entlang, bis ich Stimmen hörte.

Es waren Paidraig und Anson, die unter Aufsicht von Rois' taubem Neffen den Boden des Festsaals fegten. Als der jüngere Druide mich entdeckte, wurde er rot, verneigte sich und dankte mir erneut, dass ich ihn gerettet hatte. Er sah mich dabei so ehrfürchtig an, als hätte ich ihn geheilt. Verlegen winkte ich daher ab.

Auf meine Frage, ob sie wüssten, wo ich meine Freunde finden würde, erklärte Paidraig mir den Weg zu den privaten Gemächern des Erzdruiden. Anson fegte derweil noch beflissener, als wolle er jedes kleinste Staubkorn entfernen, doch ich sah, dass er mich dabei aus den Augenwinkeln beobachtete.

Daraufhin verließ ich den Festsaal, nur um wenig später im Korridor dahinter auf meine Freunde zu treffen. Keenan schien ihnen soeben von unserem Ausflug und der geheimnisvollen Frau erzählt zu haben.

»Gwyn, nichts für ungut, aber nachdem ich die erlebt habe, bist du für mich mit deinen verträumten Visionen die seriöseste Person nach Riona«, schloss er seine Erzählung.

Gwyned sah nicht geschmeichelt aus.

»Keenan, du hast den Charme eines Gerbers«, sagte Riona, und als sie sein entsetztes Gesicht sah, fügte sie hinzu: »Ich nehme es zurück, denn ich mag deine Eltern, die wesentlich höflicher und freundlicher sind als du. Wenn du deinem Vater nicht aus dem Gesicht geschnitten wärst, würde ich sagen, die haben dich adoptiert. Ah, Sara, du kommst genau richtig.« Riona hatte mich erspäht. »Keenan hat uns soeben eine abstruse Geschichte von eurem gestrigen Ausflug erzählt. Kannst du etwas Licht ins Dunkel bringen, was du da wolltest und wer die Frau war?«

»Nur bedingt«, gab ich zu. »Wer die Frau war, weiß ich auch nicht. Sie kam auf einmal hinter einem Dolmen hervor und murmelte total wirres Zeug über eine Brosche, die am Revers ihres Kleides hing, und beklagte den Wasserstand.«

»Warum wolltest du überhaupt an diesen Ort?«, fragte Gwyned und drehte Keenan demonstrativ den Rücken zu.

Ich erzählte ihnen von Mellans Behauptung, meinen eigenen Beobachtungen und was sogar dem alten Fischer, den wir unterwegs befragt hatten, aufgefallen war.

Zu meiner Bestürzung sah ich Riona unter ihrer dunklen Haut blass werden. Meine Hoffnung, es könnte alles ein Trugschluss sein, war dahin.

»Bei den Großen Drachen«, murmelte sie. »Es war alles umsonst. Die Menschen werden uns lynchen, noch ehe Lyoness untergeht.«

Ein sehr angespanntes Schweigen machte sich breit.

»Was hatte der Erzdruide, dass er das Wasser zurückhalten konnte?«, fragte Gwyned auf einmal.

»Mellan sprach von einem Zauber, aber er sagte nicht genau, was dafür nötig war. Es ist nicht ausgeschlossen, dass er damit dieses Schmuckstück gemeint hat. Es war auch nur im Besitz des Erzdruiden, wenn ich Mellan richtig verstanden habe. Vermutlich wurde es während der Schlacht oder direkt danach geklaut.«

»Die Diebin kann ich bestimmt ausfindig machen und die Brosche zurückholen. Dann zwingen wir Mellan, uns das Geheimnis zu verraten.« Keenan hieb eine Faust in seine andere Hand.

»Er weiß es nicht«, sagte Gwyned versonnen. »Er hat die Möglichkeit, es herauszufinden, aber das wird er nicht tun, solange er in Gewahrsam ist. Lieber lässt er Lyoness untergehen.«

»Und was tun wir jetzt? Es kann doch nicht sein, dass wir mit unserem Befreiungsschlag für den Untergang verantwortlich sind!«, rief Keenan erzürnt und rieb sich über den Nacken. Er sah mich verzweifelt an.

»Sara, die Lady war so durchgeknallt und Mellan ist verbittert. Bist du dir sicher, dass du da nichts missverstanden hast?«

Ich schüttelte den Kopf.

»Sie sprach von einer Brosche, oder?« Keenan versuchte das wirre Gebrabbel zu wiederholen. »Bedeutet es, dass ein Schmuckstück nötig ist, um die Insel zu schützen?«

»Eine Brosche?« Gwyned horchte auf.

»Sie schien sehr verwirrt«, gab ich zu. »Aber Keenan hat recht, sie trug sogar eine Brosche und fasste sie auch an.«

»Kommt mal mit«, sagte Gwyned, nahm meine Hand und zog mich – ganz ungwynedmäßig energisch – hinter sich her. Ich sah die überraschten Gesichter unserer Freunde, die uns folgten.

Im großen Saal blieb sie vor dem Fresko stehen.

»Ob sie diese hier meinte?« Sie deutete auf das Bild, wo zwei Schmuckstücke mit goldener Einfassung, Lyoness-Kristallen und türkisfarbenen Blättern dargestellt waren. Mir klappte der Mund auf. Denn ich hatte bislang völlig übersehen, dass hinter dem einen Gegenstand Windböen und hinter dem anderen Wellen angedeutet waren.

»Das könnte sie tatsächlich sein«, sagte Keenan langsam. »Wie es aussieht, gibt es zwei davon.«

»Ich weiß nicht, zwei Broschen? Die andere ist größer. Du kippst ja fast vornüber, wenn du so etwas auf der Brust trägst.« Riona trat mit kritischem Blick näher an das Mosaik heran. »Was sollen diese beiden braunen Enden links und rechts davon?«

Daraus wurden wir alle nicht schlau.

»Was bedeutet das denn jetzt, Gwyned?«, fragte ich.

»Ist doch logisch«, meinte sie lächelnd. »Wir müssen diese beiden Schmuckstücke finden, dann hört Lyoness auf zu sinken.«

»Das reimt sich auch noch«, murmelte Keenan und klang alles andere als amüsiert. »Und wo sollen wir danach suchen?«

»Am besten da, wo der Erzdruide seine Geheimnisse aufbewahrt hat«, überlegte Riona.

»Und wo könnte das sein?« Mir war übel, denn dieser Palast war riesig, und da es schon verborgene Kammern gab, bot er noch viel mehr Möglichkeiten, um so ein kleines Schmuckstück wie eine Brosche zu verstecken. Außerdem war dieser Palast nicht das einzige Domizil, das der Erzdruide besessen und bewohnt hatte. Es gab ein weiteres in Kerys, in Deira direkt beim Tempel, in Trevlys und wer weiß, wo sonst noch.

Gwyned seufzte und zuckte mit den Schultern. »Das wird wie die Suche nach einem bestimmten Sandkorn am Strand.«

Wir blickten uns alle betroffen an.

Ich kam genau in dem Moment zurück in die Kammer, als Kerr auf wackeligen Beinen seine Klamotten auf dem Boden durchwühlte. Er hatte das Laken um sich gewickelt und wankte gefährlich.

»Wenn ich noch einen Tag länger diese Wände ansehen muss, werde ich verrückt«, meinte er. Ich half ihm, sich aufs Bett zu setzen, und reichte ihm seine Hose.

»Es ist wirklich magisch, wie schnell du gesund wirst«, staunte ich. »Stütz dich auf mich. Ich helfe dir.«

Das nahm Kerr dankend an. Ich half ihm in sein Hemd und zog die Hose bis zu den Knien, wo das Laken hing.

»Den Rest schaffe ich selbst«, murmelte er, und ich drehte mich zur Wand, bis er sagte: »Lass uns hier rausgehen, ja?« Einen Arm um seine Schulter gelegt, humpelte er an meiner Seite zur Tür hinaus. Kerr hätte nicht nur Grady überragt, sondern war sogar noch größer als Bran. Mein Kopf reichte nur bis zu seiner Schulter, was mich als Stütze etwas mickrig machte.

Die Sonne schien schon warm in den Innenhof und das Palasttor zur Stadt war geschlossen. Das gab mir ein seltsames Gefühl, denn ich kannte es nur von außen. Obwohl der Komplex so weitläufig war, fühlte ich mich eingesperrt, wenn ich die breite Marmortreppe hinaufblickte, die zu der goldenen Eingangspforte, den Prunksälen und anderen wichtigen Räumen führte. Und auch ein wenig verloren, als befände ich mich in einer fremden Welt, einem anderen Land.

Wir überquerten den Vorhof, und sobald Kerr das große Marmorbild auf dem Boden sah, blieb er stehen. Es zeigte zwei Drachen mit türkisfarbenen Schuppen in der Mitte des Platzes. Deren Augen funkelten golden.

»Ernsthaft?«, hörte ich ihn murmeln.

»Was meinst du?«, fragte ich, denn die Drachen waren in vielen Teilen der Stadt allgegenwärtig. Beide wurden seit jeher verehrt und waren für das ganze Volk Lichtgestalten. Sämtliche Tempel waren zu ihren Ehren errichtet worden.

»Woher kommst du, dass du die Großen Drachen nicht kennst?« Bislang hatte ich angenommen, Kerr sei aus Aína, denn er sprach akzentfrei und fließend, nur seine Kleidung war sonderbar.

»Ich bin nicht aus Lyoness. Ich komme von einer Insel westlich von Armorica«, sagte er und sah mich an. »Ich wundere mich nur über dieses Bild. So habe ich es noch nie gesehen.«

Das erklärte es natürlich. »Nein, das hier hat noch keiner gesehen außer den Druiden und Soldaten, die hier lebten«, stimmte ich zu. »Lass uns in den Palast gehen. Ich würde dir gern meine Freunde vorstellen.«

Er nickte, also humpelten wir sehr langsam die Treppe hinauf. Kerr, weil er sein noch schmerzendes Knie nicht richtig knicken konnte, und ich, weil ich durch sein Gewicht, das er bei jeder Stufe auf mich verlagerte, etwas taumelte.

Wir mussten aussehen, als wären wir schon zu dieser frühen Stunde betrunken.

Als wir die goldene Tür durchschritten, sagte ich: »Ich sollte dich vorwarnen – wenn du die Drachen im Hof schon seltsam fandest, wirst du die hier drin noch viel seltsamer finden.«

Kerr grinste, sagte aber nichts.

Als wir den Saal betraten, sah er staunend zu dem Fresko an der Wand. »Erzähl mir, was du von den Drachen hältst«, sagte er und betrachtete eingehend die leuchtenden Schuppen.

»Gar nichts«, sagte ich.

Er sah mich an. »Gar nichts?«, wiederholte er mit hochgezogenen Brauen.

Ich zuckte mit den Schultern. »Ich bezweifle, dass es sie je gegeben hat. Die Druiden behaupten, die Drachen hätten ihnen die Insel vermacht. Eine alte Legende erzählt wiederum, es hätte einen König gegeben, der mit ihnen Lyoness gegründet hat. Erst kürzlich habe ich gehört, der erste Erzdruide hätte die Drachen besiegt und Lyoness vor ihnen gerettet. Es gibt ziemlich viele Varianten und niemanden, der uns die Wahrheit erzählen könnte oder der einen der Drachen je gesehen hat. Doch sie üben eine große Faszination auf die Menschen aus, denn angeblich haben sie die Insel aus dem Wasser gehoben und bewohnbar gemacht.«

Ich stutzte. Wenn Lyoness aus dem Wasser gehoben worden war, konnte es dann tatsächlich sein, dass es nun wieder versank? Aber das war ein Mythos! Ich schüttelte den Gedanken ab und erzählte weiter.

»Deshalb gibt es jedes Jahr ein Fest zu ihren Ehren. Hast du davon schon gehört? Oder wird es etwa nur in Yslion gefeiert?«

Ich wusste es wirklich nicht. Die großen Städte zelebrierten es auf jeden Fall, aber ob das auch in kleinen Ortschaften der Fall war, konnte ich nicht sagen.

Noch etwas, das ich in Erfahrung bringen muss, wenn ich jetzt zu den Regenten gehöre, dachte ich missmutig. Die Liste wurde immer länger.

»Ich habe von dem Fest gehört.« Er sah meinen überraschten Blick und erklärte: »Ich durfte ein wenig durch die Meere reisen. Als Junge von der Küste ist das normal. Erzähl mir von dem Fest.«

Das überraschte mich dann weniger, denn vermutlich bestand die Hälfte aller Einwohner an den Küstenstädten aus Fischern oder Seefahrern. Grady hatte so etwas mal erzählt. Das war bestimmt auch in Armorica, Wales und Cornwall der Fall.

»Es findet eine Parade statt, die durch die ganze Stadt führt«, berichtete ich. »Alle Häuser entlang der Strecke sind mit Flaggen und Blumengewinden geschmückt. Die Druiden gingen in ihren weißen Gewändern, trugen Wimpel, Räuchergefäße und sangen das Drachenlied. Der Erzdruide wurde in einer goldenen Kutsche von vier Rappen gezogen, und nach dem Umzug hielt er ein Dankbarkeitsritual im Tempel ab, wo er alle geopferten Gaben segnete, die jeder Bürger zum Dank gespendet hatte.« Ich sah Kerr an. »Grady hatte in Erfahrung gebracht, dass die sogenannten Opfergaben alle in den Speise- und Vorratskammern des Palastes landeten, statt sie, wie nach außen kommuniziert, den Drachen zu geben.«

»Wie hat er das herausgefunden?«, fragte Kerr.

»Er war ungefähr zehn, als er das selbst beobachtete. Fortan hat er sich jedes Jahr nach dem Fest auf die Lauer gelegt – ich habe ihn immer begleitet –, doch seit der ersten Beobachtung war er Feuer und Flamme, die Herrschaft der Druiden beendet zu sehen.«

Ich erinnerte mich sehr gut an diesen Tag. Grady war so empört gewesen. Ich hatte ihn nie wieder derart emotional erlebt wie an jenem Tag, wo er sah, dass uns der Erzdruide nicht nur mit Drohungen kleingehalten, sondern auch belogen hatte.

»Ist das auch ein Grund, warum du nicht an die Drachen glaubst?«, fragte Kerr.

Ich zuckte wieder mit den Schultern. »Es spielt letztendlich auch keine Rolle mehr. Nur das Jetzt zählt.« Als wir gerade eines der Wandgemälde erreichten, das ich mir bei meinem ersten Besuch im Palast angesehen hatte, blieb ich verwirrt stehen. Ich hätte schwören können, dass auf diesem Bild vor Kurzem noch zwei getötete Drachen abgebildet waren. Täuschte mich meine Erinnerung?

Mein Blick wanderte zu Kerr, dessen Lächeln einem ernsten Ausdruck gewichen war. Nachdenklich musterte er den Drachen und runzelte die Stirn, als würde ihn etwas bedrücken. Er schien mit den Gedanken weit weg zu sein.

»Alles in Ordnung?«, fragte ich. Als hätte ich ihn aus den Gedanken gerissen, zuckte er zusammen und blinzelte. Dann hoben sich seine Mundwinkel, doch sein Lächeln wirkte anders als sonst. Erzwungen.

»Natürlich. Lass uns weitergehen.«

Wir humpelten weiter, und Kerr stützte sich mal mehr, mal weniger stark auf meiner Schulter ab. Dafür, dass er dem Tode so nah gewesen war, kamen wir überraschend gut voran.

Neugierig nahm ich alles auf: die entweder üppigen, bunt bemalten oder nur mit weißem Marmor verkleideten Wände, Gänge mit gewölbten Decken und Räume, die mit Stuckleisten, aufwendigen Ranken oder Bildern verziert waren.

Letzte Woche waren hier die Druiden ihrem Tagwerk nachgegangen. Nun war alles so gut wie verlassen, ein paar Tischbeine und eine Stuhllehne lagen umher.

Ich zog Kerr gedankenverloren weiter. Dadurch bemerkte ich erst, dass wir im Privattrakt des Erzdruiden angelangt waren, als Kerr unvermittelt stehen blieb. Hinter einem Vorraum befand sich das demolierte Schlafzimmer des Tyrannen. Das übergroße Himmelbett mit seinen goldverzierten Säulen war zertrümmert, zwei sehr aufwendig bemalte und mit Stuck verzierte Wände eingefallen. Das Wurfgeschoss des Schlingenkatapults hatte sich in die gegenüberliegende Wand der Mauer gegraben, und der komplette Raum würde sofort einstürzen, sobald man die Felskugel entfernte.

»Lass uns schnell weitergehen, ehe hier noch mehr zusammenbricht«, meinte Kerr, woraufhin wir uns einen Weg durch den Schutt hindurch suchten.

Die Räumlichkeiten dahinter waren wesentlich besser erhalten. Und belebt.

Gwyned und Keenan standen an Brans Bett, während Sive seine Wunde untersuchte.

Als sie uns bemerkten, verstummten ihre Gespräche. Sive strahlte Kerr mit einem warmen Lächeln an und richtete sich bemüht unauffällig die Haare. Sie hatte sich umgezogen, und ein sauberes, graues Kleid umfloss ihre Beine, als sie sich erhob.

Brans Anblick löste in mir wieder Schuldgefühle aus, obwohl er mittlerweile viel besser aussah. Er saß aufrecht im Bett und hatte eine Decke bis zur Hüfte hochgezogen. Ich war mir nicht sicher, ob er mich überhaupt wahrnahm.

»Hallo«, sagte ich in einem bemüht normalen Tonfall.

Das löste die Erstarrung der anderen.

»Bei den Drachen, im ersten Moment habe ich gedacht, Grady sei auferstanden«, stöhnte Keenan, nachdem er sich von dem Anblick erholt hatte.

Der Schmerz, der mich bei seinen Worten erfasste, fühlte sich an, als hätte man mir in die Magengrube geschlagen. Ich spürte, wie Kerr sich neben mir versteifte.

»Unfassbar, wie schnell er sich erholt hat«, meinte Bran und vielleicht war auch ein Hauch von Neid in seiner Stimme zu hören.

Sive trat derweil dicht vor Kerr, hielt ihre Hände flach vor seine Brust und konzentrierte sich.

»Du bist fast gesund«, stellte sie staunend fest.

»Das habe ich nur euch zu verdanken«, sagte Kerr und lächelte erst Sive, dann mich freundlich an. Die Augen meiner Ziehschwester weiteten sich und sie wirkte ein wenig entrückt. Ich wusste, wie das war. Wenn Kerr einen anblickte, hatte man das Gefühl, er habe den Rest der Welt vergessen und es existierte nur sein Gegenüber.

»Ah, hier seid ihr!« Riona rauschte herein und wir drehten uns alle nach ihr um. Sives Wangen hatten eine rosa Farbe angenommen.

»Hast du dich übernommen mit der ganzen Arbeit? Du wirst doch nicht krank werden!« Riona legte eine Hand auf Sives Stirn, was ihre Wangen nur noch mehr erröten ließ. Schnell schlug sie sie weg.

Als Rionas Blick bei unserem Neuankömmling hängen blieb, legte sie nachdenklich den Kopf schief.

»Das ist Kerr«, stellte ich ihn schnell vor.

»Das ist Riona«, stellte ich sie Kerr vor. »Und das sind Bran, Keenan und Gwyned.«

»Gestatten: die Vernichter von Lyoness«, unkte Bran.

Gwyned verpasste ihm mit ihrer Rückhand einen unsanften Schlag gegen den Oberarm.

»Was denn? Nach allem, was ihr vorhin erzählt habt, wurde ich gerettet, um zu erfahren, dass wir alle dem Tode geweiht sind.«

»Du siehst alles zu schwarz«, versuchte Gwyned ihn aufzumuntern.

»Dafür siehst du nicht weit genug«, konterte Bran. »Zumindest nicht in die Zukunft.«

Keenan räusperte sich. »Ich versuche es mal positiv zu sehen: Wenigstens sterbe ich dann nicht durch einen Fluch der Druiden, sondern als freier Mann und sogar als Regent von Lyoness.«

»Guter Stichpunkt«, schaltete ich mich ein. »Da wir ja wissen, dass irgendwo eine Lösung existiert, ist das doch eigentlich nur eine Hürde mehr. Eine gewaltige, aber nicht weniger als das Amt, das wir übernommen haben. Habt ihr euch überlegt, was mit der Regentschaft auf uns zukommt? Was wird aus den Tempeln? Was wird aus dem Orakel? Was ist mit der Schulbildung? Wie werden wir den Handel weiterführen können mit Cornwall, Wales und Armorica? Wer kennt sich mit den Zahlen aus, sodass wir nicht übers Ohr gehauen werden? Was ist mit den Soldaten? Was geschieht mit den geretteten Kindern, deren Eltern getötet wurden?«

»Was hat denn Grady dazu gesagt?«, fragte Riona.

»Er wollte Bildungseinrichtungen gründen und Steuern erheben, um die Betreuer zu bezahlen«, antwortete ich prompt.

Rionas Gesichtszüge wurden weicher, obgleich ich etwas Schmerz darin erkennen konnte. Auch Gwyned schenkte mir ein strahlendes Lächeln, während Keenan und Sive anerkennend nickten. Nur Bran zeigte keine Regung.

»Als ob wir das jetzt noch erleben würden. Willkommen in Yslion, Kerr«, brummte er sarkastisch.

»Freut mich sehr, euch alle kennenzulernen«, sagte Kerr, nicht auf den Sarkasmus eingehend, mit einem Lächeln. »Obwohl der Zeitpunkt wohl nicht ganz so glücklich ist. Lyoness soll untergehen, weil … Ich habe den Grund nicht wirklich verstanden.«

»Weil Sara über Leben und Tod entschieden hat, was sie in jüngster Zeit gern macht«, zischte Bran. »Aua! Hör auf, mich zu schlagen«, fauchte er Gwyned an, die ihm einen heftigeren Klaps als vorhin gegeben hatte.

»Du hast es verdient«, sagte sie mit ungewohnter Schärfe.

»Sara hat den Erzdruiden erschossen, und die alte Legende, dass Lyoness nur dank ihm nicht in den Wellen versinkt, scheint keine zu sein«, erklärte Sive Kerr. Sie sah dabei keineswegs beunruhigt aus, sondern leuchtete regelrecht, als sie ihm in die Augen sah.

Kerr blinzelte ein paarmal, als habe er sie nicht richtig verstanden.

»Er ist nicht aus Lyoness«, erklärte ich daher den anderen, »und kennt sich mit unseren Legenden und Bräuchen nicht aus.«

Verständnisvolles Nicken von allen Seiten.

»Die Druiden haben immer behauptet, dass wir nur aufgrund des Erzdruiden auf Lyoness existieren können. Jeder glaubte, das sei ein Gerücht, damit sie uns weiterhin kleinhalten konnten und wir ihre Unterdrückung duldeten«, machte Riona deutlich. »Doch anscheinend war das nicht der Fall. Sara hat gestern mit Keenan die Aussage eines gefangenen Druiden überprüft und festgestellt, dass das Gerücht keines ist. Es ist leider die bittere Wahrheit.«

Kerr sah mich mit demselben durchdringenden Blick an wie in dem Moment, in dem er erfahren hatte, dass ich es mit zehn Männern aufgenommen hatte, um ihn, einen Fremden, zu retten.

Ich wusste noch immer nicht, ob mir sein Gesichtsausdruck behagte oder nicht. Nein, ich kam zu dem Schluss, dass ich mich dabei unwohl fühlte.

Irgendetwas in seinen Augen erinnerte mich an die irre Frau gestern. Ich wusste selbst nicht genau, was es war. Vielleicht die Farbe? Ich wandte mich ab. Seine waren azurblau, ihre dagegen hatten in einem strahlenden Grün geleuchtet. Wenn ich es recht bedachte, war die Intensität der Farbe dieselbe wie bei der irren Frau. Das war es.

Zu allen anderen sagte ich: »Mellan hat von einem Schutz gesprochen. Einem Schutz, der seit Jahrhunderten von Erzdruide zu Erzdruide weitergegeben wird. Das bedeutet, wir können ihn *auch* nutzen. Wir müssen ihn nur finden. Und die beiden Broschen haben irgendetwas damit zu tun.«

»Wie mir scheint, hast du ein übernatürliches Projekt vor dir liegen«, sagte Kerr langsam. »Du musst die Insel vor dem Untergang bewahren und anschließend regieren.« Seine Augen huschten über mein beflecktes Kleid und dann zu den anderen. »Wenn ich das bislang richtig verstanden habe, hat noch nie jemand von euch regiert, oder?«

»Nein«, gab Riona freimütig zu. »Doch das bedeutet nicht, dass wir komplett unwissend sind. Grady hatte ganz klare Vorstellungen und hat uns darin eingeweiht.«

»Ich würde gern mehr über diesen Grady erfahren. Da du von ihm in der Vergangenheit sprichst, muss ich davon ausgehen, dass er tot ist.«

Sive hatte mit einem Mal wieder Tränen in den Augen. Ich dachte unwillkürlich an Aodh und sah schnell woanders hin, um nicht zu weinen.

»Er hat dir nahegestanden«, murmelte Kerr zu Sive, dem das auch aufgefallen war. »Mein Beileid.«

Sive nickte nur und alle schwiegen betroffen und sahen mich an. Ich ahnte, was sie dachten: Grady hatte niemandem so nahe gestanden wie mir. Doch das musste nicht jeder Fremde auf die Nase gebunden bekommen.

UNSTIMMIGKEITEN

Gwyned räusperte sich nach ein paar Sekunden und wies mit dem Finger auf den Flur hinter uns. »Das hier ist übrigens der Trakt, in dem sich unsere neuen Wohnräume befinden«, sagte sie. »Das Zimmer des Erzdruiden ist zerstört, aber alle anderen sehen noch ganz gut aus. Du solltest dir ein Schlafzimmer aussuchen, Sara.«

»Habt ihr euch schon für eins entschieden?«, fragte ich und fügte freundlich hinzu: »Wo wirst du schlafen, Bran? Hier?«

»Da, wo es keine Treppen gibt«, antwortete Keenan mit einem säuerlichen Ton an Brans Stelle.

Jetzt fühlte ich wieder Hitze in mir aufsteigen.

»Keenan, wenn du nichts Besseres zu sagen hast, halt's Maul«, schnauzte ihn Riona an.

Niemand sagte etwas. Wir mussten auf Kerr einen sehr unsympathischen Eindruck machen. Dabei waren wir vor ein paar Tagen noch unzertrennlich gewesen, die besten Freunde, die man sich nur vorstellen konnte.

»Bran, Sara hat dich etwas gefragt«, mahnte Riona.

»Ich bin müde. Sive, kannst du mir die Schmerzen nehmen?«, erwiderte er nur, legte sich hin und wandte uns allen den Rücken zu. Meine Ziehschwester ging zu ihm, strich ihm sanft über die Stirn und murmelte etwas dabei.

»Kommt, ich habe bei der Suche nach meiner Schwester eine Bibliothek des Erzdruiden entdeckt, in der unzählige Schriften gelagert wurden. Vielleicht finden wir dort Hinweise, die uns helfen könnten?« Riona verließ mit forschen Schritten den Raum, ohne Rücksicht auf Brans Müdigkeit. Wir folgten ihr. Ich wusste, dass sie sein Verhalten missbilligte, denn sie konnte leise wie eine Katze sein.

Riona führte uns in einen Korridor und wies im Gehen auf eine Tür: »Sobald dieses Zimmer hergerichtet ist, wird Bran hier einziehen. Das, wo er jetzt liegt, soll unser Gemeinschaftsraum werden, wo wir zusammen die Mahlzeiten einnehmen. Delma hat das vorgeschlagen.«

Die Tür zu Brans neuem Zimmer fehlte und ein Fensterladen war zerstört. Die grünen Wände verliehen dem Raum eine beruhigende Atmosphäre, was durch die zwei großen Fenster mit Blick auf den hübschen Garten, der zum Tempel führte, nur verstärkt wurde.

»Gwyned hätte gern das blaue Zimmer mit den silbernen Sternen an der Wand, das links hinter der Tür liegt, und Sive das andere blaue drei Türen weiter rechts. Beide sind schon bezugsfertig. Ich weiß noch nicht, ob ich überhaupt hier wohnen soll oder bei meiner Familie.« Riona ließ nachdenklich den Blick schweifen.

»Das wäre dämlich«, murrte Keenan. Offensichtlich nahm er ihr den Vorwurf von vorhin übel, denn normalerweise konterte er mit Witz.

Sive kam uns nach. Sie hatte die letzten Worte mitbekommen und mischte sich ein. »Wir sollen gemeinsam regieren und eine von uns kommt und geht mit den Dienstboten?«

Ich sah sie erstaunt an. Was für Dienstboten?

»Das sind Rois' Worte. Delma ist gerade dabei, Personal anzuheuern, und ich finde es wie Rois nicht angemessen für eine Regentin, in der Stadt zu schlafen«, erklärte sie. Das klang in meinen Ohren extrem überheblich.

»Bist du mit meiner Zimmerwahl einverstanden?«, unterbrach Sive meine Gedanken.

»Ja, natürlich«, antwortete ich schnell.

»Wo möchtest du denn schlafen?«, fragte sie mich.

Ohne dass ich eine Möglichkeit hatte zu antworten, sagte Gwyned: »Kerr wird in dem Zimmer neben Bran schlafen.«

Wir drehten uns alle überrascht zu ihr um.

Sie blinzelte ein paarmal, als wäre sie soeben wach geworden.

»Ich … ich habe ihn da gesehen«, stammelte sie und deutete auf die nächste Tür. »Sein Raum war sauber, die eingehauene Wand wiederaufgebaut und seine Sachen lagen auf einem Stuhl.«

»Mir war nicht bewusst, dass er bleibt«, sagte Riona und sprach das aus, was wir wohl alle dachten. Auch Kerr wirkte erstaunt.

Gwyned zuckte mit den Schultern. »Ich kann nur sagen, was ich gesehen habe.«

»Ich wünschte, du könntest auch meine Schwester sehen«, murmelte Riona angespannt. Sie presste die Lippen zusammen. Ich merkte, dass sie immer verzweifelter wurde. Garantiert hatte sie dieselben Bedenken wie ich: Zu viele Tage waren vergangen. All jene, die noch eingeschlossen waren, hatten zu lange ohne Nahrung und Wasser auskommen müssen.

Ich erklärte Kerr kurz die Situation, während Gwyned seufzte und nach Rionas Hand griff. »Es tut mir leid. Ich sehe immer nur alles verschwommen, als hätte jemand einen dichten schwarzen Schleier über meine Augen gelegt. Da sind nur Schemen.«

»Konnte Paidraig nicht helfen?«, unterbrach ich.

»Jein«, sagte Riona düster. »Er hat mir ein paar Räume genannt, doch die waren bereits leer. Es gibt wohl noch im Tempel und in der Stadt verschiedene Kammern, wo man die Zöglinge versteckt gehalten hat. Meine Familie geht dem gerade nach. Glücklicherweise würden die Kinder weiter versorgt werden, denn dort waren nicht nur Druiden für sie zuständig.«

In diesem Fall gab es noch Hoffnung. Allerdings war es gleichzeitig ernüchternd zu hören, dass bei diesen Machenschaften auch Nicht-Druiden beteiligt gewesen waren.

»Paidraig hat versprochen mit mir durch die Stadt zu gehen, sobald wir im Tempel durch sind«, erklärte Riona.

Kerr hatte in der Zwischenzeit kein Wort mehr verloren, allem nur gelauscht und versuchte wahrscheinlich ein Gefühl für uns alle zu bekommen. Seine einfühlsamen Worte bei unserem ersten Gespräch ließen mich das vermuten.

Schließlich sagte er: »Ich habe in meiner Heimat nie mitbekommen, dass Kinder eingeschlossen wurden.« Er sah dabei Riona direkt in die Augen. »Wenn ich so etwas mitbekommen hätte, hätte ich alles darangesetzt, sie zu befreien.« Sein Gesichtsausdruck sah sehr entschlossen aus, und nun war das Mitgefühl da, die Sorge und die Empathie.

In diesem Moment traf es mich wie ein Blitz.

Ich war Kerr schon einmal begegnet. Ich wusste nicht, wo und wann, aber ich wusste genau, dass ich ihn schon einmal gesehen hatte. Ihn, nicht die Augen der irren Frau – obwohl die mich auch an ihn erinnert hatte.

Ich blinzelte ein paarmal und überlegte. Es kam mir nicht so vor, als wäre es lange her, doch ich kam einfach nicht drauf.

»Ich muss jetzt wieder zu den Verwundeten«, sagte Sive plötzlich und blieb stehen. Ihrer Miene konnte ich allerdings ansehen, dass ihr noch etwas auf dem Herzen lag.

»Darf Mellan mich ins Lazarett begleiten? Er ist ein großartiger Heiler und könnte so viel bewirken.« Bittend sah sie uns an. »Dann könnte ich noch viel von ihm lernen. Und ich vertraue ihm, dass er die Situation nicht ausnutzt.«

Kurz dachte ich darüber nach und wechselte einen Blick mit den anderen. Sive fuhr fort: »Ich würde ihn auch gern dort unterbringen statt im Turm, denn es gibt vier Schwerverletzte, die es vielleicht nicht schaffen, wenn er erst aus dem Turm geholt werden muss.«

Riona sagte langsam: »In Ordnung. Aber die Verantwortung für ihn liegt bei dir.«

Sives Gesicht leuchtete auf, während sie eifrig nickte. Sie warf Kerr noch einmal ein strahlendes Lächeln zu. »Wir helfen dir, dein gestohlenes Gut zurückzubekommen. Ich denke, ich spreche im Namen aller hier Anwesenden, dass wir uns freuen, wenn du bleibst und wir dir helfen können«, versprach sie ihm, wandte sich ab und verschwand.

»Was meint sie damit?«, fragte Gwyned.

»Die Männer, die mich überfallen haben, entwendeten mir eine wertvolle Gürtelschnalle«, sagte er. »Ich muss sie unbedingt wiederhaben.«

»Deswegen wurdest du überfallen? Wegen einer Gürtelschnalle?« Keenan klang skeptisch.

»Sie bestand aus Gold und Lyoness-Kristall.«

Damit war uns allen bewusst, dass diese Gürtelschnalle geradezu unbezahlbar war. Er musste sehr reich sein. Das erklärte auch sein wolkenweißes Hemd und die gut geschnittene Hose.

»Bleib bei uns, Kerr«, sagte Riona freundlich. »Du sorgst dafür, dass Sara nicht ständig so düster ausschaut. Allein das finde ich schon gut. Und wer weiß? Ein paar Augen und Hände mehr, die uns helfen, können gewiss nicht schaden. Ich glaube, du kannst uns sehr nützlich sein bei allem, was auf uns zukommt«, fügte sie ein wenig versonnen hinzu und deutete damit auf eine Auswirkung hin, die sie mit ihrer besonderen Magie wahrnahm.

Sie sah Keenan an. »Das ist meine Meinung, wie siehst du das?«

»Wieso fragst du mich und nicht Gwyned?«, knurrte Keenan und fügte dann an Kerr gewandt hinzu: »Blöde Frage, sie hat ihn ja schon hier einziehen sehen. An mir soll's nicht liegen. Ein herzliches Willkommen in Lyoness.« Glücklicherweise sagte er Letzteres in einem freundlichen und kameradschaftlichen Tonfall und nicht so sarkastisch wie die Worte zuvor. »Ich bin euch allen sehr verbunden für die Hilfe«, sagte Kerr und lächelte einen nach dem anderen an, bis er an mir hängen blieb. »Vielleicht kann ich euch ja auch helfen, etwas zu finden, was ihr sucht.«

»Wir werden sehen. Fangen wir einfach mal hier in diesem Gemäuer an«, sagte ich, weil ich mich durch seinen durchdringenden Blick verunsichert fühlte und etwas tun wollte, um dem zu entkommen.

Wir schritten gemeinsam weiter durch den Korridor und erreichten irgendwann einen Saal mit dunkler Holzvertäfelung und unzähligen Papieren. Von einer Bibliothek hatte ich bislang nur gehört, doch ich konnte mir vorstellen, wie sie aussah, denn Gwyned hatte von der im Tempel von Deira erzählt.

Fast alle Wände waren mit Regalen vollgestellt, sogar mitten im Raum gab es welche, die Rücken an Rücken standen. Außerdem waren vier einfache sowie ein großer, mit aufwendigen Schnitzereien verzierter Schreibtisch im Raum verteilt worden.

Die Halterung für das Tintenfass war leer, die Schubladen lagen auf dem Boden verstreut und der Boden war fast komplett bedeckt mit Papier, Papyrusrollen, Ledereinbänden und zerrissenen Seiten.

»Das ist grausam«, sagte Kerr betroffen.

»Hier hat sich aber jemand abreagiert.« Keenan musterte eine große Schrankwand missbilligend.

Die einst reich verzierten Türen aus dunklem Holz waren komplett zertrümmert, allerdings nicht von einem Wurfgeschoss des Katapults, sondern durch Axtschläge. Die Einkerbungen an manch flachen Stellen ließen daran keinen Zweifel. Auch ein anderer riesiger Tisch und weitere Schränke waren zerstört worden. Glasscherben von Bechern lagen dazwischen. Ich bückte mich.

Ich hatte noch nie zuvor Glas gesehen. Es war durchsichtig, schimmerte im Licht grünlich sowie bläulich und war unendlich kostbar.

»Das muss ein Ende haben«, sagte ich laut und zeigte Gwyned das Bruchstück. Sie riss verblüfft die Augen auf und nahm es vorsichtig in die Hand.

»Die Wut der Menschen in allen Ehren, aber Plünderungen, Brandschatzungen und mutwilliges Zerstören ist nicht ehrenwert«, sagte Gwyned düster.

Ich nickte und versuchte auszublenden, dass ich der Auslöser für dieses Chaos war. »Wir könnten hier nach Hinweisen für diese Broschen suchen. Ist eine Bibliothek nicht ein Ort, wo sämtliches Wissen aufbewahrt wird?«

Also löste ich mich von Kerrs Hand, ließ ihn etwas schwankend stehen und begann mich nach den in nächster Nähe liegenden Blättern zu bücken. Alle halfen, ohne ein weiteres Wort zu verlieren.

Ich konnte zwar nicht lesen, wollte aber dennoch schauen, ob ich etwas finden konnte – und seien es nur Zeichnungen.

Kerr wollte etwas aufheben, doch da er dafür noch nicht fit genug war, kam ich ihm zuvor und nahm das Blatt für ihn auf.

Ich konnte sehen, dass seine Augen den Schriftzeichen darauf folgten. Linie für Linie.

»Du kannst lesen!«, stellte ich fest.

»Du nicht?« Verwundert sah er mich an, während ich den Kopf schüttelte. Er lächelte. »Ihr helft mir, meinen Gürtel wiederzufinden, und ich bringe dir dafür das Lesen bei und somit zu regieren.«

»Inwiefern hat Lesen etwas mit Regieren zu tun?« Das verstand ich nicht.

»Das geschriebene Wort hat mehr Macht als das gesprochene«, erklärte er ernsthaft. »Glaub mir, jeder König und Großfürst kann lesen und schreiben, oder zumindest sein engster Vertrauter, denn all diese Schriften helfen einem Menschen, zu führen, Mächte zu verstehen und Zusammenhänge klarer zu sehen. Wer lesen kann, ist mächtig.«

Nun musterte ich ihn noch einmal eingehend. Ehrlich gesagt hatte ich mir immer einen Prinzen von Anglia oder Cornwall so schön vorgestellt. Ich hatte ein paarmal königlichen Besuch gesehen, der mit großem Festzug hier in Yslion eingetroffen war. Die Könige und Königinnen hatten immer viel schöner und edler ausgesehen als andere Menschen. Grady hatte mir zugeflüstert, die züchteten Menschen vermutlich so wie manche Lyonesser Pferde oder Schafe.

Wir hatten haltlos darüber gekichert, doch ein kleiner Teil von mir hatte gedacht, dass es vermutlich nicht so absurd war.

»Stammst du aus einem Königshaus?«

»Nein, ich bin kein Prinz«, sagte Kerr und grinste. Um seine

Mundwinkel bildeten sich kleine Halbmonde und ich fand ihn so noch schöner als mit ernster Miene.

»Ich bin nur viel herumgekommen, habe einiges gesehen und hatte sehr oft mit Herrschern zu tun.«

Ich erwiderte das Lächeln. Als ich gerade etwas antworten wollte, fiel mein Blick auf Gwyned, die auf das oberste Blatt des Stapels in ihren Armen starrte. Sie regte sich nicht. Wie ein Schlafwandler hob sie den Kopf und sah geradeaus – in Kerrs Richtung, doch durch ihn hindurch.

Sie hatte wieder eine Vision.

Kerr musterte sie neugierig und erstarrte.

Wenn man Gwyned nicht so gut kannte wie wir, konnte man ihr seltsames Gebaren in diesen Momenten auch für einen Fluch halten, denn die Magie der Druiden ließ Menschen ähnlich starr und teilnahmslos aussehen, sofern sie sich nicht direkt vor Schmerzen krümmten.

Gwyned zuckte zusammen und sah Kerr erschrocken an, als würde sie ihn erst jetzt wahrnehmen. Dann wurde sie puterrot und senkte den Blick.

»Alles in Ordnung, Gwyned? Was hast du gesehen?«, fragte Keenan. »Vielleicht wurde ich ja mal zur Abwechslung gekrönt?« Keenan zwinkerte ihr zu. Es war offensichtlich, dass er sie aufmuntern und die Situation auflockern wollte. Es funktionierte, denn Gwyned begann zu lächeln und schüttelte den Kopf.

»Nein, ich hatte plötzlich nur das Bild von einer jungen rothaarigen Frau vor Augen, die eine besondere Brosche trug. Sie enthielt die Schuppe eines Drachen. Ansonsten sah die Brosche exakt so aus wie auf dem Wandbild im Großen Saal.«

»Was? Drachenschuppen?« Keenan weitete die Augen. »Konntest du noch etwas von ihr sehen?«

Auch ich ließ alles stehen und liegen, um näher zu kommen. Die rothaarige Frau an den Klippen erschien unwillkürlich in meiner Erinnerung. Sie hatte eine Brosche getragen. »Hat sie etwas gesagt?«

Gwyned schüttelte wieder den Kopf. »Alles um sie herum war total verschwommen, ich konnte nichts weiter sehen und dann kamen wieder diese Schleier …«

Ich seufzte. Was hatte das zu bedeuten?

DER TEMPEL

Wir suchten weiter nach Hinweisen, überflogen die überall verteilten Zettel und durchsuchten Schränke. Mein Blick wanderte dabei immer wieder zu Kerr, der seit Gwyneds Vision seltsam still geworden war. War es das erste Mal, dass er diese magische Fähigkeit miterlebt hatte, oder bedrückte ihn etwas anderes?

Irgendwann gaben wir die Suche auf und entschlossen uns, als Nächstes in den Tempel zu gehen. Es war naheliegend, dass die Druiden dort ebenfalls etwas versteckt haben könnten. Gwyned und Riona hatten jedoch noch einige Dinge mit Rois zu klären, unter anderem wegen der Trauerfeier, die heute Abend stattfinden würde. Schnellen Schrittes machten sie sich auf den Weg.

Bevor der Rest von uns die Bibliothek verließ, griff ich nach ein paar Büchern, die wir noch nicht durchgesehen hatten.

»Möchtest du Bran diese hier bringen? Dann hat er ein wenig Abwechslung«, schlug ich Keenan vor.

»Mache ich«, sagte er hölzern. »Vielleicht findet er ja irgendwo einen Hinweis, wie wir Lyoness retten können. Dann fühlt er sich nicht mehr ganz so unnütz.«

Ich wusste, dass die letzte Bemerkung wieder eine Spitze gegen mich war, auf die ich keine Antwort wusste.

Im nächsten Moment war Keenan verschwunden.

Als wir den Palast verließen, stand die Sonne im Zenit. Vogelgezwitscher drang nur leise an meine Ohren, während ich Kerr dabei half, die Stufen hinabzusteigen. Die Wärme des Sommertags kribbelte auf meiner Haut. Es dauerte nicht lange, bis wir einen weitläufigen Garten erreicht hatten, durch den ein Weg in den Tempel führte. Riona hatte uns zuvor beschrieben, wie wir am schnellsten dorthin gelangen würden. Ich erschauderte bei dem Gedanken an diesen Ort. Dort hatte man Tiere geopfert und die Haare der Kinder verbrannt, die zu Druiden ausgebildet werden sollten. Gwyned hatte erzählt, das sei in jedem Tempel gleich. Je näher wir kamen, desto mehr kam es mir vor, als könne ich die verbrannten Haare riechen.

»Weswegen fühlst du dich schuldig?«, durchbrach Kerr die Stille.

Die Frage traf mich unerwartet. Ich hob den Blick, während sich seine Hand von meiner Schulter löste.

Er sah mich ernst an, so als wolle er keine Reaktion in meinem Gesicht verpassen.

»Wie kommst du darauf?«, fragte ich zurück.

»Weil du diese spitzen Kommentare widerspruchslos akzeptierst und jedes Mal ein schuldbewusstes Gesicht ziehst.«

Einen Augenblick lang überlegte ich, ob ich überhaupt antworten sollte. Doch dieses Mal war sein Blick freundlich, angenehm und mitfühlend. Ich beschloss, die Wahrheit zu sagen.

»Weil ich für alles verantwortlich bin«, brachte ich endlich hervor. »Ich habe die Schlacht gegen die Druiden ausgelöst, ich habe entschieden, dass Brans Bein amputiert werden sollte, ich bin schuld an all den Zerstörungen, dem Tod und den Verletzungen, die in der letzten Woche passiert sind.«

Kerr schwieg einige Augenblicke. »Schuld ist ein sehr mächtiges Gefühl«, sagte er schließlich. »Wenn man nicht aufpasst, zerfrisst es einen. Entweder sieht man die Welt dann nur noch schlecht oder man möchte kein Teil dieser Welt mehr sein.«

Er sah mich wieder an. »Schuld kann jemanden dazu bringen, sich zu verausgaben, um Wiedergutmachung zu leisten. Sie kann einen aber auch zum Täter werden lassen.«

Ich blinzelte und ließ mir seine Worte durch den Kopf gehen.

»Was bedeutet das?«, fragte ich.

»Es erdrückt einen, zerrt an einem wie ein Gewicht, das dich unter Wasser zieht und dir die Luft zum Atmen nimmt.« Damit beschrieb er sehr gut, wie ich mich fühlte. »Ein falsches Wort, ein komischer Blick und schon fühlst du dich wieder verantwortlich.«

Es war wie nach seinem Erwachen im Lazarett. Kerr wusste exakt meine Gefühle zu benennen.

»Weswegen fühlst du dich schuldig?«, wollte ich wissen. »Ich glaube kaum, dass irgendjemand diese Gefühle nachempfinden kann, wenn er sie nicht selbst durchlebt hat.«

Kerr zögerte. Wollte er nicht darüber reden? War es so schlimm?

»Ich war zu spät«, sagte er genau in dem Moment, als ich schon erklären wollte, er brauche es nicht zu sagen, wenn er nicht wolle.

»Ich konnte einen Mord nicht verhindern und habe die Gefahr zu spät erkannt.« Er sah mich an. »Ich weiß genau, wie du dich fühlst.«

Ich wusste nicht, was ich darauf sagen sollte. Es war tröstlich und traurig zugleich. Dieses Empfinden würde ich gern jedem ersparen. Vor allem so einem netten Menschen wie Kerr. Mit einem Mal fühlte ich mich ihm nahe. Durch unsere Schuldgefühle waren wir beide irgendwie miteinander verbunden.

Wir erreichten den Eingang des Tempels. Das Gebäude war ebenso groß wie der Palast – nur ohne Türme, Erker und Anbauten. Es handelte sich dabei um einen riesigen Rundbau mit einer Apsis, wo der Opfertisch stand, und einem Kuppeldach, das bei der Schlacht verschont geblieben war. Im Gegensatz zum weißen Palast war der Tempel aus rotem Stein erbaut, der bei Aína abgebaut wurde. Ich kannte bislang nur das Tor, das außerhalb der Palastmauern lag und dessen Flügel für das Volk an den Feiertagen geöffnet wurden, um einen direkten Blick auf das Allerheiligste zu gewähren.

Dieser Eingang hier befand sich seitlich in einer mir unbekannten Nische. Ein Eisenriegel lag quer in den Halterungen davor. Natürlich hatten die Druiden den Palast von dieser Seite vor Eindringlingen geschützt. Kerr ließ mich einen Moment lang los, damit ich den Riegel anheben und zur Seite stellen konnte. Dann ließ sich die Tür mühelos öffnen. Obwohl der Tempel rund erbaut worden war, gab es im Inneren um den Altarraum viele kleine Nischen und Kammern, die kleinere und ruhigere Gebete zuließen, sowie Räume in der Apsis, die den Druiden für die Vorbereitung ihrer Rituale dienten. Wir befanden uns in einer der seitlichen Nischen, und ich brauchte einen Augenblick, um meine Augen an das Dunkel zu gewöhnen.

Auch wenn die Mittagssonne hoch oben stand, war es im Inneren schummrig. Zarte Schwaden schlängelten sich in dem kargen Tageslicht, das durch drei runde Öffnungen in der Kuppel hereinfiel. Die hinteren Wände verschwanden in den Schatten und der Geruch von verbrannten Kräutern lag in der Luft. Unwillkürlich glaubte ich, auch versengte Haare zu riechen. In der Apsis brannten Öllampen und erhellten Altarraum sowie Tisch, dessen grauschwarze Platte zwei steinerne Drachen trugen.

Während wir hineingingen, hallten unsere Schritte laut im sonst menschenleeren Tempel wider. Wie ein Echo wiederholten sie sich, bis wir die Mitte des riesigen Innenraums erreicht hatten. Mir war seltsam zumute, und ich hatte mit einem Mal das Gefühl, in einen heiligen Ort einzudringen, in dem ich nichts verloren hatte.

»Bitte erzähl mir von Grady. Wie ist er gestorben? Warst du für seinen Tod verantwortlich?«, fragte Kerr leise, dennoch wurde seine Stimme durch den Tempel getragen.

»Nein, das war ich nicht«, antwortete ich und erzählte ihm zögernd von der Hinrichtung. Ich beschönigte nichts, nahm aber die Verantwortung für die Geschehnisse, die durch seinen Tod in Gang gesetzt worden waren, auf mich. »Er war der beste Freund, den man sich nur vorstellen kann«, sagte ich. »Wir waren wie Zwillinge. Keiner ohne den anderen, unzertrennlich. Der Carnifex hat mir, indem er Grady die Kehle durchgeschnitten hat, direkt ins Herz gestochen.«

Urplötzlich war der Schmerz wieder da. So heftig und furchtbar wie in dem Moment, als es geschehen war.

Mir wurde elend. Alles begann sich zu drehen, sodass ich taumelnd an der Wand Halt suchte. Kerr verschwamm vor meinen Augen, und nur einen Wimpernschlag später fand ich mich auf einer Wiese wieder, auf deren kleiner Anhöhe einer dieser Dolmen stand, bestehend aus drei großen, aufrechten Steinen, die einen flachen als Dach trugen. Ein riesiger geschuppter Schwanz verschwand unter dem Dach im Dunkel. Das Wesen müsste den Dolmen eigentlich überragen, doch nichts war zu sehen.

Plötzlich schlug der Schwanz einmal wütend um sich. Bevor er mich treffen konnte, sprang ich zur Seite und stand im nächsten Moment wieder neben Kerr inmitten des Tempels.

Erschrocken holte ich tief Luft und sah mich hektisch um. Was bei den Drachen war das gewesen? Bekam ich jetzt Visionen wie Gwyned? Das Ganze hatte sich aber so real angefühlt … Mit rasendem Herzen wandte ich mich um und rannte aus dem Tempel. Beim Brunnen angekommen, schöpfte ich mit der Hand Wasser und trank gierig ein paar Schlucke. Das Wasser sprudelte heftiger als sonst, platschte über den Rand hinweg auf mein Kleid. Doch das war mir egal. Irgendetwas stimmte nicht.

Meine Knie zitterten, weswegen ich mich mit einer Hand am Brunnenrand festhalten musste.

Kerr stellte sich neben mich und wirkte angestrengt. Vermutlich weil er den ganzen Weg allein hierhergekommen war.

»Alles in Ordnung?«, fragte er besorgt.

Ich überlegte und schüttelte dann den Kopf.

»Komm, du solltest etwas essen. Du siehst ganz blass aus«, schlug er vor.

Ich nickte und legte den Arm um seine Taille, um ihn zu stützen. Als ich ihn berührte, tauchte wieder der geschuppte Echsenschwanz in meiner Erinnerung auf. Nur für eine Sekunde, dann sah ich wieder in Kerrs blaue Augen, während er mich aufmunternd anlächelte.

Am späten Nachmittag fanden wir uns in der Großen Halle des Palastes ein, um uns auf die Trauerfeier vorzubereiten. Meine neue Zofe Ellis frisierte mich in meinem neuen Zimmer, das sich in der Nähe von Gwyneds und Sives Räumen befand.

Ellis war etwas älter als ich, hatte blonde Haare, die sie adrett aufgesteckt hatte, und trug ein gelbes Kleid, das sie dem Wollviertel zuordnete. Bei unserer Unterhaltung erfuhr ich, dass sie bei einer sehr reichen Händlerfamilie angestellt gewesen war, bis Delma sie fragte, ob sie nicht für eine der neuen Regentinnen arbeiten wolle.

Als sie mit meiner Frisur fertig war, half sie mir in ein bordeauxrotes Kleid hinein, das sie eigens für mich aufgetrieben und auf die Schnelle angepasst hatte.

»Es steht dir wirklich gut, Lady Sara«, sagte sie mit einem Lächeln und trat zurück, um sich das Gesamtwerk anzusehen. Ich strich gedankenverloren über den Stoff. So ein tiefes Rot hatte ich nur auf den Gemälden im Prunksaal gesehen.

»Hallo, ihr zwei«, sagte Kerr unvermittelt hinter mir.

Ellis stieß einen erschrockenen Schrei aus. »Es gehört sich nicht, dass ein Mann hier einfach so eintritt«, wies sie ihn zurecht.

»Ich wollte anklopfen, aber hier fehlt noch eine Tür«, erwiderte er unbekümmert und deutete auf die losen Angeln, die traurig an den Scharnieren in der Türöffnung baumelten. Sein Gang wirkte schon viel sicherer als noch vor ein paar Stunden. Man könnte fast meinen, er sei so gut wie gesund.

»Ich werde mich sofort darum kümmern«, sagte Ellis, knickste und verließ den Raum.

Kerr betrachtete derweil meine Frisur. »Die hat was drauf.«

»Wo hat sie mir was draufgemacht?«, fragte ich und betastete vorsichtig das geflochtene Gebilde auf meinem Kopf. »Ich fühle nichts.« Als ich zu ihm aufsah, wusste ich augenblicklich, dass er etwas anderes gemeint hatte.

»Du wolltest damit sagen, dass es hübsch ist, oder?«, fragte ich.

»Genau, vermutlich war meine Beschreibung dafür zu mo…« Er stockte und fügte schnell an: »Es war dämlich ausgedrückt. Du siehst großartig aus.«

»Danke.« Ich lächelte zaghaft. »Wollen wir gehen?«

Der Palastplatz war in der Abenddämmerung randvoll. Ganz Yslion war erschienen, um seine Toten zu ehren. Der Anblick der Menge war einerseits unwirklich, andererseits berührend. Sie alle waren statt in den Farben ihres jeweiligen Stadtviertels komplett in Schwarz gekleidet. Die Farbe der Finsternis, der ewigen Nacht. Die Farbe der Trauer.

»Jetzt könnte ich etwas zu essen gebrauchen«, sagte Keenan, während unsere Freundesgruppe geschlossen nach vorn ging. Am Ende des Platzes hatte Rois eine Tribüne für uns aufgebaut, von der aus Sive heute in unser aller Namen eine Rede halten und damit die Gefallenen ehren würde. Jede Person auf dem Platz hatte eine Kerze in der Hand.

»Immer wenn du emotional wirst, brauchst du etwas zu essen«, stellte Riona fest.

»Du bist ergriffen.« Gwyned legte ihm eine Hand auf die Schulter und stellte sich gemeinsam mit uns anderen neben die Tribüne. Bevor Sive als Einzige die Erhöhung betrat, warf sie mir einen kurzen Blick zu. Augenblicklich wurde es still.

Meine Ziehschwester sprach bewegende Worte über Mut, Heldentum und Wertschätzung, bei denen ihr selbst Tränen über die Wangen liefen. Ich traute mich nicht, die anderen anzusehen, um nicht auch zu weinen. Ich würde schluchzen und alles verderben.

Als Sive zur Schweigeminute aufforderte, kam es mir vor, als halte Yslion den Atem an. Nur Vogelgezwitscher und Insektensummen war zu vernehmen. In der Ferne rauschte der Pugh, der mir in dieser Stille lauter und wilder vorkam als je zuvor.

Sie beendete diesen Moment, indem sie ihre Kerze entzündete. Die Ersten taten es ihr gleich, nur Aodhs Kerze in der ersten Reihe wollte nicht brennen, weil er so sehr zitterte. Delma, die neben ihm stand, musste ihm helfen.

»Für alle Gefallenen. Für Grady«, sagte ich spontan und meine Stimme hallte über den Platz hinweg.

»Für alle Gefallenen. Für Grady«, wiederholten Riona, Keenan, Gwyned und sogar Bran. Auch andere stimmten mit ein, sodass der Ruf durch die Stadt schallte wie das Glockengeläut nach der Schlacht.

Ich wusste, Grady hätte das noch besser gefallen, als im Palast zu wohnen.

Und ich hatte noch immer keine Ahnung, wie ich ohne ihn weitermachen sollte.

Irgendwann löste sich die Trauerfeier mit einem leisen Murmeln auf. Meine Freunde und ich gingen bedrückt zurück in den Palast. Gwyned hatte gerötete Augen und Riona eine starre Miene aufgesetzt.

Keenan schlurfte mit einem aggressiv dreinblickenden Bran auf den Armen über den Platz, sodass ich schnell wieder wegsah.

»Sollte es nicht noch etwas zu essen geben? Delma hat …« Keenan stockte mitten in der Rede. Wir folgten seinem Blick.

Mitten auf der weißen Marmortreppe lag ein dunkles, großes Bündel.

Mir stockte das Herz, dann rannte ich gemeinsam mit den anderen los.

Es handelte sich dabei um eine der Frauen, die als Wache eingestellt worden war. Ihr Gesicht hatte sich blau verfärbt, und Mund sowie Augen waren weit aufgerissen, aber starr. Sie war tot.

Ich blickte die Treppe hinauf, doch in diesem Moment rief Riona: »Dahinten!« Sie deutete auf die Tür, hinter der Sive das Lazarett untergebracht hatte.

Dort lag eine weitere Gestalt, diesmal jedoch mit einem Messer in der Brust. Auch dieser Junge war bereits tot. Es war Rois' tauber Neffe, der Mellan bewacht hatte, sofern er nicht die Gefangenen im Karzer versorgen musste.

Die Kammer, in der der Heiler nachts eingesperrt war, war leer.

DIE FLUCHT

Die Bedrückung war wie weggeblasen. Stattdessen fühlte ich Panik in mir aufsteigen.

»Verdammt«, stieß ich hervor.

»Viel schlimmer! Er wird Anhänger sammeln, Gegner und Unschuldige verfluchen und sich gegen uns auflehnen«, sagte Riona außer sich.

»Wie schwerwiegend sind diese Konsequenzen?«, hakte ich nach.

Riona blinzelte in die Ferne, überlegte einen Moment und erwiderte dann: »Sehr schwer. Es wird viel Arbeit auf uns zukommen.«

Ich war nicht so naiv zu glauben, dass wir mit unserem Sieg über die Druiden alle Menschen glücklich gemacht hatten. Viele hatten von der Zusammenarbeit mit den Druiden profitiert, wodurch ihnen nun ein gesichertes Einkommen fehlte.

»Wir müssen den gesamten Palast durchsuchen und die Straßen sowie alle Wege, die aus der Stadt hinausführen, sperren lassen«, rief ich von Angst ergriffen.

»Was bedeutet das genau?«, fragte Kerr. Ja, natürlich, er konnte es nicht wissen. Doch nun war keine Zeit für Erklärungen.

»Kerr, würdest du Bran helfen? Keenan, du bist der Schnellste. Lauf in die Stadt, warne die Wachen am Stadttor. Wir müssen Rois informieren und Verstärkung für die Suche nach Mellan anheuern.« Riona war bewundernswert schnell darin, einen Plan aufzustellen, was getan werden musste.

Keenan setzte Bran vor Kerr auf dem Marmor ab und zischte aus dem Tor hinaus in die Stadt.

Ich wandte mich zu meiner Ziehschwester um. »Sive, kannst du uns etwas über Mellan sagen? Ihr habt zusammen im Lazarett gearbeitet. Hat er irgendetwas über seine Vergangenheit erzählt? Über einen Ort, der eine besondere Bedeutung für ihn hat?«, bohrte ich nach. Ich wurde ungeduldig. Jede Minute zählte.

»Nein, gar nichts. Er hat mir viel übers Heilen erklärt. Unsere Gespräche drehten sich allein um Wunden oder Krankheiten, die wir behandelten.« Sive sah mir nicht in die Augen und knetete nervös ihre Hände.

In diesem Moment liefen Rois und viele weitere der neuen Angestellten über den Hof zu uns. Sie hatten alles von Keenan erfahren. Als sich Rois betroffen neben seinen toten Neffen niederkniete, stieß er einen Fluch aus. »Ich werde alle Soldaten, die uns beistehen, mobilmachen. Wir müssen die anderen beiden Druiden zurück in den Karzer bringen. Man kann ihnen nicht trauen«, fügte er finster hinzu.

»Doch«, sagten Riona und ich wie aus einem Munde. Wir sahen uns kurz an und Riona bestätigte meine Intuition. »Die haben mit Mellan nichts zu tun. Sie waren ahnungslos und werden uns auch nicht schaden, im Gegenteil.«

Rois sah mich an. Seine Zweifel waren sehr deutlich.

Ich nickte. »Ich glaube auch, dass die beiden friedlich sind, und wenn Riona es bestätigt, vertraue ich ihr blind.«

Rois nickte. »Nun denn. Ich suche im Tempel.«

»Ich helfe dir, ich kenne dort viele Verstecke«, sagte Riona.

Rois nickte und wandte sich mir zu. »Lady Sara, würdest du …?«

Ich wusste, was er mich fragen wollte. Ob ich in den Karzer gehen könnte.

Ich nickte, rannte los, und mitten im Schwung hielt mich Kerr auf. Er packte meinen Oberarm und brachte mich zum Stehen, sodass es schmerzhaft im Schultergelenk zerrte. Zu meiner Verwunderung stand er selbst unerschütterlich da, ohne dass ich ihn zum Straucheln gebracht hatte.

»Was verstehe ich hier nicht?«, fragte er und sah mir in die Augen.

»Ein gefangener Druide ist flüchtig«, keuchte ich. »Er ist sehr gefährlich, und wir müssen ihn finden, ehe er seine Mitbrüder befreien kann und es erneut zu einer Schlacht kommt.«

»Lass mich bitte mit dir gehen. Ich will dir helfen«, sagte er.

Riona und Rois machten sich, ohne zu warten, auf in Richtung Tempel.

»Es gibt einen geheimen Gang , der von einer der Küchen aus direkt in den Karzer führt«, sagte Gwyned, als Kerr und ich ebenfalls loseilen wollten. Wir hielten inne und starrten sie an.

»Das … das habe ich gerade gesehen«, meinte sie erschrocken.

»Gwyned«, ich sah sie eindringlich an, »kannst du sehen, wo Mellan ist? Und ob schon welche aus dem Karzer entkommen sind?«

Sie schüttelte den Kopf. »Es tut mir leid. Aber ich kann euch zeigen, wo dieser Geheimgang ist.«

Wir rannten los, erreichten die Küchen, und dort führte uns Gwyned zu der Stelle, die sie in ihrer Vision gesehen hatte. Kerr entzündete am Eingang zwei Laternen, eine davon reichte er mir.

Gwyned lief zu einem der riesigen Kamine in einem Küchensaal und trat auf die erkaltete Feuerstelle. Dort deutete sie nach oben. Während Kerr sich bücken musste, um unter den Kaminvorsprung zu gelangen, konnte ich aufrecht hineingehen. Als wir unsere Laternen in den Schlot hielten, entdeckten wir in ungefähr einem Meter Höhe eine geöffnete Tür. Dahinter führte ein Gang in die Dunkelheit.

»Sara, Gwyned, ich helfe euch hoch«, sagte Kerr und ging in die Knie.

Gwyned blieb wie angewurzelt stehen. Ich wusste, was sie zurückhielt. Sie hatte Angst in dunklen, engen Räumen, was von ihrer Gefangenschaft als Druidenzögling herrührte.

»Gwyned, magst du zurückgehen?«, fragte ich daher. Mir fiel Bran ein, den wir einfach so zurückgelassen hatten. »Bitte kümmere dich um Bran.«

Sie nickte dankbar und rannte zurück, ohne abzuwarten.

Kerr sah ihr nachdenklich hinterher. »Du wirst mir bald mal erklären müssen, was diese Druiden alles verbrochen haben«, sagte er und hob mich mühelos hoch zu der Öffnung.

Ich kletterte ins Innere und reichte Kerr eine Hand.

»Geh lieber weg.«

Kaum war ich auf allen vieren rückwärts in die Finsternis gekrochen, kniete er nach einem Satz direkt vor mir. Die Laterne baumelte zwischen seinen Zähnen und der flackernde Schein verlieh seinem Gesicht einen grimassenhaften Ausdruck.

»Normalerweise sage ich ja gern *Ladies first*, aber in diesem speziellen Fall sollte ich wohl vorgehen«, meinte er.

»Und du musst mir wirklich mal erklären, woher du kommst

und was es mit diesen seltsamen Ausdrücken auf sich hat, die du manchmal verwendest. Was heißt *first?*«, fragte ich.

»Entschuldige. *First* heißt *zuerst*. Denn da, wo ich schon war, gibt man Frauen …« Er stockte. »Ich glaube, wir haben ein dringlicheres Problem, als zu erörtern, wie man Frauen in meiner Heimat anständig behandelt.«

»Worauf wartest du denn dann noch?«, fragte ich ungeduldig und drückte ein wenig gegen seinen Rücken, damit er endlich vorankroch.

Während er sich in Bewegung setzte, warf er einen Blick zurück und grinste breit. »Du gefällst mir, Sara. Das hatte ich nicht erwartet, als ich von dir gehört habe.«

Nach ein paar Metern wurden die Wände des Ganges höher, sodass ich mich aufrichten konnte. Kerr dagegen musste in gebückter Haltung weitergehen.

An dieser Stelle gingen die gemauerten Bruchsteinwände nahtlos in rohen Fels über. Das matte Licht unserer Laternen warf riesige Schatten, doch es war so dunkel, dass wir nur einen Meter voraussehen konnten. Wir waren bereits weit ins Innere vorgedrungen, als Kerr plötzlich stehen blieb.

Er schien etwas in der Finsternis zu sehen, denn sein ganzer Körper war angespannt. In diesem Moment wurde mir bewusst, dass ich keine Waffe bei mir trug. Nicht mal den kleinen Dolch, den ich unter meiner Eisenviertel-Kleidung immer dabeigehabt und sogar nachts getragen hatte. Jedoch hatte es in diesem bordeauxroten Kleid kein gutes Versteck dafür gegeben. Außerdem hatten Ellis und ich befunden, dass eine Waffe bei einer Trauerfeier unangemessen war.

Jetzt bereute ich es.

Kerr wandte sich zu mir um. »Warte hier! Beweg dich nicht!«

Dann war er so schnell in der Dunkelheit verschwunden wie Keenan. Sein Licht funkelte noch einmal kurz in der Ferne auf, bevor es erlosch.

Plötzlich war ich allein in diesem engen schwarzen Tunnel. Dann hörte ich ein Zischen und Poltern.

»Kerr!«, rief ich entsetzt und rannte hinterher. Mein Herz pochte schmerzhaft gegen meine Rippen. Ich kam nicht weit, denn nach wenigen Metern gabelte sich der Gang. Hektisch suchte ich auf dem Boden nach einem Hinweis, Fußspuren oder Sonstigem, was mir verriet, wo Kerr sein könnte. Nichts.

Also ging ich einfach in den linken Teil.

Wenig später führten eingehauene Stufen noch tiefer in die Finsternis hinab und ich entdeckte glücklicherweise eine alte Fackel an der Wand. Ich nahm sie an mich, denn im Notfall würde sie mir als Schlagstock dienen. Sie war seltsam leicht, als ich sie aus der Halterung nahm – und warm.

Erstaunt betrachtete ich den entflammbaren Teil, wodurch ich den Schlag nicht kommen sah.

Er traf mich unerwartet und schmerzhaft hart am Kinn. Ich fiel rücklings zu Boden, während meine Laterne gegen die Wand prallte und erlosch. Ein weiterer Schlag drückte meine Schulter nieder.

Ich rollte mich gemäß all meinen absolvierten Übungsstunden im Zweikampf zur Seite und hörte im nächsten Moment, wie der dritte Hieb den Felsen erwischte, nur wenige Zentimeter neben mir. Schnell trat ich mit meinen Beinen ins Nichts, um herauszufinden, wo sich der Angreifer befand. Als ich mit Wucht gegen sein Knie stieß, stöhnte er und fiel auf mich. Damit hatte er nicht gerechnet.

Blitzschnell befreite ich mich aus dieser Situation und nahm ihn in den Schwitzkasten, doch der Unbekannte rammte mir seinen Ellbogen in den Magen, sodass ich unweigerlich nachließ.

»Gib auf«, keuchte Mellan, sein Gesicht war dicht vor meinem. Er rollte sich wieder auf mich und hielt mir eine Hand an die Kehle. »Du kannst nicht gewinnen. Auch wenn du mich jetzt besiegst, wird Lyoness in wenigen Wochen untergehen.«

»Das werden wir sehen«, zischte ich zurück, tastete über den Boden, bis ich die erloschene Laterne fand, und schlug sie gegen seinen Kopf. All das Training hatte mich stark werden lassen, wohingegen er ein Druide ohne jegliche Kampferfahrung war.

Mein Rock hing glücklicherweise über den Knien, also packte ich ihn mit den Beinen, riss uns herum und stemmte mich gegen die Wand gelehnt hoch, ihn mit mir in die Höhe ziehend. So standen wir zwar beide wieder auf den Beinen, doch Mellan ließ mir keine Atempause. Sofort schlug er wieder nach mir und begann einen Fluch zu zischen. Als ich mich duckte, sprach er die Worte des Fluchs deutlicher aus.

Selbst die Kinder in Lyoness kannten ihn: Es war der, der augenblicklich zum Tod führte. Der Druide hatte ihn bei Gradys Hinrichtung angewandt und den Mann, der gespuckt hatte, damit getötet.

Doch ich spürte nichts.

Paidraig musste recht haben: Flüche konnten mir nichts anhaben.

»Druide, du wirst dich jetzt augenblicklich ergeben und mit mir kommen«, stieß ich atemlos und doch siegessicher hervor.

»Das darf ich nicht, du törichtes Ding«, fauchte er zurück. »Mit dem Tod des Erzdruiden hast du den Schutz von Lyoness vernichtet. Nur er konnte verhindern, dass die Insel versinkt. Wenn du mich gehen lässt, werde ich dieses Schicksal wieder abwenden.«

»Du willst doch nur die Macht des Erzdruiden erlangen«, fuhr ich ihn an. Dieser elende Mistkerl verkörperte all das, was Grady und ich seit jeher verabscheuten.

»Ohne die Macht der Druiden ist Lyoness dem Untergang geweiht …«

Ehe er weiterreden konnte, tauchte unvermittelt ein Licht neben mir auf. Im Schein der Laterne war Kerr zu erkennen.

Mellan grinste überheblich, als er ihn entdeckte, und begann zu sprechen. Doch bereits nach der ersten Silbe warf ich mich zwischen die beiden.

Der Heiler hatte den Todesfluch auf ihn anwenden wollen.

»Hör sofort auf damit!«, wies ich ihn scharf zurecht.

Triumphierend sah er mich an, und mir wurde klar, dass er gewonnen hatte.

»Es mag sein, dass du immun gegen Flüche bist, aber wenn du nicht willst, dass dein Freund stirbt, lässt du mich gehen.«

»Sara, hör nicht auf ihn«, sagte Kerr hinter mir.

»Ich weiß, dass dieser Rebelle Grady dein Ein und Alles war«, überging Mellan Kerrs Einwurf und sah mich an. »Und ich sehe, dass du dir sehr schnell Ersatz gesucht hast. Ich habe schon vor langer Zeit von deinem Rebellenfreund gehört, denn meine Magie ist nicht allein das Heilen. Ich kann auch Aufrührer ausfindig machen und habe lange nach einem Vorwand gesucht, um ihn endlich erledigen zu können.«

Ich konnte mich nicht rühren. Grady. Er hatte Grady gekannt! Seine Worte drangen nur gedämpft zu mir durch.

»Sein Tod war beschlossene Sache, sobald wir seiner habhaft waren«, fuhr Mellan mit Genugtuung fort.

»Was?«, brachte ich endlich hervor und merkte, wie schwer mir das Sprechen fiel, weil ich die Zähne so fest aufeinanderpresste. »Was hält mich davon ab, dich hier und jetzt mit bloßen Händen zu töten? Ich kann dich erledigen, notfalls auch ohne Waffe.«

Der Druide zuckte nicht einmal, als ich das hervorstieß. »Du hast keine Wahl. Nur ich allein kann jetzt noch Lyoness vor dem Untergang bewahren und den Schutzzauber des Erzdruiden ausüben. Ich muss Yslion verlassen.«

Ich hielt in der Bewegung inne, während Mellan einen ersten Schritt rückwärts tat.

»Du weißt genau, dass du und deine dilettantischen Freunde dazu niemals in der Lage wärt. Ihr wisst nicht einmal, wo der Zauberspruch aufbewahrt wird. Und wenn du mich jetzt nicht gehen lässt, werde ich deinen neuen Freund hier sofort töten.« Drohend hob er die Hand zum Fluch.

Ich schluckte und ballte die Hände zu Fäusten. Kein Wort kam mir über die Lippen. Ich musste ihn gehen lassen, um Kerr zu schützen.

»Hör nicht auf ihn, Sara«, sagte Kerr, doch mir war bewusst, dass er als Fremder keine Ahnung haben konnte, was die Flüche bewirkten. Ich biss die Zähne zusammen und ließ zu, dass Mellan sich zurückzog.

Im nächsten Augenblick wurde seine Gestalt von der Dunkelheit verschluckt und ich hörte seine sich entfernenden Schritte.

Ein ungutes Gefühl beschlich mich. Hoffentlich hatte ich damit keinen folgenschweren Fehler begangen. Zumindest hatten wir einen Anhalt: Der Zauber war nicht in Yslion zu finden. Was alles nicht wirklich leichter machte.

DAS EINFÜHRUNGSRITUAL

Mellans Flucht veranlasste Rois und Delma dazu, die Zeremonie unserer Amtseinführung noch akribischer zu planen und nicht erst zum Ende des Sommers, sondern so schnell wie möglich stattfinden zu lassen. Riona hatte das aufgrund ihrer magischen Fähigkeit vorgeschlagen. Wenn wir nämlich bis zum ursprünglich angedachten Datum warten würden, hätte Mellan bereits Anhänger um sich geschart, versteckte Druiden ausfindig gemacht und große Teile von Lyoness wieder in seine Gewalt gebracht. Wenn wir offiziell ins Amt eingeführt waren, wäre es schwieriger. Damit würde er sich nicht nur gegen ein paar Rebellen, sondern gegen die neu gesalbten Regenten auflehnen. Die Zeremonie würde uns ein solides Ansehen geben und unsere Position festigen. Außerdem hatte Riona vorgeschlagen, Paidraig die Weihe vornehmen zu lassen. Er stand für die gesalbte Druidenschaft und verkörperte somit die alte Regentschaft, die die neue anerkannte.

Die Idee hatte bei allen Anklang gefunden, denn Paidraig hatte uns alle mit seiner väterlichen Fürsorge und seinem Bestreben zu helfen für sich eingenommen. Er unterstützte uns und bot seine Hilfe bei der Planung des Rituals an.

Damit stand nun auch der Termin für unseren offiziellen Regierungsantritt fest. In fünf Tagen würde es losgehen.

Daher waren die nächsten Tage geprägt von hektischer Betriebsamkeit. Gwyned erörterte mit Paidraig die Salbung und welche Riten dabei angewandt werden sollten. Es wurden neue Kleider anprobiert, was ich zwar unsinnig fand, aber worauf Delma beharrte, denn die Zeremonie sollte trotz des kurzfristigen Termins glanzvoll werden, damit sie sich auch in alle Köpfe einbrannte.

Und ein jeder von uns sollte eine kleine Rede vorbereiten, einen Schwur, mit dem er seine Magie und seine Kraft deutlich in den Dienst von Lyoness stellte.

Der Gedanke an die Feier machte mich auch ohne die Rede nach wie vor bange, also versuchte ich mich abzulenken. Kerr war dabei eine große Hilfe.

Nachdem Sive ihn ein letztes Mal behandelt hatte, schlug er vor, sich auf den Weg zu einem Treppenbauer zu machen.

»Warum?«, fragte ich überrascht.

»Bran benötigt endlich eine Prothese und bis zur Einführung sollte er darauf gehen können«, lautete die prompte Antwort. »Bei einem Treppenbauer finden wir vielleicht eine Geländerstele, die schnell angepasst werden kann. Dadurch könnte Bran eigenständig den Tempel betreten.«

Ein Lächeln schlich sich auf meine Lippen. Es rührte mich, dass er sich Gedanken um meine Freunde machte. Als wir kopflos losgestürmt waren, um Mellan zu fassen, hatte Bran versucht, sich mit seinen Armen und mithilfe des einen Beins fortzubewegen. Doch er hatte es nur bis zur Hälfte der Treppe geschafft, bevor er entkräftet liegen geblieben war. Es hatte Gwyned viel Mühe gekostet, ihn zu überreden, sich helfen zu lassen.

Die Einzige, die ihn überhaupt noch ansprechen durfte, war Sive. Eine Prothese würde ihn viel mobiler machen.

»Glaubst du, das geht so schnell?«, fragte ich skeptisch.

»Wer nicht fragt, der nicht gewinnt.« Kerr wirkte so unbekümmert und selbstsicher dabei – davon wollte ich auch etwas abbekommen.

Also gingen wir ins Holzviertel. In der einen Woche hatte sich schon einiges getan bezüglich der Schäden, die das Katapult angerichtet hatte. Die Trümmer waren zur Seite geräumt worden und es wirkte insgesamt ordentlicher. Nur dort, wo die Häuser gebrannt hatten, klafften Lücken in den Reihen.

Trotz des warmen Wetters und der neu gewonnenen Freiheit herrschte eine angespannte Stimmung in der Stadt. Einige Menschen sahen mit besorgten Blicken in Richtung des Pughs und tuschelten. Ich hörte eine Frau darüber klagen, dass die ersten Häuser außerhalb der Stadt unweit des Flusses mit Hochwasser zu kämpfen hatten. Niemand konnte sich den rasanten Wasseranstieg erklären.

»Es scheint von Tag zu Tag schlimmer zu werden …«, sagte ein älterer Mann mit langem Bart, während er vor der Haustür seiner Arbeit nachging.

»Ich wollte es vor der Trauerfeier nicht mehr ansprechen, aber ich denke, es muss so schnell wie möglich ein Weg gefunden werden, wie das Versinken gestoppt werden kann.« Kerr sah mich ernst an und runzelte die Stirn, ehe er weitersprach. »Ich würde dir gern dabei helfen.«

Tief atmete ich ein. »Du hast recht. Wir können nicht mehr warten.« Ich fuhr mir unruhig durchs Haar und ließ den Blick schweifen. »Und ich nehme deine Hilfe gern an.« Er hatte mit seinen klugen Gedanken und seiner selbstlosen Begleitung gestern bei der Suche nach Mellan gezeigt, dass er hilfreich sein konnte.

Kerr lächelte. »Wenn die Lösung nicht in Yslion liegt, müssen wir davon ausgehen, dass sie an einem anderen Ort versteckt ist, mit dem der Erzdruide sich verbunden fühlte.«

»Davon ist auszugehen. Rois hat schon Späher ausgeschickt, um Mellans Spur aufzunehmen. Es reicht schon, wenn wir wissen, in welche Richtung er geflohen ist.«

Kerr nickte. »Was mich noch immer stutzig macht, ist die Tatsache, dass diese Brosche und das andere Schmuckstück angeblich die Insel schützen und sich irgendwo befinden. Wieso wirkt der Schutz dann nicht?«

»Mellan sagte etwas von einem Zauberspruch. Wenn der so wirkt wie ein Fluch, dann wurde er mit dem Tod des Erzdruiden aufgehoben. Todkranke Verfluchte werden augenblicklich gesund, sofern der Druide, der den Fluch verhängte, verstirbt«, erklärte ich. »Das würde bedeuten, die Schmuckstücke allein reichen nicht, um Lyoness vor dem Untergang zu bewahren.«

Er murmelte etwas, was klang wie: »Das sollten sie aber.«

Mir machte es große Sorgen, dass wir nicht wussten, wo wir diesen Zauber finden konnten. Dass wir ihn finden mussten, stand außer Frage. Wenn er nicht in Yslion war, wo sollten wir anfangen? Welchen Grund konnten wir nennen, um die Hauptstadt so schnell wie möglich zu verlassen?

»Erzähl mir etwas über die einzelnen Viertel, die Aufgaben und Menschen in Yslion«, riss mich Kerr aus meinen Gedanken. Anscheinend wollte er mich ablenken, denn es hatte keinen Zweck, sich jetzt den Kopf darüber zu zerbrechen, wenn ich ohnehin nichts ausrichten konnte.

Also berichtete ich ihm alles, was ich über diese Stadt wusste. Das gefiel mir, stellte ich wenig später fest. Es brachte viele von Gradys Ideen zum Vorschein, unter anderem, noch mehr aus all der handwerklichen und Händlerkunst der Einwohner herauszuholen.

Ich berichtete ihm von den Zünften, die für einzelne Handwerksbereiche zuständig waren, von den Vierteln, die eigenständig wirkten und sich doch alle ergänzten, sowie von den Bauern und Fischern außerhalb von Yslion, die die Märkte bedienten, weil wir gerade am Marktplatz des Holzviertels vorbeikamen. Auch erzählte ich von den eigenen Festen, die alle Stadtteile feierten, und von dem Brauch, jedes Kind einmal dem Orakel in Deira vorzustellen.

Kerr blieb daraufhin überrascht stehen. »Deira?«, fragte er ungläubig. »Die Orakelstadt heißt Deira?«

»Du musst wirklich von sehr weit herkommen, wenn du davon noch nicht gehört hast«, sagte ich verwirrt. Dieser Ort war weltbekannt. Sogar ausländische Herrscher schickten Boten zum Orakel, um Rat zu erbitten.

Kerr schüttelte fassungslos den Kopf. »Da möchte ich unbedingt hin«, sagte er. Dann bedeutete er mir weiterzugehen. »Lass uns jetzt einen Treppenbauer suchen.«

Kerr ging auf einen Küfer am Rand des Marktplatzes zu, der soeben einem grau gekleideten Jungen aus dem Eisenviertel ein paar Eisenringe für seine Fässer abnahm, und fragte ihn freundlich, ob er uns helfen könnte.

Der Mann schaute uns abwechselnd an. Seine Augen weiteten sich, als er mich erkannte, und er machte eine leichte Verbeugung. Dann nannte er mir einen Namen und den Standort.

»Sie ist die Beste, Lady Sara«, sagte er. »Sie hat für die

Zunftoberen die Treppen am Palastplatz hergestellt und wunderschön geschnitzte Säulen als Geländer genutzt.«

»Das ist perfekt«, antwortete Kerr und lächelte den Mann strahlend an. »Vielen Dank.«

Er umfasste sanft meinen Ellbogen und zog mich fort.

Als wir den Laden erreichten, bat Kerr die Treppenbauerin, mit in den Palast zu kommen und verschiedene Stelen der Geländereinfassungen mitzunehmen. Er schlug ihr sogar vor, beim Tragen zu helfen. Als ich die gedrechselten Stäbe mit den teils hübschen Schnitzereien und einfachen Rundungen an den Enden entdeckte, wurde mir klar, weshalb Kerr einen Treppenbauer gesucht hatte. Würde die Frau einen Aufsatz an einem Ende ein klein wenig verändern, könnte Brans Holzbein innerhalb von zwei Stunden fertig sein. Es war wirklich perfekt, vor allem weil die Handwerkerin eine große Auswahl vorrätig hatte.

Die Frau war groß, stämmig und erkannte mich ebenfalls. Sie klemmte sich ein paar rund gedrechselte Stäbe unter den Arm und bedeutete Kerr, ein paar weitere zu nehmen. Als ich auch mit anfassen wollte, wehrte sie ab.

»Nein, Lady Sara, das schaffen wir beide allein«, sagte sie und schien es für ungehörig zu halten, eine zukünftige Regentin schwer tragen zu lassen.

Ich schämte mich, als wir so zurück zum Palast gingen: Kerr und die Frau mit Stäben bepackt und ich mit nichts in der Hand.

»Aber du erklärst Bran das hier«, sagte ich zu Kerr auf dem Rückweg und sah ihn erwartungsvoll an. »Von mir würde er vermutlich nicht mal ein Glas Wasser annehmen, selbst wenn er am Verdursten wäre.«

Als wir sein Zimmer erreichten, saß Bran mit übler Laune auf seinem Bett und blätterte in einem Buch. Während Kerr mit der

Treppenbauerin eintrat, blieb ich zurück und ging wieder den Flur entlang.

Vielleicht würde eine Prothese ihm wirklich helfen.

Ich hatte das Gefühl, kaum ein Auge zugemacht zu haben, als Ellis mich weckte.

Endlich war er da, der große Tag unserer Einführung in das Amt der Regenten von Lyoness.

Ich brachte keinen Bissen herunter, ließ sie meine Haare richten und mir das neue Kleid in Moosgrün überstreifen. Mit wackeligen Knien ging ich die Treppe hinunter, wo alle genauso angespannt warteten. Kerr war nicht da.

Er war garantiert schon im Tempel, um weit vorn zu stehen und mir von dort aus Mut zu machen. Das hatte er mir gestern kurz vorm Schlafengehen versprochen.

»Wo bleibt Bran? Trägt ihn jemand her?«, fragte Gwyned nervös und sah Keenan an. Der schüttelte den Kopf. »Ich habe es ihm angeboten, aber er hat mich rausgeworfen.«

Ein leises Klacken auf dem Marmorboden brachte uns dazu, uns alle zur Tür umzuwenden.

Bran humpelte herein. Unter seinem Hosenbein sah man das polierte Rundholz. Er ging langsam, etwas unsicher, aber aufrecht und allein. Uns allen klappte der Mund auf.

»Kein Wort«, sagte er barsch, als Keenan eine Bewegung auf ihn zu machte. Die Augen meiner Freunde leuchteten vor Erleichterung.

Gemeinsam gingen wir durch den kleinen Garten zu der Tür, die in den Tempel führte, und stellten uns davor hintereinander auf.

Das Tor öffnete sich, und ich begann zu verstehen, warum Rois, Delma und Paidraig auf einem Einführungsritual bestanden hatten. Der Tempel war voller Menschen. Wenn ein Gang zum Podium des Allerheiligsten nicht mit einem Seil von den Besucherbereichen abgetrennt wäre, wäre für uns ein Durchkommen unmöglich gewesen. Eine erwartungsfrohe Anspannung lag auf den Gesichtern aller Versammelten und ein exotisch duftender Rauch hing in der Luft, der die Sonnenstrahlen, die durch die Seitenfenster hereinfielen, in einem zarten Nebel tanzen ließ. Das Gold im Wandmosaik blinkte, als hätte es nur auf einen Ritus wie diesen gewartet.

Sobald Anson den großen Gong neben der Tür, hinter der wir sechs warteten, schlug, leitete er damit den Beginn des Rituals ein. Der Nachklang dröhnte durch die Halle und ich fühlte die Vibration im ganzen Körper.

Ich war heilfroh, dass Sive als Erste hineinging, denn so zog sie in ihrem dunkelblauen Gewand die meiste Aufmerksamkeit auf sich. Ihr silbrig schimmerndes Haar fiel ihr fließend über den Rücken. Brans Holzstumpf klackte unnatürlich laut hinter mir, als er die Halle betrat, und übertönte den Restklang des Gongs. Nur eine Sekunde später ertönten die Fanfaren. Ich zuckte erschrocken zusammen und konnte sehen, dass es nicht nur mir so ging. Der Chor setzte ein, sodass die klaren Stimmen der Sänger und Sängerinnen das Gewölbe mit ihren hohen Tönen füllten, unterstrichen von leisen Trommel- und Glockenklängen. Eine Gänsehaut kroch mir über den Rücken, während mein Herz unvernünftig heftig zu pochen begann. Das hier war jetzt schon das erhabenste Ritual, das ich je erlebt hatte. Nie zuvor waren Fanfaren und Gesang in einem Ritual der Druiden verwendet worden. Nur Trommeln und Gongs. Es war sehr ergreifend.

Ich konnte sehen, wie Tränen über manche Gesichter der Umstehenden rannen. Viele Münder standen offen und auch wenn ich den Blick weitestgehend starr auf Sives Rücken gerichtet hielt, konnte ich die Hoffnung in den Gesichtern der Anwesenden aus den Augenwinkeln erkennen, die wir sechs in unseren neuen, hübschen Gewändern wohl erweckten. Dieses Ritual schien dieses Gefühl zu verstärken.

In meinem Magen verknotete sich wieder etwas.

Die bekannte Angst kam wieder auf.

Was, wenn wir ihre Erwartungen nicht erfüllen konnten?

Was, wenn wir versagten?

Brans Holzstumpf war wegen des Gesangs nur noch gedämpft zu hören, während wir uns dem Podium näherten, wo sechs Sessel nebeneinander aufgestellt waren.

Die Stimmen des Chors wurden lauter, schneller und verursachten mir noch mehr Gänsehaut und Herzklopfen. Sie endeten mit einem abrupten, lauten Ton und einem Gongschlag, als wir alle das Podium betreten hatten. Der Klang hallte in der nun eingetretenen Stille nach. Nun konnte ich meinen Blick nicht länger auf Sives Rücken richten, sondern sah in all die uns zugewandten, hoffnungsvollen Gesichter, die zum Podest emporstarrten. Mir brach der kalte Schweiß aus.

Ich brauchte etwas, woran ich mich festhalten konnte, sonst würde ich gleich zusammenbrechen.

Und dann sah ich Kerr. Er stand unmittelbar vor dem Podium in der vierten Reihe. Seine hübschen blonden Haare zogen mich an wie das Licht eine Motte. Lächelte er? Ich konnte es nicht erkennen. Ich konnte nicht einmal wirklich ausmachen, ob er mich ansah oder einen der anderen neben mir.

Ich blinzelte ein paarmal. Padraig betrat nun ebenfalls das Podium und schwenkte ein Räuchergefäß, aus dem es stark qualmte. Süßlicher Geruch verbreitete sich. Mir wurde noch übler.

Ich wollte mich setzen, aber so weit waren wir noch nicht. Wir würden uns erst setzen dürfen, sobald wir gesalbt worden waren.

Ich blinzelte erneut, wodurch ich wieder klarer sehen konnte, soweit das bei dem Rauch möglich war.

Ich durfte nicht husten. Das wäre gegen jede Etikette. Und es würde die ganze Stimmung ruinieren.

Padraig übergab das Räuchergefäß an Anson und erzählte eine Geschichte über Ehre, Gerechtigkeit und Mut, die sonst immer nur zur Inthronisierung des Erzdruiden Erwähnung fand. Padraig hatte uns erklärt, dass sie ebenfalls zur Inthronisierung der Erzdruiden verlesen worden war. Deshalb hielt er es für angebracht, sie auch zu unserer öffentlichen Ernennung darzulegen.

Als er fertig war, trat Sive vor. Sie war die Erste, die gesalbt werden sollte.

Sie kniete auf dem Stein von Leonas nieder, dem Krönungsstein, und Padraig setzte ihr einen Goldreif als Zeichen des Staatsoberhauptes auf das Haar. Danach wurde ihr Öl auf Stirn, Mund und den Ansatz ihres Schlüsselbeins gesalbt. Damit war das Ritual beendet und sie durfte sich setzen. Die Glückliche.

Als ich endlich nach vorn trat, um auf dem Stein von Leonas, dem offiziellen Krönungsstein des Obersten von Lyoness, niederzuknien, hatte ich das Gefühl, das Räuchergefäß hätte Zuwachs erhalten. Ich bekam kaum noch Luft.

Nur noch einmal kurz knien, dann endlich sitzen, sagte ich mir in Gedanken.

Alles schien zu vibrieren, unwirklich zu werden. Der wieder einsetzende Singsang des Chores, die Gongs, der Nebel, ja sogar der Stein, als ich mich auf ihn kniete.

Und dann hörte ich einen gellenden Freudenschrei. Ich wollte nachsehen, woher er kam, doch ich wurde vom Nebel umschlungen und konnte gar nichts mehr sehen.

Es nutzte nichts. Ich hielt mir die Hand vor den Mund und hustete.

Ein empörtes »Pscht« hörte ich neben mir.

Ich wusste, es war nicht recht, doch ich wedelte ein wenig mit der Hand vor meinem Gesicht, um den Rauch zu vertreiben.

Als der Rauch sich endlich verzog, sah ich nicht das, was ich erwartet hatte.

Ich befand mich in einer riesigen Halle und war umringt von Hunderten von Menschen. Doch ich war nicht die, die vorn auf dem Podium kniete. Ich kniete in der zweiten Reihe zwischen einem sehr beleibten Mann zu meiner Rechten und einer verkniffen dreinblickenden Frau zu meiner Linken. Noch mehr als ihr Gesichtsausdruck irritierte mich ihre seltsame Kopfbedeckung, die aussah wie eine riesige gerollte Spitztüte, in die die Händler normalerweise Gewürze füllten. Sie schien genauso große Probleme mit dem Qualm zu haben wie ich, während der Mann böse zu mir herüberschielte. Dann weiteten sich seine Augen. »Wo zum Teufel kommst du denn her?«, fragte er laut und sofort machte sich rundum empörtes und entsetztes Zischen breit.

»Eine Hexe.« Die Frau neben mir schien nicht erstaunt, sondern vielmehr entschlossen. »Hier ist eine Hexe zwischen uns aufgetaucht. Ich schwöre, sie kam aus dem Nichts.«

Mir wurde wieder ganz anders zumute. Wovon redeten sie? Was war eine Hexe?

Vor uns gab es etwas Gerangel, denn zwei Soldaten mit silbern glänzenden Metallplatten, die die ganze Brust bedeckten, schoben die vor uns Knienden zur Seite und packten sowohl die Frau als auch den Mann.

»Ich sage, da ist eine Hexe!«, wiederholte Erstere erbost, als sie unter den Armen gepackt und hinausgezerrt wurde.

»Ihr stört die Krönung der Königin«, zischte ein Soldat nicht weniger wütend. Auch der dicke Mann neben mir musste die Zeremonie verlassen. Man hielt beiden den Mund zu, und ich war überaus dankbar dafür, denn sie versuchten sich ständig nach mir umzudrehen.

Wo war ich hier? Was war los? Ich hatte doch im Tempel gekniet und sollte gesalbt werden!

Auch alle anderen Menschen um mich herum waren seltsam gekleidet. Niemand trug auch nur ein für Lyoness übliches Gewand. Die Frauen waren in bunte Roben aus unterschiedlichen Farben gekleidet, und der Rock der Frau, die vorn am Altar kniete, schien aus Gold zu sein. Er glänzte bei jeder Bewegung. Ich hatte noch nie ein so prächtiges Kleid gesehen. Auch der Schnitt war ganz anders als der von meinem Gewand. Es war am Rumpf und um die Taille eng geschnitten und fiel nach unten weit auseinander. Es war exotisch, aber umwerfend schön. Mein Gewand, das locker an meinem Körper hinabfiel und um die Taille von einem Gürtel gehalten wurde, kam mir dagegen plump und unförmig vor.

Der Mann vor ihr hielt nun eine Krone, die Zacken aufwies und mit vielen bunten Steinen bedeckt war, in die Höhe. Dann setzte er sie vorsichtig auf die geflochtenen blonden Haare der knienden Frau. Als alle um mich herum plötzlich aufsprangen, zuckte ich erschrocken zusammen.

»Lang lebe die Königin! Lang lebe Königin Catherine!«, rief die Menge. Hüte und Kappen flogen in die Luft.

Ich sah durch die in die Höhe gestreckten Hände nur noch diese außergewöhnliche Krone. Ein Stein in Regenbogenfarben, wie ein Lyoness-Kristall, blinkte auf und blendete mich. Dann flog mir plötzlich die Kopfbedeckung des freudig springenden Mannes vor mir, die eine lange Feder aufwies, mitten ins Gesicht. Stolpernd fing ich sie auf und schloss die Augen.

Als ich sie wieder öffnete, hatte der Rauch erneut zugenommen. Doch ich sah sofort, dass ich wieder in unserem Tempel war. Ich kniete auf dem Stein von Leonas und blickte in die Menge. Eine Menge, die die altvertrauten Gewänder von Lyoness trug.

Und all die Tausende von versammelten Menschen inklusive Paidraig starrten mich mit offenen Mündern und tellergroßen Augen an. Mich und die seltsame Kopfbedeckung, die ich noch in der Hand hielt.

DIE GÖTTLICHE GABE

Der Tumult, der nach ein paar Sekunden ausbrach, erinnerte mich an den nach der Schlacht. In der Kuppel hallten die vielen aufgeregt schnatternden Stimmen und Rufe wider, sodass ich einen Moment lang fürchtete, sie würde darunter zusammenbrechen. Doch das war nur ein flüchtiger Gedanke, der schnell von etwas weitaus Drängenderem abgelöst wurde: Mir war soeben etwas geschehen, was man allein den alten Göttern von Lyoness zuschrieb. Nur die Großen Drachen und Prinzessin Aoife hatten in der Zeit springen können, erzählten die alten Geschichten.

Doch ich hatte gerade das Gleiche getan. Der seltsame Hut in meinen Händen sagte deutlich, dass ich es mir nicht eingebildet hatte. Auch die Menschen um mich herum zeigten es.

Paidraig und meine Freunde starrten mich an, während die Menschenmenge im Tempel mittlerweile so laut geworden war, als wären wir auf dem Jahrmarkt.

»Es tut mir leid«, sagte ich leise an meine Freunde gerichtet, weil mir nichts anderes einfiel.

Paidraig sah aus, als hätte ich mich in einen der Drachen verwandelt. Nach meinen Worten blinzelte er ein paarmal, schüttelte den Kopf und begann schließlich zu sprechen.

»Ruhe!«, rief er mit donnernder Stimme, doch er zitterte dabei und musste es dreimal wiederholen, ehe die Bevölkerung verstummte. So still wie bei der Salbung von Sive wurde es allerdings nicht mehr.

Paidraig wandte sich Rois zu, der sich einen Weg zum Altar und dem Podium bahnte.

»Ich kann die Salbung nicht weiter fortführen«, erklärte der Druide.

»Nein, das hier verändert alles«, stimmte Rois ihm zu, und seltsamerweise leuchtete sein Gesicht, als er mich ansah.

Rois hatte die Menge gebeten, den Tempel zu verlassen und jedem zu erzählen, was soeben geschehen war. Er jubilierte, doch bei allen anderen hatte ich das Gefühl, sie wollten nur noch raus. Die heilige, angespannte Stille, die bei unserem Eintreten geherrscht hatte, war schlagartig vorüber. Das Gebäude leerte sich mit lautem Geschnatter und irgendwie versuchte jeder einen weiteren Blick auf mich und vor allem die dämliche Kopfbedeckung zu erhaschen, die ich noch immer in den Händen hielt.

Ich war froh, dass es diesen separaten Gang in den Garten gab, durch den wir schneller hinauskommen konnten, denn sonst wären wir in das Geschubse hineingeraten.

Kaum waren die Tore des Tempels hinter uns ins Schloss gefallen, packte mich Bran am Arm. Er strauchelte, und einen Augenblick wirkte es eher so, als würde er Halt an mir suchen, anstatt mich festzuhalten.

»Seit wann kannst du in der Zeit springen?«, fragte er und sah mich durchdringend an.

»Das weiß ich nicht«, antwortete ich verdattert. »Ich bin noch nie zuvor gesprungen.«

Bran und Riona bauten sich direkt vor mir auf.

»Jedes Kind entdeckt seine Magie mit ungefähr acht oder neun Jahren – spätestens mit zehn. Und du sollst die Einzige sein, die es nicht wusste? Und dann auch noch eine so … so …« Riona fehlten die Worte, und ich ahnte, was sie sagen wollte: *eine so göttliche Magie*. Ich war dankbar, dass sie es nicht laut aussprach.

»Verdammt noch mal, Sara, weißt du, was du gerade getan hast?«, fragte Keenan. Im Gegensatz zu Riona starrte er mich an, als wären mir plötzlich Flügel gewachsen.

Ich schüttelte den Kopf. Ich hatte keine Ahnung. Ich wusste ja nicht einmal, wie ich es steuern konnte.

Ich sah die Fassungslosigkeit in den Gesichtern meiner Freunde. Sive stiegen Tränen in die Augen.

»O Sara«, sagte sie mit erstickter Stimme. »Sara, das ist … es ist …« Ein Schluchzen entwich ihr, sodass sie den Satz nicht beendete. Dabei könnte meine Ziehschwester vielleicht am ehesten erahnen, wie hilflos ich mich fühlte. Grady hätte gewusst, was jetzt zu tun wäre. Er hätte gewusst, was mir jetzt helfen würde.

Ich wollte allein sein. Ich wollte hier weg, nachdenken und herausfinden, was da gerade geschehen war.

»Es tut mir leid«, brachte ich nur noch hervor, warf den blöden Hut zu Boden und lief davon.

Mir rauschten all die Worte meiner Freunde in den Ohren. Ihre Stimmen flirrten in meinem Kopf, wodurch ich glaubte, er müsse platzen, denn ich konnte keinen einzigen klaren Gedanken fassen. Ich lief in mein Zimmer, um mich umzuziehen. Ellis war bestimmt noch unterwegs, denn sie hatte auch im Tempel sein wollen. Als ich mich umzog, wunderte ich mich, warum der Gürtel nicht zuging, ehe ich bemerkte, dass ich meinen grauen Kittel aus dem Eisenviertel über das bordeauxrote Kleid geschichtet hatte. Fassungslos stand ich einen Moment da, dann streifte ich den Kittel ab, zog das Kleid aus und den Kittel und Rock manierlich an.

Gerade als ich wieder ordentlich aussah, klopfte es. Im Türrahmen stand Kerr.

Jener lächelte zufrieden. »Oh, gut, ich hatte schon die Befürchtung, in deiner Kopflosigkeit wärst du nackt.«

Entsetzt vergewisserte ich mich schnell, dass ich mir wirklich etwas angezogen hatte.

Als ich ihn wieder ansah, grinste er schelmisch. »Sara, du solltest wirklich ein bisschen mehr an dich glauben«, meinte er mit einem Zwinkern. »Haben sie dir die Hölle heißgemacht?«

Ich wusste nicht, was er damit meinte, aber es klang nicht nach meinen Freunden. Sie machten sich Sorgen, sie … sie … waren aufgebracht, verdutzt. Ich auch.

»Hast du Lust auf einen Spaziergang?«, fragte Kerr, als ich nicht antwortete. Ich wollte mich eigentlich lieber einschließen – oder komplett verkrümeln.

»Ich verspreche dir, wir werden einen Ort finden, wo niemand uns begegnet«, fügte er hinzu.

Also nickte ich und schloss die Tür hinter mir.

»Hast du deinen Mund bei der Zeitreise zurückgelassen?« Kerr zog mich schnell in einen anderen Gang, weil wir etwas entfernt jemanden näher kommen hörten. Es war Bran – ganz deutlich an dem langsamen und unregelmäßigen *Klonk, klonk* seines Holzbeines zu hören.

Kerr nahm meine Hand, zog mich weiter und schlug eine andere Richtung ein. Meine Hand hielt er fest, als hätte er Angst, ich würde es mir anders überlegen. Dabei war ich froh, dass er mich an einen Ort brachte, wo ich allein sein konnte.

Ich folgte Kerr also relativ blind und war überrascht, wenn nicht sogar entsetzt, als ich mich auf einer Empore im Tempel wiederfand. Er hatte einen der unzähligen Zugänge genutzt, die ich bislang noch nicht gekannt hatte. Der Räuchergeruch hing noch dick in der Luft, und gedämpftes Licht herrschte, weil nur Sonnenstrahlen hereinfielen und keine Kerzen oder Fackeln brannten. Im Gegensatz zu vorhin war es in dem menschenleeren Gebäude nun ganz still.

Schlagartig war das seltsame Gefühl zurück, dieses Kribbeln auf der Haut, das Grummeln im Bauchraum und das Flattern im Herzen. Nun wusste ich ganz genau, dass es mit der Energie im Tempel zusammenhing.

»Was sollen wir hier?«, fragte ich scharf. Ich hatte Angst, gleich wieder woanders aufzutauchen.

»Du hast deinen Mund ja doch noch!«, meinte Kerr nur. Er hielt weiterhin meine Hand fest, drehte sich nun zu mir um und ergriff auch die andere.

»Fühlst du das, Sara?«, fragte er leise. Mir wurde schwummrig. Und ob ich das tat!

»Kerr, mir wird … Ich fürchte, gleich bin ich …« Und schon begann sich alles zu drehen. Die Welt um mich herum verschwamm und die gedämpften Sonnenstrahlen wurden zu flirrenden Punkten und Strichen. Ich hatte das Gefühl, den Boden unter den Füßen zu verlieren, sodass ich schnell die Augen schloss und hoffte, dass es gleich vorbei sein würde.

Der Schwindel hielt noch einen Moment lang an, dann ließ er nach. Ich atmete tief durch, aber traute mich nicht, die Augen zu öffnen.

»Ist dir schlecht?«, hörte ich Kerrs Stimme.

Schlagartig riss ich die Augen auf.

Er stand vor mir und hielt noch immer meine Hände fest.

Doch wir waren nicht länger im Tempel. Wir waren … keine Ahnung, wo.

In einem Wald. Aber das war nebensächlich.

Ich starrte in Kerrs erwartungsvolles Gesicht.

Und endlich verstand ich.

»Du kannst auch in der Zeit springen«, hauchte ich. Meine Hände hielt er sanft, aber entschieden fest, obwohl ich eigentlich lieber etwas Abstand gewonnen und mich aus seinem Griff gewunden hätte.

»Ja, und ich frage mich, seit ich aufgewacht bin, wann du es endlich merkst«, antwortete er.

Ich hörte ein Rauschen in meinen Ohren und in meinem Kopf begannen sich wieder alle Gedanken zu drehen. Seit er aufgewacht war? Warum? Was hatte …?

Dann wurde es mir klar.

Die Männer, die auf ihn eingeschlagen hatten. Ihre seltsame Kleidung. Kerrs ungewöhnliche, hochwertige Kleidung.

Könnte es sein, dass ich im Tempel nicht zum ersten Mal gesprungen war?

»Habe ich dich bei einem *Zeitsprung* vor deinen Mördern gerettet?«, fragte ich und hörte selbst, dass meine Stimme schabte, als würde ein Eisenband über den Amboss gezogen.

»Das hast du. Ungefähr vierhundert Jahre vor deiner Geburt«, bestätigte Kerr. »Du hättest es immer noch nicht kapiert, wenn ich es dir nicht endlich gezeigt hätte.«

»Wieso kannst du das? Wieso kann ich das? Warum ausgerechnet an diesen Ort zu dieser Zeit? Wieso zu deiner Rettung?«

»Gute Fragen«, sagte Kerr, sah über mich hinweg und legte die Hand an sein Kinn, als ob er sich entscheiden müsste, Milch oder Wasser zu trinken. »Wollen wir ein bisschen spazieren gehen? Hier unter der Eiche besteht die Gefahr, dass wir gleich wieder irgendwo anders landen. Wenn ich nicht aufpasse, kommen wir an einen Ort, wo gerade gekämpft wird oder eine Massenveranstaltung stattfindet. Dann hätten wir nicht die Ruhe zum Reden, die wir benötigen.« Er lächelte mich herzlich an. »Vor allem die Ruhe, die du brauchst, um alles zu begreifen.«

In dem Moment, in dem er einen weiteren möglichen Zeitsprung erwähnte, fühlte ich wieder das seltsame Ziehen im Magen.

»Was meinst du damit, dass wir irgendwo anders landen könnten, wenn wir unter der Eiche stehen bleiben?« Fragend sah ich ihn an.

»Wenn wir uns in der Nähe von Lyoness-Kristall befinden, könnte das unfreiwillig einen Zeitsprung bei dir auslösen«, erwiderte er ruhig. »Und unter dieser Eiche befindet sich definitiv Lyoness-Kristall. Sie ist zu dick und zu schwer, als dass es sich um einen normalen Wuchs handeln könnte.«

Ich nickte, obwohl alles neu war, was er da sagte. Kerr ließ meine Hand los und schlug einen mir unbekannten Weg ein. Nun, wo er es sagte, erkannte ich hinter ihm eine riesige Eiche, deren ausladende Krone bis zum Boden hing und unter deren beindicken Ästen wir uns bücken mussten.

Rote, blaue und gelbe Bänder hingen in den Zweigen und zwischen den massigen Wurzeln standen kleine Gebilde aus gestapelten Steinen.

Kerr schnaubte etwas abfällig. »Das ist eine Marotte des einundzwanzigsten Jahrhunderts und ich habe bis jetzt noch nicht verstanden, was sie bedeutet. Vermutlich spüren die Menschen in dieser Zeit die Energie des Baumes und wollen sie mit diesem Tand unterstützen.«

Trotzdem machte er sorgfältige Ausfallschritte über die kleinen Steinstapel hinweg.

Wir verließen den Wald und setzten uns auf eine nahe gelegene Bank, die sich direkt unter den letzten Bäumen befand. Von dort aus konnte man weit über ein Tal voller sanfter Hügel, Grünflächen, Steinmauern und Schafherden blicken.

»Hier sollten wir ungestört sein«, meinte Kerr.

»Ist das dahinten ein Pferd?«, fragte ich staunend und deutete auf einen Hügel in der Ferne, wo ein riesiges weißes Tier einen Weg entlangtrabte.

»Wir sind hier in England, genau genommen in Wiltshire, und das da ist Uffington. Aber deswegen sind wir nicht hier.« Er sah mich an und sein Lächeln war verschwunden.

»Hier, trink das. Es hilft gegen die Übelkeit nach dem Springen durch die Zeit.« Er entkorkte mit einer seltsamen Schraubbewegung eine kleine flache Flasche und reichte sie mir. Den ersten Schluck, den ich nahm, spie ich direkt wieder aus. Mein Mund brannte, als hätte ich an einer entzündeten Fackel gelutscht.

»Es ist starker Alkohol, das gebe ich zu, aber er hilft. Man darf nur keinesfalls mehr davon trinken als diese kleine Menge.«

»Nein danke, mir ist lieber weiterhin übel«, erklärte ich und wischte mir über den Mund. Doch die Übelkeit war verflogen.

»Es ist noch genug da, falls du gleich doch etwas brauchen solltest.« Kerr schraubte die Flasche zu und steckte sie in seine Tasche.

»Warum kannst du in der Zeit springen?« Gespannt sah ich ihn an.

Er zuckte mit den Schultern. »Warum kannst du es?«

»Woher soll ich das wissen?«, entgegnete ich ungeduldig. »Das kann niemand in Lyoness. Das gehört ins Reich der Legenden und Sagen.«

»Findest du das immer noch?«, fragte er spöttisch.

Ich schwieg.

Ja. Nein.

Ich hatte vorhin bewiesen, dass dieser Teil kein Märchen war, doch ich konnte es nicht begreifen.

Kerr schien – wie schon so oft – meine Gefühle zu verstehen.

»Ich durfte Prinzessin Aoife kennenlernen, und ich kann dir versichern, dass sie nicht ins Reich der Sagen und Legenden gehört«, sagte er plötzlich.

Ich starrte ihn fassungslos an.

»Ich stamme aus der Ära von König Leonas und habe meine Fähigkeit genutzt, um beim Aufbau der Insel zu helfen. Wenn man verschiedene Zeitalter besuchen kann wie du, kann man unglaublich viel über Ackerbau, Regierungen, Handel und Diplomatie erfahren. Nun weißt du, wofür du deine Gabe einsetzen kannst.«

Mit dieser Aussage begriff ich so langsam die Ausmaße, die das Ganze mit sich brachte.

Er war womöglich viel älter – oder jünger? – als gedacht.

»Damals hat man herausgefunden, dass der Lyoness-Kristall, der in Aína geschürft wird, den Einwohnern ihre magischen Fähigkeiten verleiht. Nur dank dieser Kristalle, die in den Ackerboden und ins Wasser ausstrahlen, besitzen die hier geborenen Einwohner Magie. Zumindest viele von ihnen.«

Ich ließ das alles sacken. Was er mir da erzählte, klang logisch und total verwirrend zugleich.

Tausend Gedanken schossen mir durch den Kopf. Das mit dem Kristall war zumindest einleuchtend. Hatten die Druiden davon gewusst?

Wie alt war Kerr denn nun?

»Das weiß ich selbst nicht«, sagte er und ich starrte ihn überrascht an.

Hatte ich das laut gesagt?

»Aber das ist eigentlich auch nicht wichtig, oder? Ich lebe«, fügte er mit einem kleinen zufriedenen Lächeln hinzu, bevor er wieder ernst wurde. »Dank dir lebe ich. Aber es gibt noch etwas, was ich dir sagen muss.«

Beunruhigt bedeutete ich ihm fortzufahren.

»Der Erzdruide muss tatsächlich etwas gefunden haben, was die Insel vor dem Sinken geschützt hat, sonst wäre sie vor vierhundert Jahren untergegangen.«

Ich riss die Augen auf und starrte ihn an. Ich ahnte, was er damit sagen wollte.

»Es ist mein Gürtel, genau genommen die Gürtelschnalle. Die Männer haben sie mir in dem Kampf gestohlen und sie hat die Insel davor bewahrt unterzugehen. Wenn wir das Artefakt nicht finden, ist Lyoness verloren.«

»Woher weißt du das?«

»Der Gürtel wurde mir anvertraut. Und ich habe versagt«, sagte Kerr mit bitterer Miene.

»Ich dachte, wir suchen nach zwei Broschen. Die waren doch

auf dem Wandbild mit Luft und Wasser. Das war es doch, wovon diese rothaarige Frau sprach.«

Kerr holte tief Luft. »Wenn du dir das Wandbild genau angeschaut hast, was war hinter der Brosche?«

»Luftwirbel«, antwortete ich sofort.

Kerr nickte. »Die Brosche ist demnach für die Stürme verantwortlich. Sie hält den Wind ab. Der Gürtel drängt das Wasser zurück.«

»Woher weißt du das alles? Warum du? Wieso habe ich ausgerechnet dich gefunden, der so was weiß?« In meinem Kopf drehte sich alles, alle Gedanken ploppten auf und verschwanden wieder. Ich konnte keinen richtig fassen.

»Weil du durch die Zeit reisen kannst«, antwortete er geduldig. »Du konntest mich nur finden, weil du durch die Zeit gereist bist.«

Einige Augenblicke blieb es still um mich, während ich die Kiefer aufeinanderpresste.

»Warum hast du uns nichts gesagt? Du hattest so viele Gelegenheiten, uns die Wahrheit zu sagen.« Enttäuschung machte sich in mir breit.

»Ich wusste nicht, ob ich euch vertrauen kann. Aber als ich gesehen habe, wie sehr du dich sowohl für deine Freunde als auch das Volk einsetzt und wie selbstlos du mir geholfen hast, habe ich langsam Vertrauen geschöpft. Als Sive erzählte, ihr seiet nun die neuen Regenten, bot sich eine Möglichkeit, den Gürtel zu finden. Er könnte ja überall auf Lyoness sein. Dein Sprung vor aller Augen durch die Zeit hat mir klargemacht, dass nur du mir dabei helfen kannst, dieses Schicksal abzuwenden und den Gürtel zu finden, denn so können wir tatsächlich die Spur seit dem Verschwinden verfolgen.«

»Was meinst du damit?«

»Vielleicht finden wir den Gürtel nur, indem wir durch die Zeit reisen.«

NEUSORTIERUNG

Ich lag auf meinem Bett und ließ alles, was Kerr mir gesagt und gezeigt hatte, Revue passieren. Es kam mir vor wie ein seltsam verwirrender Traum. Einer ohne Perspektive, denn ich wusste noch immer nicht, was ich damit anfangen sollte.

Kerr saß auf einer eingelassenen Fensterbank und überließ mich meinen Gedanken. Erst hatte ich gedacht, ich wolle allein sein, weil ich wütend war, dass er nicht früher mit mir gesprochen hatte. Allerdings wollte ich ihn trotz allem in meiner Nähe wissen, um alle Fragen, die nach und nach aufkamen, beantwortet zu bekommen. Also hatte ich ihn gebeten zu bleiben.

Plötzlich fiel mir eine ein. Eine Frage, die mich in große Aufregung versetzte und völlig von den Eröffnungen ablenkte.

»Können wir Grady retten?«, fragte ich und setzte mich schwungvoll auf. »Komm, wir gehen zurück in den Tempel!«

Ich könnte meinen besten Freund gleich wiedersehen, ihn in die Arme schließen und ihn vor der Verhaftung retten.

Kerrs Gesicht, als er mich ansah, dämpfte augenblicklich meine Freude. Ich hielt inne.

»Das geht nicht. Ohne Gradys Tod würde ja auch alles andere nicht stattfinden.«

Ohne zu zögern, antwortete ich: »Das ist egal. Grady wäre wieder da. Alles wäre beim Alten und Lyoness würde nicht der Untergang drohen.«

Kerr schüttelte bedauernd den Kopf. »Das geht nicht, Sara«, sagte er leise. »Das verändert viel zu viel und bringt alles, was auch Jahrhunderte später noch geschieht, zum Fallen. Außerdem kann man nicht innerhalb der eigenen Lebenszeit springen. Man stirbt sonst sofort.«

»Wofür ist diese Gabe dann gut?«, fragte ich wütend. »Bran könnte sein Bein behalten, die Wasserstände gingen zurück und niemand wäre gefährdet. Du weißt ja selbst nicht, wie es ausgeht.«

Das hatte er ziemlich deutlich gemacht. Auf seinen Reisen in die Zukunft hatte er nie Lyoness besucht. Man konnte immer nur einmal zum selben Ort in derselben Zeit springen, und Lyoness sollte sein Schutzort bleiben, eine Zuflucht für alle Fälle.

»Nein«, sagte er und dieses Mal blieb er stur. »Ich wollte es nicht wissen, falls … du bekommst Besuch«, unterbrach er sich. Ich hörte nichts. Doch wenig später betrat Sive das Zimmer.

Sie schenkte Kerr ein mattes Lächeln und wandte sich dann direkt an mich. Meine Ziehschwester war die Erste, die mich sehen wollte, seit wir in den Palast zurückgekehrt waren.

»Würdest du mit mir rausgehen?«, fragte Sive. Sofort sprang ich auf. Zu Kerr sagte sie ungewöhnlich kühl: »Ich möchte mit Sara allein sein.«

Kerr sah im ersten Moment aus, als wolle er widersprechen, doch Sive erwartete einfach, dass er zustimmte, drehte sich um und ging voraus.

Gemeinsam liefen wir zum höchsten Turm des Palastes und stiegen die steilen Treppen hinauf. Mein Atem ging schwer, doch als wir die oberste Plattform erreichten, war die Sicht atemberaubend. Außerdem waren wir weit genug von allen möglichen Ohren entfernt. Vor Kurzem hatte ich noch mit Mellan hier gestanden. Heute wehte der Wind allerdings nicht ganz so heftig wie an jenem Tag, sodass wir uns nicht anschreien mussten. Sive ließ mir nicht viel Zeit, um die Aussicht zu bewundern. Sie drehte sich zu mir um und sah mich an. Mit einem Mal überkam mich wieder eine Welle der Trauer, als mir bewusst wurde, wie ähnlich sich ihre und Gradys Augen waren. Das Gefühl, völlig allein zu sein, breitete sich in mir aus.

»Wusstest du es?«, fragte sie mich direkt.

»Nein«, erwiderte ich.

Sie schien zu überlegen, ob sie mir glauben sollte oder nicht.

»Kannst du wirklich behaupten, dass du niemals zuvor in der Zeit gesprungen bist? Unsere Magie zeigt sich doch spätestens im Alter von zehn. Wieso bei dir nicht?«

Ich zuckte mit den Schultern. »Warum hätte ich es geheim halten sollen?« Blöde Frage. Saublöd, wenn man bedachte, dass alle Bewohner von Lyoness dazu gezwungen gewesen waren. »Ich meine, es *vor euch* verheimlichen sollen.« Und damit umging ich geschickt die Frage, ob ich noch nie zuvor einen Zeitsprung erlebt hatte. Denn augenblicklich war ich mir nicht mehr so sicher, ob die seltsam realen Visionen wirklich nur Visionen gewesen waren. Ich war mir mit gar nichts mehr sicher.

Spontan umarmte sie mich.

»O Sara! Es tut mir so leid!«

Erst war ich überrumpelt, doch dann atmete ich erleichtert auf und klammerte mich an Sive.

»Was für eine Erkenntnis«, murmelte sie an meinem Hals. »Du kannst in der Zeit springen. Du hast die göttliche Gabe! Und das vor aller Augen bewiesen.«

Sie löste sich von mir und sah mich an. »Wie geht es dir? Wo warst du, und war es schlimm, dass du plötzlich dort aufgetaucht bist?«

Wir lehnten uns an die brusthohe Mauer, und ich erzählte ihr alles, was sich in diesem anderen Tempel zugetragen hatte. Zu sehen, dass Sive mir aufmerksam zuhörte, machte mich glücklich. Ich war so dankbar, dass sie mir glaubte. Zwischendurch ergriff sie meine Hand und drückte sie verständnisvoll.

Ich weiß nicht, wie lange wir auf dem Turm standen und uns die Sonne auf die Nase scheinen ließen, doch dieser Moment hatte mich Sive nähergebracht als die vielen Jahre zuvor. Grady war immer mein Begleiter gewesen – sie die kleine Schwester. Doch heute, hier auf dem Turm, hatte ich das Gefühl, ihr so nahezustehen wie meinem besten Freund.

Als Sive mich vor meinem Zimmer ablieferte, fragte ich sie, wie es denn nun weitergehen sollte. Die Zeremonie war abgebrochen worden, ehe Riona, Bran, Keenan und Gwyned gesalbt werden konnten. Ob die Zeremonie wohl nachgeholt werden würde?

Sive sah mich erstaunt an. »Hast du nicht verstanden, warum sie abgebrochen wurde?«

Ich schüttelte den Kopf.

»Die Zeremonie wird nicht nachgeholt. Keiner von den anderen wird mehr gesalbt. Du wirst unsere neue Königin.«

Die anderen nahmen es mir übel.

Als ich mit Kerr zum Abendessen den Saal betrat, den Delma

in unmittelbarer Nähe unserer Schlafräume eingerichtet hatte, hörten sie unvermittelt auf zu reden und schwiegen.

Bran besetzte meinen Stuhl. Nun war ein Platz am Kopfende eingedeckt, wo bislang nie jemand gesessen hatte.

»Hallo«, sagte Kerr und ließ sich unbekümmert und mit einem breiten Lächeln auf dem Stuhl neben dem Kopfende nieder.

»Ich sehe, ihr habt eine neue Sitzordnung gewählt«, fuhr er fort und griff nach der Schüssel mit den gedünsteten Bohnen. Er verzog das Gesicht, als er sah, was sich darin befand, legte sich dann trotzdem etwas auf seinen Teller und stellte sie zurück.

»Wollen wir uns ein wenig über das Wetter unterhalten oder fangen wir direkt bei den Ereignissen heute Morgen an?«, fragte er in die Runde.

Ich ließ mich steif auf dem einzigen verbliebenen Stuhl am Kopfende nieder und hatte somit alle Gesichter deutlich im Blick. Gwyned sah betroffen aus, Riona wirkte wie erstarrt, Bran hatte den Unterkiefer vorgeschoben und Keenan wirkte wie ein Karpfen. Sein Mund klappte auf und zu. Die drückende Stimmung brachte Sive dazu, ihren Blick stur auf den Teller zu richten.

Plötzlich knallte Riona ihren Löffel auf den Tisch.

»Es tut mir leid, ich weiß, dass du nichts dafürkannst, aber ich bin trotzdem sauer«, rief sie laut aus.

Erschrocken zuckte ich zusammen.

»Wir alle wollten zusammen regieren! Du warst die Einzige, die sich dagegen gewehrt hat, und jetzt wirst du es allein tun. Ich bin enttäuscht.«

Mein Blick wanderte nacheinander über jeden von ihnen, doch ich wusste nicht, was ich sagen sollte.

»Es tut mir leid«, war das Einzige, was ich herausbrachte.

»Was?«, fauchte Bran. »Was genau tut dir leid? Dass du uns

alle ausgestochen hast? Du sorgst dafür, dass wir überflüssig werden.«

»Stopp!«, rief nun Kerr und stand auf. Mit seiner Größe und seiner charismatischen Erscheinung ließ er sofort Ruhe einkehren.

»Bran, das geht zu weit. Hör auf.«

Jener sah ihn verächtlich an. »Was mischst du dich hier überhaupt ein? Wer hat dich gebeten zu bleiben?«

»Das waren wir alle«, sagte Sive.

Keenan nickte. »Wir haben gesagt, wir helfen ihm, seinen gestohlenen Gürtel zurückzubekommen. Er ist in Ordnung.«

»*Ich* habe ihn nicht gebeten zu bleiben«, fauchte Bran. »Und er ist mir nicht willkommen, wenn er meint, dass man hier nicht mehr sagen darf, was man denkt.«

»Es ist ein Unterschied, ob du sagst, was du denkst, oder ob du beleidigst«, sagte Kerr ruhig.

»Ich beleidige nicht, indem ich sage, dass sie hier alles an sich reißt«, rief Bran. »Seit Tagen bestimmt Sara das ganze Programm und spielt dabei die Unschuldige. Sie hat uns manipuliert. Sie ist nicht besser als ein Druide.«

Ich fühlte mich, als hätte er mir eine Ohrfeige verpasst.

»Es reicht!« Und weil Bran nicht aussah, als wäre er am Ende, fügte Kerr ganz deutlich hinzu: »Ich habe keine Probleme damit, dir eine gehörige Tracht Prügel zu verpassen, wenn du weitermachst.«

»Du würdest einen Krüppel schlagen?«, höhnte Bran.

Kerr sah ihn unumwunden an. »Ja, wenn er unverschämt und beleidigend gegenüber Sara wird.«

Bran sprang auf, sodass der Stuhl nach hinten kippte. Er taumelte etwas, bis er sein Gleichgewicht wiedergefunden hatte, dann verließ er mit schweren Schritten den Saal. An der Tür verließ ihn seine Balance und er fiel gegen den Rahmen, doch er sammelte sich sofort wieder, verpasste dem Holz einen Fausthieb und wankte fort.

»Bran, bitte komm zurück«, rief Gwyned. Sie hatte Tränen in den Augen. »Wir alle brauchen dich doch. Sive, sag etwas!«

Doch meine Ziehschwester schüttelte den Kopf. »Lass ihn in Ruhe. Ich fürchte, er muss erst mit sich selbst ins Reine kommen, ehe er alles andere akzeptiert.«

Gwyned sah mich an.

»Du hast es gesehen, nicht wahr?«, fragte ich sie. »Du wusstest, dass mir das passieren und es uns alle entzweien wird.«

Sie schüttelte den Kopf, doch ihr liefen weiter die Tränen über die Wangen. Kerr ließ sich langsam wieder auf seinem Stuhl nieder.

»Kerr, ich danke dir, dass du so für Sara eingetreten bist«, sagte Riona leise. »Das hätten *wir* tun sollen. Ich meinerseits bin froh, dass du da bist.«

Alle nickten, Kerr setzte sich wieder. »Ihr habt ihm gegenüber Hemmungen, was ganz verständlich ist in seiner Situation.«

»Er sollte dir dankbar sein, er kann dank deiner Idee auf eigenen Beinen stehen«, sagte Keenan zu meiner Überraschung. Einen Moment lang war es still.

Dann holte Keenan tief Luft und stand auf. Ich blickte ihn an und erwartete einen weiteren Vorwurf, denn Bran war seit jeher sein bester Freund. Doch er wirkte weder wütend noch betroffen.

Er legte seine rechte Hand an die Brust und sagte: »Sara, mir ist egal, ob du nun allein gekrönt wirst und ohne uns regierst. Du bist seit vielen Jahren meine Freundin und wirst es immer bleiben. Deswegen werde ich dich unterstützen und dir treu dienen, so wie ich es bei Grady getan hätte, denn letztendlich verschreibe ich mich Lyoness.«

Ich starrte ihn perplex an. Ehe ich auch nur zu irgendeiner Regung fähig war, erhoben sich Gwyned, Kerr und Sive. Sie alle taten es Keenan gleich, bis schließlich auch Riona aufstand.

Bei dem Anblick bildete sich ein Kloß in meinem Hals. Ich war die Einzige, die noch saß, doch ich hätte mich gar nicht erheben können, weil sich alles in meinem Körper wie Gelee anfühlte.

Riona verdrehte die Augen und sagte endlich: »Bei den Großen Drachen, natürlich unterstütze ich dich ebenfalls. Keenan hat recht. Du bist jetzt Lyoness, und wir alle haben geschworen, diesem Land zu dienen, und damit dienen wir dir. Bran wird das auch erkennen, wenn er sich endlich mit seinem Schicksal abgefunden hat.«

»Ich brauche euch«, brachte ich zittrig hervor. »Ich kann nicht ohne euch regieren. Jeder von euch ist unentbehrlich – das hatte auch Grady erkannt und deswegen jeden von euch gefördert.«

»Und jetzt bist du statt seiner das Oberhaupt des Landes«, sagte Riona und klang nun wieder wie immer. »Im Grunde spielt es keine Rolle. Würde Grady leben, säße er dort und wir würden für ihn da sein. Nun sitzt seine beste Freundin, quasi sein Schatten, auf dem Thron, also folgen wir dir natürlich und unterstützen dich.«

Ich lächelte ihr zu.

Kerr griff nach dem Kelch, der vor ihm stand, und hob ihn in die Höhe: »Auf Lyoness und auf Sara«, sagte er ruhig, woraufhin alle seinen Spruch mit entschlossener Stimme wiederholten.

Kurz darauf erschienen Delma und Rois in Begleitung der angestellten Gefolgschaft, die der Palast mittlerweile hatte, um mich zur Königin auszurufen. Auch Paidraig und Anson konnte ich unter den Anwesenden entdecken. Ich war erleichtert, als Bran sich durch die Menge zu uns drängte, um ebenfalls dabei zu sein. Er sah mich zwar nicht an, aber er war da. Das reichte mir. Durch den Rückhalt meiner Freunde einigermaßen gefasst sah ich in all die strahlenden Gesichter.

»Lyoness wird wieder das Königreich aus den verheißenden Legenden werden«, sagte Delma zufrieden.

Ich warf einen Blick auf Kerr. Er lächelte schnell, doch ich hatte seine düstere, nachdenkliche Miene noch gesehen.

Dann wandte sich Rois zu uns um. »Die Städte Deira, Trevlys, Morris, Kerys, Aína und Silus haben ihre erwählten Oberen gesandt, um der neuen Königin ihre Aufwartung zu machen.«

Ich hasste es, wie tief er sich dabei vor mir verbeugte. Ich fühlte mich veralbert, obwohl ich wusste, dass er mit dieser Geste seine Ehrfurcht vor mir demonstrieren wollte.

Im nächsten Moment öffnete sich die Tür und mehrere prächtig gekleidete Menschen betraten den Saal.

»Lady Sara.« Ein hagerer Mann mit Glatze und einem freundlichen Gesicht trat vor und verneigte sich. »Ich bin Aras aus Trevlys und möchte dir unsere aufrichtige Freude darüber mitteilen, dass es nach all der Zeit zum ersten Mal eine Königin in Lyoness geben wird. Ich spreche nun im Namen aller Oberen, dass wir dich in unseren Städten erwarten, damit du dich offiziell dem Volk vorstellen kannst. Nur dann können wir deine Krönung gutheißen und dich als alleinige Regentin akzeptieren.«

Er lächelte und zeigte dabei viele Fältchen im Gesicht.

Bevor ich etwas sagen konnte, ergriff Rois das Wort. »Vielen Dank, Aras, für die freundliche Einladung.«

Nacheinander stellten sich die Vertreter der wichtigsten Städte von Lyoness vor und betonten ebenfalls, wie wichtig ein Besuch bei ihnen sei. Ganz zum Schluss trat eine Frau aus Deira namens Cleena zu mir heran.

»Lady Sara, das fehlgeleitete Orakel wurde seit vielen Jahren nicht richtig genutzt. Zumindest war es uns Sehenden bisher verboten, obwohl die Energie dort sehr stark ist. Wir sind gerade dabei, unsere Magie zurückzugewinnen, doch Vereinzelten war die Ankunft einer neuen Königin nicht unbekannt. Wir würden gern die künftige Königin in Deira willkommen heißen, denn es gibt viel abseits der Krönung zu besprechen.«

»Zum Beispiel?«, horchte ich auf. Mir war mulmig bei dem Gedanken, dass die Sehenden bereits von meiner Zukunft als Königin gewusst hatten. Was mochten sie noch alles gesehen haben?

»Wie schon gesagt, wir sind nicht darin ausgebildet, unsere Visionen zu deuten, die sich uns ab und an schemenhaft zeigen. Wenn wir etwas erkennen können, sind es meist nur Schatten oder kurze Momente, wobei oft nicht sicher ist, ob sie die Vergangenheit oder ein künftiges Ereignis zeigen.«

»Das kenne ich«, sagte ich schnell.

Die Augen der Oberen weiteten sich und sofort verbeugten sie sich wieder.

»Natürlich. Jemand, der die göttliche Gabe des Zeitsprungs besitzt …«, begann der Mann aus Morris.

»Nein, nein, nein!«, rief ich schnell dazwischen. Bei den Drachen, sie hatten das völlig missverstanden. »Gwyned hier«, ich drehte mich suchend nach ihr um und sah, wie sie rot anlief, »hat uns allen oft von ihren Visionen erzählt. Nur daher weiß ich, wovon du sprichst.«

Die Augen der Frau blieben geweitet, allerdings wandte sie sich nun meiner Freundin zu. »Vielleicht möchte Lady Gwyned dich nach Deira begleiten?«, fragte Cleena hoffnungsvoll. »Wir könnten eine gute Seherin gebrauchen.«

»Ich bin wie ihr auch nicht darin ausgebildet«, wandte Gwyned ein.

»Dank der Druiden«, sagte die Frau mit bitterer Miene. »Doch genau um die geht es. Einige von uns haben etwas Beunruhigendes gesehen, was uns glauben lässt, dass die Druiden ihre Macht zurückgewinnen könnten.«

Der Obere von Kerys räusperte sich kurz, bevor er die Stimme erhob. »Es ist leider auch so, dass der flüchtige Heiler, der einst dem Erzdruiden gedient hat, in unserer Region gesehen wurde und in Richtung Deira unterwegs ist. Er hat wohl Anhänger gefunden – zumindest gibt es in unserer Gegend Gerüchte über eine Wiederherstellung der alten Regierung. Nicht alle Menschen befürworten den Ausgang der Rebellion. Die Druiden haben noch immer Verbündete und sind durch ihre Fluchmagie besonders gefährlich.«

Schweigen legte sich wie ein düsterer Schleier über uns alle. Das Schreckensgespenst der Druidenherrschaft machte sich erneut bemerkbar, und mir war völlig klar, was uns allen bei einer erneuten Machtergreifung der Druiden blühen würde.

»Lady Sara, mit deinem Besuch würdest du vielen Menschen Mut machen. Deine Anwesenheit würde deutlich zeigen, wie viel dir an den Menschen des Landes liegt«, brachte nun der Mann aus Morris hervor.

»Diese Reise wäre nicht nur dazu da, um sicherzustellen, dass alle Oberen und ihre Gebiete deine Regentschaft akzeptieren«, sagte die Frau aus Silus. »Die Menschen würden ihre neue Königin sehen, die Hoffnung von Lyoness, denn seit Prinzessin Aoife ist niemand jemals mehr in der Zeit gesprungen. Du würdest dein

Volk, dein Land und die Vielfalt kennenlernen, die Unterschiede und die Gemeinsamkeiten, um wahrhaft gerecht regieren zu können.«

Ich sah Kerr nicht an, doch ich wusste, dass sich hier eine erste sehr gute Möglichkeit bot, den Gürtel in den anderen Residenzen und Tempeln zu suchen.

»Außerdem ist Aína eine ganz besondere Stadt, die dir gefallen wird«, erzählte deren Vertreterin. »Sie liegt inmitten der Berge, vereinzelte Häuser liegen in den höheren Bereichen und abends leuchten deren Herdfeuer, sodass sie wie ganz nahe Sterne aussehen.«

Der Gedanke gefiel mir. Ich hatte es schon immer gemocht, die Berge von Ys sowie die Sterne zu beobachten.

»Lady Gwyned wird der Tempel von Deira bestimmt gefallen«, meinte Cleena, doch ich war mir nicht sicher, ob Gwyned mich begleiten wollte. Immerhin war diese Stadt ihr Albtraum gewesen.

»Trevlys wird dir auch gefallen. Nirgends ist das Meer dunkler und wilder und die Klippen formreicher als an unserer Küste. Du musst unbedingt nach Trevlys kommen, die Menschen dort warten voller Freude auf dich.«

Vor meinem geistigen Auge sah ich das glitzernde Wasser und schroffe Felsen, ähnlich wie die Berge im Ys, die allerdings dort aus dem Meer ragten. Das würde ich wahnsinnig gern hautnah sehen. Meine Mutter hatte mir einmal davon erzählt. Sie hatte diese Klippen gesehen und behauptet, sie sähen aus wie Riesen, die hüfthoch im Wasser stünden.

»Diese Reise werde ich unbedingt wahrnehmen«, sagte ich schließlich mit fester Stimme. Nicht nur aufgrund des Zuspruchs der Oberen hätte ich diese Einladung niemals ausgeschlagen.

Auch die Chance, den Gürtel zu finden, konnte ich nicht außer Acht lassen. »Wir danken euch allen für eure Einladung.«

Die Oberen nickten und verbeugten sich ein weiteres Mal, bevor sie gemeinsam mit der Gefolgschaft den Saal verließen.

Kaum dass wir allein waren, platzte aus Keenan heraus: »Eine Rundreise?« Er sah aus, als hätte man ihm soeben ein neues Schwert geschenkt. »Ganz Lyoness auf einmal kennenlernen, was für eine Erfahrung!«

Gwyned schauderte. »Ich darf nur nicht an Deira denken.«

»Ich würde gern mitreisen. Überleg mal! Wir bekommen unser Land zu sehen! Die ganze Insel, nicht nur einen kleinen Teil. Wenn ich das Vater erzähle! Er kam immer nur bis Silus, keinen Meter weiter!« Sive war auf einmal Feuer und Flamme. Sie hüpfte vor Aufregung ein wenig auf und ab. Ihre Augen leuchteten und sie klatschte in die Hände.

»Und das Wichtigste ist: Vielleicht finden wir endlich eine Spur, die uns zum Gürtel führt«, warf ich ein. Kerr nickte zustimmend.

»Schön für euch«, brummte Bran. »Und ich bin an den Palast gefesselt.«

»Du kannst doch mitreisen«, sagte ich. »Wir finden bestimmt ein Transportmittel, das bequem und komfortabel für dich ist.«

»Ich bin ein Krüppel, ein Klotz, eine Bremse«, fauchte Bran mich an. »Daran wird auch dieses komfortable Transportmittel nichts ändern. Ich will niemandem zur Last fallen.«

»Kein Problem, ich bleibe bei dir«, sagte Riona schnell, um einen weiteren Ausbruch zu verhindern. »Paidraig hat mir erst heute gesagt, dass meine Schwester Yslion nicht verlassen hat, und solange ich sie nicht gefunden habe, werde ich nicht weggehen. Und ich werde hier weiter nach dem Gürtel suchen. Vielleicht ist er doch hier versteckt.«

»Ehrlich gesagt würde ich auch gern mitfahren.« Keenan lächelte. »Du kommst doch mit, Gwyn, oder?«

Jene wurde abwechselnd rot und bleich. Doch dann nickte sie entschlossen. »Ja, ich werde mich meiner Vergangenheit stellen.«

Kerr brauchte ich nicht zu fragen. In seinem Blick leuchtete die Entschlossenheit.

BRAN

Die Reise war beschlossen. Die nächsten Tage waren Ellis und die anderen Hilfen ganz fleißig dabei, unsere wenigen Habseligkeiten zu packen und neue zu besorgen, damit wir auf der Rundreise auch standesgemäß ausgestattet waren – wie es einer Königin und ihrem Regierungsstab gebührte. Am vorletzten Abend mit Riona und Bran saßen wir wieder im Speisesaal, und es herrschte eine teils vorfreudige und teils angespannte Stimmung, denn Brans Missmut war allzu deutlich spürbar.

»Ich hätte gern Käse.« Brans Stimme war fordernd und harsch – so wie immer, seit er das Bein verloren hatte. Ich fühlte mich sofort wieder schuldig.

Schnell sprang ich auf und wollte ihm den Käse vom Ende des Tisches holen, als Kerr mich energisch am Handgelenk festhielt – fest genug, dass ich stocksteif stehen blieb. Aber es tat nicht weh.

»Dahinten steht er«, sagte Kerr, ohne mich anzusehen. Er lächelte Bran freundlich an, der ihm finster entgegenblickte.

»Falls du es noch nicht gemerkt haben solltest, ich komme nicht heran.«

»Wieso nicht? Du hast doch Beine wie jeder andere hier auch«, entgegnete Kerr höflich.

Alle verstummten. Plötzlich war es ganz still, und alle saßen da, als wären sie am Stuhl festgefroren. Ich war die Einzige, die stand, und doch war auch ich wie gelähmt. Draußen konnten wir die Schritte der umhereilenden Diener und das Gurren der Tauben im Hof hören.

»Nein, das habe ich nicht«, presste Bran zwischen seinen Zähnen hindurch. »Ich habe keine *Beine*, ich habe nur *ein* Bein.«

Kerr blickte ihn weiterhin ruhig und ungerührt an. »Du hast ein natürliches Bein und ein Holzbein. Das macht bei mir zwei Beine, mit denen man sich fortbewegen und fast alles machen kann, was man mit zwei natürlichen Beinen auch machen könnte.« Er sah Bran entschlossen in die Augen und fügte dann forscher hinzu: »*Wenn man will.*«

Bran sprang so abrupt von seinem Stuhl auf, dass der Teller vor ihm klapperte und sämtliche Becher auf dem Tisch umkippten.

»Ich KANN es nicht, verstehst du das nicht?«, brüllte er. Sein Gesicht war hochrot. »Ich habe es versucht, aber ich kann es nicht. Nicht jeder lernt damit umzugehen. Nicht jeder schafft es.«

»Das ist eine Sache der eigenen Einstellung«, widersprach Kerr. »Du könntest es schon, aber du willst nicht. Das ist der entscheidende Unterschied.«

»Ich will mein Bein zurück! Das ist alles, was ich will«, schrie Bran, während an seinem Hals eine Ader dunkelblau anschwoll.

»Das bekommst du nicht«, erwiderte Kerr hart. »Du wirst langsam eine Entscheidung fällen müssen. Du kannst Sara nicht dafür verantwortlich machen.«

»Sie ist es, die mich retten wollte. Jetzt sieht sie, was sie davon hat. Der alte Bran ist mit seinem Bein gestorben. Das hier ist, was übrig geblieben ist.« Bran warf mir einen wutentbrannten Blick zu. Ich zuckte zusammen. Nun hatte er ausgesprochen, was ich seit Langem befürchtet hatte.

»Wenn dir dein anderes Bein lieb ist, redest du nie wieder so über Sara«, sagte Kerr leise. Trotzdem zweifelte niemand an seiner Drohung. »Sie hat ihr Bestes getan und gehandelt, wie jeder andere hier es auch getan hätte, der etwas Herz hat. Du hättest das Gleiche getan, wenn es um Sive oder Sara gegangen wäre. Wenn dir dein Leben so wenig wert ist: Bitte, du hast immer noch die Möglichkeit, das zu ändern. Draußen ist der Pugh. Die Strömung ist im Augenblick sehr stark.«

»Es reicht!«, sagte ich. Mir wurde eiskalt.

Kerr sah zu mir auf, da ich noch immer stand. Ich mied seinen Blick.

»Bran, bitte …«, begann ich, doch er ignorierte mich und wandte sich wankend ab. Als Keenan ihn stützen wollte, stieß Bran ihn so unsanft zurück, dass er gegen den Tisch stieß und weitere Schüsseln umwarf. Die Rosenkohlköpfe und Zwiebeln rollten über den Tisch. Niemand hielt sie auf und so fielen sie zu Boden.

Bran hinkte mühsam, doch so schnell er konnte aus dem Saal.

Wir anderen sahen uns betreten an. Nein, ich musste mich korrigieren. Sie alle sahen *mich* betreten an. Weil ich die Ursache für Brans Missmut war. Weil ich entschieden hatte, ihm das Bein abnehmen zu lassen.

»Ich gehe ihm nach«, murmelte ich.

Kerrs Griff wurde augenblicklich wieder fest. Dieses Mal tat es weh.

»Das wirst du nicht tun«, sagte er. »Du kannst keinen Menschen retten, der nicht gerettet werden will.«

»Aber du hast ihm gerade gesagt, er soll sich umbringen«, wandte Riona ein. Ihr Gesicht war kreideweiß.

Wir alle sahen zu Gwyned, die schwieg, aber genauso bleich wie Riona war. Natürlich, sie konnte Bran nicht sehen. Er stand ihr zu nahe.

»Du hast ihm damit einen Weg gewiesen«, fügte Sive wütend hinzu. So hatte sie noch nie zu Kerr gesprochen.

»Nein, das habe ich nicht«, widersprach Kerr bestimmt. »Er hat diesen Weg schon viele Male ins Auge gefasst, seit er wieder auf den Beinen ist.«

»Und trotzdem will ich nicht, dass du noch einmal jemanden zum Selbstmord aufforderst«, sagte ich. »Ich verbiete es dir.«

»Das war keine Aufforderung«, rechtfertigte sich Kerr. Er schien perplex, dass ich es so aufgefasst hatte.

»Du hast ihm gesagt, er könne in den Pugh steigen, wenn es ihm nicht gefiele. Das ist für mich genau das und keine Hilfe, Kerr«, sagte ich fest. »Das ist Mithilfe beim Selbstmord. Wenn Bran sich jetzt etwas antut, dann …«

»Wirst du dich schuldig fühlen, mehr als jeder andere«, fiel Kerr mir ins Wort. »Genau das will ich nicht. Sara, du musst verstehen, dass es seine Entscheidung ist. Nur seine eigene allein.«

»Die du ihm abnimmst, wenn du so etwas sagst«, mischte sich Keenan ein. »Ich finde, Sara hat recht. Halt dich heraus. Bran ist genug gebeutelt. Wenn man ihm so etwas an den Kopf schmeißt, setzt er deinen Vorschlag womöglich um.«

Er erhob sich. »Ich gehe ihm nach. Sara, lass es«, wehrte er ab, als ich mich aus Kerrs Umklammerung befreien wollte. »Du würdest es nur schlimmer machen.«

Keenan rauschte aus dem Saal – seit er seine Magie ausleben durfte, ging er nie in normaler Geschwindigkeit – und ich ließ mich langsam auf meinen Stuhl sinken. Kerr hatte mich losgelassen, doch ich fühlte seinen Griff noch immer.

Ich hatte keinen Hunger mehr. Mein Magen war ein einziger Knoten und die Stimmung am Tisch völlig hinüber. Kerr schien das zwar zu merken, aber er trank dennoch entspannt einen großen Schluck aus seinem Becher.

»Kerr, wenn Bran sich jetzt etwas antut, dann möchte ich dich nicht mehr sehen«, sagte Riona ernst. »Ich kann dir nämlich sagen, dass er den Selbstmord jetzt wirklich in Erwägung zieht.«

Nun kroch die Schlinge des Knotens bis in meinen Hals.

»Das wird er nicht tun«, sagte Kerr und stellte den Becher ab.

»Woher willst du das wissen? Hast du auch die Gabe der Vorhersehung, wie Gwyned?« Riona kreuzte die Arme vor der Brust und sah ihn herausfordernd an.

»Nein, aber ich kann in der Zeit springen und bin in der Zukunft Bran begegnet«, antwortete Kerr und sah ihr dabei in die Augen.

Riona und Gwyned klappte der Kiefer herunter. Sive war erstarrt.

»Sara, ist das wahr?«, fragte Riona.

Ich nickte.

»Jetzt verstehe ich erst recht, warum du ständig in seiner Nähe bist«, murmelte sie gedankenverloren. »Er hat ebenfalls die göttliche Gabe. Du solltest auch zum König berufen werden.«

Kerr winkte ab. »Nein, auf gar keinen Fall. Mein Schicksal wird ein anderes sein. Lasst mich euch nur helfen. Sara und ich können gemeinsam durch unsere Zeitreisen viel bewirken, doch sie sollte allein Königin sein.«

»Seid ihr schon öfter durch die Zeit gereist?«, fragte Riona neugierig. »Hat Sara deshalb so viel Wert auf deine Genesung gelegt?«

»Ihr habt euch bei einem Zeitsprung kennengelernt«, platzte Gwyned ehrfürchtig dazwischen und presste ihre Hände vors Herz. »Wie romantisch!«

Ich schnaubte. Kerr und ich waren doch kein Paar! Was dachte sie sich? »Das war alles andere als romantisch. Er wurde von zehn erwachsenen Männern verprügelt. Wenn du dich recht entsinnst, lag er im Sterben, als ich ihn in die Stadt brachte.«

»Oh. Ja. Stimmt.« Gwyned legte die Hände auf der Tischplatte vor sich ab – direkt auf ein zu ihr gekullertes Rosenkohlköpfchen. Schnell wischte sie ihre Hände an dem Tuch ab, das neben ihrem Teller lag.

»Du bist bei einer Zeitreise verprügelt worden?«, fragte Riona. »Warum? Ich meine, wieso sollte dich jemand ausgerechnet dann verprügeln?«

»Weil ich etwas bei mir hatte, das sie unbedingt an sich nehmen wollten«, erwiderte Kerr und erzählte die Wahrheit über den Gürtel. Auch die anderen verstanden sofort, wie wichtig die bevorstehende Reise war, um einen Hinweis auf das Artefakt zu finden.

»Eines erschließt sich mir nicht«, sagte ich zu Kerr, weil ich mit den Gedanken noch immer bei Bran war. »Du sagtest, du seist nie in das Lyoness der Zukunft gesprungen. Wo willst du Bran dann gesehen haben?«

»Er war in Lothian auf Staatsbesuch«, erwiderte Kerr, ohne nachzudenken. »Er hatte das Holzbein und verstand sich sehr gut mit dem König von Lothian, der seine Meinung hoch schätzte.«

»Bedeutet das, dass Lyoness auch nicht überschwemmt wird?«, hakte Riona nach.

»Nicht unbedingt. Aber wie gesagt, das war Lothian«, erklärte Kerr.

Wir unterhielten uns noch eine Weile, doch ich war schon

längst nicht mehr bei der Sache. Kerrs Worte konnten mich nicht beruhigen, weil Riona etwas anderes geschlussfolgert hatte. Ich dachte ständig an Bran, und auch den anderen konnte ich die Anspannung sowie Besorgnis ansehen.

Irgendwann erhob ich mich unvermittelt. »Ich gehe in mein Zimmer. Gute Nacht.«

Ehe mir jemand folgen oder Kerr etwas sagen konnte, verließ ich den Saal.

Ich konnte nicht schlafen. Egal was Kerr sagte, ich fühlte mich für Brans Zustand verantwortlich. Ich hatte Angst um ihn und wollte ihm zeigen, wie schön das Leben in Lyoness sein konnte. Die Rundreise wäre dafür ideal gewesen. Der alte Bran wäre auf jeden Fall mitgereist und hätte genauso viel Freude an all den unterschiedlichen Landschaften, Städten und Orten gehabt wie ich.

Unzählige funkelnde Sterne konnte ich durch mein Fenster beobachten, und aufgrund des hellen Scheins auf meiner Bettdecke wusste ich, dass irgendwo auch der Mond am Himmel stehen musste. Draußen zirpten keine Grillen mehr. Der Sommer neigte sich dem Ende zu, doch ein paar Kauze riefen durch die Dunkelheit.

Kurzerhand schlug ich die Bettdecke zurück, schnappte mir meinen Umhang und machte mich auf den Weg zum Palastturm. Vielleicht würden mir die kühle Nachtluft und die Sicht auf die mondbeschienene Stadt dabei helfen, einen klaren Kopf zu bekommen. Zum Glück stürmte es heute wieder nicht, was den Aufgang zum Turm sehr angenehm machte.

Der Raum von Paidraig und Anson war nun unbewacht und ich schlich leise an der geschlossenen Pforte vorbei.

Als ich die letzten Stufen der Treppe erreicht hatte, bemerkte ich, dass die Tür zur obersten Plattform halb offen stand, und verlangsamte meine Schritte. Wer könnte um diese Uhrzeit noch hier sein?

Vorsichtig spähte ich durch die Öffnung.

Was ich sah, ließ mein schneller schlagendes Herz schlagartig in den Magen rutschen.

Auf der Brüstung stand Bran und sah in die Tiefe.

Mein erster Impuls war, hinzulaufen und ihn zurückzureißen. Doch sollte er sich wegen eines Geräuschs erschreckt umdrehen, könnte er das Gleichgewicht verlieren und hinunterstürzen, ehe ich überhaupt das Plateau erreicht hatte. Sein Körper wankte. Es war offensichtlich, dass er noch nicht die nötige Balance mit der Prothese gefunden hatte.

Ich hielt daher den Atem an, kauerte mich auf der letzten Stufe nieder und konnte den Blick nicht abwenden.

Bitte, bitte lass mich nicht zusehen, wie er springt, betete ich zu den Großen Drachen, zu Grady, zu meiner Mutter.

Bitte, nicht Bran. Nicht er auch noch. Und bitte, lass jetzt nicht den heftigen Wind aufkommen, der die letzten Tage wehte.

Ich würde Kerr aus Yslion werfen lassen. Ich würde ihn aus Lyoness verbannen lassen.

Wie lange ich den Atem angehalten hatte, wusste ich nicht zu bestimmen. Unschlüssig, was ich tun sollte, starrte ich auf Brans Rücken. Am besten holte ich Hilfe. Bran war schon so lange in Sive verliebt. Auf sie würde er hören. Langsam machte ich einen

Schritt zurück, doch in diesem Moment bewegte er sich. Ich wartete.

Bran stieg langsam von der Brüstung zurück auf die Plattform. Kaum dass er sicher auf dem Boden stand, brach er zusammen und schluchzte. Seine Klagelaute erinnerten mich an die der Mutter, die ihre beiden Jungen in der Schlacht verloren hatte. Er weinte so bitterlich und laut, wie ich es noch nie bei einem Mann gehört hatte.

Ich wollte zu ihm gehen und ihn in den Arm nehmen, doch sein Verhalten mir gegenüber in den letzten Wochen und vor allem heute Abend hielt mich zurück. Ich war vermutlich der letzte Mensch auf Erden, der ihn in diesem Gemütszustand sehen sollte.

Ganz langsam, um kein Geräusch zu verursachen, zog ich mich zurück.

Brans Schluchzen begleitete mich bis zum Ende der Treppe – und hallte in meinem Gedächtnis nach, als ich längst wieder in meinem Zimmer lag.

DIE RUNDREISE

Bran blieb am nächsten Tag selbst zu den Mahlzeiten in seinem Zimmer, weswegen ich ihn nicht mehr zu Gesicht bekam. Sive und Keenan, die er als Einzige zu sich ließ, meinten, er wolle von der Reise nichts mehr mitbekommen. Sie versicherten uns, er mache nicht den Eindruck auf sie, als wolle er sich das Leben nehmen. Trotzdem war ich nach diesen Worten nur wenig erleichtert, hatte meine Beobachtung auf dem Turm jedoch für mich behalten.

Dann endlich traten wir die Rundreise an. Am Himmel, wo sonst die Sonne in voller Intensität auf uns herabgestrahlt hatte, konnte ich heute nur dicke dunkle Wolken erkennen. Der Wind peitschte mir ins Gesicht, während ich mich auf den Weg zum Hafen machte. War das ebenfalls ein Zeichen des langsamen Untergangs von Lyoness? Ich schluckte.

Kaum hatte ich das Schiff betreten, beanspruchte mich Rois, um mit mir den Ablauf durchzugehen und einige andere Dinge bezüglich meiner zukünftigen Regentschaft zu besprechen. Auch Anson betrat wenig später gemeinsam mit Gwyned, Sive, Kerr und Keenan das Schiff. Ersterer hatte darum gebeten, uns begleiten zu dürfen, um uns bei jeglichen Vorbereitungen behilflich zu sein. Als das Schiff ablegte und langsam den Hafen von Yslion hinter sich ließ, wurde meine Sorge größer. Der Wasserstand war wieder um einiges gestiegen und überschwemmte Teile der nahe liegenden Felder. Durch das starke Schwanken des Schiffs verstärkte sich Keenans Seekrankheit, sodass ich ihn immer wieder würgen hörte. Trotz des Wetters blieb ich an Deck, lehnte mich an die Reling und beobachtete die Wellen unter uns. Jegliche Vögel, die sich normalerweise in der Nähe oder auf dem Wasser des Pughs aufhielten, waren verschwunden. Und auch das klare blaue Wasser des Flusses, das es nur außerhalb Yslions gab, konnte ich aufgrund der Strudel nicht in Gänze bewundern. In diesem Moment wurde mir bewusst, wie schnell uns die Zeit davonrann. Vielleicht war diese Reise unsere letzte Chance. Gegen Nachmittag hörte der Regen auf und die Sonne kam zeitweise hervor, wenngleich der Wind nicht nachließ und die Wolken antrieb, wodurch sich Licht und Dunkel ständig abwechselten.

»Sieh mal.« Ich zuckte zusammen und hob den Blick. Kerr wies lächelnd auf die Landschaft.

Ich staunte.

Das Ys-Gebirge befand sich auf der linken Seite. Die schneebedeckten Gipfel waren auch in Yslion immer zu sehen, doch hier lagen sie viel weiter entfernt. Sanfte Hügel, bedeckt mit grünen Wäldern aus Laubbäumen, die in Nadelwälder übergingen, zogen sich bis zu den Stellen hinauf, wo es nur noch Wiesen und dann Geröll gab.

Ich entdeckte Wiesen, die grüner waren als das herrlichste Garn, das ich je im Wollviertel gesehen hatte. Im Nahrungsviertel konnte man zwar exotische Blumen kaufen, und viele Häuser in jedem der vier Stadtteile hatten Ringelblumen, Kamille oder Salbei in ihren kleinen Gärten angepflanzt. Doch hier herrschte eine Vielfalt, die ich noch nie gesehen hatte.

Ich stand am Schiffsrand und konnte mich kaum entscheiden, wohin ich zuerst schauen sollte, denn allein die weiten Äcker, Felder und Wiesen, eingebettet in grüne Täler und Hügel, waren ein Anblick, an dem ich mich nicht sattsehen konnte.

Mein Wunsch, Lyoness zu retten, wuchs mit jeder Sekunde.

Ich erinnerte mich schwach an die beiden Reisen, die ich einmal mit meiner Mutter unternommen hatte. Sie war mit mir über Kerys nach Deira gereist, als ich vier Jahre alt gewesen war. Das Einzige, was mir von Kerys im Gedächtnis geblieben war, waren der Hafengeruch und die Krabben, die wir gegessen hatten. An unsere Rückreise über Aína konnte ich mich besser erinnern. Die Stadt lag in einem Tal inmitten des Gebirges. Die schneebedeckten Gipfel rings um das Tal hatten mich damals beeindruckt, und ich hatte meine Mutter gefragt, ob sich die Großen Drachen, von denen sie oft abends am Herdfeuer erzählt hatte, nicht vielleicht dort versteckt hielten. Ich erinnerte mich noch, dass sie daraufhin gelächelt und nur gesagt hatte: »Wer weiß?«

Auch die Häuser, die ganz anders aussahen als in Yslion, weil die Dächer mit Steinen gedeckt waren, hatten mich beeindruckt, denn die Platten waren zu Mustern und Motiven mit Ranken, Ornamenten oder sogar Figuren gelegt worden. Auch Drachen waren darunter gewesen.

»Man könnte beinahe glauben, du hättest noch nie eine Landschaft gesehen«, sagte Kerr.

»Mach dich ruhig über mich lustig«, erwiderte ich und entdeckte in der Ferne eine große Gruppe von Bäumen. Sogar auf die Entfernung wirkten die Bäume auf mich viel erhabener und ehrfurchterweckender als die vor dem Ys-Gebirge.

»Das mache ich nicht«, sagte Kerr und wandte sich zu mir um. »Ich staune.«

Ich blinzelte und warf ihm von der Seite einen Blick zu. Die Art, wie er neben mir stand, wirkte sogar noch majestätischer als die Bäume des Waldes. Doch er schien sich wirklich nicht lustig über mich zu machen. Vielmehr wirkte er neugierig.

»Ich habe noch nie einen Menschen gesehen, der sich so sehr über den Anblick von Wäldern, Wiesen, Äckern und Bergen gefreut hat wie du«, erklärte er. »Und glaub mir, ich habe schon viele Menschen auf meinen Reisen getroffen.«

Das machte mich jetzt noch neugieriger.

»Wo bist du schon überall gewesen?«, fragte ich.

»Sagen wir mal so, in Lyoness kenne ich mich sehr gut aus«, meinte er lächelnd. »Und ich verspreche dir, du wirst noch viel schönere Gegenden sehen als hier vom Pugh aus.«

»Wo?«, fragte ich gespannt.

Kerr grinste, und obwohl die Sonne wieder hinter einer Wolkendecke verschwunden war, hatte ich dennoch das Gefühl, geblendet zu werden.

»Warte ab, bis du mal ein paar Buchten hinter dem Ys-Gebirge siehst«, sagte er. »Die Felsen sind hoch, das Wasser ist azurblau und so klar, dass du jede Muschel und alle Krebse am Grund erkennst. Die Wellen haben eine ganz eigene Dynamik, und wenn man ihnen gut zuhört, erzählen sie dir von ihren Reisen rund um die Welt. Ihre Geschichten handeln von großen Schiffen, die versunken sind, und kostbaren Schätzen, die sie mit in die Tiefe genommen haben. Die Felsen geben das Echo wieder, und dabei wirken sie gemeinsam mit Wasser und Himmel, als würden sie alle Schönheit der Schöpfung allein in sich tragen und damit ihre Gefährlichkeit überdecken.«

Seine Augen leuchteten, seine weißen, ebenen Zähne blinkten und in diesem Moment wirkte er entwaffnend schön.

»Und manchmal beantworten dir die Wellen des Ozeans auch deine Fragen«, fuhr Kerr fort.

»Welche Fragen?«, wollte ich wissen.

Er zuckte mit den Schultern. »Das kommt darauf an, worauf du eine Antwort haben möchtest. Welche Frage würdest du ihnen gern stellen?«

Das wusste ich auf Anhieb.

Wo war der Gürtel? Wie konnte ich die Insel retten?

Warum hatten mich meine Mutter und Grady so früh verlassen? Warum musste ich eine Stellung einnehmen, für die ich nicht gemacht war, die ich nie gewollt hatte?

Sofort wurde mein Hals enger und meine Augen brannten.

Schnell sah ich wieder zu dem Gebirge. Die Gipfel waren nicht so atemberaubend schön wie die Buchten, von denen Kerr erzählt hatte, aber ihr Anblick löste den Knoten in meinem Hals.

Ich merkte, dass Kerr mich noch immer beobachtete. Sein Blick verunsicherte mich, und ich begann zu verstehen, wieso Sive so für ihn schwärmte. Wenn sie Kerr so entspannt und selbstsicher in dieser unbeschwerten Atmosphäre erlebt hätte, wäre sie ihm intensiver verfallen, als wenn ein Druide sie mit einem Manipulationsfluch belegt hätte.

»Sieh mal«, versuchte ich ihn abzulenken. »Dahinten ist endlich ein Ort direkt am Fluss. Die Häuser sehen ganz anders aus als in Yslion. Die haben Strohdächer! Das wäre bei uns undenkbar, weil es so viel Stroh gar nicht gibt.«

Kerrs Augen verengten sich ein wenig, ehe er meinem ausgestreckten Arm mit seinem Blick folgte.

Direkt am Pugh befand sich eine kleine Ortschaft mit Fachwerkhäusern ohne Stadtmauer. Die Menschen mussten sich recht sicher fühlen.

»Hörst du das?«, fragte Kerr und unterbrach meine Überlegungen.

»Nein, was?« Ich horchte angestrengt und hörte das Schlagen der Wellen gegen das Schiff sowie Keenan, der erneut würgte, und den Wind, der noch immer heftig wehte. Doch da war noch etwas anderes, was ich nicht zuordnen konnte. Ein Summen?

»Was ist das?«, fragte ich und sah Kerr an. Er beobachtete mich wieder, und sein Blick war so seltsam, als wüsste er nicht, ob ich ihn prüfen wollte oder ob ich die Frage wirklich ernst meinte.

»Kannst du es nicht hören?«, hakte er nach.

Was kapierte ich nicht? So, wie er die Frage stellte, stimmte etwas nicht.

Zum Glück tauchte Gwyned neben mir auf.

»Sara!«, hauchte sie. »Sara, es ist rund!«

Ihre großen Augen voller Staunen beunruhigten mich – mehr als Kerr es gerade tat.

»Was meinst du? Was ist rund?«

Gwyned legte einen Finger an ihren Mund und ich horchte wieder. Dann verstand ich endlich.

Das Summen war ein Ruf. Ein Name.

Mein Name!

»Sara! Sara! Sara!«

Je näher wir kamen, desto deutlicher und lauter wurde er.

Ich erstarrte.

Von unserem Platz am Rand des Schiffes aus konnten wir nun erkennen, dass sich am Ufer der Stadt unzählige Leute, vermutlich die ganze Stadt und noch viele andere, versammelt hatten.

Und alle riefen meinen Namen!

»Wie …?«, raunte ich und sah Gwyned an.

Keenan rappelte sich auf und schleppte sich zu uns, sodass ein leichter Geruch von Schweiß und Erbrochenem zu uns herüberwehte. Mager, etwas grün im Gesicht und mit tief eingefallenen Augen sah er auf die Szene, der wir uns rasch näherten. Die Einwohner der Stadt, es musste sich um Kor-Ys handeln, winkten aufgeregt, teilweise mit bunten Bändern und Fähnchen in der Hand. Der Ruf meines Namens wurde immer lauter.

»Dass du kommst, ist rund! Dein Ruf hat sich rundgesprochen!«, erklärte Gwyned und nun leuchteten ihre Augen. »O Sara! Es ist so, wie ich es gesehen habe!«

»Ich dachte, du kannst mich nicht sehen?«, fragte ich sie überrascht.

»Warte, ich mach dir die Haare. Leck dir die Lippen, damit sie etwas voller aussehen. Die Menschen sollen sehen, wie hübsch du bist«, überging sie meine Frage, und mit zarten Fingerspitzen richtete sie ein paar Strähnen meines Haars, das durch den Fahrtwind etwas zerzaust war. Manchmal pikste es, wenn sie in einer Strähne hängen blieb. Ich biss mir auf die Lippen, leckte wie wild darüber und merkte, wie trocken sie wurden.

»Hör auf damit, Gwyned«, sagte Keenan heiser. »Die sehen, was du tust, und halten dich nachher für Saras Mutter.«

Gwyned ließ sofort die Hände sinken und wir drehten uns um. Unser Schiff hatte gerade die Stadt erreicht, und nun ging mein Name unter, denn als die Menschen uns sahen, jubelten sie laut auf. Sie riefen, schwenkten Fähnchen, Bänder und Tücher und einigen liefen sogar Tränen über das Gesicht.

»Danke!«, war unter den Rufen. Auch hörte ich hin und wieder die Namen meiner Freunde in dem Jubel und freute mich für sie. Besonders Keenan feierten sie anscheinend.

»Unsere Befreierin!«

»Die Erlöserin!«

»Sara, die Heilbringende!«

Um der Drachen willen, was dachten die Menschen in Lyoness von mir?

Beim letzten Ausruf sah ich entsetzt zu Gwyned, doch sie knuffte mich in die Seite und zischte: »Lächle und wink ihnen zu!«

Also tat ich, was sie sagte, auch wenn es mit der Zeit anstrengend wurde.

Ein Strauß von diesen Wiesenblumen, die ich vorhin bestaunt hatte, flog zu uns. Anson fing ihn auf und reichte ihn mir.

Ich nahm die Blumen und roch daran. Sie dufteten so wunderbar intensiv, wie ich es geahnt hatte.

»Danke!«, rief ich den Menschen zu und nun war mein Lächeln echt. »Ich danke euch!«

Der Jubel wurde noch lauter.

Als das Schiff anlegte, brauchte es einige Matrosen, um die Menge zurückzuhalten. Gemeinsam mit Rois und meinen Freunden betraten wir Kor-Ys und ließen uns nicht nur von den Einwohnern, sondern auch vom Oberen willkommen heißen. Sie luden uns zu einem hübsch geschmückten Stadtfest ein, bei dem gefühlt jeder Mensch aus Kor-Ys anwesend war. Auf einer Bühne war ich gezwungen, ein paar kurze Worte an das Volk zu richten, bevor mir der Obere im Namen von Kor-Ys offiziell deren Unterstützung zusagte. Eine Mischung aus Erleichterung und Anspannung überkam mich bei dem Gedanken. Das Ganze passierte wirklich.

Die Nacht verbrachten wir in einem edlen Domizil, das früher dem Erzdruiden gehört hatte. Rois verriet mir, dass ich bei jedem Halt in einer seiner Residenzen schlafen würde, die zwar nicht regelmäßig genutzt, doch für etwaige Besuche stets gepflegt und teilweise von den ortsansässigen Druiden bewohnt waren. Es handelte sich immer um herrschaftliche Häuser in unmittelbarer Nähe zum Stadttempel. Das traf sich gut, da wir damit die Gelegenheit bekamen, nach dem Gürtel zu suchen, der, wenn wir Mellans Worte richtig gedeutet hatten, irgendwo an einem Ort versteckt sein musste, der dem Erzdruiden gehörte. Wir würden bei jedem Halt alles durchsuchen, in der Hoffnung, auf etwas zu stoßen. Aber ich hasste es, dass man mir die Wohngemächer des Erzdruiden zuteilte.

Am nächsten Morgen traten wir die Weiterreise an und legten mit dem Schiff ab. Ich sah ein paar Kinder fröhlich winken. Ein Mädchen mit geschorenen Haaren rief: »Dank dir konnte ich zu meiner Familie zurück!«

Das machte mich froh und traurig zugleich, denn andere warteten noch auf ihre Kinder und Familienangehörigen. So wie Riona. Ich warf dem Mädchen spontan eine Blüte aus meinem Strauß zu, den ich noch von gestern hatte. Sie fing sie jubelnd auf.

Die Kinder liefen neben dem Schiff her und begleiteten uns auch noch ein Stück, als wir Kor-Ys hinter uns gelassen hatten. Doch hier war der Wind stärker, wodurch das Schiff schneller, der Jubel wiederum leiser wurde. Was zurückblieb, war ein sonderbares Gefühl. Eines, das sich aus Staunen, Freude und Angst zusammensetzte.

»Die Kleine war garantiert in einem Tempel eingeschlossen«, sagte Anson. »Dank eurer Rebellion durfte sie zurück nach Hause.«

Unsere Rebellion. Anson brachte es auf den Punkt. Die Unzufriedenheit unseres Volkes hatte seit Jahren, ach was, seit Jahrzehnten vor sich hin gegärt. Aus diesem Grund hatten die Druiden mehr Flüche ausgestoßen und Gewalt angewandt, die

Unterdrückung verstärkt und Angst verbreitet. Alles, was sie damit erreicht hatten, war, dass sich die Bewohner von Lyoness zunehmend nach Freiheit gesehnt hatten.

Doch ich war es, die alle zum Handeln bewogen hatte. Und das nur, weil ich aus einem Impuls heraus gehandelt hatte.

»O Sara«, seufzte Gwyned und umarmte mich. »War das nicht wunderbar? Die Menschen lieben dich. Ich bin so froh, dass das kein Traum war. Hoffentlich war der Heiratsantrag von diesem eitlen Prinzen mit den faulen Zähnen aber einer.«

»Was für ein Prinz soll das gewesen sein?«, fragte Kerr, der ein amüsiertes Grinsen zu unterdrücken versuchte.

»Och, ein ausländischer Anwärter für die Königin.« Gwyned winkte ab. »Manche der Heiratsangebote waren bestimmt kein Traum, aber dies war doch sehr skurril. Der wollte direkt einen Kuss und leckte über Saras Handrücken.«

Instinktiv wischte ich meine Hand an meinem Kleid ab.

Keenan kicherte und würgte dann, ein Hauch von Erbrochenem machte sich wieder breit. Schnell steckte ich meine Nase in die Blumen.

»Ich glaube, ich leg mich wieder hin und versuche solche Träume schnell zu vergessen, sonst wird mir noch übler. Den Drachen sei Dank verlassen wir morgen das Schiff«, meinte er und trollte sich in Richtung seiner Liege.

ÜBUNGEN

»Gwyned, hattest du viele solcher Träume von Sara?«, fragte Kerr neugierig. Er lächelte sie auffordernd an, sodass sie unter seinem intensiven Blick rot wurde.

Auch sie ist seinem Charme verfallen, dachte ich.

»Nein, eigentlich nicht. Ich kann normalerweise die Menschen, die mir nahestehen, nicht in der Zukunft sehen. Von daher dachte ich, das seien Träume.« Das Rot auf ihren Wangen verstärkte sich. »Das passiert leider oft und ich kann es nicht immer von meinen Visionen unterscheiden. Keenan nennt mich oft genug Spinnerin«, erzählte sie leise.

»Das meint er nicht so. Ich habe ihn schon oft genug sagen hören, wie beeindruckend er deine Fähigkeit findet«, sagte ich lächelnd und ergriff ihre Hand. »Nur weil deine Fantasie sich manchmal mit wahren Visionen vermischt, heißt es nicht, dass du verrückt bist. Im Gegenteil, deine Visionen haben sogar die Druiden anerkannt.«

Gwyned schnaubte lauter als ein Pferd und damit ganz ungwynedhaft.

»Die haben mich meiner Familie entrissen, weil sie Angst vor meinen Visionen hatten, und haben alles versucht, um sie auszutreiben. Mir braucht niemand zu sagen, was in diesem angeblich so großartigen Orakel von Deira prophezeit wird. Von den Druiden dort hat niemand, wirklich niemand, hellseherische Gaben. Dort habe ich erfahren, dass man Sitzungen abhält, wie man die Bittsteller zu höheren Spenden bringen, ihnen das letzte Hemd ausziehen und sie für die nächsten Jahre mit Abgabeverträgen knebeln könnte. Und ich habe gelernt, wie man kleine Mädchen verprügelt und unterwirft«, sagte Gwyned mit düsterer Miene. Nur sehr selten sprach sie über ihre Zeit in Deira. Dann klang sie ganz anders. Gar nicht verträumt und in sich gekehrt, sondern immer wütend und hart.

Ich sah zu Kerr. Natürlich kannte ich Gwyneds Geschichte seit Jahren, doch wenn jemand anders sie hörte, kam unwillkürlich Mitleid auf, und ich wusste, dass Gwyned das nicht mochte.

Kerr allerdings sah nicht mitleidig aus. Er wirkte nachdenklich, als er meinen Blick erwiderte und dann Gwyned betrachtete.

»Ist Deira nicht nach einem der Drachen benannt, der seine Heilkräfte in den Dienst der Menschen von Lyoness gestellt hatte?«, fragte er nur.

Gwyned schnaubte erneut ganz undamenhaft. »Alles, was die Heiler und Hellseher dort gestellt haben, waren Forderungen. An die Pilger, an die Bittsteller und vor allem an ihre Schüler und Schülerinnen, die nichts richtig machen konnten, wenn sie nicht schmeichelten oder Speichellecken betrieben. Heiler wurden dort ausgebildet, ja, aber in erster Linie sollte es wirklich ein Orakel sein, wo man seine seherischen Kräfte verstärkt. Deshalb war ich da. Nur dass die mit ihren falschen Orakelsprüchen die Bittsteller ausgenommen haben.«

»Wie lange warst du in Deira gefangen?«, fragte Kerr.

»Zwei Jahre, drei Monate und siebzehn Tage«, antwortete sie

wie aus der Pistole geschossen. »Dann konnte ich fliehen. Natürlich nicht nach Hause, da hätte man mich zuerst gesucht. Ich hatte von Grady gehört. Sein Ruf und seine Vorstellung, wie Lyoness regiert werden sollte, hatten sich bis in den Norden herumgesprochen. Das deckte sich mit den Visionen, die ich oft mehrmals täglich in Deira gehabt hatte. Der Ort hat eine starke Magie und ist nicht umsonst ein Orakel. Auf jeden Fall wusste ich, dass Grady gut für das Land sein würde, und ich ertrug die Schikanen keinen Tag länger. Also machte ich mich auf den Weg und fand Grady, Sara, Sive, Bran und Keenan.«

Ich erinnerte mich sehr gut an den Tag, als Gwyned zu uns gestoßen war. Das war sehr seltsam gewesen, denn sie hatte uns erzählt, dass wir Lyoness aus den Fängen der Druiden befreien würden und sie uns dabei unterstützen wollte. Sie hatte uns exakt Ort und Tag für unsere nächste Versammlung genannt und gemeint, es sei unklug, sich dort zu treffen, denn ein Verräter würde Soldaten der Druiden hinschicken. Obwohl uns Gwyned zu dem Zeitpunkt noch unbekannt gewesen war, hatten wir ihren Vorschlag akzeptiert, unsere Zusammenkunft kurzfristig zu verlegen, und später hatte sich herausgestellt, dass es tatsächlich so gekommen wäre. Sie hatte uns gerettet und vor dem Gefängnis bewahrt. Seither gehörte sie zu uns. Ich ergriff spontan ihre Hand.

»Und wir sind heute noch unendlich dankbar, dass du zu uns gefunden hast«, sagte ich und lächelte. »Außerdem haben deine Visionen uns nicht nur geholfen, sondern wir haben auch schon viel lachen können. Der Gedanke an einen leckenden, zahnlosen Prinzen ist auf jeden Fall amüsant. Was sollte er auch sonst tun? Er kann schließlich nicht beißen.«

Sie lächelte mich strahlend an. »Sara, du hast wirklich einen wunderbaren Humor, mit dem du alles betrachtest. *Er kann nicht beißen!*«, wiederholte sie und kicherte.

Sie ging zurück zu Keenan, um ihm davon zu erzählen, und beim Weggehen hörte ich sie den letzten Satz noch einmal kichernd sagen.

Auch Kerr grinste. »Mir gefällt deine Art, so etwas mit Humor zu sehen«, sagte er. »Du solltest deinen Koch schon mal vorwarnen, dass er, wenn Gäste kommen, immer auch Suppe anbieten soll.«

Ich grinste. Gwyneds Träume konnte ich nicht immer ernst nehmen. Und auch deshalb war sie eine große Bereicherung für uns alle. Ich wollte auf keinen meiner Freunde verzichten. Sie waren meine Familie, und ich wollte, dass auch Bran und Riona in naher Zukunft noch sehen könnten, wie wunderschön unser Land war.

Hinter Kor-ys verließen wir zu Keenans Erleichterung das Schiff und stiegen in Kutschen um.

Als wir den Wald von Eilys erreichten, schlug Rois ein Lager auf. Er hatte Zelte besorgt sowie Tische und Bänke, die man einklappen konnte und die schnell aufgebaut waren.

Ich war beeindruckt, denn an so etwas hätte ich nicht gedacht.

»Hast du Lust auf einen kleinen Spaziergang?« Kerr aß gerade sein letztes Stück Käse und sah mich mit stechendem Blick an, wodurch mir sofort klar wurde, dass er mir etwas zeigen wollte.

Sive sprang auf und wollte uns begleiten.

»Würdest du mir etwas Zeit mit Sara allein gönnen?«, fragte Kerr liebenswürdig.

Sive machte einen Schmollmund. Ja, wirklich. Das letzte Mal hatte sie den gemacht, als Aodh ihr keinen Zuckerapfel auf dem Markt kaufen wollte. Da war sie acht Jahre alt gewesen.

Ich stellte fest, dass ein Schmollmund bei ihr seltsam hübsch aussah.

Das schien auch Kerr zu sehen, denn er sagte nachsichtig: »Nur für kurze Zeit. Wir sind gleich zurück.«

Stirnrunzelnd sah uns Rois nach. Was war auf einmal so verwerflich daran, wenn Kerr kurz mit mir allein sein wollte?

Er führte mich in den Wald mit den riesigen Bäumen hinein.

»Hier ist tief unter der Erde eine Kristall-Quelle«, erklärte er wenig später und blieb neben einem dünnen Stamm stehen.

»Wirklich?«, fragte ich und suchte den Boden ab.

»Fühlst du es nicht?«

Ich schloss die Augen und horchte in mich hinein. Und dann spürte ich es ganz plötzlich. Mein Magen protestierte, mir wurde schwindelig, und ich fürchtete, wie Keenan auf dem Schiff alles wieder auszuspucken, doch im nächsten Moment hörten die Beschwerden unmittelbar auf.

Als ich die Augen aufschlug, waren wir nicht mehr im Wald, sondern auf einem Getreidefeld neben zwei aufrechten, mannshohen Steinen, die einen runden ausgehöhlten Stein einrahmten. Das Getreide war erst knöchelhoch und ganz grün.

»Das … das ist der Dolmen auf der Ebene von Kerys«, sagte ich staunend und ging näher an den Stein heran. »Ich bin schon einmal dort gewesen.«

Der Dolmen war so glatt wie geschmirgeltes Holz, und das Loch war groß genug, dass ich gebückt hindurchgehen konnte.

»Sara, ich wollte dir hier etwas zeigen. Bist du dafür bereit?«

Nach einem kurzen Moment des Zögerns nickte ich.

»Gut. Zuerst einmal solltest du herausfinden, in welcher Zeit wir uns befinden.«

Ich sah mich um. Wir waren mutterseelenallein. »Und wie mache ich das, wenn keine anderen Menschen da sind?«

»Ein kleiner Anhaltspunkt ist zum Beispiel die Art und Weise, wie die Felder bestellt sind oder die Äcker gepflügt. In diesem Fall handelt es sich um ein besonderes Getreide, das erst seit dem fünfzehnten Jahrhundert angebaut wird.« Kerr erklärte mir, mit welchen Geräten diese Ackerfurchen erstellt worden waren und in welchen Jahrzehnten man diesen Pflug nutzte. Ich staunte. Fünfzehntes Jahrhundert? Gezählt von wann? In welchem lebten wir, wenn es ein fünfzehntes gab?

Kerr erzählte mir so viel, dass mein Kopf schwirrte, als wir endlich zurücksprangen. Für mich waren wir gefühlt zwei Stunden weg gewesen, doch gemäß der Höhe des Lagerfeuers konnten hier nicht mehr als fünf Minuten vergangen sein. Ich legte mich auf den von Ellis hergerichteten Schlafplatz und beobachtete das Flackern der Flammen, bis ich eingeschlafen war.

Auch in Morris und anderen Ortschaften, die wir durchquerten, standen viele Menschen und winkten. Häufig übernachteten wir dort und wurden zu einem üppigen Abendessen eingeladen. Was ich besonders schön fand, war, dass die Städte Keenan immer wieder gesondert ehrten. Immerhin war er es gewesen, der durch ganz Lyoness gerast war, um sie über die Rebellion zu informieren.

Rois setzte sich nach den Festivitäten jedes Mal mit den Stadtoberen zusammen. Es wurden Listen über den Bestand der dortigen Tempel erstellt, Bitten aufgeschrieben, Steuern berechnet und mit ehemaligen Steuern verglichen.

Am ersten Abend hatte ich dabeigesessen und angestrengt zugehört, doch kaum etwas verstanden. Meine Konzentration war hinüber gewesen. Ich fragte Rois, ob wir das anders regeln könnten, und er bot mir an, überall die Bestände aufzulisten, auszuwerten und am Ende der Rundreise in Yslion mit uns allen zu besprechen.

»Du kannst dich darauf verlassen, dass ich es ordentlich mache und alle Informationen aufschreibe«, hatte er mit einer kleinen Verneigung hinzugefügt.

Daran zweifelte ich nicht. Ich hatte eher Angst, dass er es viel zu ordentlich machte und zu Hause tagelange Statistiken auf mich warteten.

Kerr übte fast jeden Abend Zeitsprünge mit mir. Er erklärte mir jedes Mal, worauf ich achten musste, um die Zeit zu bestimmen – nicht nur Tages- oder Jahreszeit, sondern das Jahr an sich. Er zeigte mir, wie ich einen Zeitsprung beeinflussen konnte oder mich einem unerwünschten Sprung widersetzte. Das fiel mir sehr schwer, doch ich verstand die Anhaltspunkte.

Er fand immer wieder Orte mit einem hohen Kristallvorkommen, die genauso effektiv waren wie der Tempel in Yslion. Ich versuchte oftmals, solche Orte selbst zu erspüren, doch mein Kopf quoll langsam über wegen all der Informationen, die ununterbrochen auf mich einprasselten. Tagsüber redete ich nämlich oft mit den Oberen und Rois über Politik und Wirtschaft. Außerdem suchten wir in jeder freien Minute nach Hinweisen zum Aufenthaltsort des Gürtels.

Als wir endlich Deira erreichten, war ich einerseits erleichtert, andererseits beunruhigt. Die Stadt war etwas Besonderes.

DER TEMPEL VON DEIRA

Deira lag im Norden außerhalb des Ys-Gebirges und war direkt an den einzigen Berg, den es hier im Norden gab, gebaut worden. Die Häuser schmiegten sich mit ihrer Rückseite an die Felsen, während die Straßen wie übereinandergeschichtete Reihen am Abhang lagen. Die Dächer der darunterliegenden Häuser dienten als Absperrung.

Die Obere der Stadt, Cleena, hatte frühzeitig Späher ausgeschickt, damit sie uns am Eingangstor mit bunten Fahnen und Blumen empfangen konnten. Ich war jedes Mal wieder überwältigt, mit welcher Begeisterung die Menschen auf uns warteten und dabei jedem Wetter trotzten. Als unsere Kutschen nämlich das Tor passierten, regnete es in Strömen.

Auch hier war ein großes Festmahl vorbereitet worden und noch nie hatte ich so üppig gegessen wie in den vergangenen Tagen. Keenan schien das ebenso zu empfinden, denn er fragte noch während seines Nachtischs, ob Kerr am morgigen Tag nicht Lust habe, mit ihm ein paar Kampfübungen durchzuführen. Er wolle dem angefutterten Speck entgegenwirken. Rois dagegen war viel zu sehr damit beschäftigt, eine Bestandsaufnahme bezüglich der auch hier erfolgten Plünderungen vorzunehmen.

Anson saß dicht neben mir und verwickelte mich immer wieder in ein Gespräch. Schon während der gesamten Reise war er mir kaum von der Seite gewichen, was sich als besonders schwierig erwies, wenn ich Zeit mit Kerr verbringen wollte. Seine Aufmerksamkeit war mir unangenehm, doch ich traute mich nicht, ihn zurückzuweisen.

Nur Gwyned blieb während des gesamten Abends ungewöhnlich still. Stumm und teilnahmslos saß sie neben Keenan und tunkte zum wiederholten Mal ihr schon völlig aufgeweichtes Brot in die Soße auf dem Teller. Sie merkte gar nicht, dass sie nur noch ein Stück Kruste in der Hand hielt, weil das Brot sich schon gelöst hatte und matschig auf dem Teller lag. Sive fiel das auch auf. Wir wechselten einen besorgten Blick. Mir war noch gar nicht in den Sinn gekommen, wie anstrengend es für Gwyned sein könnte, an den Ort ihrer Gefangenschaft zurückzukehren.

Ich wartete bis nach dem Essen und hoffte, Keenan würde Kerr noch ein wenig länger in Beschlag nehmen. Letzterer hatte wirklich etwas von Grady an sich, denn nicht nur Keenan wollte ihn beeindrucken, nein, auch Anson und Rois hatten ihn auf dieser Reise zu schätzen gelernt und lachten öfter mit ihm.

Ich bat Sive, Anson abzulenken. Sie wusste warum und tat mir den Gefallen.

Als alle sich zerstreuten, fing ich Gwyned im Flur vor ihrem Zimmer ab.

»Was ist los?«, fragte ich sie und erschreckte sie dermaßen, dass sie einen Hopser machte und laut aufschrie.

»Pscht«, machte ich sofort und legte meinen Zeigefinger an die Lippen.

»Bei den Drachen, Sara, hast du mich erschreckt«, stöhnte sie und klopfte sich auf die Brust, als müsse sie ihr Herz zurückschieben.

»Tut mir leid, aber schon seit wir heute Morgen ankamen, bist du völlig in Gedanken. Was ist los mit dir? Sind die Erinnerungen so überwältigend?«

Sie atmete noch zweimal tief durch, und erst dann schien sie verstanden zu haben, was ich gesagt hatte. »Was? Erinnerungen? Nein, keineswegs. Sie sind zwar nicht schön, aber sie nehmen mich nicht mit.«

»Was ist es dann? Du bist nicht du selbst.« Ich hielt inne. »Na ja, irgendwie schon, aber du selbst, wenn du eine Vision hast.« Ich sah sie mit großen Augen an. »Du *hast* eine Vision!«

In ihrem Gesichtsausdruck meinte ich Angst zu erkennen. Vor mir oder vor dem, was sie sah?

»Hat es mit mir zu tun?«, fragte ich sie direkt.

»Ich weiß es nicht«, gab sie zu. »Erinnerst du dich an die Vision bei unserem ersten Besuch im Palast, die von dir mit der Krone? Die war so deutlich wie dieser Raum hier, die Bilder danach waren jedoch alle stark verschleiert. Wie wenn man im Winter bei dichtem Schneefall aus dem Fenster sieht und nur Schemen erkennt, die vorbeigehen. Oder als hätte mir jemand drei von diesen dünnen Schleiern über die Augen geworfen, oder wie wenn die Haare vorm Gesicht hängen und …«

»Ich hab's verstanden«, unterbrach ich sie. »In Yslion hattest du also Visionen, die du nicht wirklich erkennen konntest. Ist es hier anders?«

»Hier ist es gestochen scharf.« Sie flüsterte, als wäre sie selbst davon ergriffen und ehrfürchtig erstaunt. »Es ist, als befände ich mich mittendrin. Ich muss mich konzentrieren, um euch überhaupt wahrzunehmen, denn alles um mich herum verändert sich ständig. Als wir bei der Ankunft am Tempel vorbeikamen, war es ganz schlimm. Er sieht ganz anders aus als in meiner Erinnerung.«

»Ich gehe mal davon aus, dass du damit nicht die zerstörten Wände oder Statuen meinst«, sagte ich, während mich eine Gänsehaut überkam. Der Tempel in Deira hatte im Zuge der Rebellion auch etwas abbekommen. In ihrer Wut hatten die Bürger bei der Übernahme die Drachenstatuen am Eingang umgerissen und zerschlagen.

»Was siehst du?«, fragte ich sie.

»Den Tempel. Er ist ziemlich einfach und lange nicht so pompös ausgestattet wie jetzt. Ich sehe eine junge rothaarige Frau, die dort sitzt und vielen Menschen um sich herum etwas erzählt. Ich habe sie schon einmal in einer Vision gesehen, erinnerst du dich an die im Palast? Ich kann nicht hören, was sie sagt.«

»Was siehst du noch?«, fragte ich weiter.

»Die Kleidung und der Tempel sehen anders aus, aber sie befinden sich in Deira. Ich bin mir ganz sicher, denn derselbe Altar steht genau am selben Platz.« Gwyned rang die Hände.

»Ich versuche schon die ganze Zeit die vergangenen Visionen zurückzuholen und Einzelheiten zu erkennen. Ein paar Details, die mir sagen, was das zu bedeuten hat.«

Nachdenklich sah ich mich im Flur um. »Wie wäre es, wenn wir in den Tempel gehen?«, schlug ich vor.

»Jetzt?« Gwyned quietschte.

»Warum nicht? Wir werden wohl schwerlich verflucht werden, oder?«

»Nein, das wohl nicht«, meinte sie zögernd.

»Dann mal los.«

Ich nahm ihre Hand und ging vor.

Der Tempel wäre schon bei Tageslicht unheimlich gewesen. Nicht ganz so gruselig wie der in Yslion mit all seinen Drachenfiguren und den düsteren, goldbestückten Fresken, aber aufgrund der Felsen, die in den Tempel hineinragten, war er nicht gerade einladend. Die vereinzelten Öllampen, die zu dieser späten Stunde die einzige Lichtquelle darstellten, verstärkten mein ungutes Gefühl. Dieser Ort verströmte eine völlig andere Aura – sie war dunkler als alles, was ich bislang erlebt hatte.

Wir hatten den Tempel kaum betreten, da ließ Gwyned meine Hand los. Mit starrem Blick glitt sie – man konnte beinahe denken, sie schwebe – direkt auf den steinernen Altar zu.

Je weiter ich hineinging, desto dankbarer war ich für all die Übungen, die ich in den vergangenen Tagen mit Kerr unternommen hatte. Hier erfasste mich sofort dieser nun schon langsam vertraut werdende Schwindel. Doch ich kämpfte dagegen an.

Kurz bevor Gwyned die Stufen erreichte, eilte ich hinterher und wollte sie zurückhalten, damit sie nicht hinfiel, doch sie ging unbeirrt weiter, als wäre sie den Weg schon tausend Mal gegangen. Ihre Schritte verhallten in der Finsternis des Tempels.

Direkt vor dem Altar hielt sie inne. Sie stellte ihre Laterne auf dem Stein ab und hob beide Hände in die Höhe. Im selben Moment erfasste mich plötzlich eine derart starke Energie, dass mir augenblicklich schwarz vor Augen wurde.

Als ich wieder zur mir kam, befand ich mich noch immer im Tempel, allerdings war Gwyned fort. Stattdessen entdeckte ich zwei Männer. Einer trug einen weißen Druidenkittel und der andere von ihnen war in eine goldene Robe gekleidet. Ein Erzdruide! Ich musste in der Vergangenheit sein.

O Drache, bitte lass mich in der Vergangenheit sein, betete ich unwillkürlich.

Beide Männer traten hinter den Altar in die linke der drei Apsiden. Der Erzdruide ging langsam, in gebeugter Haltung und hatte augenscheinlich Probleme bei jedem Schritt, den er tat. Dennoch kniete er sich direkt hinter der steinernen Säule nieder. Als ich im Schein der Laterne seines Begleiters sein Gesicht sehen konnte, atmete ich auf. Er war nicht der Erzdruide, den ich getötet hatte, sondern sehr viel älter. Damit die Druiden mich nicht entdeckten, duckte ich mich hinter einen Vorsprung und beobachtete beide vorsichtig.

Der Erzdruide umfasste den rund behauenen Stein. Erst wunderte ich mich, dass dieser alte Mann ihn anheben wollte, denn der Sockel bestand aus festem Gestein und wirkte vollkommen unbeweglich.

Doch dann hörte ich ein leises Klicken, das in der Stille des Tempels beinahe genauso laut widerhallte wie ein Kiesel, der auf den Boden fiel.

Im selben Moment knirschte etwas an der gegenüberliegenden Seite und ich bemerkte eine leichte Bewegung in der halbrunden Wand.

Der Erzdruide stand auf und ging mit dem anderen langsam durch die entstandene Öffnung hindurch. Ich folgte ihnen, darauf bedacht, keinen Laut von mir zu geben.

Dank des Laternenscheins konnte ich auch aus einiger Entfernung in den Raum blicken. Die beiden Männer standen mit dem Rücken zu mir und in einer Nische vor ihnen glitzerten zwei in Gold eingefasste Schmuckstücke, die stellenweise mit türkisblauer Farbe oder Steinen besetzt waren. Weitere Details konnte ich auf diese Entfernung nicht ausmachen.

Der alte Erzdruide stützte sich auf seinen Begleiter und ging mit ihm zu den beiden funkelnden Juwelen. Dann nahm er beide aus der Nische.

»Diese beiden Kleinode schützen Lyoness vor Wind und Wasser«, erklärte er mit krächzend-dünner Stimme und legte die beiden Schmuckstücke in die Hände des Jüngeren. »Als mein Nachfolger wirst du den Schutz erneuern müssen, denn er wird mit meinem Tod aufgehoben. Du kennst die Legende. Doch was sonst niemand weiß, ist, dass der Schutz von jedem ausgeübt werden könnte, der diese Brosche und die Gürtelschnalle besitzt und den magischen Spruch anwendet. Nur dank dieser Geheimhaltung haben wir Druiden die Macht über Leben, Tod und sogar die Existenz von Lyoness.«

Das viele Reden schien ihn angestrengt zu haben, da er sich mehrmals räusperte. »Hör gut zu. Ich werde dir jetzt den Zauberspruch sagen und du musst ihn auswendig lernen. Wort für Wort. Du darfst ihn nie aufschr…«

Ein Hustenanfall unterbrach ihn. Ich nutzte den Moment, huschte näher an die beiden heran und duckte mich hinter den Altar. Ich wollte jede Silbe mitbekommen und fühlte, wie die Aufregung von mir Besitz ergriff. Das war es, was ich brauchte, um Lyoness zu retten.

»Meister, möchtest du dich nicht lieber setzen?«, fragte der jüngere Druide, doch der Alte winkte ab. Er hob die Hand mit einer mir bekannten Geste, die der Erzdruide, den ich getötet hatte, auch angewandt hatte, um Menschen zu verfluchen. Bei dem Gedanken zog sich mein Magen zusammen, weil ich dachte, er würde nun den jüngeren Druiden töten. Es könnte eine Falle gewesen sein, er würde …

Doch das Ziehen in meinem Magen hatte ich falsch gedeutet. Es wurde heftiger, und als ich erkannte, dass ich von diesem Altar wegmusste, befand ich mich schon wieder neben Gwyned – nur auf der anderen Seite des Steintisches. Die Öffnung war verschlossen und die Druiden verschwunden – zurückgelassen in der Vergangenheit.

»Großer Drache, nein!«

»Nein, nein, nein«, echote es durch die finstere Halle und damit meine Not. Verzweifelt schloss ich die Augen und versuchte meine Fähigkeit erneut einzusetzen. Kurz hegte ich die winzige Hoffnung, gleich wieder dahin zurückzureisen, wo ich noch vor einem Wimpernschlag gewesen war. Doch dann kam mir der Gedanke, dass ich den beiden Druiden garantiert auffallen würde, sie mich erwischten und – wer weiß was taten, aber keinesfalls mehr den so wichtigen Zauberspruch sagen würden. Schnell öffnete ich die Augen wieder und erinnerte mich an das, was Kerr mir bereits in Sachen Zeitreisen beigebracht hatte. Dadurch schaffte ich es, mich zu erden.

»Sara, was ist mit dir?« Gwyned sah mich mit großen Augen ehrfürchtig an. »Du bist schon wieder in der Zeit gesprungen und …«

Ich hörte nicht, was sie sagte, denn ich eilte um den Altar herum. Meine Schritte waren unnatürlich laut und echoten durch den Innenraum. Schnell kniete ich nieder, wie es der alte Erzdruide getan hatte, und umarmte den dunklen Stein, der aus dem Felsen bestand, auf dem Deira erbaut worden war. Er war so glatt geschliffen, dass er sich beinahe weich anfühlte. Die Rundung schien nicht einen Kratzer zu haben. Ich tastete den gesamten Stein ab, und gerade als ich schon frustriert einen Fluch aussto-ßen wollte, fühlte ich es. Eine Einkerbung, direkt zwischen Sockel und Boden – genau passend für einen Finger. Darin befand sich ein kleiner Hebel, den ich zu mir ziehen konnte und der viel Kraft bedurfte. Deshalb musste man die Säule umarmen und konnte nicht von der anderen Seite aus einfach drücken. Nur langsam und mit großer Mühe schaffte ich es, den Hebel durchzudrücken. Es klickte und wieder hallte das Geräusch durch die Düsternis.

»Große Drachen«, hörte ich Gwyned murmeln. Sie sah auf die Öffnung, die sich genauso aufgeschwungen hatte wie beim Erzdruiden. Doch dieses Mal drang ein fürchterlicher Gestank in den Tempel, sodass wir uns unwillkürlich die Ärmel vor die Nase hielten. Während ich die Luft anhalten musste, begann Gwyned zu würgen. Wir wussten beide sofort, um was für einen Geruch es sich handelte. Wir waren oft genug bei Keenan in der Gerberei seiner Eltern gewesen, um zu wissen, dass das nur Verwesung sein konnte.

Gwyned tastete nach meiner Hand und mit eng umschlunge-nen Fingern betraten wir die Öffnung.

»Sara, was war es, das du hier gesehen hast?«, fragte Gwyned zittrig. Sie hielt ein paar Meter Abstand, während ihr Echo durch den Tempel hallte.

Ich hob die Laterne und ein Schwarm Fliegen schwirrte augen-blicklich zum Licht.

»Willst du dir den Anblick wirklich antun?«, fragte Gwyned.

»Der Erzdruide hat hier zwei glitzernde Gegenstände gelagert. Sie hatten beide seltsam türkisblaue Intarsien. Ich bin mir sicher, einer davon ist die Gürtelschnalle, die wir suchen.«

Ich hielt die Laterne höher, damit der Lichtschein den kompletten Raum erhellte. Das offenbarte uns ein schreckliches Bild. Alles summte und schwirrte in der Kammer. Mücken, Fliegen, weiße Maden – es war ein einziges Gewimmel über einem Haufen Leichen, die hier seit Wochen, also seit dem Sturz der Druiden, liegen mussten.

Gwyned wandte sich ab und übergab sich an der Säule, wo sich der Schließer befand.

»Na toll, jetzt können wir die Bescherung nicht mal mehr zumachen«, stöhnte sie, als sie fertig war.

Ich strich ihr tröstend über den Rücken. »Ich glaube, das ist das kleinste Problem. Bete, dass Rionas Schwester dieses Los nicht bestimmt war.« Ich vermutete, dass es sich bei den Leichen um entführte, eingesperrte Kinder handelte.

»Können wir gehen und Rois Bescheid geben?«, flehte meine Freundin.

»Ja, gleich«, murmelte ich und näherte mich mit erhobener Laterne erneut der Öffnung.

Dadurch entdeckte ich in der Wand eine Nische. Darin hing, sehr achtsam aufgehängt, eine in Gold eingefasste Gürtelschnalle mit türkisfarbenen Elementen sowie eine gleichfarbige glänzende Brosche.

Als wir in unsere Unterkunft zurückkehrten, erzählte ich den anderen von unseren Entdeckungen. Rois bat Cleena augenblicklich um Helfer, und ich sagte ihm, ich brauche dringend die beiden

Kostbarkeiten aus dem Raum. Sie durften unter keinen Umständen verloren gehen.

Er brachte sie mir nur wenig später und roch dabei so erbärmlich, dass ich fürchtete, er war durch den Sud der Verwesenden geschritten, um die Schmuckstücke sofort in Sicherheit zu bringen. Das rührte und befremdete mich gleichermaßen. Es zeigte seine Loyalität und auch, wie viel er bereit war für Lyoness zu tun.

Wir setzten uns gemeinsam an einen Tisch und betrachteten die beiden Schmuckstücke.

Kerr wirkte bedrückt und nachdenklich, während er nach dem Gürtel griff.

»Ich habe gehofft, dass er nicht kaputt ist«, sagte er. Seine Kiefer mahlten. »Das macht deutlich, dass der Erzdruide ihm einen eigenen Zauber zugefügt haben muss, denn der Gürtel funktionierte sonst auch ohne Spruch. Und den Zauberspruch des Erzdruiden zu finden, ist wie eine Nadel im Heuhaufen suchen. Das wird noch um einiges schwieriger sein als die Suche nach dem Gürtel.«

Wir anderen nickten. Leider hatten wir keinerlei Anhaltspunkt, wo wir das letzte Puzzleteil finden könnten. Vielleicht war Mellan der Einzige, der darüber Bescheid wusste.

»Was hat die zu bedeuten?«, fragte Sive irgendwann neugierig und wies auf die Brosche.

»Und was sind das für seltsame Blättchen darauf?« Gwyned strich mit dem Finger über die türkisfarbene Oberfläche.

Als sie den Finger hob, war etwas davon hängen geblieben und funkelte nicht nur türkis, sondern auch wie Perlmutt.

»Das erinnert mich an die Fischschuppen von den Thunfischen, die schon mal bei uns auf dem Markt angeboten wurden«, sagte sie ihren Finger betrachtend.

»Das sind Drachenschuppen«, erklärte Keenan. Ich starrte ihn an.

»Erinnere dich an das Fresko im Prunksaal«, sagte er. »Die Schuppen auf den Drachenabbildungen. Das da sieht genauso aus und soll es garantiert darstellen. Oder umgekehrt, das Fresko soll die da darstellen. Außerdem hat Gwyned bei einer ihrer Visionen im Palast das Gleiche gesagt.«

»Es gibt keine Drachen«, gab ich zu bedenken.

»Es gab sie einmal«, sagte Gwyned und starrte in die Ferne, wo die ersten Sonnenstrahlen den Himmel orangerot färbten und die Landschaft darunter in dunkelblaue Schatten tauchten.

»Nein, das stimmt nicht«, widersprach ich. Der Gedanke war absurd. »Wenn es die Großen Drachen wirklich gegeben hätte, würden die Druiden nicht nur deren Magie feiern, sondern ihre Knochen und Haut ausstellen. Sie hätten jede Schuppe verhökert, sich die Kräfte zu eigen gemacht und noch mehr Unheil über uns gebracht.«

Sive, Gwyned, Keenan und auch Kerr sahen mich an. Ihre Blicke reichten von abschätzend bis zu nachsichtig.

»Das hat Grady geglaubt«, erinnerte mich schließlich Sive. »Das war seine Überzeugung.«

»Ich teile sie«, sagte ich fest.

»Ich nicht«, widersprach Keenan freimütig. »Alle Märchen und Legenden haben einen wahren Kern. Der Drache ist viel zu häufig vertreten, als dass er eine reine Fantasiegestalt sein könnte.«

»Mellan hat gesagt, es sei eine Lüge, die die Druiden weitergesponnen haben, um die Menschen in Lyoness zu beschwichtigen«, erinnerte ich mich an seine Worte im Tunnel.

Kerr sagte nichts. Er starrte verbissen zu dem immer heller werdenden Streifen am Horizont.

»Kerr, wenn die Drachen kommen, was kann uns beschützen?«, fragte Gwyned, die noch immer in die Ferne starrte.

Wir alle sahen sie überrascht an.

»Woher soll Kerr das wissen?«, fragte Sive.

Keenan tippte Gwyned an die Schulter. »Ich glaube, die Nacht war ein bisschen zu aufregend für dich. Magst du dich hinlegen?«

Gwyned blinzelte ein paarmal, dann errötete sie. »Tut mir leid. Ich dachte, Kerr hätte durch seine Zeitreisen vielleicht etwas darüber in Erfahrung gebracht.«

Kerrs Miene erhellte sich, sodass sich ein kleines Lächeln auf seinen Lippen bildete, das seine weißen, ebenmäßigen Zähne zeigte. »Du hast doch Sara gehört: Es gibt keine Drachen.«

Gwyned gähnte. »Nein, sie hat unrecht. Gute Nacht. Oder guten Morgen, je nachdem.«

Wir erhoben uns mit ihr und gingen in unsere Gemächer. Kerr nahm den Gürtel wieder an sich, da er ihm rechtmäßig gehörte. Die Brosche blieb bei mir im Besitz und ihre türkisfarbenen Schuppen leuchteten noch heller als die auf dem Wandbild im Großen Saal.

HERAUSFORDERUNGEN

Der Empfang in Trevlys war etwas nüchterner als bei unseren letzten Stationen. Die Stadt lag auf einer Klippe am Meer und passend zu der rauen und schroffen Landschaft begrüßten uns auch die Menschen etwas verhaltener als überall sonst. Rois meinte, das sei normal. Er führe seit Jahren Geschäfte mit deren Händlern und die seien grundsätzlich etwas zurückhaltender und vorsichtiger. Einfach auch deshalb, weil ihnen weniger Güter zur Verfügung standen und diese sorgsam behandelt werden mussten. Trevlys hatte wenig fruchtbares Land im Umkreis, und ihm fehlte der Status von Deira, wo täglich Hunderte aus dem ganzen Land hinströmten, um ihre Kinder dem Orakel vorzustellen.

Beim Abendessen im Schloss der Stadt – wieder ein Festmahl – scharwenzelte der Obere der Stadt, Aras, dauernd um mich herum. Ich mochte diese seltsam speichelleckende Art nicht, mit der er mich während des gesamten Tages bedachte. Sogar Anson quittierte dieses Verhalten mit einem Stirnrunzeln. Jener hatte sich auf dieser Reise zu meinem persönlichen Diener ernannt, obwohl ich ihm ein paarmal gesagt hatte, dass das nicht nötig sei, denn Ellis sorgte für meine Kleider und Frisuren. Doch er brachte mir Wasser, getrocknete Früchte oder Nüsse zum Knabbern und manchmal pflückte er mir bei einer Rast Blumen.

»Der ist in dich verliebt«, meinte Kerr, als ich ihm sagte, wie unangenehm mir das war.

Daraufhin versuchte ich Anson sehr höflich deutlich zu machen, dass ich diese Gefühle nicht erwiderte.

»Das weiß ich, Lady Sara. Lass mich dir trotzdem zeigen, wie dankbar ich bin, dass du mich und vor allem auch Paidraig gerettet hast.«

Dem konnte ich schlecht widersprechen.

Aras hingegen war nicht verliebt, sondern verfolgte ein Ziel. Nach dem Festmahl rückte er endlich damit heraus. Ehe wir uns zurückziehen konnten, stand er auf, trat vor die Tafel und räusperte sich, um sich Gehör zu verschaffen.

»Lady Sara, Ladys Sive und Gwyned, edler Keenan«, er verneigte sich, »wir sind überaus erfreut, die erste Königin in der Geschichte von Lyoness auf dem Thron zu sehen. Und doch gibt es eine Bedingung, unter der wir dir, Lady Sara, unseren Segen geben werden. Es gab bereits einige Menschen in der Vergangenheit, die sich unserer berühmten Mutprobe gestellt haben. Selbst Druiden haben sich daran versucht, doch alle sind gescheitert. Denn sie waren nicht berufen. Doch jetzt«, nun sah er mich an und ich sah die Aufregung in seinem Gesicht leuchten, »haben wir die berechtigte Hoffnung, dass endlich die wahre Königin gekommen ist.«

»Was für eine Mutprobe?«, fragte Kerr und sprach damit aus, was mir auf der Zunge lag. Eine Schweißperle bildete sich an meinem Nacken. Ich hatte das Gefühl, als wäre die Temperatur im Raum schlagartig um ein paar Grad gestiegen.

»Lady Sara, du musst den Krönungsturm betreten und ihn

wieder verlassen. Dadurch beweist du, dass du wirklich die wahre Königin von Lyoness bist.«

»Einen Turm betreten? Das sollte nicht wirklich herausfordernd sein«, sagte Keenan. »Wo ist der Haken?«

Aras schluckte und rang seine Hände.

»Den Turm hat bislang noch niemand verlassen, der ihn einmal betreten hat. Es wird prophezeit, dass nur ein wahrer König dazu in der Lage ist.«

Rois sprang auf. »Das wird Lady Sara nicht tun. Auf gar keinen Fall.«

Aras ließ seine Hände sinken und sah Rois fest an.

»Dann werden wir Lady Sara nicht als Königin anerkennen und der ganze Norden von Lyoness wird es auch nicht tun. Wenn Trevlys die Anerkennung verweigert, wird Deira dir nicht das heilige Schwert geben, die einzige Insignie aus alter Zeit, die Lyoness besitzt. Und ihr wisst genau, dass dieser Thron dann auf äußerst wackeligen Füßen stehen wird.«

»Geht«, sagte Rois barsch. Sein verbliebenes Auge funkelte düster und mit der schwarzen Klappe in seinem Gesicht wirkte er mit einem Mal sehr furchteinflößend. »Wir müssen uns besprechen.«

Aras zögerte einen Moment, bevor er schweigend den Raum verließ. Dieses Mal, ohne sich zu verneigen.

Rois stützte die Hände auf den Tisch und beugte sich entschlossen vor. »Ich lasse nicht zu, dass du dein Leben riskierst, nur weil diese Trottel hier in Trevlys an alten Legenden festhalten.«

»Das sind keine Trottel«, sagte Gwyned. »Sie wahren ihre Traditionen, weil sie glauben, dass nur die ihnen Stabilität verleihen können.«

Keenan sah skeptisch aus. »Wie kann ein Turm, der jeden verschwinden lässt, der ihn betritt, Stabilität geben? Ich hätte ihn längst eingerissen.«

Ich stimmte Keenan zu.

»Wer weiß etwas über diesen Turm?«, fragte ich in die Runde.

»In den letzten sieben Jahren haben fünf junge Männer und Frauen versucht, ihn zu betreten, weil die Druiden hier oben brutal durchgegriffen haben. Rois hat recht, die Menschen sind sturer und hartnäckiger als im Rest des Landes.« Gwyned hatte den Blick in die Ferne gerichtet. Als wir sie verblüfft ansahen, zuckte sie mit den Schultern. »Seit Deira kann ich vieles schneller und deutlicher sehen.«

»Kannst du auch sehen, was mit den Männern und Frauen passiert ist?«, fragte ich.

Gwyned schüttelte den Kopf. »Sie haben den Turm nie verlassen.«

»Ich sag ja, reißen wir ihn ein«, schlug Keenan vor.

Ich fand auch, dieser Turm war zu gefährlich für weitere Abenteuerlustige, die an solche Legenden glaubten.

»Aber wenn Sara es nicht tut, wird sie nur von einer Hälfte der Bevölkerung unterstützt und die andere ...« Sive ließ den Satz offen.

Mir war alles andere als wohl dabei, eine solche Prüfung vollziehen zu müssen. Ich hatte keine Zweifel daran, dass der Turm verflucht war. Vermutlich hatte irgendein Druide damals einen Weg gefunden, mächtige, tödliche Magie an dem Gemäuer festzumachen.

»Ich bin dagegen«, machte Rois unmissverständlich klar.

»Was passiert genau, wenn ich mich weigere?«, fragte ich und wünschte mir Riona hierher. Sie hätte mir die Frage sofort beantworten können.

Gwyned starrte in die Ferne. »Es werden sich mehr Anhänger für die Druiden finden. Der Norden wird sich größtenteils abspalten.«

Damit war es entschieden.

»Dann bleibt mir keine andere Wahl«, sagte ich laut. »Der Obere von Trevlys scheint fest entschlossen zu sein. Wir brauchen ein geeintes Reich, denn Mellan wird noch genug Schwierigkeiten machen.«

»Für mich wäre ein Einriss des Turms akzeptabel«, brummte Rois stur. Ich warf ihm einen warnenden Blick zu.

»Für mich keinesfalls«, sagte ich entschieden. »Ich respektiere die Gefühle und Traditionen aller Menschen in Lyoness. Ich mag auch nicht an Drachen glauben, aber wenn die Menschen diesen Glauben brauchen, würde ich sogar einen Drachen besteigen.« Mir schlug das Herz vor Nervosität bis zum Hals. Ich hasste es, dass mich gerade alle anstarrten. Früher war es immer Grady gewesen, der solche Reden geführt hatte. »Dafür soll unser Land stehen. Das war der Ursprungsgedanke, den Grady immer gepredigt hat. Wenn die Trevler mich nur als Regentin akzeptieren, wenn ich den Krönungsturm wieder verlasse, werde ich ihn betreten.«

»Sara …«, begann Rois.

»Ich gehe mit«, sagte Kerr unvermittelt. »Natürlich so, dass ich nicht gesehen werde. Aber ich werde auf sie aufpassen.«

Ich konnte nicht anders, als sein Lächeln, das er mir kurz darauf zuwarf, zu erwidern. Er schien von meiner Entscheidung nicht überrascht zu sein.

»Das darfst du nicht«, wandte Rois ein. »Wenn die Trevler mitbekommen, dass du dabei warst, wird es Ärger geben.«

»Wer sollte davon erfahren?«, fragte Keenan spitz. »Willst du es ihnen auf die Nase binden?«

»Natürlich nicht. Ich würde nichts tun, was Lady Sara gefährdet. Ich will erst gar nicht, dass sie diesen Turm betritt.«

»Lass gut sein, Rois«, sagte ich. Mein Puls beschleunigte. »Ich nehme Kerrs Hilfe sehr gern an. Zu zweit werden wir wohl einen Besuch in diesem verdammten Turm überleben. Rois, sag den Trevlern, dass ich es tun werde.«

Daraufhin tranken wir in aller Stille aus. Kaum jemand sagte noch etwas. Obwohl mein Magen wie zugeschnürt war, würgte ich ein paar Schlucke hinunter, um morgen bei Kräften zu sein.

In dieser Nacht musste ich mich übergeben. Nichts von dem, was ich am Abend zu mir genommen hatte, konnte ich bei mir behalten, bis ich völlig erschöpft ins Bett fiel. Dennoch konnte ich nicht schlafen, da meine Gedanken unentwegt um meine Mutprobe kreisten. Immer wieder wälzte ich mich von einer Seite zur anderen und schlug die Decke auf, da mir bereits der Schweiß den Rücken hinabrann.

Am nächsten Morgen würde ich am liebsten im Bett bleiben, weil ich mich so matt und ausgelaugt fühlte, als hätte ich den ganzen Tag Aodh dabei geholfen, Eisenstangen zu stapeln. Der Gedanke, was auf mich zukam, machte es noch schlimmer.

Und dann dieser Traum.

Ich hatte meine Mutter gesehen. Sie hatte mich angelächelt, mir die Wange gestreichelt und eine Strähne aus meinem Gesicht gestrichen, wie sie es in meiner Kindheit immer gemacht hatte. Im Traum war ihr Gesicht mit einem Mal so deutlich gewesen wie seit Jahren nicht mehr. Ich sah ihr so ähnlich. Die Augen, die Nase, die Wangen. Nur mein Haar war heller als ihres. Sie hatte etwas gesagt, doch ich konnte sie nicht hören. Verzweifelt bat ich sie, lauter zu sprechen, damit ich ihre Worte verstehen konnte. Doch sie schüttelte nur traurig den Kopf, hob die Hand und zeigte mir den Saum ihres Ärmels, auf dem Stickereien zu sehen waren. Triskelen – das Symbol unserer Familie, wie sie mir immer und immer wieder erklärt hatte. Wie Ranken hatten sie sich auch um den Halsausschnitt ihres grauen Kleides gereiht. Und plötzlich verstand ich, was sie mir sagen wollte: Ich sollte auf die Triskelen vertrauen. Aber wie konnte mir das morgen helfen?

Als Ellis mich weckte und mir half, mich anzukleiden, war ich völlig benommen. Die meiste Zeit über schwieg ich nur und hing meinen Gedanken nach. Immer wieder kam mir das Bild meiner Mutter von letzter Nacht in den Sinn, doch ich konnte nicht sagen, ob ich nur geträumt hatte oder sie mir wirklich erschienen war. Bekam ich nun auch Visionen, wie Gwyned? Kein Wunder, dass sie jene nicht von Träumen unterscheiden konnte, wenn sie sich so anfühlten.

Worauf ich mich bei dieser Mutprobe eingelassen hatte, wurde mir erst richtig bewusst, als ich aus dem Schloss trat, um zum Turm zu reiten. Ich hatte gedacht, ich würde mit Sive, Keenan, Gwyned, Rois, Kerr und dem Stadtrat von Trevlys dorthin reisen. Stattdessen war die ganze Stadt vor dem Schloss versammelt. Und alle warteten auf mich.

Ich wandte mich panisch zu Gwyned um, die mir genauso erschrocken eine Hand auf den Unterarm legte. Das hatte sie wohl nicht vorausgesehen.

»Was mache ich jetzt? Wie kann Kerr …« Ich verstummte, denn Aras trat auf mich zu und neigte den Kopf.

»Wir danken dir, dass du unsere Traditionen anerkennst. Wir wollen dich auf deinem Weg begleiten. Solltest du den Turm verlassen, werden wir deine Herrschaft bedingungslos anerkennen und dir treu dienen.«

In meinem Hals bildete sich ein Kloß. Ich sollte wohl etwas sagen. Irgendetwas, was zuversichtlich und hoffnungsvoll klang. Aber ich bekam kein Wort heraus.

Der Stadtoberste schien keine Antwort zu erwarten. Er drehte sich um und ging voraus. Ich sah, dass am Fuß der Schlosstreppe ein mit goldenem Zaum ausgestatteter Rappe wartete.

Ich blinzelte und starrte nach vorn, denn ich traute mich nicht mehr, zu meinen Freunden zu sehen. Mein panischer Blick würde Rois vermutlich dazu veranlassen, die Mutprobe abzusagen.

Als eine Hand die meine ergriff, zuckte ich zusammen. Kerr lächelte mir zu, als würden wir beide uns nicht in Lebensgefahr begeben. Obwohl Gwyned und Sive wunderschöne Kleider in Himmelblau und Hellgrün trugen, deren Röcke sich bei jeder Bewegung bauschten und sich sanft um ihre Beine schmiegten, oder Keenan eine grüne Tunika mit Goldbesatz anhatte, die in der Sonne glänzte, wirkte Kerr in seinem schlichten dunkelbauen Wams und den passenden Hosen erlauchter als alle anderen. Vor allem edler und eleganter als die Stadträte, die mit diesen schweren Goldketten an Hals und Gürtel sowie den bunten Federn an ihren Hüten wie balzende Hähne wirkten.

»Ich helfe dir auf dein Pferd«, sagte Kerr und zwinkerte mir zu.

Hand in Hand stiegen wir die Treppe hinab. »Keine Sorge«, murmelte er. »Ich lasse dich nicht im Stich. Ich gehe einfach auf der Rückseite hinein.«

Er half mir in den Sattel, woraufhin einer der Trevler das Zaumzeug ergriff und das Tier mit sich zog.

Ich hatte einmal als Kind auf einem Pferd sitzen dürfen. Damals hatte der Eisenlieferant, den Grady und ich bis zum Stadttor begleitet hatten, uns erlaubt die Stuten zu reiten, die seinen Wagen zogen.

Das hier war jedoch etwas ganz anderes. Damals hatte mich kaum jemand, den wir passiert hatten, beachtet. Hier in Trevlys standen ungefähr zwanzigtausend Menschen Spalier und sahen zu mir.

Vor und hinter mir begannen Trommler in einem Takt zu schlagen, der den Marsch bestimmte. Niemand jubelte. Niemand winkte. Ich wusste, warum. Sie glaubten nicht, dass ich lebend aus diesem Turm herauskäme. Die ganze Situation verursachte mir eine Gänsehaut.

Ich starrte stur über die Ohren des Tieres hinweg.

Als wir das Stadttor hinter uns gelassen hatten, wagte ich einen kurzen Blick zurück.

Die Menschenmasse folgte mir. Verflixt. Kerr ging neben meinen Freunden und war der Einzige, der hoffnungsvoll und fröhlich aussah. Er wirkte, als würde er sich regelrecht darauf freuen, ein Gebäude zu betreten, das seit Jahrhunderten niemand lebendig verlassen hatte.

Ich wurde einfach nicht schlau aus ihm.

Während die drei sich miteinander unterhielten, fühlte ich mich vorn, als Einzige auf einem Pferd sitzend und weithin sichtbar, ausgeschlossen und allein. Zumal ich auch kein hübsches

Kleid trug, sondern einen kurzen Kampfrock und ein ledernes Oberteil.

War das jetzt mein Los?

Würde ich in dieser Stellung noch einsamer sein, als ich mich ohne Grady ohnehin schon fühlte?

Wenig später näherten wir uns dem Ys-Gebirge. Ein Wald bedeckte die unteren Ausläufer und es wurde hügeliger. Die Straße wich einem Weg und dann einem schmalen, steil ansteigenden Pfad.

Der Mann, der mein Pferd führte, redete nicht. Er stapfte ohne Anstrengung in den Wald hinein. Ich war dankbar für sein Schweigen, denn mir war nicht nach unverbindlichem Geplauder. Doch der Waldpfad zog sich. Ich ahnte, dass seit geraumer Zeit kaum jemand diesen Weg gegangen war.

Gerade in dem Moment, in dem ich ihn fragen wollte, wie weit es noch bis zum Krönungsturm war, breitete sich vor uns eine Schneise aus. Da stand er.

Direkt hinter dem hohen Turm befand sich ein Felsmassiv, an das der untere Teil gebaut worden war. Majestätisch und gewaltig ragte das Gemäuer gen Himmel. Es war umwachsen von Efeu und blühenden Brombeerhecken, doch kein Eingang war von hier sichtbar – auch kein Fenster. In der Nähe standen nur noch vereinzelte karge Büsche und mickrige Tannen. Direkt davor befand sich eine freie, ebene Fläche, auf der sich die Trommler, Soldaten und die Stadträte, die vorausgegangen waren, links und rechts verteilten.

Der Mann, der mein Pferd hinter sich herzog, führte mich in deren Mitte. Erst dort hielt er an und brachte uns zum Stehen.

Beklommen starrte ich auf die Prüfungsaufgabe, die nun unmittelbar vor mir lag.

Rois machte ein finsteres Gesicht. Ich ahnte, dass er kurz davor war, alles abzublasen. Auch Gwyned und Sive wirkten besorgt, und Keenans Mund stand offen, während er ungläubig den Turm hinaufstarrte. Kerr hingegen war verschwunden, sodass ich etwas Hoffnung schöpfte. Er würde also trotz allem versuchen mir zu helfen.

Nach einem kurzen Ruf des Stadtobersten eilten sofort zwei Soldaten an mir vorbei. Mein Pferd machte einen erschrockenen Hopser zur Seite, und der Mann, der es am Zaum hielt, ließ es beinahe los. Ich schwankte obendrauf.

Als sich wieder alles beruhigt hatte, sah ich, wie die beiden Männer das Efeu und die Brombeerhecken mit Sicheln zurückschnitten. Darunter wurde nun das Holz einer Tür sichtbar.

»Sara, ich fürchte, du kommst jetzt wirklich nicht drum herum.« Keenan war neben mich getreten und sah zu mir auf.

»Willst du das wirklich machen?«, fragte er leise, darauf bedacht, dass mein Pferdeführer es nicht mitbekam. »Ich könnte dich schnappen und mit dir weglaufen. Mir kommt keiner so schnell hinterher.«

Ich versuchte zu lächeln. Doch das misslang, also nickte ich.

»Sieh mal hinter dich. Ich kann keinen Rückzieher machen«, sagte ich mit belegter Stimme. All diese Menschen brauchten Gewissheit, dass ich diesen Turm betreten und wieder verlassen hatte, sonst würde ich in Trevlys nie die Unterstützung erfahren, die Lyoness so dringend benötigte.

Keenans Gesicht verdüsterte sich. »Die renne ich über den Haufen. Letzte Chance«, murmelte er.

Ich schüttelte den Kopf.

»Wie du willst«, sagte er, streckte die Arme aus und hob mich vom Pferd. Meine Knie gaben augenblicklich nach.

Da ich keine bauschenden Röcke trug wie meine Ziehschwester und Freundin, war das für alle, die mich sehen konnten, deutlich zu erkennen. Keenan hielt mich weiter fest, bis ich sicher stand.

»Sara, es tut mir leid«, sagte er unvermittelt.

»Was?«, fragte ich überrascht. »Du kannst doch nichts dafür, dass die hier so abergläubisch sind.«

»Nein, das meine ich nicht. Es geht um meine Wut wegen Bran und deiner Entscheidung, sein Bein abzunehmen. Ich gebe zu, du hast richtig entschieden, und bin froh, dass Bran noch da ist. Ich wünschte, er wäre jetzt hier. Mit ihm und Riona würde uns vielleicht etwas anderes einfallen. Ich habe nicht deren Grips, um solche Sachen besser zu lösen.«

Ich tätschelte Keenans Arm. Damit hatte ich nicht gerechnet, doch sogar in dieser Situation gab es mir ein warmes Gefühl der Erleichterung.

»Schon gut. Ich bin froh, dass du hier bist. Du, Sive und Gwyned.«

»Ach, Sara …« Ich wusste, er wollte noch mehr sagen, aber es war nicht der richtige Zeitpunkt dafür, denn die Stadtobersten kamen auf uns zu.

»Sollte ich nicht herauskommen, pass auf Gwyned auf, ja? Sie braucht dich mehr als Sive, Riona oder Bran«, fügte ich schnell hinzu.

»Lady, es ist so weit. Die Tür ist offen. Bist du bereit?«

Ich sah mich noch einmal um, nickte Rois, meiner Ziehschwester und Gwyned zu. Kerr war nach wie vor weg. Also atmete ich tief durch. Sein Verschwinden machte mir Mut. Vielleicht war ich gleich nicht allein in diesem Gemäuer.

Trotzdem schlug mein Herz bis zum Hals und bis in meine Knie.

Ich wandte mich um und ging zu der geöffneten Tür, wo die beiden Männer, die sie freigelegt hatten, Spalier standen und mir mit Trauermiene zunickten. Auch sie glaubten nicht, dass ich wieder herauskäme.

Ich zog mein Schwert. Jemand reichte mir eine brennende Fackel.

Dann betrat ich den Turm.

Die Tür schloss sich hinter mir.

IM TURM

Das Erste, was ich wahrnahm, war ein modrig warmer Geruch. Das Zweite war: Alles, was der Fackelschein nicht erreichte, lag in völliger Schwärze. Es kam mir noch dunkler vor als damals im Karzer. Ich hielt die Fackel in Richtung meiner Füße. Nein, da war kein Loch. Unmittelbar vor mir konnte ich nur festgetretene Erde erkennen – zumindest, so weit das Licht reichte. Allerdings war der Boden übersät von weißen Ästen. Ob das Holz hier drin geschimmelt war? Die seltsam stickig warme Luft ließ mich das vermuten. Ich hätte in einem so alten Gemäuer eher Feuchtigkeit erwartet.

Vorsichtig tat ich einen ersten Schritt. Was, wenn sich unter den Ästen ein bodenloses Loch versteckte und das hier eine verfaulte Balkenlage war, die herabgefallene Holzdielen aufgefangen hatte? Manches Holz war viereckig oder etwas runder, wie ich es im Holzviertel bei den Fassaden einiger Fachwerke gesehen hatte. Aodh hatte uns einmal erklärt, dass man seinen Kunden die guten Sachen anbot und für sich selbst die Reste zurückbehielt, die keiner kaufen wollte. Deshalb waren in vielen Häusern dort sehr krumme und eher runde anstatt eckige Balken verbaut worden.

Zaghaft machte ich einen weiteren Schritt. Der Boden blieb fest. Ich schob ein paar der erstaunlich schweren Äste mit dem Fuß beiseite. Eigentlich war geschimmeltes Holz federleicht und zerbrach sofort. Auch der nächste Ast war seltsam dünn und verbogen.

Ich warf einen Blick nach oben. Die Decke verlor sich im Dunkel und mein Fackelschein war nicht hell genug, um das erste Stockwerk zu erleuchten. Falls es überhaupt so etwas gab und der Turm nicht einfach mit dem Dachplateau abschloss. Ich fragte mich, ob es hier eine Treppe nach oben gab. Oder war die auch verfault und lag zwischen diesen Ästen begraben? Was, wenn der Turm überhaupt kein Fenster auf der Rückseite hatte? Wie wollte Kerr mir dann beistehen?

Der Gedanke schickte eine Panikwelle durch meinen Körper. Unruhig fuhr ich mir durchs Haar und versuchte ruhig zu atmen. Was sollte ich hier genau tun? Wie lange musste ich warten, bis ich wieder hinausdurfte?

Vielleicht sollte ich einfach bis hundert zählen, den Turm dann verlassen und damit wäre meine Aufgabe erfüllt. Immerhin hatte es keine genaueren Vorgaben gegeben. Dafür müsste ich mich kaum weiterbewegen, konnte einfach hier stehen bleiben und zählen.

»Eins, zwei, drei, vier …«

Über mir raschelte etwas. Flugs hob ich die Fackel, aber da war nichts zu sehen.

Könnte das eine Fledermaus gewesen sein, die oben nistete? Eine Maus oder – noch ekliger – eine Ratte, die ich aufgescheucht hatte?

»… vier, fünf …«

Wieder ertönte ein Geräusch über mir auf der Seite der Tür,

nur war es dieses Mal lauter und kam näher. Vielleicht sollte ich etwas Abstand aufbauen. Grady hatte mir mal erzählt, dass Ratten angriffen, wenn sie sich in ihrem Nest bedroht fühlten. Ich wollte keinesfalls von einem aggressiven Tier angesprungen werden.

Den Blick weiter auf die Schatten über mir gerichtet, um eine springende Ratte mit der Fackel abwehren zu können, machte ich einen Schritt nach vorn – und trat dabei auf die Äste, die, anstatt nachzugeben, laut klackerten und mich ins Straucheln brachten.

Ich sah zu Boden und entdeckte einen Klotz, rund, mit Löchern, und in diesem Moment begriff ich.

All diese Äste waren Knochen. Tier- *und* Menschenknochen, soweit ich das erkennen konnte.

Wieder raschelte es, aber es kam von der anderen Seite. Erschrocken bewegte ich die Fackel mit so viel Kraft in diese Richtung, dass Funken durch die Luft flogen. Dadurch ging mir auf, dass sie schneller abbrennen oder sogar erlöschen würde, wenn ich sie zu heftig bewegte. Ich wurde vorsichtiger. Als ich sie etwas höher hielt, blieb mein Arm an einem Seil kleben. Es gab mehrere davon, beinahe unsichtbar in dieser Finsternis. Ein Schritt weiter und ich wäre mit meinem ganzen Körper darin gefangen gewesen.

Panisch nahm ich die Fackel in die andere Hand und brannte das Seil durch. In diesem Moment hörte ich über mir ein lautes Krispeln, als würde jemand durch Haufen von Stroh waten. Das war definitiv keine Maus. Es konnte auch keine Ratte sein. Es musste etwas viel Größeres sein.

»Sara?«

Kerr! Er war da! Ich atmete vor Erleichterung tief aus und wollte antworten, doch er kam mir zuvor.

»Beweg dich nicht! Sie darf dich nicht sehen!«

Sie? Wer war *sie*?

Über mir in der Dunkelheit raschelte und klackte es wieder. Das waren keine Menschenschritte.

Als ich die Fackel gerade nach vorne bewegte, schoss etwas auf mich zu. Nur dem Feuer war es zu verdanken, dass mich nichts im Gesicht erwischte, sondern sofort im Feuer verpuffte. Mein Herz pochte wild gegen meine Brust, und meine Hand zitterte so stark, dass die Fackel wackelte und mir beinahe herunterfiel. Jede Erleichterung war wie weggeblasen.

»Sara!«, schrie Kerr panisch. Der Klang seiner Stimme machte mir mehr Angst als das Rascheln und was auch immer in der Dunkelheit lauerte.

Plötzlich konnte ich im spärlichen Licht einen Schatten erkennen. Es zischte über mir, und dann sprang das Geschöpf in meine Richtung, sodass es blitzschnell direkt vor mir stand.

Die Augen waren so groß wie Speiseplatten und jedes seiner Beine vergleichbar mit dem Pferd, das mich hierhergetragen hatte. Sein Hinterteil hätte die Hütte von Aodh umfasst – und es versperrte den Weg zur Tür.

Vor mir stand die größte Höhlenspinne, die ich und wahrscheinlich auch ganz Lyoness je gesehen hatte.

Sie war riesig.

Ein Tier dieser Größe musste sehr alt sein und in diesem verlassenen Turm vermutlich auch sehr hungrig.

Ich wäre fast an ihrem Netz kleben geblieben. Normale Höhlenspinnen waren schon aufgrund ihrer undurchdringbaren Panzer lebensbedrohlich und nicht leicht zu bekämpfen. Mit einem einfachen Dolch konnte man sie nicht durchstechen. Dafür brauchte man schon ein langes Schwert und enorme Kraft.

Diese Spinne hier war garantiert unbesiegbar.

Kein Wunder, dass diesen Turm niemand je lebend verlassen hatte.

Mir blieb nur eine einzige Chance: meine Fackel. Das Feuer allein wäre in der Lage, sie in Schach zu halten, bis ich die Tür erreicht hatte und fliehen konnte. Doch im Moment stand die Spinne genau davor. Ich musste sie irgendwie weglocken. Nur wohin? Hinter mir befand sich ihr Netz.

Die Spinne geiferte mit ihren Zangen, während ihre riesigen acht Augen auf mich gerichtet waren und ihre Beine ungeduldig sowie – vermutlich aufgrund des Feuers – ein wenig unentschlossen zwischen den auf dem Boden liegenden Knochen umhertippelten. Sie verursachte damit ein Geräusch, bei dem sich mir alle Härchen auf den Armen aufstellten. Jeden Moment würde sie mich angreifen.

Warum nur hatte ich mich auf diese dämliche Tradition eingelassen? Nur weil alle dachten, ich sei die Regentin, die Königin?

Hiermit war eindeutig klar: Ich war es nicht. Das hier würde ich höchstwahrscheinlich nicht überleben. Nicht mal mit Kerrs Hilfe. Ich hatte nie Königin sein wollen. Ich war dafür so wenig bestimmt wie Sive zur Schmiedin oder Keenan zum Friseur.

Die Zangen klapperten, gleichzeitig machte die Spinne einen Schritt zurück.

Mir fiel nichts ein, wie ich ihren Angriff abwehren könnte. Nur eines.

»Kerr!«, schrie ich aus Leibeskräften. »Sie ist hier. Direkt vor mir. Was soll ich tun?«

In der Finsternis über mir rumpelte es laut. Irgendetwas enorm Schweres krachte gegen eine Wand, sodass die Erschütterung sogar hier unten zu spüren war. Das Netz hinter mir wackelte.

Was machte er da? Warf er mit Möbeln um sich? Es rieselte Staub und feiner Mörtel herunter.

Die Spinne trippelte erneut, doch ihr Blick wanderte nach oben.

Als ein weiterer Knall ertönte und diesmal sogar ein Balken unmittelbar vor mir zu Boden fiel, zuckte ich erschrocken zurück. Erst im letzten Moment erinnerte ich mich an das Netz hinter mir und hielt inne.

Sand, Mörtel und ein paar lose kleinere Steine fielen herab. Es schien, als würde Kerr über mir Mauern einreißen. Egal was er tat, es wirkte ein wenig, denn die Spinne war abgelenkt. Anstatt mich anzugreifen, kletterte sie flugs die Wand hinauf und verschwand im Dunkel.

»Kerr, sie kommt zu dir! Hau ab!«

Ich für meinen Teil wartete keinen Moment länger, sondern rannte in Richtung Tür. Doch ich kam nicht weit. Ein lautes Poltern ertönte und direkt vor mir knallten Balken und Steinquader zu Boden. Letztere trafen mich an der Schulter, sodass ich ächzend zurücksprang. Dieses Mal verfing ich mich allerdings im Netz.

»Bleib stehen, Sara!«, schrie Kerr über mir. Seine Stimme klang auf einmal viel tiefer und irgendwie sehr herrisch. Ich konnte mich ohnehin nicht bewegen, da ich an den Fäden klebte. Unbeholfen brannte ich mich los, während es über mir rumpelte. Das Zischen der Spinne und ihre klackernden Schritte drangen an mein Ohr. Sie griff Kerr bestimmt an. Wie konnte ich ihm helfen?

Als ich mich endlich von den klebrigen Seilen befreit hatte, setzte ich mich wieder in Bewegung. Irgendwo musste doch eine Treppe sein. Ich kletterte über die herabgefallenen Balken, Steine und auf dem Boden liegenden Knochen.

Vor mir lag die Tür ins Freie, wo ich wieder in Sicherheit wäre. Die Prüfung wäre vorüber und ich hätte erfolgreich bestanden.

Dennoch zögerte ich. Und in diesem Moment hörte ich Kerr schmerzerfüllt schreien. Hastig rannte ich an der Tür vorbei und entdeckte im Schein meiner Fackel die Treppe. Als ich das erste Stockwerk erreichte, rechnete ich schon damit, ihn zwischen den Zangen der Höhlenspinne zu sehen. Doch hier war er nicht. Ich rannte weiter über die Plattform aus Balken und Steinen hinweg und wäre beinahe in ein großes Loch gefallen. Von hier mussten die herabgefallenen Steine gewesen sein, die mich unten an der Schulter getroffen hatten.

Ich lief auf und ab. Die halbe Decke war eingestürzt. Zum Glück war das Stockwerk etwas kleiner, sodass mein Fackelschein den ganzen Bereich erleuchtete. Was mir allerdings keinen Mut machte, denn die nächste Treppe nach oben lag auf der gegenüberliegenden Seite. Nur eine Balkenlage direkt an der Mauer war übrig geblieben, um dem Loch zu entgehen und zur Treppe nach oben zu gelangen. Mit dem Rücken an die Wand gepresst und in jeweils einer Hand Fackel sowie Schwert haltend schob ich mich auf dem schmalen Balken vorwärts, bis ich wieder einen Teil erreichte, der nicht eingestürzt war.

Über mir tobte der Kampf immer noch so laut, dass ich nicht einmal meinen eigenen Atem hören konnte. Es polterte, krachte, klackte, zischte und zwischendurch hörte ich Kerr wütend fluchen. Er war nicht tot, sondern lebte und kämpfte. Solange ich das hörte, würde ich alles versuchen, um ihn zu retten.

Ich hatte endlich die Treppe erreicht und war zwei Stufen weiter nach oben geeilt, als ein Feuerball durch das gesamte obere Stockwerk fegte. Funken sprühten auf mich herunter und mit einem Mal war alles taghell im Turm. Ich hob den Arm vor das

Gesicht, um mich vor den Flammen und Funken zu schützen. Mein Blick fiel dank des Feuerscheins kurz auf das dicht gewobene Spinnennetz am Boden und die dort zuhauf liegenden Knochen. Ich konnte jeden Stein im Mauerwerk und einige kunstvoll gehauene Kragsteine an der Stelle erkennen, an der die Decke aufgelegen hatte.

Das Feuer dauerte an und ließ die Temperatur im Turm rapide ansteigen. Es wurde schmerzhaft heiß auf meiner Kopfhaut, wodurch ich das Gefühl bekam, meine Haare würden schmelzen. Mein Arm, den ich immer noch vor mein Gesicht hielt, brannte. Auch den Griff meines Schwertes würde ich aufgrund der Hitze nicht mehr lange halten können, ohne dass meine Haut Blasen warf. Ich musste wieder nach unten. Doch ich konnte Kerr nicht alleinlassen. Wenn er hierblieb, würde er verbrennen.

In diesem Moment fiel etwas an mir vorbei durch das Loch. Es war groß, schwarz, massig.

Ein weiterer Feuerstrahl schoss der Spinne hinterher. Ich presste mich, so gut ich konnte, an die Wand, um den Flammen auszuweichen, doch die in der Luft schwebende Glut versengte meine Kleidung dennoch.

Und dann – von einer Sekunde auf die andere – erlosch das Feuer. Ein paar letzte Funken stoben auf, verglühten in der heißen, stickigen Luft und wenige Sekunden später war es wieder stockfinster.

Nur meine Fackel brannte noch. Und mein Gesicht vor Hitze. Sogar die Steine in meinem Rücken waren warm, doch der Griff meines Schwertes langsam wieder erträglich.

Ich zitterte. War die Spinne tot? Hatte das Feuer sie vernichtet?

Hatte es auch Kerr erwischt?

Ich würde den Turm nicht verlassen, ehe ich Gewissheit hatte, ob Kerr Hilfe benötigte oder nicht.

Mit wackeligen Knien stieg ich Stufe um Stufe hinauf. Auf der dritten knirschte der Sand unter meinen Schuhen, immer wieder quietschte das Holz der Treppe.

Oben schlurfte etwas in meine Richtung.

»Kerr?«, rief ich hoffnungsvoll.

Ein dumpfes Geräusch erklang, als würde jemand auf den Boden fallen.

»Ich komme! Halte durch!«

Ich war gerade dabei, die letzten Stufen hinaufzueilen, als ich prompt in einem Spinnnetz landete, das geschützt unter dem Deckenvorsprung gehangen hatte. Anscheinend war die Hitze zu weit von den Fäden entfernt gewesen, denn sie waren noch immer klebrig und nicht zu lösen. Ich hing mit meiner ganzen Brust und sogar dem Gesicht darin fest.

Das Feuer meiner Fackel war die einzige Chance, die ich hatte. Hoffentlich hatte ich mich nicht getäuscht und die Spinne war wirklich tot. Ansonsten wäre ich es gleich.

»Sara?«, hörte ich Kerrs heisere Stimme über mir.

»Ich bin hier«, wollte ich rufen, doch mein Mund war verklebt.

Und dann hörte ich etwas, das mich erstarren ließ.

Das Rascheln und Klacken der Spinne näherte sich wieder.

Sie war nicht tot. Ich hatte das Gefühl, Eis zöge sich durch meine Adern.

»Bei allen Meeren und Sternen, Sara, warum bist du nicht einfach zur Tür hinausgegangen?«, fragte Kerr mit ungewöhnlich rauer Stimme.

Ich konnte mich nicht bewegen, während das unheilvolle Trippeln der acht Beine lauter wurde.

Hoffentlich konnte Kerr entkommen, denn ich wollte nicht, dass er starb. Ich mochte ihn. Er war witzig, klug, sympathisch und mitfühlend.

Er sollte leben.

Das Netz an meinem Körper vibrierte immer heftiger.

Ich schloss die Augen. Gleich war es vorbei.

Ein Schwall eiskalten Wassers schoss über mich hinweg. Meine Fackel erlosch und einen winzigen Augenblick lang war es stockfinster.

Dann schoss ein Feuerball durch das Loch herab. Ich spürte die Hitze auch dieses Mal, doch das vorherige Wasser schützte meine Haare, Haut und Kleidung, während zugleich die Spinnenfäden schmolzen.

Ich fiel vornüber auf die Treppe, kroch zur Seite und starrte dem Feuer hinterher, das nun im Erdgeschoss durch das Loch der Decke emporloderte. Die Spinne brannte, ihre Beine bewegten sich unkontrolliert, bis sich sogar ihr Panzer auflöste. Als sie sich inmitten der Flammen unnatürlich zusammenkrümmte, wusste ich, sie war tot. Dieses Mal wirklich.

Erleichtert atmete ich auf und wandte meinen Blick nach oben.

Kerr.

DIE KRONE

Schnell krabbelte ich die ersten Stufen hinauf, bis ich wieder genug Kraft in den Beinen hatte, um die letzten zu laufen.

Es war hier oben noch düsterer, denn das Feuer aus dem Erdgeschoss erleuchtete nur den Rand der Treppe.

Alles andere lag im Dunkeln.

»Kerr!«, versuchte ich zu rufen, doch musste husten. Die Hitze und der Qualm, der nun nach oben stieg, kratzten in meiner Kehle, weswegen ich Mund und Nase mit meiner Hand verdeckte.

»Sara?«

»O Kerr, du lebst!« Ich wusste nicht, wohin ich laufen sollte. War der Boden hier überall noch vorhanden? Warum hatte ich auf der Treppe nicht darauf geachtet?

Es polterte noch einmal. Etwas Sand rieselte auf meine Haare, doch dann fühlte ich Kerrs Arme. Er presste mich an sich, während ich meinen Kopf auf seiner Schulter bettete. Seine Hand lag an meinem Hinterkopf.

»Meine Güte, Sara. Bist du etwa im Turm geblieben, um mich zu retten?«, fragte er. »Ich weiß nicht, ob ich dich heldenhaft oder selbstmörderisch nennen soll.«

»Du lebst!«, nuschelte ich, denn mein Mund war an seine

Halsbeuge gepresst. Sein Duft nach Meer und Blumen umgab mich, hatte sich aber mit dem nach Qualm vermischt.

»Ich weiß nicht, wie du es geschafft hast, aber das Feuer hat das Vieh erledigt.«

Ich fühlte an meiner Wange, dass er gluckste. »Ach, Sara, ich dachte ja immer, Wasser sei mein Element, aber du entfachst ein Feuer in mir.«

Ich wusste nicht, was dieser kryptische Satz bedeuten sollte, aber das war auch egal. Er lebte und war wohlauf. Wir beide waren wohlauf.

»Jetzt müssen wir nur noch aus diesem vermaledeiten Turm herauskommen und dann bist du wahrhaftig die rechtmäßige Königin.« Kerr grinste, als würde ihn das ungemein amüsieren.

Ich löste mich ein Stück weit aus seiner Umarmung, damit ich ihn ansehen konnte.

»Können wir auch einfach durch die Öffnung, durch die du reingekommen bist, abhauen?«, fragte ich. »Ich laufe in die Berge, und somit wäre ich dann doch nicht die Königin, auf die alle gehofft haben.«

Kerr lachte laut, antwortete allerdings nicht. Dann ergriff er meine Hand und zog mich mit sich durch die Finsternis.

»Ich muss dir etwas zeigen«, sagte er.

Ich stolperte über etwas auf dem Boden. Dem Klang nach zu urteilen, war es ein weiterer Knochen.

»Vorsicht, am besten hebst du die Beine höher, bis wir da sind. Hier kommt auch gleich wieder eine Treppe nach oben und die erste Stufe.«

Wir hatten ungefähr zwanzig Stufen hinter uns gelassen, bis ich etwas erkennen konnte. Erstes Licht schien in den Turm herein. Tageslicht!

Mit jedem weiteren Schritt wurden Stufen, Mauerwerk, Balken und auch die Decke durch die hereinscheinenden Sonnenstrahlen deutlicher. Ich staunte. Alles war hier bunt bemalt und mit aufwendigen Schnitzereien an den Balken sowie sehr hübschen Bildern an den runden Wänden verziert. Sogar eine Triskele war darunter und ich sandte ein Dankgebet an meine Mutter. In diesem Augenblick war ich davon überzeugt, dass sie mir im Traum Mut hatte machen wollen.

Als wir durch die Öffnung in das nächste Stockwerk traten, blieb mir der Mund offen stehen. Eine Wand wies ein riesiges Loch auf, durch das Tageslicht fiel. Die Steine aus der Mauer lagen auf dem Boden verstreut.

Dazwischen lagen Goldstücke und Edelsteine, goldene Becher und Teller, Ketten aus Silber, Armreifen aus Ys-Steinen und Fibeln, die ich nur von den Fresken im Palast kannte und die die Umhänge der ehemaligen Könige zierten. Doch das Auffallendste und Edelste war die goldene Krone in der Mitte. Dabei handelte es sich um einen breiten Reif mit Zacken, die mich an Zinnen erinnerten. Sie war mit Perlen und funkelnden Lyoness-Kristallen besetzt, die kunstvoll in allen Größen zu Mustern rundum angebracht waren und in einem Sonnenstrahl funkelten. Das Gold war mit Ziselierungen und Linien in Türkisblau verziert.

Kerr trat über die Schmuckstücke hinweg und hob die Krone auf, während ich ihm staunend folgte. Ich erkannte in der Ziselierung vorn einen Drachen, der den größten Kristall mit seinen Klauen umfasst hielt und dessen Flügel sich zwischen den Perlen und anderen Steinen verloren.

»Kerr, ist das …« Ich zitterte – nicht nur wegen des soeben Erlebten, sondern vor Aufregung.

»O ja«, sagte er. »Das ist die verschollene Krone von König

Leonas.« Er betrachtete sie einen Moment schweigend, bevor er wieder die Stimme erhob. »Na, wenn das nicht mal eine sehr hübsche Darstellung des Drachen ist, weiß ich auch nicht«, meinte Kerr und grinste breit. Auch seine Hände zitterten, und seine Mundwinkel bebten, als müsse er sich beherrschen, um nicht laut loszulachen.

Ich verpasste ihm einen Hieb auf den Oberarm, sodass er beinahe die Krone fallen ließ.

»Aua!«, sagte er. »Was denn? Ich finde es gekonnt. So, wie er den Stein im Maul hat, wirkt es, als würde er Wasser speien. Wenn ich es so ins Licht halte, sieht es aus, als würde er Feuer spucken, und der Stein schimmert orangerot. Und wenn ich das so drehe, sieht es aus, als würde er sich übergeben.«

»Du machst dich lustig über etwas, das uns heilig ist«, warf ich ihm vor.

Gerade als er etwas sagen wollte, stoppte ich ihn. »Lass es einfach, ja?«

Kerr schloss den Mund, und dann tat er etwas, womit er mich überraschte.

Er setzte mir die Krone auf.

»Lass *das* auch!«, rief ich entsetzt und wollte sie abnehmen.

»O nein«, widersprach er und hinderte mich daran. Sie war schwer, unbequem und drückte über den Ohren.

»Du wirst jetzt genau so da rausgehen, Sara«, erklärte er mir und sah mir dabei tief in die Augen.

»Mit dieser Krone wirst du durch die Tür da unten treten und all diesen Trevlern und Lyonessern zeigen, dass all ihre Hoffnungen berechtigt waren.«

Ich sah Kerr unsicher an. Das war das Letzte, was ich wollte: meinen Ruf als Königin festigen.

Doch mit seinen blauen Augen blickte er mich entschlossen an.

»Kerr«, sagte ich leise. »Was ich vorhin gesagt habe, meinte ich so. Ich wollte nie Königin sein. Ich will es auch jetzt noch nicht, denn ich fühle mich der Aufgabe nicht gewachsen. Weißt du, was das für eine Verantwortung bedeutet?«

Kerrs Blick wurde etwas nachsichtiger.

»Vielleicht willst du es nicht sein, Sara, aber du bist es. Und wenn du mich fragst, zu Recht. Ich glaube, niemand von denen, die da draußen stehen, wäre tiefer in den Turm gedrungen, um mich zu suchen. Du hast mich heute zum zweiten Mal gerettet. Du wirst die Königin sein, die Lyoness braucht: selbstlos und loyal. Du kannst diesem Volk zeigen, was es bedeutet, für andere einzustehen, und dass Solidarität ein Land weiter bringt als nur Hoffnung und Selbstliebe. Denn genau das macht eine Regentin aus: Sie denkt nicht an sich, sondern an ihr Volk und an ihr Land.«

»Bislang war das eher eine Schwäche«, gestand ich. »Dank meiner Loyalität zu Grady habe ich einen Krieg verursacht, der viele Menschenleben gekostet hat. Dank meiner Selbstlosigkeit habe ich andere in Gefahr gebracht.«

Kerr schüttelte den Kopf. »Das sind deine Stärken, Sara. Die hat nicht jeder. Und du bist dir der Verantwortung bewusst. Das bedeutet, du wirst deine Macht nicht missbrauchen.

Ich glaube, du bist die erste rechtmäßige Regentin seit König Leonas, und du kannst in deiner Position mehr bewirken als jeder andere, den ich bislang kennengelernt habe.«

Ich starrte ihn an. Er hatte eine Schramme unter dem rechten Auge und einen Kratzer am Kinn. Ich sah all die kleinen Linien an seinen Mundwinkeln, die sonst nur deutlich wurden, wenn er lächelte. Doch das tat er gerade nicht.

Ein Blick in seine strahlenden Augen verriet mir, dass er ernst meinte, was er gesagt hatte.

»Ich weiß, dass du zweifelst«, sagte er leise, und nun waren die Fältchen deutlich zu sehen, denn er lächelte. »Das brauchst du nicht. Du bist mit diesem Amt nicht allein. Deine Freunde stehen zu dir. Eine Krone besteht nicht aus einem einzigen Menschen, sondern repräsentiert das Oberhaupt einer Gemeinschaft. Du bist die einzige Person, von der ich überzeugt bin, dass sie das Land und ihre Bewohner zum ersten Mal seit ungefähr vierhundert Jahren wirklich verkörpert.«

Er legte seine Hände auf meine Schultern. Sie waren warm und schenkten mir Geborgenheit, während die Krone auf meinem Kopf schwankte und drückte.

»Sara, sei das Oberhaupt, das Lyoness erwartet. Ich weiß, dass du es kannst. Mit all der Hilfe, die dir zur Seite steht und treu ergeben ist.«

Mit seinen Fingern drückte er meine Schultern zart und liebevoll, während er mich so ernst anblickte, wie ich ihn nur selten erlebt hatte.

Ich holte tief Luft.

Bei anderen Menschen, einschließlich Grady, hätte ich in diesem Moment gedacht, sie wollten mich als Aushängeschild benutzen, um ihre Ziele zu erreichen. Dabei wäre es ihnen gleich gewesen, ob ich es hasste, im Mittelpunkt zu stehen.

Doch bei Kerr hatte ich das sichere Gefühl, dass er seine Worte ernst und uneigennützig meinte. Er hatte zuvor nie für Lyoness gekämpft, bis ich ihn gerettet hatte, und interessierte sich jetzt nur dafür, weil ich Gradys Traum noch immer verwirklicht sehen wollte. Er unterstützte *mich*, nicht Lyoness. Und ich wollte, dass er bei mir blieb, wenn ich diese Bürde übernahm.

»In Ordnung«, sagte ich und sah, wie sein Lächeln größer wurde. Ein seltsam warmes Gefühl breitete sich in meiner Brust aus. »Aber nur unter einer Bedingung.«

»Welcher?«, fragte er und wirkte auf einmal ein wenig besorgt.

»Du gehörst ab sofort mit zu meinem Kronrat. Neben Keenan, Sive, Gwyned, Riona und Bran«, erklärte ich.

Kerrs Lächeln schwand für einen winzigen Moment, bevor es umso strahlender zurückkehrte.

»Für dich, Sara, werde ich sogar Mitglied des Kronrats und zum ersten Mal richtig sesshaft in einer Stadt«, sagte er und strich mir sanft eine Haarsträhne hinters Ohr. Dort, wo seine Fingerspitzen mich berührten, kribbelte meine Haut.

Ein Stein fiel mir vom Herzen. Ich war so erleichtert.

»Ich schleiche mich wieder hinten hinaus. Wir sehen uns vor der Tür.« Er zwinkerte mir noch einmal zu und verschwand.

»Also dann: Geben wir ihnen ein wirkliches Spektakel«, sagte ich mehr zu mir selbst und stieg die Treppe hinunter.

Wenn ein echter Drache den Turm verlassen hätte, hätten die Gesichter nicht staunender und perplexer sein können als bei meinem Anblick mit Krone.

Das Jubelgeschrei, das folgte, war ohrenbetäubend und begleitete den ganzen Festzug zurück in die Stadt. Kerr hatte sich im Trubel unter die Menschen gesellt, und keinem Fremden war aufgefallen, dass er weg gewesen war. So ausgelassen hatte man

Trevlys vermutlich noch nie gesehen, nicht einmal vor der Herrschaft der Druiden.

In der Stadt angekommen, erwartete uns eine Überraschung. Aras hatte mitsamt seinem Gefolge einen Ball organisiert. Kerr vermutete – nicht ohne Zynismus – dass er die Flöten ursprünglich als Trauermusik engagiert hatte, doch nun sollten sie zum Tanz aufspielen. Meiner Siegesfeier.

Das Beste allerdings war: Ich fühlte mich auch wie eine Siegerin. Die ausgelassene Stimmung, die strahlenden Gesichter waren so ansteckend, dass ich gar nicht anders konnte, als mitzumachen. Natürlich hatte ich es Kerr zu verdanken, doch das änderte nichts daran, dass ich zum ersten Mal, seit Grady tot war, richtig unbekümmert war.

Aras hatte sich bei den Vorbereitungen Mühe gegeben. Der Saal war mit Girlanden und Wimpeln geschmückt, während die Krone hinter mir gerade so hoch auf einer Säule lag, dass sie über meinem Kopf zu schweben schien. Ich fühlte mich wie berauscht, seit ich diesen schrecklichen Turm verlassen hatte und Kerr zu meinen Unterstützern zählen konnte.

Und ich hatte Hunger. All das verlorene Essen wollte nachgeholt werden, deshalb griff ich herzhaft zu. Als ich fertig war und die Musik aufspielte, sagte Aras: »Die künftige Königin eröffnet nun den Tanz.«

Mit vollem Magen? Keenan lehnte sich erleichtert zurück. »Damenwahl«, meinte er zufrieden, denn er tanzte nicht gern. Wenn Bran hier wäre, würde ich ihn … Ich schob den Gedanken schnell beiseite.

»Kannst du tanzen?«, fragte ich Kerr.

»Kommt darauf an«, antwortete er. »Die Volta beherrsche ich ganz gut, nur beim Linkswalzer habe ich Probleme.«

»Ach, quatsch nicht«, sagte ich gut gelaunt. »Du weißt genau, dass ich diese Tänze nicht kenne.«

Mit einem breiten Grinsen erhob er sich, machte eine leichte Verbeugung und hielt mir die Hand hin, um mich auf die Tanzfläche zu führen. Als die ersten Töne gespielt wurden, begannen Kerr und ich uns nebeneinander zu bewegen.

Er tanzte genauso gut wie Bran, und ich war Letzterem unendlich dankbar, dass er uns einiges beigebracht hatte, denn dadurch schlug ich mich gut. Wenig später gesellten sich weitere Tänzer zu uns.

»Volta und Walzer?«, fragte ich, als wir nicht mehr im Fokus standen.

»Willst du es mal ausprobieren?«, fragte er mit hochgezogenen Augenbrauen.

»Solange ich mich nicht blamiere«, wandte ich ein.

Heute Abend war ich zu allem bereit. Wenn er mir vorschlüge, den Mond zu stehlen, würde ich mitgehen.

Ganz unverhofft umfasste er meine Taille mit beiden Händen und wirbelte mich im Takt der Musik eine halbe Drehung durch die Luft.

Mir stockte der Atem, und als er mich absetzte, sagte er: »Jetzt zwei Schritte da rüber.« Er begann zu hüpfen, ohne mich loszulassen, und zog mich zwei Schritte nach links. Dann wirbelte er mich erneut durch die Luft und wir sprangen wieder zurück. Aus den Augenwinkeln sah ich die erstaunten Gesichter der anderen Tänzer, doch als Kerr mich ein drittes Mal hochhob, machte es Rois, der mit Sive tanzte, uns nach. Auch Anson kopierte unsere Schrittfolge mit Gwyned, die ein kleines Quietschen von sich gab, als er die Hände an ihre Taille legte. Vermutlich hatte Anson sie etwas zu fest gepackt oder an der Stelle gekitzelt.

»Das«, sagte Kerr, als er mich erneut hochhob, »ist eine Volta. Wir könnten uns jetzt am Hof von Heinrich VIII. einreihen. Du bist ein Naturtalent.«

»Ich weiß nicht, wer Heinrich VIII. ist, aber bei ihm scheint es lustig zuzugehen«, strahlte ich ihn an. Er blinzelte, als hätte ihn etwas geblendet.

»Na ja, sagen wir mal so: An ihm als König solltest du dir kein Beispiel nehmen.«

»Zu vergnügungssüchtig?«, fragte ich, während wir über Tanzfläche wirbelten.

»So kann man es auch ausdrücken.«

Ich genoss diesen Abend und das Geplänkel mit Kerr. Auch Keenan, obwohl er stets am Platz blieb. Gwyned, Sive, Anson, Rois und alle anderen Gäste waren gut gelaunt und beschwingt. Wir lachten unglaublich viel und tanzten den ganzen Abend.

Und als Kerr mir eine weitere Schrittfolge zeigte, die des Walzers, wo man sich ständig drehte und seinem Gegenüber in die Augen sah, fühlte ich mich zum ersten Mal wirklich bereit, dieses Amt anzugehen.

Mit Kerr, dachte ich, *könnte es gelingen.*

Während eine seiner Hände unentwegt an meinem Rücken lag und wir dadurch eng beieinanderstanden, hielt er mit der anderen eine der meinen fest. Ich konnte – wie vor Kurzem beim Waschen seiner Wunden – sein Gesicht von Nahem betrachten. Ich prägte mir die regelmäßigen Konturen seines Kinns, die perfekt geformten Lippen, seine ebenmäßigen weißen Zähne, die Fältchen an seiner Nase, wenn er – wie jetzt – lächelte, und vor allem diese türkisblauen Augen, mit denen er mich warm anblickte, ein. Unser erstes Aufeinandertreffen schien mir auf einmal Jahre her zu sein, und doch wurde mir bewusst, dass es erst wenige Wochen waren. Ich wollte ihn nicht mehr in meinem Leben missen.

Als er mich etwas fester an sich zog, machte mein Magen einen kleinen Satz, ganz so, als hätte ich unerwartet einen Schubs bekommen.

Für einen winzigen Moment landete meine Nase in seiner Halskehle. Ich roch seinen Duft nach Meer und Blumen, der mir mittlerweile so bekannt war.

Ich atmete noch einmal tief ein.

»Sara?«, fragte Kerr vorsichtig, sodass ich aufsah, direkt in seine strahlenden Augen. »Ist dir nicht gut?«

»Du riechst gut«, gestand ich. »Nach irgendeiner Blume, ich komme nur nicht darauf, nach welcher.«

»Das sind Veilchen«, sagte er mit einem Lächeln auf den Lippen, das die hübschen Fältchen an der Nase zeigte.

»Kann es sein, dass du heute Abend zu viel Wein getrunken hast?«, fragte er weiter.

Das hatte ich bestimmt. Doch ich war schon vorher berauscht gewesen.

»Ich glaube, nach diesem aufregenden Tag wird es Zeit, ins Bett zu gehen.«

»Puh, jetzt klingst du wie Aodh«, murrte ich. »Noch einen Tanz, ja?«

Ich sah die Zweifel in seinem Blick und versuchte mich an einem Schmollmund, wie Sive es neulich gemacht hatte.

Nun lachte er schallend. »Wenn ich dir morgen davon erzähle oder du dich von selbst daran erinnerst, wirst du das noch gutheißen?«

Ich zog eine Grimasse. »Nein, vermutlich werde ich mich in Grund und Boden schämen. Ich will trotzdem noch einen Tanz, dann werden wir den Mond stehlen und erst danach gehen wir ins Bett.«

Kerrs Schultern bebten vor Lachen, doch er tat mir den Gefallen. Für ein weiteres Lied schwebten wir durch den Saal.

MYRICA

Es nieselte, als wir unseren Aufbruch nach Aína vorbereiteten.

Da Gwyned die Nässe scheute, hatte sie den ganzen Morgen über versucht, Rois zu einem weiteren Tag in der Stadt zu überreden, doch er hatte abgelehnt.

»Die Bewohner sind auf einen weiteren Tag Bewirtung und Unterhaltung einer so hohen Gesellschaft nicht eingestellt. Man darf ihnen nicht mehr zumuten«, erklärte er gerade.

»Aber unseren neuen Kleidern mutet man den Regen zu«, murrte Gwyned, während sie sich auf ihr Pferd schwang. Unsere Kutschen ließen wir zurück, da der weitere Weg aufgrund der schmalen, unebenen Pfade ungeeignet für sie war. Da außer Kerr niemand von uns reiten konnte, führten Männer aus Trevlys unsere Pferde.

Wir waren erst eine Stunde unterwegs, als es in Strömen zu schütten begann. Rechts von uns lag das Meer, doch es war kaum auszumachen bei den Bindfäden, die niederprasselten. Ich konnte kaum zwei Meter weit sehen und orientierte mich an Kerr, der dicht neben mir blieb.

Keenan ritt vor uns. Erkennen konnte ich nur seinen Schatten, doch von einem Moment auf den anderen war er weg.

»Keenan!«, schrie ich entsetzt, als plötzlich auch mein Pferd zu straucheln begann.

»Wir sind zu dicht am Abgrund!« Kerr packte meine Zügel und zog uns nach links.

Mein Herz pochte, während mein ganzer Körper ebenso wie mein Pferd zitterte.

»Wo ist Keenan?« Meine Stimme war bei dem strömenden Regen kaum zu verstehen. Ich sah mich in Richtung Meer um.

»Ich bin hier!«, schrie Keenan. Er stand so unvermittelt neben mir, dass meine Stute einen weiteren Satz zur Seite machte und gegen Kerr stieß. Vorsichtig ließ Keenan seinen schlotternden Pferdeführer, den er gerettet hatte, von seinen Armen zu Boden gleiten.

»Aber mein Pferd hat es nicht geschafft.« Er klang wütend, aber ich wusste, dass es seine Art war, mit Trauer umzugehen. Der Mann ging mit zittrigen Knien zu einem Fels und setzte sich.

»Das hier hat keinen Zweck«, sagte ich zu Kerr. »Gibt es keine Unterkunft in der Nähe, wo wir dem Unwetter entkommen können?«

»Tatsächlich ist das Sommerdomizil des Erzdruiden in der Nähe«, antwortete Rois statt Kerr und streckte den Arm aus, um vorauszudeuten, doch ich konnte aufgrund des Schauers nichts erkennen. »Ich weiß nicht, in welchem Zustand die Unterkunft ist. Der Erzdruide hatte Myrica das letzte Mal vor drei Jahren besucht«, gab er zu bedenken.

Ein weiteres Domizil des Erzdruiden? Warum hatte ich davon noch nicht gehört?

Ich wechselte einen Blick mit Kerr, der ebenfalls überrascht eine Augenbraue hob.

»Führe uns dorthin. Wir brauchen trotz allem einen Unterschlupf, denn bei diesem Wetter ist es zu gefährlich weiterzureisen. Irgendein Überstand wird sich für uns finden«, sagte ich. Ich wollte kein Risiko eingehen. Und außerdem wollte ich die weitere Behausung unbedingt unter die Lupe nehmen. Beinahe wären wir sie übergangen, wenn Keenans Pferd nicht abgestürzt wäre. In Deira hatten wir die Bibliothek durchkämmt und auch in Trevlys. In unserer Situation stellte es sich letztendlich als Glück heraus, in den Gemächern des Erzdruiden untergebracht zu werden, wo sich immer die Bibliothek befand, denn so konnten wir suchen, ohne großes Aufsehen zu erregen. Bislang leider ohne Erfolg. Daher war Myrica ein weiterer Hoffnungsschimmer.

»Lady Sara, in Aína erwartet man euch«, Rois ließ nicht locker. »Wir können uns keine Umwege leisten, wer weiß, wie lange dieser Sturm andauert, wir sollten versuchen nach Aína zu gelangen.«

»Wir können kein Leben riskieren, und das hier ist zu gefährlich«, sagte ich mit deutlichem Unterton.

Rois sah aus, als wolle er erneut widersprechen, doch dann nickte er nur: »Natürlich. Du hast recht.«

Kerr nahm die Zügel von meinem Pferd, die er in der Zwischenzeit losgelassen hatte, und trieb seines an.

Alle anderen ließen uns passieren und folgten.

Ich konnte bei dem Sturm nicht sagen, wie lange und wie weit wir ritten (oder Keenan lief), als endlich vor uns graubraune Mauern auftauchten. Es kam mir wesentlich kürzer vor als der Weg von Trevlys bis zum Krönungsturm.

Das Haus hatte keine Schutzmauern, sodass wir direkt auf den Hof reiten konnten. Hier konnte ich besser sehen, denn der Wind wurde von den umliegenden Nebengebäuden etwas ausgebremst.

Direkt vor uns schien das Haupthaus zu sein. Eine von Säulen umrahmte Eingangstür stand halb offen, die zwei Fenster daneben waren eingeschlagen. Dieser Wohnsitz schien verlassen und geplündert worden zu sein – wie alle anderen nach dem Sturz der Druiden.

Mein Pferdeführer half mir aus dem Sattel. Ich eilte zu der offenen Tür und erreichte gemeinsam mit Sive und Gwyned die Halle.

Die Residenz lag auf einer Klippe und wir konnten durch beinahe jedes Fenster das wild tosende Meer sehen. Das Rauschen der Wellen drang bis hierher, und manchmal waren sie sogar so hoch, dass sie gegen den oberen Rand der Klippe prallten. Unzählige Tropfen flogen dabei durch die Luft. Wenn das Wasser nur ein bisschen höher stieg, würden die Wellen die Festung erreichen.

Im Inneren des Hauses war es dunkel, und ein modriger Geruch lag in der Luft, weil sämtliche Fenster und Türen offen gestanden hatten. Außerdem fehlten Möbel und alles Tragbare. An vielen Wänden sah ich die hellen Umrisse, wo Bilder oder Teppiche gehangen hatten.

Wir schlossen alle Fenster und Türen, holten etwas Holz aus dem Küchenraum und entzündeten ein Feuer. Unser klammes Gepäck hängten wir in der Nähe zum Trocknen auf. Das Prasseln der Flammen vermittelte ein behagliches Gefühl und wärmte den Raum.

»Das ist ein wirklich schöner Wohnsitz«, sagte Sive, die sich die geschnitzte Balkendecke ansah.

Im Feuer rösteten wir ein paar Kastanien, und Anson huschte mit seiner üblichen Beflissenheit hin und her, verteilte Brot, stellte Schmalz, Wurst und Trauben in die Mitte und füllte alle Becher mit Wein. Derweil zogen wir uns trockene Kleidung an und hängten die durchnässten Umhänge ebenfalls in die Nähe des Feuers. Anson fragte mich zwei Mal, ob ich noch einen Wunsch hätte, und brachte mir die ersten warmen Kastanien.

»Warum hatte der Erzdruide direkt hier an der Klippe einen Landsitz?«, fragte ich Anson. Er setzte sich neben mich.

»Da gibt es mehrere Gerüchte«, sagte er. »Zum einen heißt es, er hätte hier Kontakt zu dem letzten Großen Drachen aufgenommen und ihn mit Jungfrauenopfern beschwichtigt.«

Ich unterdrückte ein skeptisches Schnauben.

»Zum anderen besagen Gerüchte, er hätte sich hier mit Druidinnen getroffen.«

Ich musterte Anson. Als ich sein knallrotes Gesicht sah, verstand ich sofort, was er mit *treffen* meinte.

»Oh«, sagte ich daher nur und wechselte einen Blick mit Kerr.

»Auch Druiden haben Bedürfnisse, egal wie heilig sie sind«, meinte der augenzwinkernd.

Eigentlich war ihnen die Ehe oder eine Partnerschaft verboten. Sie sollten ihr ganzes Bewusstsein auf ihr Amt und ihre Magie konzentrieren, ohne sich von weltlichen Gefühlen ablenken zu lassen.

»Diese Sehnsüchte sind erlaubt, nur eine feste Beziehung nicht«, erklärte Anson und wurde, sofern möglich, noch röter.

»Außer der Beziehung zu einem der Großen Drachen?«, hakte Kerr nach.

»Außer der. Aber dafür hat er ja die Jungfrauen dem Drachen überlassen.«

Kerr fand das offenbar sehr komisch. »Da hat der Drache aber einen großen Hunger. Jaja, ich kenne deine Meinung dazu«, fügte er mit einem Blick auf mich hinzu.

Ansons räusperte sich und schien sich unbehaglich zu fühlen.

»Angeblich hat der Große Drache sie nicht gefressen. Er hat sie wohl eher entjungfert.«

Kerr flutschte sein Becher aus der Hand, dann lachte er schallend. »Da traut man ihm aber eine Menge Potenz zu.«

»Ich weiß nicht, was das heißt«, sagte ich irritiert. »Welche Sprache ist das?«

»Latein.« Kerr verbarg sein Grinsen hinter dem Becher. »Und ›Potenz‹ bedeutet Kraft und Ausdauer.«

Nun stieg auch Gwyned, Sive und mir die Hitze in die Wangen.

»Das kann man wohl getrost ins Reich der Sagen und Legenden um die Großen Drachen verbannen«, meinte Kerr.

Nach dem Essen machten wir uns auf, um die Festung genauer in Augenschein zu nehmen. Das meiste, was übrig geblieben war, war zerstört worden – ähnlich wie im Palast von Yslion nach der Schlacht. Nur ein Raum sah nahezu unangetastet aus. Die Bibliothek war wesentlich kleiner und unscheinbarer als die in unserem neuen Zuhause. Es gab zwei Wände mit Regalen voller Bücher und Schriftrollen, und ich vermutete, dass es den Plünderern so ging wie mir: Sie konnten nicht lesen und hatten daher kein Interesse an diesem Inventar gehabt.

Und hier geschah etwas Seltsames. Seit unserem Gang in den Tempel, wo ich auch den Zeitsprung gehabt hatte, hatte Gwyned nicht mehr diese Art Vision gehabt. Sie hatte etwas gesehen und uns mitgeteilt, aber das war eher so gewesen, wie wenn Riona überlegte oder Bran sich Gedanken um etwas machte.

Hier reagierte sie wie im Tempel von Deira oder – mich überlief ein Schauer bei der Erinnerung – bei unserem ersten Besuch im Palast.

Gwyned trat schlafwandlerisch vor das Regal und griff entschlossen nach einem Buch. Auf dem Ledereinband war eine

Triskele eingestanzt. Das war nichts Ungewöhnliches, denn Triskelen waren in allen Tempeln und heiligen Stätten abgebildet. Es gab verschiedene Triskelen, mal waren es drei kurze Kreise, mal schneckenförmige Spiralen, mal mit einem Kreis außen herum, andere ohne Umrandung. Doch die hier sah haargenau so aus wie die Stickerei auf dem Ärmel meiner Mutter, die sie mir auch in diesem Traum vor der Nacht im Krönungsturm gezeigt hatte.

Das konnte kein Zufall sein.

»Sara, lies das.« Gwyned schlug zielsicher das Buch auf einer Seite auf und hielt es mir hin. Auch hier umrandeten ebenjene Triskelen den Text.

»Wie soll sie das lesen?«, flüsterte Keenan Sive zu, allerdings waren seine Worte so laut wie der Sturm, der draußen um die Mauern heulte.

Und es weckte Gwyned aus ihrer Trance.

Ihr Blick wanderte ein paarmal zwischen mir und dem Buch hin und her, dann biss sie sich auf die Unterlippe und schloss es.

»Bitte entschuldige, Sara«, murmelte sie, doch bevor sie den Ledereinband sinken lassen konnte, griff Kerr danach.

»Ich darf doch?«, fragte er und sie überließ es ihm.

Konzentriert suchte er erneut die Seiten mit den Zeichnungen am Blattrand und las den Text.

»Das ist es«, sagte er und suchte meinen Blick. Er schien ganz aufgeregt und sein Gesicht strahlte. »Sara, das ist es. Das ist der Spruch! Der Spruch, der Lyoness vor dem Untergang bewahrt!«

Ich fühlte, wie mir der Unterkiefer aufklappte. Wir hatten ihn!

Große Drachen, wir haben ihn!

»Ich kann beinahe nicht glauben, wie leicht wir ihn nun doch gefunden haben«, meinte Sive erstaunt. »Vielleicht ist es der falsche? Vielleicht geht Lyoness direkt unter, wird von einer riesigen Welle überflutet, wenn wir ihn anwenden?«

Wir sahen uns alle an. Sives Worte legten sich wie ein dickes Seil um mein Herz, während der Sturm draußen die Stille durchbrach und sich mit lautem, energischem Tosen bemerkbar machte.

»Ich fürchte, dann haben wir die Wahl zwischen dem Untergang in ein paar Tagen oder direkt«, sagte Keenan irgendwann. »Ganz ehrlich? Für mich macht das keinen Unterschied. Dann kann es auch jetzt sein.«

Gwyned nickte tapfer.

Sive schüttelte dagegen vehement den Kopf, daher wandte ich mich an sie: »Ich habe in Trevlys davon geträumt, wie meine Mutter mir diese Symbole zeigt.«

»Und wenn es eine Falle ist? Das war viel zu einfach! Wieso lag er nicht verschlossen in einem sicheren Versteck? Wieso steht er hier offen und für jedermann zugänglich im Regal?« Sive ließ nicht locker.

»Weil das ein viel besseres Versteck ist als ein Eisenschrank oder eine gemauerte Öffnung, weil es hier niemand vermutete«, antwortete Gwyned sofort. Sie sah dabei durch Kerr hindurch und uns allen war klar, dass sie mehr gesehen hatte als das, was sie sagte. Ihre Visionen hatten sich in letzter Zeit als sehr glaubhaft erwiesen, und ich konnte auf jedem der anwesenden Gesichter sehen, dass es den anderen genauso ging. Es lag nahe, dass sie den richtigen Grund erkannt hatte.

Einzig Sive schien nicht überzeugt.

Das Tosen ließ die Wände erzittern und der peitschende Regen war überdeutlich zu hören. Obwohl es erst Nachmittag war, war es so düster, als stünde bereits die Nacht bevor.

»Was schlägst du vor?«, fragte Kerr.

Sive sah ihn entschieden an. »Ich meine, wir sollten warten.«

»Worauf?«, fauchte Keenan und deutete zu dem nächsten Fenster, gegen das der Regen so stark hämmerte, dass ich glaubte, die Scheiben könnten davon kaputtgehen.

»Ich bin noch nicht bereit zu sterben«, gab Sive kleinlaut zu. »Morgen. Können wir es auf morgen verschieben?«

»Ich fände es besser, wir würden es sofort stoppen«, gab Kerr zu bedenken und Keenan nickte zustimmend. Doch ich sah die Angst in Sives Augen. Ein Gefühl, das ich bei ihr zuletzt bei Gradys Hinrichtung gesehen hatte.

»Morgen, Sive. Wir werden es morgen tun, wenn es dir hilft«, sagte ich daher fest und erntete von ihr ein dankbares, wenn auch mattes Lächeln. Keenan zuckte mit den Schultern.

»Hoffentlich ersaufen wir nicht schon heute Nacht«, murmelte er. Gwyned erbleichte, und Kerr sah mich wieder so nachdenklich an, als wüsste er nicht, was er von mir halten sollte.

Doch ich konnte Sive verstehen. Ich war zwar sicher, dass es der richtige Spruch war, doch wenn sie dem Schicksal wenigstens noch eine Nacht abluchsen wollte, dann sollte sie die unbedingt bekommen. Ich hätte nämlich alles dafür gegeben, noch eine letzte Nacht mit Grady zu verbringen.

Wenig später kuschelten wir uns in die Decken auf dem Boden. Da der Wind lautstark um das Gebäude pfiff, konnte ich nicht einmal die Schlafgeräusche der anderen im Saal vernehmen.

Zumindest war es hier in der Burg noch warm, trocken und windgeschützt.

Ich schloss die Augen und merkte, wie ich mich langsam beruhigte. In der Nacht träumte ich von einem weiteren Tanz mit Kerr.

Als wir am nächsten Morgen aufwachten, war das Erste, was mir auffiel, der noch immer tosende Sturm. Mein Herz raste, während ich mir den Umhang anlegte und die Kapuze aufsetzte. Die Spannung unter uns war beinahe greifbar, denn gleich war der Moment gekommen, der über die Insel entscheiden würde. Unsere einzige Chance.

Gemeinsam verließen wir die Festung. Sowohl der Gürtel als auch die Brosche und der Zauberspruch befanden sich in meinen Taschen. Als Kerr mich zur Zinne begleiten wollte, hielt Rois ihn zurück. »Sara ist die künftige Königin. Sie sollte das allein tun.«

Kerr schüttelte entschieden den Kopf. »Sie kann nicht lesen. Ich werde ihr helfen und sie nicht alleinlassen. Wir können nicht mit Sicherheit sagen, was passiert, wenn sie den Zauberspruch vollendet hat.«

Rois sah ihm einen Moment lang in die Augen, bevor er Kerr losließ.

Wir erklommen eine Außentreppe zur Zinne. Ich sah über die Brüstung hinweg auf das noch immer wütende Meer. Unter mir krachten die Wellen derart stark gegen die Klippen, dass ich das Gefühl bekam, sie versuchten den Fels auszuhöhlen und diese Klippe wegzutragen. Das Wasser verursachte ein Geräusch, als würde eine Mauer einstürzen. Es war ohrenbetäubend.

Daher hörte ich die Gefahr nicht kommen. Im einen Moment lehnte ich mich gegen die Mauer und im nächsten brach sie unter mir weg. Ich strauchelte in der Luft, spürte, wie die Steine, die soeben noch unter meinen Armen gelegen hatten, in die Tiefe stürzten. Auch ich kippte nach vorn.

Ein heftiger Ruck an meinem Umhang riss mich zurück. Ich baumelte, nur noch mit den Füßen auf dem Absatz stehend, über dem tosenden, stürmischen Meer und blickte in die Wellen. Ich wusste, sobald ich fiele, würden sie mich gegen den Fels schleudern, und ich wäre schneller tot, als wenn ich ertrinken würde.

Ich hörte Anson um Hilfe schreien. Dann fiel ich kopfüber in die Tiefe.

Weder schlug ich auf dem Wasser auf, noch zerschmetterten die Wellen meinen Körper an den Klippen. Stattdessen landete ich bäuchlings auf einem Waldboden. Im nächsten Moment wurde mir sämtliche Luft aus den Lungen gepresst, denn jemand landete mit voller Wucht auf mir.

»Tut mir leid, tut mir leid«, hörte ich Kerr an meinem Ohr sagen, bevor er sich von mir herunterrollte.

Ich atmete tief durch und setzte mich langsam auf, woraufhin Kerr es mir gleichtat. Das Zittern meiner Glieder konnte ich nicht unterdrücken.

»Es ist alles gut, Sara«, sagte er sanft und nahm meine bebenden Hände in seine. Trotzdem wurde es nicht besser, denn ich hatte noch immer das Gefühl zu fallen.

»Wir sind in Sicherheit. Ach, komm her.« Er zog mich auf seinen Schoß und drückte mich fest an seine Brust. Dann wiegte er mich wie ein kleines Kind. Es dauerte lange, bis ich mich beruhigt hatte und das Zittern nachließ. Und es dauerte noch etwas länger, bis ich mich sicher genug fühlte und wieder Abstand gewann.

»Was war das?«, fragte ich leise, als ich endlich wieder reden konnte.

»Ich würde mal sagen, du hattest einen Schock«, antwortete er.

»Nein, ich meine das mit der Mauer«, stellte ich richtig.

Er zog mich wieder an seine Brust und sah in die Ferne. Überlegte er, was er sagen sollte – oder durfte?

»Das war kein Unfall, oder?«, fragte ich weiter. »Die Mauer war nicht vom Regen und Sturm brüchig.«

Er schüttelte leicht den Kopf. »Nein, das war ein Anschlag. Entweder hatte dieser Erzdruide ein Näschen für Orte mit Schwingungen, oder ein Außenstehender hat erfahren, dass du an diese Stelle gehen wirst.«

»Wie wahrscheinlich kann das sein?«, fragte ich skeptisch. »Wir haben niemandem erzählt, dass wir auf dieser Burg haltmachen. Woher hätte das jemand wissen können?«

Kerr schwieg und ich ließ mir seine Worte weiter durch den Kopf gehen.

»Ich glaube, ich weiß, was du mir sagen oder eher nicht sagen willst«, meinte ich nach einer Weile leise. »Entweder ist jemand in unserem Konvoi, der doch nicht will, dass ich Königin werde, oder …«

Gab es ein Oder?

»Sara, ich glaube, Mellan hat dabei seine Hände im Spiel«, sagte Kerr schließlich. Ich war irgendwie erleichtert, das zu hören.

»Kannst du mir erklären, wie?« Fragend sah ich ihn an.

»Noch nicht wirklich, aber diese Schwingung, die uns hierhergebracht hat, gibt mir zu denken. Hast du das Symbol gesehen, das unter deinen Füßen an der Außenmauer angebracht war?«

»Nein, ich hatte zu viel damit zu tun, die Wellen zu beobachten, die mich zerschmettern wollten«, sagte ich sarkastisch.

»Genau den Moment meine ich«, sagte Kerr, ohne auf den Sarkasmus einzugehen. »Als du in der Luft hingst und ich dich an deinem Umhang festhielt, sah ich direkt da, wo die Brüstung weggebrochen war, das Symbol. Es war ein umgedrehtes Dreieck.«

»Und wofür steht das?«, fragte ich.

»Es ist ein alchemistisches Symbol und wird erst im fünfzehnten Jahrhundert bekannter werden. Es steht für Wasser.«

Ich ließ das erst einmal alles sacken, bevor ich weitersprach.

»Und wie kommst du darauf, dass Mellan dahinterstecken könnte?«, fragte ich, weil ich immer noch keine Verbindung erkannte.

»Ich habe mich in den von uns bereisten Städten ein wenig über die Druiden umgehört, und Rois hat auch ein paar Späher ausgesandt, die ihm regelmäßig Bericht erstatten. Mellan war in vieler Munde. Er will verhindern, dass du gekrönt wirst«, erklärte Kerr.

»Wie kann er das Symbol da angebracht haben? Woher konnte er wissen, dass wir da übernachten werden?«

Kerr runzelte beunruhigt die Stirn und schwieg. Ich wusste, was er dachte: Jemand musste es ihm verraten haben.

»Das Symbol wurde erst vor Kurzem an diesem Platz aufgetragen, und es hat den Regen noch mehr angezogen als sonst wo, weshalb der Mörtel sich lockern konnte und die Mauer wegbrach. Es wusste also jemand, dass du dorthin gehen würdest. Vielleicht sollten wir doch sofort nach Yslion zurückkehren«, schlug Kerr vor. Die Anspannung durch mein Amt lastete schwer auf meinen Schultern. Am liebsten hätte ich zugestimmt, doch das konnte ich nicht.

»Nein, wir müssen die Reise beenden. Nur von Angesicht zu

Angesicht können wir die Menschen von Lyoness an uns binden. Ich weiß das von Grady. Seine Reden mochten sich verbreitet haben, aber er als Person hat die Bevölkerung beflügelt sich den Druiden entgegenzustellen«, erwiderte ich und erhob mich. Jetzt erst bemerkte ich, wo wir uns befanden. Kerr hatte uns genau an denselben Ort gebracht, allerdings in die Vergangenheit und auf die Wiese über den Klippen – auch hier war die Festung verlassen, doch das Meer glitzerte in der Sonne, als würden sich darin unzählige kleine Kristalle befinden.

»Was glaubst du, kannst du uns zurück in unsere Zeit bringen? Aber bitte nicht in den Moment, wo wir fallen.« Er sah mich auffordernd an.

»Ähm …«

Kerr seufzte theatralisch.

»Ja, in Ordnung, dieses Mal übernehme ich die Führung, aber das üben wir noch, ich verspreche es dir«, sagte er, nahm meine Hand und sprang mit mir zurück. Fest umklammerte ich Gürtel, Brosche und Buch.

Glücklicherweise kamen wir unmittelbar in dem Moment an, als die Mauer wegbrach, aber ehe ich vornüberkippte. Kerr zog mich rechtzeitig zurück, und Keenan war mit einem Augenaufschlag auf meiner anderen Seite, um mich auch festzuhalten.

»Alles gut, mir geht's gut«, beschwichtigte ich alle schnell, obwohl mir wegen der eben noch drohenden Gefahr wieder ganz schwindelig war.

»Geh zurück, Keenan, es ist alles in Ordnung«, sagte ich ihm. Nach einem kritischen Blick ging er in normaler Geschwindigkeit und sehr zögerlich zurück zu Gwyned, Sive und Rois. Auch Anson und Ellis sowie die restliche Dienerschaft standen in der Nähe.

Kerr blieb bei mir, während der Wind durch die eingestürzte Mauer pfiff und meine Röcke aufblähte. Ich sah das umgedrehte Dreieck nun deutlich und behielt zwei Fußlängen Abstand zum Abgrund. Kerr lächelte mir aufmunternd zu, doch als er das Buch öffnete, wurde eine Seite vom Wind herausgerissen und über die Mauer hinweg in die Tiefe geweht. Ich wollte schon nach vorn springen und das Blatt fangen, doch Kerr hielt mich zurück.

»Holla, nicht so voreilig.«

Mein Herz pochte schmerzhaft gegen meinen Brustkorb, als mir bewusst wurde, dass ich soeben im Begriff gewesen war, den gleichen Fehler wieder zu begehen.

»Das Blatt, Kerr«, stöhnte ich. »Bitte sag mir, dass du den Spruch auswendig kannst.«

»Nein, kann ich nicht«, gab er leichthin zu. »Das ist aber auch nicht nötig, denn es war eine andere Seite. Ich passe jetzt besser auf, wenn ich das Buch aufschlage. Konzentrier dich auf mich und die beiden Gegenstände in deiner Hand. Bist du bereit?«

Und es ging los.

Besser gesagt hörte es auf. Als ich das letzte Wort von diesem seltsamen Text, der an sich überhaupt keinen Sinn ergab, ausgesprochen hatte, wurden Gürtelschnalle und Brosche in meinen Händen mit einem Mal heiß. Ein Strahl, heller als das Licht, das durch einen Spiegel in der Sonne erzeugt wurde, schoss aus den türkisblauen Plättchen empor in den Himmel und zerteilte die Wolken, als würde Ellis die Vorhänge vor meinem Fenster zurückschlagen. Nur einen Augenblick später kam die Sonne hervor und der Sturm legte sich. Kerr und ich standen auf dem Wehrgang und beobachteten, wie die Winde sich verlangsamten und zu einer leichten Brisen wurden. Die Brandung unter uns verlor ebenso ihre Kraft und wurde zu einem leisen Plätschern.

So wie der Strahl der beiden Schmuckstücke gen Himmel geschossen war, kam er nun wieder zurück und traf weiter weg am Horizont auf die Wasseroberfläche, woraufhin sich das Meer an dieser Stelle zu färben begann, die tosenden Wogen kleiner und letztendlich zu einer beinahe glatten Spiegelfläche wurden.

Mit einem Mal war es ungewöhnlich still.

Einzig das leise Schwappen der Wellen gegen den Fuß der Klippe war noch zu vernehmen.

Und dann ein Freudenschrei. Ich hatte ihn ausgestoßen.

Erschrocken sah ich Gwyned einen Hüpfer machen, mit dem sie sich beinahe vom Wehrgang beförderte. Keenan hielt sie zurück, nahm sie in die Arme und hielt sie fest.

Dabei jubelte er nun ebenfalls.

»Mir scheint es, als wäre das Wasser noch immer extrem hoch.« Sive trat skeptisch näher und riskierte einen vorsichtigen Blick in die Tiefe.

»Aber es steigt nicht mehr«, meinte Anson.

»Woran erkennst du das?«, fragte Sive.

Anson deutete auf eine Felsspitze, die aus der Klippe herausragte. »Bei dieser Spitze konnte ich zusehen, wie das Wasser immer weiter anstieg. Noch ein paar Wimpernschläge mehr und sie wäre ganz unter Wasser gewesen.«

Kerr riss mich in seine Arme und schwenkte mich in die Höhe.

Ich roch den Veilchenduft und fühlte die Wärme seiner Hände, mit denen er mich an der Taille festhielt.

»Mir wäre es lieber, du würdest die Königin nicht so dicht vor dem Abgrund hochheben«, rief Rois, doch er klang weniger besorgt als erleichtert.

Kein Wunder! Wir hatten es geschafft. Wir hatten das Wasser und den Wind besänftigt.

»Wohldenn, Majestät, gehen wir und stellen uns der nächsten Aufgabe.« Kerr setzte mich langsam ab, doch ehe er mich losließ, umarmte ich ihn und flüsterte in sein Ohr: »Danke. Du hast mir jetzt schon zweimal das Leben gerettet.«

»Dann konnte ich mich wenigstens revanchieren«, meinte Kerr genauso leise zurück und hauchte mir einen zarten Kuss auf die Wange.

Als wir den Wehrgang verließen, um unsere Sachen zu packen, spürte ich noch immer die Berührung seiner Lippen auf meiner Wange.

RÜCKKEHR

Nach einem kurzen Aufenthalt in Aína ritten wir durch die Berge zurück zum Pugh, wo uns ein Schiff erwartete. Die Sonne schien und ihre Wärme wurde nicht mehr vom Wind verdrängt. Man hörte wieder deutlich die Insekten summen und Vögel zwitschern. Doch noch immer war die Stimmung wegen des Anschlags angespannt. Und das, obwohl wir Lyoness vor dem Untergang bewahrt hatten. Insbesondere Kerr sorgte sich, dass es nicht der letzte Angriff auf mich gewesen sein könnte. Er hatte den anderen den Hinweis auf Mellan mitgeteilt, und jeder beobachtete mich fortan mit Adleraugen, um mich vor eventuellen Gefahren beschützen zu können. Ich war ihnen zwar dankbar, dass sie sich alle so um mich kümmerten, doch diese Aufmerksamkeit und Bevormundung war mir unangenehm.

Zumindest verlief der Rest der Reise ereignislos. Ich hatte gedacht, wenn wir in Yslion einliefen, würden wir wie auf der Abreise ungesehen zum Palast gehen, uns umziehen, Bran, Riona, Delma und Paidraig begrüßen und gemeinsam zu Abend essen.

Doch als wir die Stadtmauer von Yslion ausmachten, hörte ich schon die Glocken und lauten Rufe.

»Da ist ein Aufstand!«, wandte ich mich erschrocken zu Kerr,

Keenan, Sive und Gwyned um. »Dieser Mellan hat in unserer Abwesenheit die Stadt zurückerobert!«

»Soll ich nachsehen?«, bot sich Keenan an, und ehe jemand etwas erwidern konnte, war er über Bord gesprungen und losgerannt. Wir sahen ihn wie einen flirrenden Blitz in der Stadt verschwinden – und wenig später zurückeilen.

Sein breites Grinsen nahm mir die Besorgnis.

»Keine Druiden, kein Aufstand. Nur deine bevorstehende Ankunft«, meinte Keenan. Er war sogar ein bisschen außer Puste, als er das sagte, was zeigte, dass er sich wirklich angestrengt hatte. »Ich würde dir raten, dich umzuziehen. Die ganze Stadt ist auf den Beinen und erwartet dich. Das Gebimmel ist dir zu Ehren, und nein, das ist kein Schlachtruf. Die verkünden deine Ankunft, damit auch jeder Taube mitbekommt, dass du auf dem Weg bist.«

Jetzt fühlte ich mich noch schlechter, als wenn er gesagt hätte, da wäre ein Aufstand und wir müssten kämpfen.

»Sara, soll ich dir helfen, dich umzuziehen?«, fragte Kerr freundlich. »Wir können das auch hier und jetzt vor aller Augen machen.« Er zupfte an meinem Ärmel. Das brachte mich wieder zu Sinnen und ich schlug seine Hand herunter.

»Du spinnst wohl, ich gehe schon.«

Ich lief in das Zelt am Heck, wo auch schon Ellis auf mich wartete, und zog mich um. Das Schiff näherte sich der Stadt mit großer Geschwindigkeit und irgendwie wirkten die Geräusche aus Yslion im Zelt noch surrealer.

Ich war einerseits ganz ungeduldig und wollte sehen, was mich erwartete, andererseits hatte ich Angst vor der Menschenmasse.

Als Ellis endlich fertig war, trat ich genau in dem Moment aus dem Zelt, in dem das Schiff das Wassertor durchfuhr.

Direkt hinter der Mauer drängten sich bereits die Menschen am Kai und jubelten immer lauter, je näher wir kamen. Alle schrien meinen Namen.

Erschrocken blieb ich stehen. Daran würde ich mich wohl nie gewöhnen können.

Kerr war es, der mich bei der Hand nahm und nach vorn führte. In der Zeit, in der ich mich umgekleidet hatte, hatte irgendjemand ein kleines Podest aus Latten und Fässern in der Mitte des Schiffes aufgebaut.

»Die neue Königin soll schließlich gut zu sehen sein«, meinte Kerr.

»Wink!«, rief mir Keenan über die Freudenschreie hinweg zu.

Ich tat es.

Das Gekreische nahm zu.

Menschenmassen tummelten sich zu allen Seiten und ich wusste gar nicht, wohin ich schauen sollte. Also winkte ich mal hierhin und mal dorthin.

Einige Bewohner warfen Blumen auf das Deck des Schiffes. Einzelne langstielige Rosen, gebundene Sträuße mit Margeriten, Malven und Kränze aus Gänseblümchen waren unter den Geschenken.

Ein Kranz fiel mir um meinen erhobenen Arm.

Sive streckte schon die Hand danach aus, um ihn mir abzunehmen, doch ich setzte ihn einfach auf meine Frisur, die hübschen Flechten von Ellis missachtend. Ich hätte nicht gedacht, dass der Jubel noch größer werden könnte.

Und dann sah ich Aodh.

Er stand in der Menge und Tränen liefen ihm übers Gesicht. Er winkte mir zu und strahlte dabei.

Ich warf ihm eine Kusshand zu.

Unter all den fröhlichen, glücklichen Gesichtern war es Aodhs freudiges Lächeln, das mich in dieser seltsamen Situation berührte. Er war da und grollte mir nicht.

Als das Schiff anlegte, gingen wir nach und nach von Bord.

Irgendjemand hatte eine offene Kutsche besorgt, in der Sive, Gwyned, Keenan und ich Platz nahmen.

»Wo ist Kerr?«, fragte ich, bevor der Diener die Tür schloss.

»Er denkt, er gehört nicht zu den magischen Freunden, und geht deshalb zu Fuß«, antwortete Keenan.

»So ein Quatsch.« Ich öffnete die Kutschtür und beugte mich hinaus. »Kerr, komm zu uns!«

»Er gehört nicht zu den Auserwählten, die zur Regierung berufen wurden«, erklärte Rois, der neben der Kutsche stand.

»Ohne ihn wäre ich nicht am Leben.«

Einige Augenblicke sahen wir uns an, dann blinzelte er, verneigte sich und ging.

»Ab sofort gehört er zu den Regenten«, verkündete ich.

Sive, Keenan und Gwyned wechselten einen erstaunten Blick.

Doch ich fragte sie nicht. Ich hatte Kerr darum gebeten und brauchte ihn.

Das war der Moment, in dem ich begriff, dass mein Wort wirklich Gewicht hatte.

»Natürlich gehört er dazu«, sagte Sive und lächelte, als er näher kam.

Kerr kletterte zu uns in die Kutsche.

Der Weg zum Palast gestaltete sich ähnlich wie am Pugh. Die Menschen säumten die Straßen und drängten sich so dicht an unsere Kutsche, dass es Rois und den Soldaten schwerfiel, uns einen Weg zu bahnen. Fahnen mit einer Krone und einem Bogen mit Pfeil – den Waffen und Gegenständen, mit denen ich den Erzdruiden niedergestreckt und den Turm verlassen hatte – flatterten leicht im Wind. Einige Menschen schwenkten Wimpel und warfen weitere Blumen. Derweil läuteten unentwegt die Glocken.

Ehrlich gesagt war ich erleichtert, als wir durch das Palasttor fuhren, das hinter uns geschlossen wurde.

Doch auch hier hatten sich alle Diener versammelt, riefen meinen Namen und klatschten begeistert. Ich hatte das Gefühl, während unserer Abwesenheit hatte sich die Anzahl verdoppelt.

Oben am Treppenabsatz standen Riona mit einem kleinen Mädchen an der Hand, Delma, Paidraig und Bran.

»Bei den Großen Drachen!«, schrie Riona und umarmte mich. »Du hast die Prüfung im Krönungsturm geschafft und bist sogar mit einer Krone herausgekommen! Sara, wenn Grady das erleben könnte! Ich wette, damit hätte selbst er nie gerechnet. Und sieh nur, das ist meine kleine Schwester! Das ist Sara, Moira.«

Gradys Erwähnung versetzte mir noch immer einen schmerzhaften Stich. Ich umarmte auch das kleine Mädchen und versicherte ihr, wie froh ich war, dass es ihr gut ging. Dann umarmten auch Delma und Paidraig mich, bis ich schließlich vor Bran stand, der zwischenzeitlich schon die anderen begrüßt hatte.

Ein wenig beklommen standen wir uns gegenüber. Ich wusste nicht genau, was ich sagen sollte und ob ich ihn umarmen durfte. Bran biss sich auf die Unterlippe, dann fiel er mir plötzlich um den Hals. Fest drückte er mich an sich und murmelte mir ins Ohr: »Ich bin so froh, dass du lebst, Sara. Bitte entschuldige mein Verhalten. Ich danke dir.«

Ich klammerte mich an ihn und hätte mich in diesem Moment ganz Yslion auf den Schultern tragen wollen, ich wäre nirgends lieber gewesen als in Brans Umarmung. Seine Vergebung war das Beste, was mir seit dieser verhängnisvollen Schlacht passiert war.

Abends saßen wir alle zusammen im Speisesaal. Sive, Gwyned und Keenan erzählten von unserer Rundreise, von meiner Mutprobe im Krönungsturm und dem Zauberspruch des Erzdruiden, den wir in der Festung Myrica gefunden hatten. Auch den Anschlag ließen sie nicht aus.

Riona und Bran staunten mit offenem Mund.

»Was?«, fragte Sive, die die beiden genau beobachtet hatte.

»Das mit Mellan ist leider zu einem großen Problem geworden, genau wie befürchtet«, erklärte Bran. »Er konnte in eurer Abwesenheit in den Karzer eindringen. Wir haben noch nicht herausgefunden, wie er das geschafft hat. Er hat fünfzehn Gefangene befreit – alles Hohedruiden, die zum engsten Kreis des Erzdruiden gehörten. Ich brauche euch nicht zu sagen, wie mächtig die alle sind und welche Kraft sie besitzen.«

»Wo sind sie jetzt?«, fragte Keenan.

Riona zuckte mit den Schultern. »Das wissen wir nicht. Gerüchten zufolge wurden sie im Anderwald gesehen, der auf dem Weg nach Myrica liegt. Von daher bestätigt das noch mehr die Vermutung, dass Mellan den Anschlag verursacht hat.«

»Deine Krönung sollten wir hinter uns bringen, ehe wir richtig aktiv gegen Mellan und seine Spießgesellen vorgehen«, sagte Gwyned. Sie gähnte laut hinter vorgehaltener Hand.

»Ich bin auch müde.« Keenan klopfte Riona gönnerhaft auf die

Schulter. »Schön, dich wiederzusehen und mit dir zanken zu können«, meinte er zu ihr, wünschte uns allen eine gute Nacht und verschwand. Und auch wir anderen verließen nach und nach den Saal.

Als ich mich auf den Weg zu meinem Zimmer im oberen Stockwerk machen wollte, ertönte eine Stimme hinter mir: »Sara, hast du noch einen Moment?«

Ich wandte mich um und sah Bran auf mich zukommen. Sein Gang war etwas weniger mühevoll als vor unserer Abreise, aber deutlich schwerfälliger als früher.

Mein schlechtes Gewissen machte sich wieder bemerkbar.

»Ja, natürlich«, sagte ich.

»Können wir irgendwohin gehen, wo wir ganz ungestört sind?«, fragte Bran. »Zum Beispiel auf den hohen Turm.« Er deutete in die Richtung, in die wir gehen mussten. Von dort hatte er sich herunterstürzen wollen. Mir wurde mulmig.

»Hältst du das für eine gute Idee?«, fragte ich besorgt.

»Bitte. Da sind wir auf jeden Fall allein«, sagte er und bot mir seine Hand an.

Ich könnte ihn zurückhalten, sollte er an Dummheiten denken, dachte ich und ergriff sie.

Wir gingen zum Turm. Während des Aufstiegs sprach keiner von uns beiden. Ich wusste nicht genau, was ich sagen sollte, weil ich Angst hatte, etwas falsch zu machen. Bran schien derweil in Gedanken versunken zu sein.

Als wir die oberste Plattform erreichten, sah er sich um. Das Erklimmen der Stufen schien ihm keine große Mühe bereitet zu haben, denn ich konnte keinerlei Anstrengung in seinem Gesichtsausdruck erkennen. Sein Blick wanderte zum Ys-Gebirge, über dem die Sterne funkelten. Ich beobachtete Bran genau, weil ich fürchtete, er könnte sich zu einer törichten Handlung hinreißen lassen.

»Ich möchte mich bei dir entschuldigen, Sara«, sagte Bran unvermittelt.

Ich riss die Augen auf.

»Es tut mir leid, wie ich mich dir gegenüber verhalten habe«, fuhr er fort. »Riona hat mir gehörig den Kopf gewaschen, als ihr unterwegs wart.« Er bückte sich und kratzte sich oberhalb des Holzbeins.

»Mir tut es auch leid, dass es dazu kommen musste«, sagte ich leise.

Bran kratzte etwas heftiger. »Weißt du«, sagte er und sah weiterhin auf seinen Stumpf. »Ich war wirklich kurz davor, mir das Leben zu nehmen. Ich dachte, ich sei nur ein Krüppel, zu nichts nütze und nur ein Klotz an euren Beinen. Ich weiß, der Vergleich ist nicht witzig.« Nun sah er auf und grinste. »Ich meine, ich kann nicht mehr kämpfen. Ich kann nicht mehr tanzen, und dann stellt sich bei dir auch noch diese außergewöhnliche Begabung heraus.« Er richtete sich nun auf. »Sara, wer hätte je gedacht, dass du die göttliche Gabe besitzt? Ich meine, du warst die Normalste von uns allen. Die, die uns alle geerdet hat, sogar Grady, und dann das.«

Er atmete tief durch, weswegen ich schnell zu sprechen ansetzte: »Ich wusste es nicht. Ich habe es mir nicht ausgesucht.«

»Das wissen wir alle«, erwiderte Bran ernst. »Du hast immer hinter Grady gestanden, du warst sein Schatten und zugleich seine Stärke und Stütze. Letzteres warst du für uns alle, denn im Gegensatz zu ihm konntest du immer zuhören. Siehst du? Du sagst auch jetzt kaum etwas.«

Was sollte ich sagen? Ich war ein wenig überrumpelt.

Nicht wegen der Dinge, die ich für Grady gewesen war, das wusste ich. Sondern wegen der Art, wie Bran mit mir sprach.

»Sara, ich möchte dabei sein, wenn unsere Träume in Erfüllung gehen«, sagte er nun in einem so unnatürlichen Ton, dass ich mir sicher war, er hatte das vorher geübt. »Das wurde mir in dem Moment bewusst, in dem ich eigentlich ganz gehen wollte. Ich möchte sehen, was du aus diesem Land machst, und dich, falls ich kann, dabei unterstützen. Nimmst du meine Hilfe an?«

»O Bran! Ich weiß doch gar nicht, was ich ohne euch machen sollte, und könnte das alles nie allein durchziehen. Auch nicht ohne dich.« Ich fiel ihm um den Hals, sodass wir beide heftig ins Schwanken gerieten, weil er auf seinem Holzfuß nicht sicher genug stand.

Doch er lachte und umarmte mich.

Es fühlte sich gut an, ihn wieder wirklich unter uns zu wissen.

»Ich habe direkt geahnt, dass du mein Leben aus rein egoistischen Gründen gerettet hast«, meinte Bran grinsend, als er sich aus meiner Umarmung löste. »Und ich bin dir jetzt wirklich dankbar dafür. Überleg mal, was Grady zu alledem sagen würde. Er hätte mir noch gehöriger den Kopf gewaschen als Riona.«

Hitze stieg in meine Wangen. Ja, Grady hatte jeden angepflaumt, der mich angriff.

»Kerr kann das allerdings auch sehr gut«, fügte er hinzu.

»Kerr?«

»Ehe ihr losgefahren seid, kam er zu mir und hat mir ein paar sehr denkwürdige Fragen gestellt«, erklärte Bran.

Das klang auf jeden Fall nach Kerr.

»Er hat seine Loyalität dir gegenüber sehr deutlich gemacht.«

Ein warmes Gefühl überrollte mich.

»Du bringst uns zusammen, Sara. Und du wirst auch Lyoness

einen. Ein Mellan kann das nicht mehr verhindern. Wir sind zusammen stark und finden eine Lösung.«

Als ich an diesem Abend im Bett lag, wollte ich an Brans Worte glauben. Sie versprachen so viel Hoffnung.

DIE KRÖNUNG

»Du siehst wunderschön aus«, sagte Ellis mit einem Lächeln. Sie hatte soeben die letzte Strähne festgesteckt, eine verbliebene Falte geglättet und mehrere Fussel weggeklopft. Nun betrachtete sie meine Erscheinung mit leuchtenden Augen im Spiegel. Ich trug ein bodenlanges cremefarbenes Kleid mit Goldstickereien in Triskelenform an allen Säumen. Die Ärmel waren vorn an den Handflächen kürzer und besaßen ab den Ellbogen eine Schleppe. Am Halsausschnitt trug ich die Brosche, die wir in der geheimen Kammer des Erzdruiden gefunden hatten. Die Schuppen darin leuchteten in allen Regenbogenfarben, als seien sie noch lebendig.

Ich sah auf jeden Fall nicht aus wie ich selbst. Doch mir gefiel mein Spiegelbild. Die Person darin wirkte zumindest königlich.

»Wenn Grady mich jetzt sehen würde«, murmelte ich.

»Wir alle haben geglaubt, er würde irgendwann die Regentschaft übernehmen«, sagte Ellis unbedacht. Erschrocken hielt sie sich eine Hand vor den Mund. »Tut mir leid, Lady Sara, das war natürlich, ehe wir von dir erfahren hatten. Ich wollte nicht …«

Ich lächelte matt. »Nein, schon gut. Ehrlich gesagt wollte ich auch, er wäre derjenige, der die Regentschaft übernähme.«

»Aber nein! Du bist die rechtmäßige Königin. Im Gegensatz zu ihm kannst du in der Zeit springen. Oder?«

Richtig, das hatte nicht zu seinen Fähigkeiten gehört.

»Sara? Bist du so weit?« Sive kam in mein Zimmer und sah hinreißend aus. Ihr langes silberblondes Haar war nur vorn zu einem Zopf über die Stirn geflochten und ihr dunkelblaues Kleid war mit silbernen Fäden durchzogen. Als sie auf mich zukam, bewegte sich der Stoff wie Wellen auf dem Meer.

»Das hast du gut gemacht, Ellis«, sagte Sive und betrachtete mich lächelnd. »Du siehst hinreißend aus. Wenn Grady dich jetzt sehen könnte.«

Sie blinzelte dabei ein paarmal und auch ich schluckte. Wir hatten unabhängig voneinander genau die gleichen Worte gefunden.

»Ich fürchte, er würde sich kaputtlachen«, meinte ich unsicher. »Wenn er mich in so einem Kleid sähe, bekäme er sich garantiert nicht mehr ein.«

»Ja, vermutlich«, stimmte Sive zu und grinste leicht.

»Wollen wir? Es ist Zeit. Rois und Delma haben mich geschickt.«

In diesem Moment überkam mich wieder leichte Panik.

Es ging los.

Sie warteten schon alle in der Großen Halle, wo nachher die Feier stattfinden sollte. Ich mied den Blick zu dem Podest mit Thron.

»Na endlich«, murmelte Keenan erleichtert.

»Wir hatten Angst, dass du kneifst«, sagte Bran. Beide sahen adrett aus mit ihren neuen Hosen, Wämsern, Hemden und Gürteln samt Schwertern. Bran trug Dunkelblau, Keenan Grün.

Kerr überragte alle und hatte sich in ein schwarzes Gewand im Lyoness-Stil gehüllt, das bei jeder Bewegung schimmerte. Als ich näher trat, erkannte ich meinen Irrtum. Das Gewand war dunkelgrün.

»Bist du bereit?«, fragte er leise.

Ich atmete tief durch. »So bereit wie gestern.«

»Also gar nicht«, meinte er lächelnd. »Ich würde dir ja meine Hand reichen, aber die Souveränin muss allein gehen.«

Ich zog eine Grimasse. Das gefiel mir gar nicht.

»Hat irgendjemand einen motivierenden Tipp für mich?«, fragte ich in die Runde.

»Schau über die Menschen hinweg«, riet mir Sive, trat zu mir und küsste mich auf beide Wangen.

»Nicht stolpern«, meinte Keenan.

»Einen besseren Tipp?« Die leichte Verzweiflung war in meiner Stimme zu hören.

»Sei einfach du selbst«, schlug Riona vor.

»Stell dir vor, alle anderen wären nackt«, war Brans Rat.

»Was geht denn in deinem Kopf vor?«, fragte Keenan entzückt. »Erzähl mir mehr davon.«

»Nach der Krönung«, fuhr Rois ungeduldig dazwischen.

»Sara, da warten die Menschen, denen du die Freiheit geschenkt hast und die du vor dem Untergang bewahrt hast«, sagte Kerr ruhig und sah mir fest in die Augen. »Zeig ihnen einfach die Person, die sie sich wünschen: ihre Beschützerin.«

Ich hatte den Anstoß gegeben, doch wir hatten gemeinsam uns und dem ganzen Land die Freiheit geschenkt. Und ich würde weiter dafür kämpfen.

Das machte mich zuversichtlich. Ich nickte und lächelte Kerr an. Dann wandte ich mich um, um voranzugehen.

»Und nicht stolpern«, rief Keenan mir nach.

Als sich das Flügeltor vor mir öffnete, erschallte ein lautes Geräusch, das wie ein Kampfschrei klang und bei mir eine Gänsehaut verursachte. Ich strauchelte.

Sofort packte mich jemand an den Hüften, stellte mich aufrecht hin und verhinderte, dass ich vornüberkippte.

»Sie freuen sich nur, dich zu sehen«, flüsterte Kerr in mein Ohr.

Vor dem Tor schien sich das ganze Land versammelt zu haben. Dabei konnten mich nur die ersten Reihen sehen. Mein Herz pochte hart und regelrecht schmerzhaft gegen den Brustkorb, während mich Tausende von schreienden Menschen anstarrten.

Mein Gang durch die Menge, die die Soldaten hinter den Absperrungen hielten, wurde von einem ohrenbetäubenden Gejubel begleitet. Ich war froh, als ich den Tempel erreichte, wo ich zumindest das Geschrei für die nächste Stunde ausblenden konnte. Dort angekommen, trat ich nach vorn in die Nähe des Altars und wartete auf den Beginn.

Zum Glück hatte Paidraig, der heute die Krönung vornehmen würde, im Vorfeld auf vielen Proben bestanden, denn so konnte ich das kommende Programm in meinem Kopf abspulen. Sogar meinen Text.

Dem Eröffnungsgebet hörte ich nur halbwegs zu, da ich bloß darauf achten musste, wann Paidraig vom Altar zurücktreten und Rois zu ihm gehen würde.

Stattdessen hingen meine Gedanken an Grady, Kerr und meiner Mutter, bei der ich mich fragte, was sie wohl sagen würde, wenn sie mich so sähe.

Ich suchte in den ersten Reihen nach Aodh und fand ihn relativ schnell. Er war nach wie vor nur noch ein Schatten seines alten Selbst.

Sein trauriger Blick musste auf Sive gerichtet sein. Doch ich durfte mich nicht umdrehen, um mich zu vergewissern.

Der Moment war viel zügiger gekommen, als ich vermutet hatte. Paidrag trat vom Altar zu dem Seitentisch und griff mit beiden Händen nach dem heiligen Schwert aus Deira. In der einen lag der Handgriff, in der anderen die Klinge.

Mein Herz begann wieder heftiger zu klopfen. Die passive Phase war vorbei. Nun kam es auf mich an.

Paidraig nickte mir freundlich zu, als er vor mir niederkniete und das Schwert hochhielt, damit ich es mit beiden Händen berühren konnte. In diesem Moment war es still im Tempel. Kein einziges Gewand raschelte. Alle hielten den Atem an.

Mein Luftholen musste bis in die hinterste Ecke zu hören sein. Ich versuchte das Zittern in meiner Stimme zu unterdrücken, als ich sprach: »Ich, Sara, schwöre und gelobe hiermit vor den Großen Drachen, dass ich nach den Gesetzen der Gerechtigkeit und in Gnade urteilen werde. Ich werde nach den Gebräuchen des Landes regieren und diese achten.«

Und dann schoss mir etwas durch den Kopf, das nicht vereinbart worden war. Grady hatte es immer gesagt und ich hatte ihn für diese Worte bewundert. Daher erschien es mir richtig, hinzuzufügen: »Ich werde das Land Lyoness und sein Volk schützen und ehren. Solange ich lebe, werde ich im Dienst meines Landes stehen, so wahr mir die Großen Drachen helfen.« Auch wenn ich nicht an die Drachen glaubte, das Volk tat es. Daher gehörte es dazu.

Ich sah Rois und Paidraig einen erstaunten Blick tauschen, doch dann leuchteten ihre Augen. Ihre Mundwinkel zuckten.

Das Zeremoniell ging weiter wie geübt.

Derweil ließ ich den Blick unauffällig über den Tempel schweifen, der mich wieder in seinen Bann zog. In meinem Magen machte sich ein flaues Gefühl breit, der altbekannte leichte Schwindel setzte ein, und der Weihrauchduft wurde so stark, dass er die Luft verpestete und mir das Atmen erschwerte. Ich musste mich konzentrieren, um nicht in der Zeit zu springen. Die Kraft im Tempel war stark, meine Aufregung machte sie stärker.

Nicht jetzt!, dachte ich panisch. *Nicht jetzt!*

Ich sah blinzelnd geradeaus – und blickte direkt auf die Krone in Paidraigs Händen.

»Du bist die wahre Königin«, formten seine Lippen, ohne dass er es sagte. Dann lächelte er mir aufmunternd zu, als er das Schmuckstück auf Ellis Flechtfrisur absetzte.

»Passt genau«, flüsterte der Druide und trat einen Schritt zurück.

Das erdete mich. Das flaue Gefühl legte sich, und der Schwindel ließ nach, sodass ich die Kontrolle über meine Fähigkeiten zurückgewann und anwesend blieb.

Erst jetzt nahm ich die Krone auf meinem Kopf richtig wahr. Sie wackelte erstaunlicherweise nicht und war – wie ich es in Erinnerung hatte – ziemlich schwer.

Im selben Augenblick erschallte ein einstimmiger Ruf durch den Tempel:

»Lang lebe die Königin! Lang lebe die Königin!«

Ich drehte mich zu meinen Freunden um und sah Kerr stolz lächeln. Auch er stimmte in den Jubel mit ein, ich konnte ihn klar aus der Menge heraushören.

Als die Glocken zu läuten begannen, nahm Paidraig mir das Schwert ab und hielt es mit ausgestreckten Armen vor sich empor, damit jeder es sehen konnte. Dann verließen wir hintereinander den Tempel, während ich darauf bedacht war, die Krone aufrecht zu halten. Über all die Rufe hinweg vibrierte der Glockenklang tief in mir drin.

Es war geschehen.

Ich war die Königin von Lyoness.

Zurück gingen wir nicht vorn durch das Tor, sondern wählten den direkten Weg durch die Seitentür in den Palast. Der erste und für mich schwierigste Teil dieses bedeutungsvollen Tages war nun vorbei. Es fühlte sich an, als wäre eine unsichtbare Last, die auf meinen Schultern gelegen hatte, von mir genommen worden. Die Krone saß noch immer schwer auf meinem Kopf.

Ich stieg die Treppe zum Staatsbalkon empor. Noch einmal musste ich mich gekrönt der Menge zeigen, ganz besonders den Menschen, die bei der Zeremonie nicht mehr in den Tempel gepasst hatten. Dann würde es etwas entspannter werden. Schon von hier konnte ich die Aufregung auf dem Platz hören. Das Stimmengewirr klang wie ein wütender Bienenschwarm.

Vor mir öffneten ein Mann und eine Frau in gleichfarbigen Kleidern die Flügeltüren. Sofort schwoll das Gesumme zu weiteren Jubelrufen an, wurde beinahe unerträglich laut und erreichte einen Höhepunkt, als ich an die Balustrade trat.

Ich hatte noch nicht die Hand gehoben, um zu winken, als ich von hinten einen kräftigen Stoß erhielt. Durch das steife Gewand und die starre Haltung, die die Krone mir abverlangte, stolperte ich gegen das Geländer. Ein weiterer Schlag auf den Rücken ließ mich vornüberkippen – über die Balustrade hinweg. Für einen Augenblick befürchtete ich, im Vorhof aufzuprallen. Doch in meinen Achseln riss es plötzlich schmerzhaft, weil mich jemand festhielt.

Bevor die Krone mir vom Kopf fallen konnte, hielt ich sie fest. Dadurch schmerzte mein Arm noch heftiger. Meine Beine baumelten zehn Meter über dem Boden, aber ich zwang mich hochzuschauen. Derweil mutierten die Jubelrufe zu entsetzten Schreien.

Kerr hielt mich fest.

Seine Hand krallte sich schmerzhaft um mein Handgelenk, allerdings konnte er mich nicht hochziehen, weil er mit Rois kämpfte.

Der prügelte auf Kerr ein, obwohl Keenan, Bran und einige andere versuchten ihn zurückzuziehen. Seit wann war Rois so unnatürlich stark? Sein Gesicht hatte sich zu einer hasserfüllten Fratze verzerrt. Auf dem Balkon wurde geschubst und gerungen, während ich in der Luft baumelte und Mühe hatte, die Krone festzuhalten. Die Rufe und Schreie vom Balkon wurden von der Menschenmenge übertönt. Gleichzeitig rauschte das Blut in meinen Ohren. Ich verstand nicht, was da oben vor sich ging.

Die Soldaten unten mussten all ihre Kräfte aufbringen, um die Masse zurückzuhalten.

Ich fühlte unsägliche Schmerzen, nicht nur in den Achseln, sondern auch am Handgelenk, wo Kerrs Finger sich tief in mein Fleisch gegraben hatten, sodass sogar ein Blutstropfen den Arm entlang in den langen weißen Ärmel lief. Jeder Ruck riss an meiner Achsel und ließ mich zu den Seiten baumeln.

Dann schrie jemand Sives Namen. Ich glaubte Ansons Stimme zu erkennen.

Wenig später ging alles sehr schnell.

Rois wurde überwältigt und Kerr zog mich augenblicklich hoch.

Während ich auf dem Boden saß und den Rücken an das Geländer lehnte, wo mich die Menschenmenge nicht sehen konnte, richtete sich Kerr an das Volk und hob beide Arme. »Ruhe, bitte! Die Königin ist in Sicherheit und wird sich euch gleich zeigen.«

Glücklicherweise hörten die Menschen auf ihn und beruhigten sich.

Kerr hockte sich neben mich.

»Geht es?«, fragte er leise.

Ich sah ihn nur kurz an, dann blickte ich mich um. Rois saß weiter hinten, war kreidebleich und starrte völlig entsetzt zu Boden. Keenan und Riona standen mit ebenso weißen Gesichtern wachsam neben ihm.

Doch dann war da noch Sive. Sie lag bewusstlos auf dem Boden, während Bran und Anson über ihr standen und sie festhielten.

Brans Gesicht war so schmerzverzerrt wie kurz vor der Beinamputation.

»Was … was hat das zu bedeuten?«

»Bitte, steh auf und zeige dich deinem Volk«, sagte Kerr eindringlich.

Er half mir auf meine wackeligen Beine und reichte mir die Krone, die ich neben mich gelegt hatte.

Kaum stand ich, wurden erleichterte Rufe laut.

»Setz dir die Krone auf. Zeig ihnen ihre Königin«, riet mir Kerr leise.

Meine Arme fühlten sich an wie Gummi, und es fiel mir schwer, weil meine Schulter so schmerzte, doch ich hob die Krone an und setzte sie mir auf.

Der Jubel setzte wieder ein, und der Ruf »Lang lebe die Königin« pflanzte sich erneut fort wie ein Gesang.

Ich winkte hölzern. Mir tat alles weh. Gleich würde ich zusammenbrechen.

»Wie lange noch?«, murmelte ich angespannt.

»Es reicht schon«, sagte er, winkte ebenfalls einmal kurz und legte mir eine Hand beruhigend an den Rücken. Gemeinsam gingen wir ins Innere des Palastes, wo alle anderen bereits warteten.

Als die Flügeltür zufiel, legte sich Stille über uns.

»Anson, das hast du sehr gut gemacht«, sagte Kerr.

Was hatte er getan? Fragend sah ich meine Freunde nacheinander an.

»Er hat die Ursache ausfindig gemacht.«

»Was war eben überhaupt los?«, fragte ich sofort.

»Rois war verflucht«, antwortete Riona mit düsterer Miene.

»Verflucht?« Ich konnte es nicht fassen.

Rois hatte sich wieder auf den Boden gesetzt, denn augenscheinlich trugen ihn seine Beine nicht mehr. Er weinte. Rois *weinte*!

»Es tut mir leid, meine Königin«, schluchzte er. »Es tut mir so leid.«

»Aber … verflucht? Wer konnte dich verfluchen? Wer ist denn hier, der so etwas noch beherrscht?« Ich blickte fassungslos in die Runde. Eisige Kälte kroch über meinen Rücken.

Dann fiel mein Blick auf die bewusstlose Sive. Anson stand neben ihr und hielt eine Hand über ihrer Stirn, ähnlich, wie es Mellan immer bei der Heilung getan hatte. Anson musste sie mit seiner Magie in den Schlaf gezwungen haben.

Bran kniete vor Sive. Sein Holzbein lag abgebunden neben ihm wie ein Krückstock.

Er sah mich an und nickte. »Sara, es war Sive. Sie hat Rois verflucht und dich verraten. Sive hat uns alle verraten.«

ENDE VON BAND 1

GLOSSAR

Hier eine Übersicht der wichtigsten Figuren und die Aussprache der Namen (Ich hoffe zumindest, dass ich das richtig gemacht habe. Es ist sehr einfach, manches abzuschreiben, ohne es aussprechen zu müssen. Anne Düe, die Hörbuchsprecherin der *Pan*-Trilogie und Anderwelt-Reihe, weiß das und hat es – meines Erachtens – fabelhaft umgesetzt. Danke, Anne!).

Ich habe bewusst nicht die englische Aussprache gewählt, weil sich die erst ab dem frühen Mittelalter aus vielen verschiedenen Einflüssen entwickelte.

Das Gälische, das der keltischen Sprache noch am nächsten kommt, war für mich ausschlaggebend für die Wahl der Namen. Die Namen könnt ihr gern bei www.behindthenames.com suchen.

Auf dieser Seite habe ich schon sehr viele Namen gefunden und mich natürlich auch an der Bedeutung und Herkunft orientiert.

Das ist etwas an meinem Beruf, was ich ganz besonders liebe.

LYONESS	Lieoness (nicht englisch wie *lion*)
SARA	Sara
KERR	Kerr
RIONA	Rieona (keinesfalls Rayona)
GWYNED	Gwinned
BRAN	Bran
SIVE	Sieve
ROIS	Roies
AODH	Ieth (englisches *TH* am Schluss)
DELMA	Delma
AOIFE	Ievie
MOIRA	Meura

Einzige Ausnahmen, die englisch ausgesprochen werden:

KEENAN	Kienan
GRADY	Graydy

Lektorat: Jessica Billerbeck, Diana Steigerwald
Umschlagbilder: shutterstock: © Nejron Photo, ThereIsNoNe, © mamita, ©Haqqani Slabs
Umschlaggestaltung: formlabor, Hamburg
Kartengestaltung: Jean de Ballin
Satz: Pinkuin Satz- und Datentechnik, Berlin
Herstellung: Gunta Lauck
Litho: Margit Dittes, Hamburg
ISBN 978-3-551-58469-4